Annette Mingels

Die Liebe
der Matrosen

Annette Mingels

Die Liebe
der Matrosen

Roman DuMont

Erste Auflage 2005

© 2005 DuMont Literatur und Kunst Verlag, Köln

Alle Rechte vorbehalten

Ausstattung und Umschlag:

Groothuis, Lohfert, Consorten (Hamburg)

Gesetzt aus der Dante

Gedruckt auf säurefreiem und chlorfrei gebleichtem Papier

Satz: Greiner & Reichel, Köln

Druck und Verarbeitung: Clausen & Bosse, Leck

Printed in Germany

ISBN 3-8321-7914-3

Sie würde von niemandem auf der Welt jetzt sagen, er sei dies oder er sei das.
Sie fühlte sich sehr jung; gleichzeitig unaussprechlich betagt. Sie schnitt wie
ein Messer durch alles; war gleichzeitig außerhalb und sah zu. Sie hatte eine
nicht endende Empfindung, [...] draußen zu sein, draußen, weit draußen auf
See, und allein; sie hatte immer das Gefühl, es sei sehr, sehr gefährlich, auch
nur einen Tag zu leben.

Virginia Woolf: Mrs Dalloway

Für Guido, Sonja und Alex

I
Strudel
KLARA

II
Grobe See
SYLVIE

III
Schiffbruch
GEORG

IV
Treibgut
JUDITH

I

Strudel

KLARA

DU KENNST doch den Spruch, sagt Jan und dreht sich provozierend langsam zu mir um, in der Nacht sind alle Katzen grau. Vielleicht sehe ich ihn so an, dass er denkt, jetzt versteht sie wieder mal nichts, und so ist es tatsächlich, ich verstehe nichts, aber ich finde nicht, dass es meine Schuld ist, zumindest nicht nur, und Jan fängt an zu erklären, langsam und überdeutlich, was er damit meint, mit den grauen Katzen, und dass man nachts nicht alles so eng sehen dürfe, immerhin sähen wir uns ähnlich, Sylvie und ich, und vielleicht habe er uns darum ein bisschen verwechselt, als er von hinten die Arme um Sylvie gelegt und ihr einen Kuss erst auf den Hinterkopf, dann auf den Mund gegeben hat, aber spätestens da muss er ja bemerkt haben, dass es Sylvie war, die er küsste, nicht ich.

Sylvie steht die ganze Zeit neben uns, den Kopf gesenkt, und ob-wohl ich eigentlich wütend auf sie sein müsste, bin ich es nicht, weil ich ja weiß, dass sie Jan mag, aber weh tut es natürlich schon, dass sie, meine beste Freundin, nun meinen Freund geküsst hat, und wäre ich nicht hinzugekommen, hätte sie es mir vielleicht nie erzählt. Jan, sage ich und versuche dabei, ihn gerade anzuschauen, aber das ist schwer, weil er so einen frechen Blick in den Augen hat, fast schon gemein, magst du denn Sylvie lieber als mich?, und Jan sagt, ich kann euch beide gut leiden, in Ordnung?

Sylvie steht immer noch mit gesenktem Kopf neben mir, und Jan hat die Hände in die Hosentaschen gesteckt und beginnt nun, mit dem rechten Fuß kleine Steinchen auf dem Boden wegzukicken, sicher denkt er gerade an Fußball, und mir fällt ein, wie er samstags immer die Sportschau sehen will, egal, was sonst noch ansteht, sogar an meiner Geburtstagsfeier ist er um halb sieben ins Haus gegangen und hat sich zu meinem Vater gesetzt, und beide haben angefangen über die Nationalelf zu diskutieren und wie die Chancen bei der Europa-Meisterschaft stünden, und als ich dazukam, zeigte mein Vater auf den Fernseher, wo ein Spiel des 1. FC Köln gegen Bayer Leverkusen lief, und sagte, schau mal, Klara, was ist das: Fußball oder Basketball? Noch bevor ich antworten konnte, hatte mein Vater Jan schon in die Rippen gestoßen, und beide hatten angefangen zu lachen, die Münder weit geöffnet, und Jan legte dabei den Kopf so weit in den Nacken, dass man die Plomben in seinen Zähnen sehen konnte. Ein bisschen versuchte ich auch zu lachen. Dann sagte ich zu Jan, komm doch wieder raus, wir wollen mit dem Grillen anfangen, aber Jan antwortete, geht nicht, ich sehe gerade die Sportschau, fast drohend klang das, als würde ich ihn allein durch meine Frage reizen und er könnte sich nur mühsam beherrschen, und als ich sagte, du wolltest doch das Grillen übernehmen, meinte er, ja, aber dann eben erst später, und dabei sah er meinen Vater an, und der nickte.

Jan kickt immer noch, und nachdem er einem runden, kleinen Stein einen Tritt gegeben hat, worauf dieser ein weites Stück über den Boden schlittert, bevor er gegen eine Laterne stößt und liegen bleibt, sagt er, Klara, stell dich doch nicht so an, war doch nur ein Kuss, der nichts bedeutet, ist halt so passiert. Während er das sagt, hebt Sylvie den Kopf, und im Licht, das von der Laterne kommt, sehen ihre Augen noch eine Spur dunkler aus als sonst, obwohl sie sonst auch dunkel sind: pfeffergrün mit kleinen hellen Sprenkeln in der Iris; so ein bisschen wie ein Sternenhimmel sehen ihre Augen aus, habe ich ihr vor einiger Zeit einmal gesagt, und sie hat gelacht und geantwortet, kann schon sein, aber vielleicht sind es auch Glückskäfer.

Weinen muss Sylvie jetzt nicht, das ist nicht der Grund für die dunkleren Augen, aber verletzt ist sie, das merke ich, weil Jan gesagt hat, dass der Kuss nichts bedeutet habe. Sylvie schaut Jan eine ganze Zeit lang an; ist ja gut, ist ja gut, sagt er, jetzt schau du nicht auch noch so, und da schaut Sylvie erst recht, und Jan kickt Steinchen vor sich hin und sieht ihnen nach, als ob es wichtig wäre, wo sie landen.

Sylvie sieht ein bisschen müde aus, aber das ist plötzlich gekommen, noch vor ein paar Stunden, als wir losgingen, hat sie gelacht und gesagt, heute Abend bin ich die Königin der Nacht, und dann hat sie in der Diskothek getanzt, im Zentrum des gelben Scheinwerfers, und spätestens nach dem dritten Lied haben alle sie angeschaut, wie sie da tanzte, wie sie ihre Hüften kreisen ließ, die Arme zum Hinterkopf hob und zwischen beiden Händen die Haare bündelte, um sie gleich darauf wieder als lockende Woge über den Rücken fließen zu lassen, wie sie unter halb gesenkten Lidern hervor die Leute anschaute, herausfordernd, und besonders Jan muss sie so angeschaut haben, denn als sie aufhörte zu tanzen, um an die frische Luft zu gehen, ist er ihr hinterhergegangen; ich habe es gesehen und habe mir eigentlich nichts dabei gedacht, aber als ich raus kam, hat er sie gerade von hinten umarmt und auf den Hinterkopf geküsst, bevor er sie zu sich umdrehte.

Als es plötzlich heller wird, weil jemand die Tür der Diskothek öffnet, und man den Rhythmus der Musik nun viel lauter hört, monoton klingt das, schaut Sylvie mich an, endlich, ein wenig zieht sie die Nase kraus, und dann fragt sie, ob wir beide nach Hause gehen wollen und ob ich noch mit zu ihr käme. Dass es ihr leid tue, sagt sie nicht, aber ich sehe es ihr an, und da sage ich, ja, komm, lass uns nur schnell die Taschen rausholen, und dann gehen wir erst rein und gleich darauf wieder raus, an Jan vorbei, der jetzt aufgehört hat zu kicken und uns hinterherschaut, und als ich mich noch einmal umdrehe, ruft er, Klara, warte doch mal, aber ich schaue bloß zurück, frech, fast schon gemein, und lege einen Arm um Sylvie und schüttele ganz leicht den Kopf.

MEINE MUTTER hat ein Lamm gebraten, dessen helles Fleisch unter der braunen Kruste zart ist, wie Butter, so zart, sagt mein Vater nach dem ersten Bissen, und Doro lacht und macht ihn nach, klar, Papa, wie Butter, wunderbar, sagt sie mit rollendem ›R‹, und die Finger der rechten Hand führt sie zu einem Zipfel zusammen, hält den Zipfel an den Mund und küsst ihn, aber Vater ist nicht böse, sondern lacht auch, und wir anderen sind erleichtert. Zwischen Hauptgang und Dessert erzählt Thomas uns die Geschichte des Osterfestes. In der Schule haben sie gelernt, dass schon vor mehr als tausend Jahren Ostern gefeiert wurde und dass es fast ebenso lange Osterhasen und Ostereier gebe, aber wie der Hase zu den Eiern komme, wisse er nicht, sagt Thomas, mit einem Mal traurig, und Doro und Sylvie schauen gelangweilt auf den Tisch, während ich erkläre, dass Hase und Ei für die Fruchtbarkeit stünden; weil um diese Zeit alles wieder grün wird, sage ich zu Thomas, und schnell dreht er sich um und schaut angestrengt aus dem Fenster, in den Garten, in dem es aber bereits dämmerig geworden ist.

Doro raucht eine Zigarette, obwohl wir anderen noch essen, den Kopf legt sie schräg, das schwarze Samtband schneidet die Haut an ihrem Hals ein und eine Locke fällt ihr in die Stirn. Sie trinkt viel Rotwein, und immer wenn ihr Sohn zu ihr hinsieht, zieht sie die Augenbrauen hoch und schaut in die andere Richtung, wir anderen merken, dass Thomas sich darum nicht gut fühlt, und ich frage mich, ob sie das wohl immer so mit ihm macht und ob er darum so unsicher ist, viel zu unsicher für einen Siebenjährigen.

Auf flachen, weit nach vorne gestreckten Händen trägt meine Mutter wie eine Trophäe den Guglhupf herein. Der helle Teig ist unter einer dünnen Schicht Puderzucker verschwunden, ein Rodelberg!, ruft Thomas, und meine Mutter lacht zufrieden, als habe sie genau diese Reaktion beabsichtigt. Mit sorgsamen Bewegungen beginnt sie, den Kuchen anzuschneiden, in zwölf gleich große Stücke teilt sie ihn, und ich stelle die silberne Schüssel auf den Tisch, ein Berg Sahne ist darin, die essen wir heute wohl ohne Löffel, sagt mein Vater, und ich wechsele einen Blick mit Sylvie, dann gehe ich wieder in die Küche, hole einen Löffel aus der Schublade und lege ihn neben die Schüssel.

Vielleicht ist das ja Jan, der da anruft, denke ich, als das Telefon klingelt, und ich will Doro, die direkt aufspringt und in die Diele rennt, schon ein Zeichen geben, dass ich nicht da sei, falls Jan am Telefon ist, aber sie sieht gar nicht in meine Richtung. Wenn sie mich gleich ruft, werde ich ganz gleichgültig scheinen, ja, bitte, werde ich im überraschten Tonfall in den Hörer sagen, und wenn Jan sich entschuldigt, für den Kuss, den er Sylvie gegeben hat, werde ich ihn unterbrechen, weißt du, werde ich sagen, am Ende muss jeder selbst wissen, was er will, und sollte Jan dann beteuern, dass der Kuss ein Irrtum gewesen sei, eine Dummheit, das müsse ich ihm glauben, werde ich ziemlich lange überlegen, bevor ich sage, in Ordnung, eine Chance gebe ich dir noch, und dann werde ich es plötzlich sehr eilig haben, wir sind gerade beim Essen, werde ich sagen und erwähnen, dass Sylvie auch hier ist, damit er sieht, dass ich nicht ihr, sondern ihm, und nur ihm, die Sache übel nehme, aber du kannst ja morgen mal vorbeischauen, werde ich sagen, und Jan wird antworten, ja, klar, und leise noch ein Danke hinzufügen.

Am Telefon ist aber nicht Jan, sondern Max, Doros neuer Freund. Wir anderen beginnen, den Kuchen zu essen, mit den Kanten der Gabeln brechen wir kleine Bissen ab, die wir aufspießen und in die Sahnehäufchen auf unseren Tellern tunken. Doro spricht so laut, dass wir uns gar nicht mehr richtig unterhalten können, obwohl wir es versuchen. Max!, ruft sie, und dann sagt sie lange nichts, und dann ruft sie, du Wichser!, gerade als mein Vater Sylvie fragt, ob er sie noch duzen dürfe, jetzt, wo sie erwachsen sei, und sie mit den Schultern zuckt; du verdammtes Arschloch, schreit Doro, ich habe es satt, bleib doch wo du bist, aber komm bloß nicht wieder her!, und meine Mutter fragt, wer will noch Kuchen?

Ich lege mir gerade ein zweites Stück Kuchen auf den Teller, als Doro zurück ins Zimmer kommt. Ich gehe jetzt, sagt sie, und dass ihr der Appetit vergangen sei, und sie nimmt ihre Zigaretten vom Tisch und hängt sich die Tasche um, er hat mich nicht versetzt, behauptet sie, während sie das Zigarettenpäckchen in der Tasche verstaut, er hat nur keine Lust herzukommen. Zu Thomas sagt sie, sei brav und geh pünktlich ins Bett, ich seh dich morgen früh, und Thomas nickt und hält im Kauen inne, reden kann er nicht, sein ganzer Mund ist voll Kuchen, über der Lippe hat er ein bisschen Sahne. Dorothee, du bleibst hier, bis wir fertig sind, verlangt mein Vater, aber Doro ruft nur über die Schulter zurück, geht nicht, und verlässt das Zimmer. Wir hören die Haustür ins Schloss fallen, und dann ist es still.

Eine ganze Zeit lang sagen wir nichts, jeder isst weiter und blickt dabei auf seinen Teller. Nach einer Weile sagt meine Mutter zu Thomas, na, jetzt bist du voll, was, und Thomas nickt, ich platze gleich, meint er und macht ein Geräusch, als würde ein Luftballon zerplatzen, und wir lachen alle, viel zu laut eigentlich, und Thomas macht noch ein paar Mal ›Peng‹ und hält sich die Arme im Halbrund vor den Bauch, um zu zeigen, wie dick er sich fühlt. Als ich aus dem Fenster schaue, sehe ich, dass der Himmel ganz bunt geworden ist, Gelb geht in Orange und Orange in Rot über und an manchen Stellen ist der Himmel fast pink. Aber ich sage niemandem etwas davon, blicke nur hin und wieder aus dem Fenster, jedes Mal sieht der Himmel anders aus, vereinzelt wandern dunkle Wolkenstreifen über das Rot und Pink und Orange, von rechts nach links und ziemlich schnell.

SEIT EINIGEN WOCHEN arbeite ich jetzt in der Kantine des Allgemeinen Elektrizitätswerks, AEW, aber wenn ich nicht hier arbeiten würde, wäre das auch nicht das Ende der Welt. Eine Stelle wie diese fände ich allemal wieder, die Küche ist nicht besonders schön, die Arbeit nicht spannend, auch die Kolleginnen sind nicht außergewöhnlich nett. Vielleicht noch am ehesten die blonde Andrea, die bereits an meinem ersten Arbeitstag auf mich zukam und mich ansprach. Im Umkleideraum am Ende des Flurs hatte ich gestanden und gerade den blau-weiß gestreiften Kittel gegen einen hellbraunen Rollkragenpullover getauscht, als Andrea die Tür öffnete und schon beim Reinkommen lachte. Stör ich?, fragte sie, und natürlich sagte ich nein, komm ruhig, und Andrea setzte sich auf die Holzbank, die an der Seite des Raums angebracht ist, ihre Beine streckte sie von sich, eine Zigarette nahm sie in den Mund und zündete sie mit einem metallisch glänzenden Feuerzeug an. Tief atmete sie den Rauch ein, und beim Ausatmen schaute sie ihre linke Hand an, die Fingernägel, die lang waren und dunkelrot lackiert. Und – wie findest du es hier?, fragte sie, und ich habe gelächelt, nicht schlecht, habe ich gesagt, ja, wirklich ganz gut.

Andrea betrachtete weiter ihre Nägel, mit dem Zeigefinger der linken Hand splitterte sie Lack vom Daumennagel ab, dann schaute sie hoch und wiederholte ungläubig, nicht schlecht? Oh Gott, wo warst du denn vorher? Spöttisch klang das, und ich lachte ein bisschen und sagte, na ja, bei McDonalds, das war echt Stress, manchmal musste man mehr als hundert Hamburger in der Stunde machen.

Noch ein paar Minuten unterhielten wir uns daraufhin, und langsam wurde es mir warm in der stickigen Luft der Garderobe, die so aussah wie die Umkleide der Sporthalle, damals in der Schule, als ich mit meinen Freundinnen über Jungen gesprochen hatte und über die erste Periode: Meine Tante aus Amerika ist wieder einmal da, hatten die anderen Mädchen zueinander gesagt, wenn eine von ihnen im Sommer nicht schwimmen kommen wollte, weil sie ihre Tage hatte, und dabei hatten sie sich angelächelt und einander zugezwinkert. Am Anfang hatte ich tatsächlich an die amerikanischen Tanten geglaubt, auch weil ich selbst eine hatte, die manchmal aus Florida zu Besuch kam und Geschenke mitbrachte: Schokolade, bunte Candies, die zwischen den Zähnen kleben blieben, gehärtete Tropfen aus Erdnussbutter, die man händeweise in den Mund werfen und dort zu einem süßen Brei zergehen lassen konnte.

Zu Andrea sagte ich schließlich, ich muss los, du nicht auch?, und Andrea nickte, doch, eigentlich schon, sagte sie, immerhin werde sie ja erwartet. Natürlich merkte ich, wie sehr sie wollte, dass ich nachfrage, aber ich hatte keine Lust, und so erzählte sie dann von sich aus von ihrem Freund: Zehn Jahre älter als sie, Bankkaufmann, sehr erfolgreich, seit drei Monaten endlich sei er alleinverantwortlich für die Fondsanlagen der mittleren Vermögen. An seiner Wohnung merkt man am ehesten, dass er nun mehr verdient, sagte Andrea und erzählte von dem Ledersofa, das sie letzte Woche bei einem gemeinsamen Stadtbummel entdeckt hatten: Schwarz, mit dicken Füßen aus glänzendem Chrom, Platz für vier Personen, mit verstellbaren Armlehnen und dazu Kissen in kräftigen Farben, rot, türkis, gelb. Gefällts dir?, habe ihr Freund sie gefragt, und als sie nickte und sagte, wow, super sieht das aus, meinte er, wär das nicht was für meine Wohnung, und eine halbe Stunde später hatte er es gekauft und mit Kreditkarte bezahlt, einschließlich der Kissen, einfach so.

Draußen vor der Kantine fragte Andrea, und du, hast du einen Freund? Ich habe mich erst ein bisschen besinnen müssen, nein, habe ich dann geantwortet, eigentlich nicht. Eigentlich?, fragte Andrea, und erst da fiel mir auf, was ich gesagt hatte; warum hatte ich nicht einfach nein gesagt? Nun ja, sagte ich, nicht offiziell sei das mit meinem Freund, niemand dürfe davon wissen, denn er sei bekannt – durch Presse und Fernsehen, fügte ich hinzu und traute mich dabei kaum, in Andreas Gesicht zu schauen –, und nicht nur das, verheiratet sei er auch. Andrea sah mich mitfühlend an, ach du meine Güte, sagte sie, aber mir darfst du ruhig seinen Namen nennen, ich verrate nichts, doch ich schüttelte nur bedauernd den Kopf und wiederholte, niemand darf davon wissen, tut mir leid. Wie lange geht das denn schon?, fragte Andrea, und ich sagte, fast zwei Jahre, aber ob es noch lange so weitergehen könne, wisse ich nicht. Ist er denn reich?, fragte sie. Ja, sagte ich, sehr, aber von seinem Geld wolle ich nichts, keinen Pfennig, sonst käme ich mir vor wie bezahlt und gekauft, und Andrea nickte zustimmend und sagte, meine Rede: Sich bloß nicht abhängig machen.

Gemeinsam liefen wir bis zur Bushaltestelle, ich sagte nichts mehr und auch Andrea schwieg. Erst als der Bus kam, in den ich einsteigen musste, hielt Andrea mir die Hand hin und sagte, bis morgen dann, und dass sie sich freue, dass wir jetzt zusammen arbeiten, und ich nickte und sagte, ich mich auch. Aus dem Bus heraus winkte ich noch mal, und auch Andrea hat gewunken; bis der Bus um die Ecke bog, hielt sie die Hand in der Luft.

Zwei Tage später, als wir zusammen Kartoffeln schälen mussten, zwölf Kilo insgesamt, und so klein waren die jungen Kartoffeln, dass man sie beim Schälen kaum in der Hand halten konnte, hielt Andrea plötzlich inne und schaute über beide Schultern, ob jemand sie hören könne, und als sie merkte, dass wir wirklich unbelauscht waren, beugte sie den Kopf zu mir hin und fragte, ist er denn schön? Beinah hätte ich gefragt, wer?, doch dann besann ich mich, gerade noch rechtzeitig, und suchte schnell nach dem Bild

in meinem Kopf: Schauspieler, Darsteller vorwiegend in Arzt-
filmen, einmal auch bei einer Traumschiff-Episode dabei, mittel-
groß, muskulös, braune kurze Haare, Seitenscheitel, ein wenig sah
er aus wie Tom Hanks – oder wie Tom Cruise, wegen dem sich
Doro vor einigen Jahren eine Fliegerjacke aus braunem Leder
gekauft hatte, mit Abzeichen hinten und vorne: us-Army, Air
Force –, und ich nickte bedächtig, einmal, zweimal, und dann
sagte ich, gerade als ein besonders langes, in sich gedrehtes Stück
Schale in den Abfalleimer fiel, ja, schön ist er, sehr schön sogar.

ICH DENKE, sagt mein Vater, wir sollten uns einmal unterhalten.
Ich bin gerade dabei, meine Zehennägel zu lackieren, in der
Drogerie habe ich mir einen hellblauen Nagellack gekauft, er passt
perfekt zu meinen neuen Sandalen, deren weißes Leder alle zwei
Zentimeter mit einer blauen Perle besetzt ist. Geht das auch ein
bisschen später?, frage ich, ohne aufzuschauen, aber wie soll man
das auch, wenn man gerade den Pinsel ansetzt, noch dazu auf
dem Nagel des kleinen Zehs, der sich immer gegen den nächst-
größeren lehnt. Die Stimme meines Vaters wird gleich ganz ungemütlich, wie ein Grollen ist seine Wut herauszuhören, als er sagt,
Klara, ich möchte mit dir reden, und zwar sofort. Also schraube
ich den Nagellack zu, setze den Fuß vorsichtig vom Sofa hinab auf
den Boden und schaue meinen Vater an. Er sitzt auf dem Sessel
gegenüber, an den Füßen trägt er seine Fellpantoffeln, wie zwei
Häschen sehen die aus, und das nicht von ungefähr, links trägt er
Topsy, rechts Samuel, unsere beiden Zwergkaninchen, deren Fell
er zu je einem Hausschuh hat verarbeiten lassen, mit dem Ergeb-
nis, dass sein linker Fuß nun in hellgrauem, sein rechter in samtig
schwarzem Pelz steckt. Weil Samuel länger als Topsy lebte, hat
mein Vater ein dreiviertel Jahr lang auf den rechten Schuh warten
müssen. Immer wenn ich seine Pantoffeln anschaue, sehe ich die
Kaninchen vor mir, wie sie durch mein Zimmer hüpfen und Kabel

durchbeißen und die Tapete in winzigen Stücken von den Wänden reißen.

Mein Vater macht ein besorgtes Gesicht und lockert den Knoten seiner Krawatte, schief hängt sie nun vor seinem rot-weiß gestreiften Hemd, er legt die Hände ineinander, und mit der einen Hand biegt er die Finger der anderen Hand nach hinten, bis ein Knacken zu hören ist, ein Geräusch, das ich recht gerne habe, aber ich weiß, dass vielen fast schlecht wird davon. Kurz stützt er seine Stirn in die rechte Hand, dann fährt er sich mit gespreizten Fingern durch seine graubraunen Haare, von vorne sieht man gar nicht, dass er allmählich eine Glatze bekommt, kreisrund beginnt der Haarausfall auf dem Hinterkopf, und steht man hinter ihm, kann man auf seine blasse Kopfhaut schauen; in solchen Momenten möchte ich ihn am liebsten umarmen und ihn davor bewahren, sich weiter aufzulösen.

Klara, sagt mein Vater, wir sollten einmal über deine berufliche Zukunft sprechen. Du solltest mehr aus dir machen, du bist doch nicht dumm, so schlecht warst du ja nicht in der Schule, und du weißt, dass ich es nie verstanden habe, dass du ein halbes Jahr vor dem Abitur alles hingeschmissen hast – mein Vater seufzt und blickt resigniert aus dem Fenster, dann schüttelt er den Kopf und beginnt wieder zu sprechen –, warum also machst du nicht doch das Abitur, noch ist es nicht zu spät, oder wenigstens eine gescheite Ausbildung? In der Kantine – hier spricht mein Vater nicht weiter, aber ich weiß genau, was das heißen soll: da arbeiten doch nur die ganz Dummen, die Ungelernten, die gar nichts auf die Reihe bringen, die aus einfachen Familien kommen, deren Vater nicht gerade Lehrer ist.

Ich glaube, das ist das Schlimmste für ihn: Dass er als Lehrer zwei Töchter hat, die nichts Richtiges gelernt haben, wobei es ihn nicht so sehr zu stören scheint, dass Doro nur als Kellnerin arbeitet, noch dazu als schlechte, wie ich mir vorstelle. Bei Doro ist alles entschuldigt, weil sie so früh Mutter wurde, dabei ist sie nicht mal eine gute Mutter, die meiste Arbeit überlässt sie meinen Eltern, die Thomas immer dann, wenn Doro im Restaurant ist, zu sich nehmen, mit ihm spielen, sich seine Geschichten aus der Schule anhören, ihm vorlesen, Dinge mit ihm zählen, sehr geduldig, sehr ernsthaft, die Bilder an der Wand, die Kiesel im Beet, die roten Autos auf der Straße; auch die Stifte, die im Haus herumliegen, sagte Thomas letzte Woche zu mir, könne man zusammentragen und zählen, sie dabei nach Farbe unterscheiden oder nach Art des Stiftes: Buntstift, Wachsmalkreide, Kugelschreiber, Füller oder Filzstift, überlegte er, und ich habe gesagt, fang doch schon mal an, ich helfe dir später, und als er losgelaufen war, übers ganze Gesicht strahlend und zittrig vor Aufregung, habe ich mir das Telefon genommen und bin in mein Zimmer gegangen, um Sylvie anzurufen. Später habe ich mir die Stifte angeschaut, die Thomas gefunden hatte: Es waren insgesamt einundzwanzig Stück, davon waren sieben blau, drei rot, vier schwarz, einer war gelb, zwei braun, drei grün und einer pink. Es waren neun Kugelschreiber, ein Füller, vier Buntstifte und sieben Filzstifte; Wachsmalkreide hatte Thomas keine gefunden. Irgendwie fand ich das dann doch ganz interessant.

Als ich zehn Jahre alt war, wollte ich mich entweder umbringen oder meine Familie verlassen. In der Schule hatte ich zum dritten Mal hintereinander eine schlechte Note bekommen, erst in Deutsch und in Rechnen, dann auch noch in Biologie, mir wollte einfach nicht einleuchten, wie der Mensch gebaut war, zwar hatte ich mir öfter das Bild im Biologiebuch angeschaut, auf dem in bunten Farben die Lunge, das Herz, der Dünn- und der Dickdarm, die Nieren, die Leber, die Milz, das Zwerchfell, schließlich die Geschlechtsteile eingezeichnet waren, aber ich konnte mir nicht merken, wo was lag: Lunge und Leber waren die einzigen Organe, die ich zuordnen konnte, die Milz lag bei meiner Zeichnung in Höhe des Herzens, das ich von der linken auf die rechte Seite verschoben hatte, die Geschlechtsteile hatte ich gleich ganz vergessen, das Zwerchfell muss ich im Leistenbereich eingezeichnet haben, die Nieren knapp unterhalb der Lungenflügel, Dünn- und Dickdarm gab es bei mir nicht.

Besonders mein Vater war enttäuscht gewesen, und gemeinsam mit meiner Mutter hatte er überlegt, wie man mich bestrafen könnte. Am folgenden Sonntag durfte ich dann nicht mit auf die Wanderung gehen. Zum Niederwalddenkmal wollten meine Eltern mit Doro hochlaufen, oben würde Doro den Sockel des Denkmals ersteigen können, meine Mutter würde ein Foto von ihr machen, wie sie verschwindend klein neben Vater Rhein und Tochter Mosel stünde, und dann würde man den Abstieg beginnen, jeder ein Eis in der Hand, vom Kiosk neben dem Denkmal, und am späten Nachmittag ginge man in der Drosselgasse essen.

Am Fenster meines Kinderzimmers stehend, sah ich sie das Haus verlassen, ins Auto steigen und losfahren, und Doro drehte sich im Fond des Autos um, winkte mir und grinste, dann streckte sie die Zunge raus, und auch ich streckte die Zunge raus, halb war es böse gemeint und halb nett. Als ich das Auto nicht mehr sah, habe ich mir ein Brotmesser aus der Küchenschublade geholt und bin ins Badezimmer gegangen, die Tür habe ich hinter mir geschlossen, auf den Boden habe ich mich gesetzt und das Messer mit der stumpfen Spitze gegen meine Brust gedrückt. Bei der Vorstellung, wie sie nach Hause kommen, mich suchen und schließlich nach langem vergeblichem Rufen hier auf dem Fußboden des Badezimmers finden und wie sie sich dann selbst beschimpfen würden, wegen ihrer Härte und weil sie mich an diesem trüben Nachmittag verlassen hatten, musste ich ein bisschen weinen. Ich drückte das Messer gegen meine Brust, es piekste, und ich legte es mit der gezackten Schneide vorsichtig an meinen Hals.

Später habe ich meinen Rucksack gepackt, einen Pullover steckte ich ein, ein Stofftier, Schokolade aus dem Wohnzimmerschrank und eine kurze Hose. Als ich draußen war, fing es an zu regnen. Ich bin durch die Straßen gelaufen, habe versucht, in fremde Fenster reinzuschauen, und als ich müde wurde, habe ich mich auf die niedrige Mauer eines Doppelhauses gesetzt und zugeschaut, wie die Regentropfen den gipsweißen Engel hinabliefen, der, nackt und nur von einer Blumenranke aus Stein bedeckt, auf dem Rand eines Gartenbrunnens stand und lächelte, und als ich vollkommen durchnässt war, ging ich langsam zurück. Auf dem Heimweg ist mir unsere Nachbarin begegnet, so allein im Regen unterwegs?, hat sie gefragt und ich habe gesagt, ja, aber dass ich jetzt schon wieder nach Hause ginge. Sing doch ein Frühlingslied, hat die Nachbarin vorgeschlagen, damit es bald wieder schöneres Wetter gibt, aber ich habe den Kopf geschüttelt und gesagt, lieber nicht, und dass ich nicht gerne singen würde, nie, und heute schon gar nicht, und da hat die Nachbarin gelacht und gesagt, auf Regen folgt Sonnenschein und auf Kummer Freude, und dass singen schön sei, und dann ist sie durch ihre Gartenpforte gegangen und hat mir zum Abschied gewunken.

Fast drei Stunden habe ich auf meine Eltern gewartet. Unter dem Holzdach der Terrasse habe ich auf einem der Rattanstühle gesessen und die ganze Zeit in den Garten geschaut. Aus meinem Rucksack hatte ich mir den Pullover genommen, die Schokolade habe ich in kleinen Bissen aufgegessen. Als sie kamen, hat meine Mutter mit mir geschimpft, weil ich nicht im Haus geblieben war, mein Vater hat nur den Kopf geschüttelt, weil ich ihn schon wieder enttäuscht hatte, aber Doro hat gesagt, du musst in die Wanne, und dann hat sie mir Wasser eingelassen und einen Schaum hineingetan, und später hat sie mir die Haare geföhnt und dabei meinen Pony so lange über eine Rundbürste gedreht, bis er mir wie eine Halbkugel über der Stirn stand. Trotzdem war ich am nächsten Morgen krank, und da mussten auch meine Eltern wieder nett zu mir sein.

Ich will nicht sagen, dass mein Vater an meinem Versagen schuld ist, aber manchmal möchte ich lieber gar nichts Neues anfangen, weil er am Ende vielleicht wieder enttäuscht sein könnte. Wie er jetzt vor mir sitzt und seine Finger knetet und von der Kantine spricht, die nichts für mich sei, und dass ich doch lieber wieder in die Schule gehen oder zumindest eine kaufmännische Lehre machen solle, denke ich die ganze Zeit an meinen blauen Nagellack und daran, wie tröstlich es ist, dass es so bunte Farben für die Fuß- und Fingernägel gibt, alle Farben des Regenbogens für den, der so was mag, und ich lächele meinen Vater an und sage, mal sehen, ich überlegs mir. Am Abend, in meinem Bett, freue ich mich das erste Mal auf die Kantine, auf Andrea, die nach jedem Wochenende von ihrem Freund erzählt, auf die Griechin, die alle nur Milka nennen und die immer gute Laune hat, bist ein hübsches Mädchen, sagt sie manchmal zu mir, und einmal ist sie von hinten ganz nah an mich herangetreten und hat gesagt, hast schönen Hals, Mammamia, und da habe ich lachen müssen. Ich freue mich darauf, Kartoffeln zu schälen, Fleischstücke zu panieren, Gemüse und Obst zuzubereiten; immer versuche ich, die Äpfel so zu schälen, dass die ganze Schale in einem Stück bleibt und spiralförmig hinabhängt, und manchmal gelingt mir das sogar, und ich freue mich darauf, am Ende des Tages müde zu sein, todmüde.

SYLVIE WEISS, dass ich weiß, dass sie Jan mag. Ich habe ja den Kuss gesehen, vor der Diskothek, und sie hat danach neben mir gestanden, wie weißer Marmor hat ihr Hals zwischen den blonden Haaren hervorgeschaut, als sie das Gesicht zum Boden wandte und den grauen Stein des Bürgersteigs ansah, den Übergang zum unbefestigten Grünstreifen, die Stufe zur Straße hin, auf der man als Kind spielte: einen Fuß oben, einen unten, und so humpelte man dann die Straße entlang.

Ich kenne Sylvie seit fünf Jahren. In der zehnten Klasse war sie neu hinzugekommen, schon damals mit den langen, welligen Haaren, die ihr immer ein wenig ins Gesicht fielen und hinter denen sie vorsichtig hervorblickte, wenn sie abzuschreiben versuchte. Es war unser Lehrer, der Sylvie und mich zusammenbrachte, indem er sie zu mir an den Tisch setzte; hallo, hatte sie gesagt, und mir ihre Hand hingehalten, und ich hatte sie genommen, selber hallo, hatte ich gesagt und es komisch gefunden, dass wir uns per Handschlag begrüßten.

Manchmal bin ich in den letzten Jahren gefragt worden, was ich an Sylvie mag, und jedes Mal wenn mich jemand so etwas fragte, wusste ich, dass der andere dachte, die arme Klara, weil es für alle so aussehen musste, als ließe ich mich nur ausnutzen von Sylvie und merkte es dabei nicht einmal, aber so einfach ist die Sache nicht.

Dass Sylvie mich ausnutzte, war mir bereits in der Schule klar, wenn sie während der Klausuren von mir abschrieb und sich anfangs nur dann in den Pausen zu mir stellte, wenn sonst niemand alleine stand, aber sobald wir zusammen waren, war es gut. Ich konnte mich bei ihr einhängen, während ich neben ihr herging, ich konnte mein Kinn in die Hand stützen und sie betrachten, wenn wir irgendwo saßen, ich konnte mich auf den Rasen legen und in die Luft schauen oder auf dem Fenstersims der Schultoilette hocken, während sie sich ihre Haare kämmte, und immer erzählte sie, und sie konnte das so gut, dass ich in manchen Momenten gedacht habe, das sei das richtige Leben und ich nur ein Zuschauer am Rande, aber das war kein unangenehmes Gefühl, ganz und gar nicht.

Sylvie redete über Sachen, von denen ich noch nie etwas gehört hatte, und wenn wir in den großen Pausen hinter der Turnhalle saßen und uns an die Wellblechwand lehnten, rauchte sie und schilderte zwischen den Zügen ihr Leben, das immer schon viel aufregender gewesen war als meines. Sylvies Mutter muss als junge Frau sehr schön gewesen sein, glaubte man Sylvies Erzählungen, und immer noch, sagte Sylvie, habe sie massenhaft Angebote von Männern, jeden zweiten Tag, behauptete sie, komme ein neuer Mann zu ihnen nach Hause, einer sei hübscher als der andere, und immer werde ihre Mutter mit Geschenken überhäuft, mit Schmuck, Blumen, Pelzmänteln, und einer, erzählte Sylvie einmal – da waren wir beide bereits in der elften Klasse und nahmen uns immer häufiger einzelne Stunden frei, um ins nahe gelegene Café zu gehen –, habe drei riesige Hummer mitgebracht, deren spitze Scheren durch Gummibänder zusammengehalten wurden, und sie, Sylvie, habe die noch lebenden Tiere ins kochende Wasser werfen dürfen, wo sie schnell gestorben seien, und dann habe man zu dritt am Tisch gesessen und das weiße Fleisch aus den roten Schalen gekratzt. Sie sei, sagte Sylvie, wirklich froh, dass ihre Mutter ihren leiblichen Vater rechtzeitig verlassen habe, noch heute, meinte sie, könne sie nicht verstehen, was ihre Mutter jemals an diesem Typen gefunden habe, widerlich sei der gewesen und aufdringlich – hier unterbrach sich Sylvie kurz und schaute sich im Café um –, auch ihr gegenüber, wenn ich wisse, was sie meine, und ich verzog das Gesicht, während Sylvie sagte, ja, stell dir vor, und dass sie wirklich dankbar sei, dass der sich so gut wie gar nicht bei ihr melde, ein-, zweimal im Jahr wenns hoch komme, und wenn sie ihn dann treffe, verlange sie jedes Mal Geld von ihm, Schweigegeld sozusagen, meinte sie und lachte. Viel besser, sagte sie, sei da Rüdiger, der neue Freund ihrer Mutter. Der handle mit Luxusautos, erzählte sie, ganz groß im Geschäft sei er, außerdem sehe er für sein Alter recht passabel aus und habe Stil, aber weil sie die beiden in ihrem neuen Glück nicht stören wolle, ziehe sie jetzt erst einmal zu Hause aus, und genau das hat sie dann kurze Zeit später auch getan und eine winzige Einzimmerwohnung in der Nähe der Schule gemietet.

Sylvie machte in ihren Erzählungen kunstvolle Pausen, in denen sie an der Zigarette zog und nachdenklich ihre Blicke schweifen ließ, und ich weiß noch, dass ich in diesen Redepausen immer sehr gespannt darauf wartete, wie die Erzählung weitergehen würde, doch nach einiger Zeit sagte sie jedes Mal, das wars, mehr gibts nicht zu erzählen, und dann packte sie ihre Tasche, trank den letzten Schluck Kaffee aus und sagte zu mir, gehen wir, woraufhin ich das Geld abgezählt auf den Tisch legte und hinter ihr her aus dem Café eilte.

An einem Novembertag vor vier Jahren fing Sylvie plötzlich an zu weinen. Bereits in der Schule hatte sie betrübt ausgesehen, und nach der zweiten Stunde war sie zu mir gekommen, lass uns ins Café gehen, hatte sie gesagt, und ich hatte, ohne einen Moment zu zögern, mein Portemonnaie eingesteckt und war mit ihr durch den Schulhof, über die Straße und ins Café gegangen. Kaum saßen wir, begann Sylvie zu weinen, leise und in sich gekehrt, und da ich sie noch nie hatte weinen sehen, wusste ich nicht, wie ich mich verhalten sollte. Schließlich legte ich ihr eine Hand auf die Schulter und streichelte sie ein wenig, und beim Kellner, der Sylvie interessiert ansah, bestellte ich für jeden von uns eine kalte Schokolade. Als der Kakao kam, nötigte ich Sylvie, einen Schluck zu nehmen, wenigstens einen, sagte ich und hielt ihr die Tasse so lange vors Gesicht, bis sie sie nahm, ansetzte und austrank. Während sie trank, ließ sie mich nicht aus den Augen, und als die Tasse leer war, schaute sie mich triumphierend an, ein wenig war es, als hätte sie eine Wette gewonnen oder ein Armdrücken oder eine Mutprobe, aber im nächsten Augenblick weinte sie schon wieder.

Als Sylvie endlich wieder sprechen konnte, erzählte sie, dass ihr Vater gestorben sei, und noch bevor ich fragen konnte, welcher, weil ich wusste, dass Sylvies Mutter inzwischen einige ihrer Verehrer erhört und sie damit zumindest zu Vätern auf Zeit gemacht hatte, sagte sie, mein leiblicher, und dabei fing sie wieder so heftig an zu schluchzen, dass ich meine Frage, ob sie denn darüber nicht erleichtert sei, nicht stellte. Er sei, sagte Sylvie, bei einem Autounfall gestorben, einfach so, von einem Moment auf den anderen, und dabei habe er doch gerade erst seine Krebserkrankung überstanden, weißt du eigentlich, fragte sie, dass ich damals oft bei ihm im Krankenhaus gewesen bin?, und ich sagte, ach, und, im Ernst?, weil ich davon tatsächlich nichts gewusst und immer gedacht hatte, Sylvie sei froh, ihren Vater möglichst selten sehen zu müssen. Hattest du ihm denn verziehen?, fragte ich, und als sie mich verständnislos anschaute, flüsterte ich, wegen seiner Aufdringlichkeiten, aber Sylvie schüttelte nur den Kopf, so war das doch gar nicht, sagte sie mit resignierter Stimme, und dann wurde sie wütend und fauchte mich an, dass ich ihren Vater nicht in den Dreck ziehen und beschimpfen solle, nicht einmal gekannt hätte ich ihn, was mir also einfiele, und darum sagte ich nichts mehr und streichelte nur nach einer Weile wieder ihre Schulter.

Es ist nicht immer alles so, wie es scheint, sagte Sylvie, als sie sich ein wenig gefasst hatte, und mir musst du nun wirklich nicht alles glauben, fügte sie hinzu und lachte spöttisch, aber kaum hatte ich in ihr Lachen eingestimmt, war es schon wieder zu einem Weinen geworden, ständig, schluchzte Sylvie, lüge ich, und während wir zusammen zur Bushaltestelle gingen, sagte sie das noch einige Male und schimpfte auf sich und ihre furchtbare Art, wie sie es nannte, alles, was sie möge, schlecht zu machen und schlecht zu behandeln, auch dich, sagte sie, und obwohl ich damals bereits wusste, dass das in gewisser Weise stimmte, widersprach ich ihr, nein, sagte ich, zu mir bist du doch immer nett.

Als Erste in der Klasse wohnte Sylvie alleine, und wenn ich sie nachmittags besuchte, bewunderte ich die Eigenständigkeit, mit der sie in ihrer kleinen Küche mit den gelben Kacheln, den grauen Arbeitsflächen und dem Ausklapptisch aus Plastik hantierte, als habe sie das schon immer gemacht. Wenn wir nicht den Unterricht besuchen wollten, sind wir zu ihr gegangen und haben uns Filme angesehen und geredet, und dabei muss ich die Schule glattweg vergessen haben, auf jeden Fall wurden meine Noten rapide schlechter, aber der Gedanke an Sylvies Einzimmerwohnung tröstete mich immer, wenn ich wieder eine schlechte Zensur bekam. Als dann das Halbjahreszeugnis vor mir lag, wurde ich doch ein wenig nervös, denn eigentlich hätte es die Zulassung zum Abitur sein sollen, aber nun war es genau das nicht. Wirklich schade, sagte meine Klassenlehrerin, als sie mir das Zeugnis gab, aber du hast es ja sicher nicht anders erwartet, meinte sie, und ich habe genickt und gefragt, und nun? Am gleichen Nachmittag hat mir meine Lehrerin in ihrem Büro erklärt, dass sie das alles nicht verstehe, weil ich doch immer ganz gut in der Schule gewesen sei, in der achten Klasse, erinnerte sie sich, sogar eine der besseren Schülerinnen, und ich habe gesagt, die Zeiten ändern sich eben, und dann bin ich sehr kleinlaut geworden und habe noch mal gefragt, was nun?, und da hat meine Lehrerin gesagt, da gibt es nur eins: ein Jahr zurück.

Den ganzen Abend habe ich mir vorzustellen versucht, wie ich noch einmal in die zwölfte Klasse gehen würde, bei den anderen Schülern, dachte ich, ist man natürlich unten durch, wenn man ein Jahr zurückgestuft wird, und bei meinem Vater, fiel mir dann ein, auch, bis zum Abitur würde er mich womöglich seine Enttäuschung spüren lassen, und die Nachmittage mit Sylvie wären Vergangenheit, weil Sylvie aus irgendeinem Grund die Zulassung zum Abitur bekommen hatte, wenn auch nur knapp, und da habe ich mich entschieden, dass ich lieber kein Abitur wollte und stattdessen eine Ausbildung zur Speditionskauffrau machen würde. Dann, habe ich gedacht, kann ich auch bald eine eigene Wohnung haben, mit gelben Kacheln in der Küche und rotem Linoleum im Flur.

Erst hat mein Vater mich angeschrien, als ich ihm von meiner Entscheidung erzählte, dann hat er versucht, mich mit Argumenten umzustimmen, und meine Mutter hat währenddessen geweint, weil sie dachte, dass unter diesen Umständen niemals etwas aus mir wird. Sylvie aber hat gesagt, sie respektiere meinen Entschluss. Als ich zwei Monate später eine Lehrstelle zur Speditionskauffrau antrat, fühlte ich mich sehr erwachsen, auch wenn ich nach einigen Wochen schon sah, dass die Chefin und ich nicht miteinander auskamen, und als sie mich eines Nachmittags wegen einer falsch ausgestellten Rechnung anschrie, bin ich nach Hause gegangen und habe am nächsten Tag meine Kündigung eingereicht.

Die Schule vorzeitig verlassen zu haben, hat mir eigentlich nur einmal leid getan: am Tag der Abiturfeier, zu der ich Jan und Sylvie begleitete, die an diesem Abend besonders hübsch aussah und sich ihren Notendurchschnitt mit blauem Kugelschreiber aufs linke Handgelenk geschrieben hatte, wie eine Tätowierung sah das aus. Als wir in die Aula der Schule kamen, hatte ich den Eindruck, dass alle meine früheren Klassenkameraden mich neugierig betrachteten, und darum trank und lachte ich besonders viel, und sobald ich Gelegenheit dazu hatte, erzählte ich von meinen Berufserfahrungen, aber die meisten fragten mich früher oder später, ob es mir nicht leid tue, nun ohne Abitur dazustehen, und als ich um kurz nach Mitternacht mit Sylvie und Jan nach Hause ging, merkte ich, dass es mir tatsächlich ein bisschen leid tat, kein Abitur zu haben, doch Sylvie legte mir einen Arm um die Schultern, mach dir nichts draus, sagte sie, und Jan stimmte ihr zu, Bildung ist nicht alles, versicherte er, und dann redeten sie über ihr Germanistikstudium, das im Herbst beginnen sollte. Als wir am Haus meiner Eltern ankamen, sprachen sie immer noch darüber und küssten mich nur flüchtig auf die Wange, bevor sie in derselben Richtung weitergingen, und ich dachte mir nichts dabei, weil doch beide in ungefähr der gleichen Richtung wohnten.

ALS ICH aus dem gusseisernen Tor des AEW trete, lehnt Jan an der Mauer gegenüber, einen Fuß hat er hinter sich an die Wand gestellt, die Jeansjacke über den Arm gelegt, seine Tasche steht mit der abgeschabten Rückseite nach vorne vor ihm auf dem Boden. Andrea, die mit mir aus dem Tor kommt, fragt spöttisch, wer ist das denn?, als Jan sich bei meinem Anblick von der Wand abstößt, die Tasche vom Boden aufhebt und mir, ohne zu lächeln, sehr langsam entgegenkommt, und ich sage, ein Bekannter, ich geh mal rüber. Weil Andrea sich noch einige Male zu mir umdreht, küsse ich Jan nicht.

Jan und Sylvie haben beschlossen, heute Nachmittag den Lateinkurs ausfallen zu lassen und stattdessen im Park zu liegen, um den unerwartet sonnigen Tag zu genießen; ist das erste Mal richtig warm in diesem Jahr, sagt Jan, wenn du Lust hast, komm doch mit, und an seinem Tonfall merke ich, dass es Sylvies Idee war, mich zu holen, und dass er auch gut darauf hätte verzichten können, und darum überlege ich nur kurz, bevor ich mich bei ihm unterhake. Weißt du eigentlich, sage ich, während wir durch die Straßen gehen, dass das Lächeln ein Selbstschutz ist, instinktiv zeigt man damit dem anderen, dass man ihm nichts tut. Jan sieht mich mürrisch an und löst seinen Arm aus der Umklammerung. Hat mir mein Vater erklärt, sage ich, und dann zeige ich ihm, dass ein schmaler Streifen aus dunklem Beton die hellgrauen Quader des Gehwegs in zwei Hälften teilt, und er hält kurz an, schaut auf den Boden, schüttelt den Kopf und geht weiter, noch immer sagt er nichts, obwohl ich ihm den Kuss verziehen hätte. Seine Jeansjacke lässt er an einem Finger über die rechte Schulter hängen. Verlangsame ich meinen Schritt, kann ich ihn von hinten sehen, und in diesen Momenten weiß ich genau, dass ich ihn nicht mag.

Sylvie ist bereits im Park, sie hat ihren blauen Mantel umgedreht, nur das glänzende Futter berührt die Erde, und sie liegt auf der wollenen Seite, blättert in einem Buch und zupft dabei Grashalme aus, die sie sich zwischen die vorderen Zähne schiebt und an denen sie zieht, bis sie reißen, um dann die einzelnen Grasstücke mit spitzen Fingern aus dem Mund zu holen. Als wir kommen, schaut sie von ihrem Buch hoch, verzieht den Mund zu einem Lächeln und weist auf die grüne Fläche neben sich, setzt euch, ruft sie, als befänden wir uns in ihrer Wohnung, nur zu, der Boden ist schon ganz warm von der Sonne. Wir sitzen im Dreieck und sprechen nur wenig, manchmal lässt einer von uns ein Wort oder einen halben Satz fallen, den die anderen aufschnappen und ein bisschen weiterspinnen, bevor das Gespräch wieder versandet. Ein Flugzeug kreuzt bedächtig den Himmel über uns, und als ich ihm nachblicke, verliere ich das Gleichgewicht und kippe nach hinten, wie die neugierigen Pinguine, die auch umfallen, wenn sie Fliegern hinterherschauen, der Kondensstreifen steht wie eine weiße Naht am unwirklich blauen Himmel, Sylvie kichert leise, und ich kann Jans Atem hören, sicher sehen sie sich tief in die Augen, vielleicht fassen sie sich an. Ich wäre jetzt gerne im Süden, sage ich.

Wie eine kleine Brandung dringt Stimmengemurmel zu uns heran. Auf dem Kiesweg, der durch den Park führt, steht eine Gruppe schwarzer Männer um eine der morschen Holzbänke herum, keiner von ihnen ist älter als dreißig, ihre Locken glänzen, und die Jeanshosen sind weit und unförmig und beulen sich an den Knien. Einer der Männer macht von Zeit zu Zeit ein paar Tanzschritte, zwei, drei rhythmische Bewegungen vor und zurück, wobei er die Arme wie ein Boxer vor sich hält und jeweils Zeigefinger und kleinen Finger auffordernd seinen Freunden entgegenstreckt. Checker, sagt Jan und dreht sich von seiner Seitenlage auf den Bauch, um die Gruppe besser beobachten zu können. Die kommen jeden Nachmittag hierher, jeder von denen hat hier seine Stammkäufer, und weiter vorne – er zeigt in Richtung des Parkausgangs auf die ruhige Seitenstraße – sitzt ein Komplize in seinem Mercedes mit extrabreiten Reifen und hat die Ware bei sich, immer mit laufendem Motor, damit er schnell abhauen kann, wenn die Polizei kommt. Sylvie kichert, meinst du echt?, fragt sie und tut naiv, weil es ihr gut steht, wenn sie verwundert schaut und ungläubig lächelt, und Jan sagt mit wichtiger Miene, klar, kannst du mir glauben, und dass er so was auf hundert Meter Entfernung erkennt.

Ein Schäferhund trabt auf unsere Decke zu und schnuppert kurz an den Büchern, aber die Hand, die Sylvie ihm hinhält, betrachtet er nur aus misstrauisch dunklen Augen, die wie mit einem Kajalstrich aus schwarzem Fell umrandet sind. Hinter uns steht eine Frau, Schweine seid ihr, schreit sie, ohne jemanden dabei anzuschauen, Dreckskerle, elende Idioten. Ihre roten Locken sind lang und verfilzt, und wild gestikuliert sie mit ihren Armen, während sie schreit, aber trotzdem ist alles an ihr seltsam kraftlos, als würde sie nur an dünnen Fäden hängen, und wenn die zerrissen, bräche sie zusammen und bliebe liegen, hinter uns auf der Wiese, in ihrer karierten Jacke, die kotig aussieht wie ihre Hosen und die Sandalen.

Auf dem benachbarten Sportplatz, der zwischen dem Hof einer Grundschule und der Wiese liegt, spielen drei etwa zehnjährige Jungen in übergroßen Polohemden Basketball. Einer der Jungen dribbelt mit dem Ball und die anderen warten in gebückter Haltung darauf, dass sie eingreifen können, aber bevor ihm jemand den Ball wegnehmen kann, reckt sich der Junge und wirft ihn zum Korb. Die Wand hinter dem Netz scheppert, der Ball prallt an ihr ab, ohne den Korb zu treffen.

Direkt hinter dem roten Hartgummifeld beginnt ein Mann an den drei Stufen, die zum Sportplatz hinunterführen, zu turnen. Er springt die Stufen runter und wieder rauf, dabei streckt er die Arme nach vorne und hinten, nach einer Weile ändert er den Rhythmus, springt schneller, die Arme kreisen, dann lässt er sie herabhängen und dreht sich um, rückwärts springt er nun die Stufen hoch, später dreht er sich noch einmal und springt seitlich. Außer weißen Turnschuhen und Socken trägt er nur eine blau glänzende Sporthose, die ihm bis zur Mitte der Oberschenkel reicht, sein Oberkörper ist nackt und muskulös, und eine Kette um seinen Hals funkelt manchmal in der tief stehenden Nachmittagssonne. Die Haut des Mannes ist braun, mit einem Stich ins Rötliche, er sieht nach zu viel Sonne aus. Wie alt schätzt ihr den?, fragt Jan und zeigt auf den Mann. Fünfzig, sage ich, mindestens. Jan lacht, sieht aus wie ein Päderast, meint er, wie der da halbnackt neben den Kindern rumturnt. Im Liegen imitiert er die Bewegungen des Mannes, indem er seine Arme waagrecht zum Oberkörper hält und mit den Händen Kreise beschreibt, der ist mindestens sechzig, behauptet er, der versucht doch bloß, jünger auszusehen. Jans Hände kreisen weiter in der Luft, er atmet sehr laut ein und aus und fasst sich plötzlich ans Herz, gleich kriegt er einen Herzinfarkt, ruft er und keucht.

Sylvie reißt weiter Grashalme aus, während sie Jan zusieht. Ihr Buch hat sie aufgeschlagen auf ihrem Schoß liegen lassen, nun klemmt sie einen Grashalm zwischen die Seiten und klappt das Buch zu. Sechsundfünfzig ist der, sagt sie, und Jan lacht wieder, aha, Expertin für ältere Herren, was?, fragt er anzüglich, und Sylvie sagt, nein, aber den kenne ich, das ist Rüdiger, der Freund meiner Mutter.

Tut mir leid, sagt Jan. Sylvie grinst. Ist schon okay, sagt sie, ich denke genauso über den, aber ich glaube – und damit sieht sie auf ihre Uhr, steht auf und greift nach ihrem Mantel und der Tasche –, dass ich jetzt mal lieber nach Hause gehe.

Ich sehe Sylvie noch eine Zeit lang hinterher, wie sie im Gehen ihren Mantel anzieht; es dauert ein bisschen, immer wieder stößt ihr rechter Arm ins Leere, während der linke Arm und die linke Schulter schon im Mantel stecken, einmal verfängt sich ihre Hand im dunklen Stoff und sie reißt ungeduldig, um sich zu befreien, und gerne würde ich ihr helfen und den Mantel geöffnet hinter ihrem Rücken für sie bereithalten, aber da ist sie bereits am Tor angelangt, das sie aufstößt und sorgfältig hinter sich schließt, ohne uns noch einmal anzusehen, sonst würde sie bemerken, dass ich sie beobachte, neben mir Jan, dem das Lachen vergangen ist und der wie leblos auf dem Rücken liegt und in den Himmel

schaut, nur seine Pupillen bewegen sich und manchmal seine
Hände, mit denen er über das kurz stehende Gras streicht.

LANGSAM WIRD ES zu heiß, um beim Arbeiten die Haube aus weißem weichem Papier, unter der alle Haare verschwinden müssen,
aufzubehalten, zu heiß auch, um in der Nähe des Herds zu stehen
und dem Koch die Schüsseln mit geschältem und zerkleinertem
Gemüse zu reichen, zu heiß, um sich von ihm anschreien zu lassen, wenn ein Gemüsestück zu groß oder zu klein geraten ist, und
als ich heute nach Hause kam, dachte ich darum, dass ich nicht
mehr lange in der Kantine arbeiten möchte.

Als Sylvie vorschlägt, zum See zu fahren, sage ich gleich ja,
und nur eine Viertelstunde später kommt sie mich abholen, mit
ihrem kleinen blauen Fiat, dessen Fahrerseite verbeult ist und an
dessen rechter Seite der Außenspiegel fehlt, weil jemand ihn abge-
treten hat, die kleine Einbuchtung unterhalb der Stelle, wo der
Spiegel eines Morgens wie traurig herabhing, muss dabei von der
Ferse verursacht worden sein. Erdbeeren, sage ich, als ich im Auto
sitze und Sylvie das Pappschälchen hinhalte, und Sylvie sagt, fein,
Erdbeeren, und wendet den Wagen und gibt Gas.

Am See ist es fast leer, weil es noch zu kalt zum Schwimmen ist, aber man kann seine Füße ins Wasser halten und nachschauen, welche Abfälle am Ufer des Sees liegen, eine Coladose,
eine leere Flasche aus grünem Glas, eine Tüte. Sylvie trägt zu
ihren Jeans ein Bikinioberteil, zwei kleine schwarze Dreiecke, die
übersät sind mit weißen Punkten und ihre Brüste nur knapp
bedecken, rechts und links schauen die Rundungen hervor, und
vielleicht ist das der Grund, warum der Mann, der ein paar Meter
entfernt auf einem hellbraunen Handtuch liegt und sich davon er-
holt, als Einziger bereits im Wasser gewesen zu sein, immer wieder zu uns herüberschaut, aber Sylvie sieht ihn nicht an, und auf
meine Blicke reagiert er nicht.

Sylvie ist furchtbar schön, alles an ihr stimmt: die dunklen Augen, die Nase, die weder zu breit noch zu schmal, weder groß noch eine Kindernase ist, sondern genau die Nase, die eine schöne Frau haben sollte, die Grübchen in ihren Mundwinkeln, wenn sie lächelt, die Kerbe, die ihr Kinn in zwei perfekte Hälften teilt und sie unverwechselbar macht, die kleine Mulde zwischen Nase und Mund, die dicken, langen Haare in der Farbe gebeizten Nussbaums, die zierlichen Fesseln, schmalen Hüften und der lange, schlanke Hals, der elegant wirkt, aber manchmal auch, wenn Sylvie sich unbeobachtet glaubt und den Kopf ein wenig nach vorne sinken lässt, an einen vor Hitze müden Blumenstengel erinnert.

Irgendwo schreien Kinder, hoch und schrill die Stimmen, und Sylvie beugt sich zu mir hin, streicht mir die Haare aus der Stirn und sagt, such dir doch endlich mal eine andere Arbeit, weil ich gestöhnt habe, in Gedanken an die Küche, und an Edgar, den Koch, der mir am Morgen beim Kartoffelschälen über die Schulter geschaut und gesagt hat, mit Kartoffeln sei es wie mit Frauen, jung und ohne Makel seien sie am besten, und dann hat er seine Hand von hinten zwischen meine Beine gesteckt, die Handfläche geöffnet, wie zum Gruß, ganz schnell ist das gegangen, und kaum habe ich mich erschrocken umgedreht, hatte er sich bereits von mir abgewandt, hat nur noch einmal über die Schulter geblickt und mir mit der Hand zugewinkt, die er eben unter meine Schürze und zwischen meine Beine gesteckt hatte, und für einen Moment habe ich gedacht, ich hätte mich vielleicht getäuscht.

Später, als wir die Erdbeeren essen, von denen manche noch nicht reif sind, reißt Sylvie eine Seite aus ihrem Kalender und schreibt mir den Namen und die Telefonnummer eines Freundes ihrer Mutter auf, der sucht eine Sekretärin für sein Architekturbüro, sagt sie, und ich sage, mal schauen.

Als die Sonne verschwunden ist und es uns zu kühl wird, fahren wir zu Sylvie, und sie erzählt mir von ihrem neuen Freund, in den sie sehr verliebt ist, aber ich darf nicht wissen, wer er ist, wie er heißt, was er macht, wo er wohnt, nur dass er schön ist, auf eine nachlässige Weise schön, sagt Sylvie, mit Haaren, die weich wie ein Nerzfell sind und sie zuweilen am Hals kitzeln, erzählt sie mir. Ihre Stimme vibriert ein wenig, wenn sie von ihm spricht. Mit angezogenen Beinen sitzt sie auf dem Boden und lehnt sich gegen die Wand, an der das Bild einer sitzenden Ballerina hängt, erschöpft ihre Haltung, einen Arm um das aufgestellte Bein gelegt, und auch Sylvie legt die Arme um ihre Knie, und dann raucht sie eine Zigarette und schaut über mich hinweg an die Zimmerdecke. Er ist etwas ganz Besonderes, sagt sie, ich glaube fast, der ist es, und ich nicke und grinse und warte darauf, dass sie zu lachen beginnt, den Kopf würde sie in den Nacken legen, den Mund zu einem Lachen aufreißen, das kehlig klänge und auch etwas unecht, und spöttische grüne Blicke träfen mich, weil ich nicht gemerkt hätte, dass sie absichtlich übertriebe, Sex, würde sie vielleicht sagen, Sex, meine liebe Klara, das ist es, was zählt, und den ›Einen‹ gibts nicht, hast du es immer noch nicht kapiert?, und ich würde nicken und erwidern, dass ich mich schon gewundert hätte über sie, und dabei würde ich selbst versuchen, zynisch zu klingen, aber am Ende wäre es nur kläglich.

Möchtest du etwas trinken?, fragt Sylvie und geht, ohne meine Antwort abzuwarten, aus dem Zimmer, und ich sage, ja, gerne, in den leeren Raum hinein und nehme das Glas Wein, das sie mir hinhält, als sie aus der Küche kommt, und sie setzt sich wieder meinem Sessel gegenüber auf den Boden und gähnt, ohne sich die Hand vor den Mund zu halten, und natürlich sieht sie schön aus dabei. Diesmal, sagt sie, ist es anders als sonst, ganz anders, und ich nicke und bin ein bisschen neidisch, weil ich ihr jetzt glaube und bereit wäre, mir erzählen zu lassen, wie das ist, wenn alles anders wird, wegen der Liebe, aber da schüttelt Sylvie schon den Kopf, als wolle sie ihren Gedanken eine neue Richtung geben, und fragt, was gibts Neues aus der Kantine?

Ich erzähle Sylvie von einem Streit zwischen Edgar, dem Koch, und Milka, der griechischen Küchenhilfe. Als ich schildere, wie Edgar Milka anschreit, das Gesicht verzerrt, die Kochmütze auf den dunkelfeuchten Haaren ein wenig zur Seite gerutscht, woraufhin Milka, Ruhe im Blick und Verachtung, in gebrochenem Deutsch zu Edgar sagt, ist gut, hast Recht, Edi, und Edgar sich nun – hin und her gerissen zwischen der Angst vor Milkas ruhiger Herablassung und dem Gefühl, verstanden zu werden – abwendet und Andrea anschreit, die dem Streit zugeschaut hat, das ist hier kein Zirkus, weiterarbeiten!, lacht Sylvie laut auf. Du kannst so gut beobachten, sagt sie, und ich weiß für einen Moment genau, warum ich sie allen anderen Menschen vorziehe.

Es ist neun Uhr, als ich das erste Mal sage, ich gehe jetzt nach Hause, aber Sylvie bittet, bleib doch noch, lass uns ein bisschen fernsehen, es soll ein schöner Film kommen, und ich willige ein, gut, sage ich, aber höchstens bis zehn, ich muss morgen früh raus, und Sylvie nickt, dankbar, wie mir scheint, und das kommt selten genug vor. Sie steht auf, bündelt in einer aufwendigen Geste ihr Haar am Hinterkopf und dreht es umeinander zu einem Dutt, der, in sich selbst verknotet, in ihrem Nacken hängt, wo er sich bald wieder lösen wird. Sie schaltet den Fernseher ein, das erste Programm, hier muss der Film gleich kommen, sagt sie, und dann geht sie in die Küche und holt den Wein, und wir trinken und schauen dabei auf den Bildschirm, auf dem eine Talkrunde zu sehen ist, aber kein Film, und Sylvie füllt unsere Gläser nach, kaum, dass sie leer sind, und dann fragt sie, was macht die Liebe bei dir?, und dabei lacht sie, als wisse sie mehr als ich über die Liebe. Du weißt es, nicht wahr?, frage ich, und Sylvie zuckt unbestimmt mit den Schultern, vielleicht, sagt sie, und dann legt sie einen Arm um mich und lehnt ihren Kopf gegen meinen Hals, aber sag du es mir, flüstert sie, sag du es mir.

Jan, sage ich, liebt mich nicht, und ich liebe ihn nicht, wir haben uns schon wieder gestritten, aber trotzdem bleiben wir zusammen, was gibt es da noch zu sagen? Sylvie leert ihr Glas und legt ihren Kopf zurück an meinen Hals, tja, murmelt sie undeutlich, was gibt es da noch zu sagen, er ist ein Idiot, und ich nicke und sage nichts mehr. Klara, beginnt Sylvie wieder, setzt sich aufrecht hin, schaut mich starr an, und nun kann ich hören, dass ihre Stimme bei jedem Wort zu kippen droht, du musst dich trennen von ihm, such dir einen anderen, einen Besseren, aber ich lache nur, unecht, wie ich selbst finde, und sage, dass es auch gute Momente gebe, manchmal, sage ich, ist es schön mit Jan, wie gestern, als wir miteinander schliefen und er wollte, dass die Welt dabei zusieht, und darum schaltete er sie an, und blau war der Globus, wasserhimmelblau, und Südamerika schaute uns gelb und braun und grün zu, und als ich aufstand, habe ich die Welt gedreht, was willst du sehen?, habe ich Jan gefragt, und er hat sofort verstanden und geantwortet: Australien.

Während ich spreche, verteilt Sylvie den restlichen Wein in die Gläser, auf dich, sagt sie und stößt mit mir an. Sie lehnt sich weit zurück, um den letzten Tropfen zu bekommen, und auch ich trinke, und jeder Schluck macht meinen Kopf leichter, entsetzlich hoch sitzt er auf dem engen Hals, und dann nimmt Sylvie mir das Glas aus der Hand und küsst mich, einfach so, und ich zögere nur kurz, bevor ich ihren Kuss erwidere, ihre Zungenspitze an meinen Zähnen, meinem Gaumen, und dann wird mir schlecht, ich schiebe Sylvie von mir und renne aus der Wohnung, zur Toilette im Hausflur, und über die Schüssel gebeugt, werde ich immer wieder von der Übelkeit überfallen, alles gebe ich von mir, den Wein, die Umarmung, den Kuss, und als ich wieder ins Zimmer komme, hat der Film begonnen, und ich setze mich neben Sylvie und weiß, dass ich den Film zu Ende schauen muss, auch wenn mir am nächsten Morgen schwindelig vor Müdigkeit sein wird. Wir sitzen nebeneinander und sehen auf den Bildschirm. Einmal fragt Sylvie, gehts wieder?, und ich sage, ja, danke, alles wieder in Ordnung, und um kurz nach elf gehe ich. Als sei nichts gewesen, umarme ich Sylvie an der Tür, und sie sagt, schlaf gut, und schließt die Tür hinter mir, sodass sie nicht mehr sieht, wie ich mich, auf der ersten Treppenstufe stehend, noch einmal zu ihr umdrehe.

Dann gehe ich durch die Straßen, sogar nachts riecht es jetzt schon nach Frühling, und ich denke über alles nach, aber zu einem Schluss komme ich nicht.

WIR MÜSSEN unsere Beziehung beenden, es geht nicht mehr, sagt Jan, und ich schaue auf seine Schuhe, wie sie neben meinen den Asphalt treten, unsere vier Füße, beinah im Gleichtakt, und um uns herum helle Fenster, grell das Licht im einen, gedämpft im nächsten, und in einem dritten ist nur das bläuliche Leuchten des Fernsehapparates zu sehen. Jan sagt, es ist nicht dein Fehler, es ist meiner, und in mir regt sich ein Lachen, husten muss ich, um nicht laut herauszuplatzen, wie kann er so einen Satz sagen, denke ich, und dann sehe ich ihn an, ängstlich wartet er auf meine Reaktion, und ich sage, ist schon in Ordnung, kein Problem.

In einem Bogen gehen wir zurück zum Haus, und während Jan immer wieder versucht zu erklären, wie das alles so weit hat kommen können, versuche ich, in fremde Häuser hineinzusehen, neugierig und erlöst, so kann es halt gehen, tröste ich ihn, wir können beide nichts dafür. Dankbar schaut er mich an, und eigentlich ist alles gesagt, doch verstummen wollen wir nicht, und so sprechen wir über uns, worüber sonst könnten wir in einer solchen Situation auch reden, und Jan erinnert mich daran, wie wir vor zwei Jahren gemeinsam in Urlaub gefahren sind, unser einziger Versuch in dieser Richtung, Rucksack auf und in den Süden getrampt und einig immer nur während der Stunden, die wir in fremden Autos verbrachten, nous venons de Frankfort, oui, le grand aéroport, la France est merveilleux, España tambien. Die schwüle Wärme im Zelt, die Feuchtigkeit zwischen uns und jeden

Morgen die abgestandene Luft, ich habe Jan nie gesagt, wie sehr mich sein Geruch damals angeekelt hat. Weißt du noch, wie bei dem Sturm das Zelt über uns zusammenbrach?, fragt er, und ich muss lachen, als ich mir vorstelle, wie wir unter dem silber-violetten Stoff begraben wurden, ein wild um sich tretender Kokon, und Jan lacht auch, wir stehen vor der Haustür und lachen, und immer wenn der eine aufhört, beginnt der andere von neuem, aber irgendwann sind wir beide still, wir umarmen uns, und ich sage, ich wünsche dir viel Glück, du findest bestimmt mal die Richtige, und Jan hebt die Schultern und grinst plötzlich.

Dass sich manchmal mit einem einzigen Grinsen alles ändern kann, versuche ich Sylvie zu erklären, und sie nickt, aber sie versteht nichts, und vielleicht ist es deshalb, dass ich plötzlich weinen muss, und auch, weil mir schlagartig klar wird, dass ich einsam bin und Jan nicht, weil er klug genug war, so lange mit mir zusammenzubleiben, bis eine Neue für ihn da war. Sylvie steht neben mir und vermeidet jede Berührung, ich gehe mal Kaffee machen, sagt sie, und ich nicke, tatsächlich tröstet mich die Aussicht auf einen Kaffee ein bisschen, und Sylvie geht aus dem Raum, zwischen den Schneidezähnen halb pfeifend, halb ausatmend, und kurz wundere ich mich, dass sie gar nicht betrübt ist.

Ich höre, wie die Kaffeebohnen in der Mühle zerkleinert werden, und einen Moment lang ist mir unklar, warum ich überhaupt weine; dass ich Jan nicht mehr liebe, weiß ich, so gesehen hat Sylvie Recht, mich nicht zu trösten, denke ich, und das Gefühl der Enttäuschung, das mich kurz zuvor bei ihrem Anblick überkommen hat, flaut ab, und dann klingelt Sylvies Telefon und ihr Anrufbeantworter springt an, und Jan sagt, dass er an sie denke und froh sei, dass sie nun endlich auch ganz offiziell zusammen sein können – beinahe erkenne ich seine Stimme nicht, so sanft ist sie, so schmeichlerisch –, ich habe das nur für dich getan, fügt er hinzu, vergiss das nie.

Sylvie rumort weiter hinter der geschlossenen Küchentür, ihr Pfeifen ist zu hören, irgendeine triumphierende Melodie, während das Rauschen der elektrischen Kaffeemühle abrupt aufhört, jetzt muss sie den Kaffee aus der Mühle in die bereitstehende Blechdose schütten, drei gestrichene Teelöffel davon in den silbernen Metallnapf der Espressomaschine, zwei Kaffeetassen wird sie unter die doppelte Düse stellen, und das Porzellan wird aneinander gestoßen werden, sobald die Maschine vibrierend läuft, und ich weiß, dass ich es nicht ertragen kann, wenn sie gleich ins Zimmer kommt, das Tablett vor sich her tragend, mit den Tassen darauf, Zucker und Milch daneben, und vielleicht wird sie dann immer noch pfeifen und auf einmal hässlich aussehen, mit den gespitzten Lippen, dem Kussmund. Die Tür schließe ich leise hinter mir, sie soll nicht merken, dass ich weggehe, nur dass ich fort bin, soll sie erkennen, im Hausflur flackert das Licht, und aus der Toilette kommt auf halber Treppe der saure Geruch des Ammoniaks.

BILD DIR bloss nicht ein, sage ich zu meinem Vater, als der mich darauf hinweist, wie leichtsinnig ich sei, bild dir bloß nicht ein, ich wüsste nicht, dass es gefährlich sein kann, nachts durch die schlecht beleuchteten Viertel der Stadt zu gehen. Durch die Gegenden, in denen die Geschäfte hinter staubigen Scheiben alte, mit Grünspan überzogene Metallkrüge und Vasen aus buntem Glas anbieten, Lampen mit Hunderten von tropfenförmigen Glaszapfen, und daneben Porzellanfiguren, Katzen, die sich die Pfoten lecken, wachsame Hunde und Vögel in blassen Farben, im Tanz erstarrte Männer und Frauen mit weißen Perücken und ausladenden Garderoben. Wo sich die Kneipen an den Ecken der Straßen befinden und Los Calvadores und Gertruds Pinte heißen und Bieremble auf die Laternen rechts und links des Eingangs gedruckt sind. Blumenläden gibt es da, deren Eingang ab acht Uhr abends ein hölzerner Rolladen versperrt, aber die Seitenfenster bleiben erhellt, und die Lilien, weiß und schlank und hochmütig, die Rosen, die gelben Gerbera, der blaue Damenschuh, die Hyazinthen, die einfältigen Nelken recken die Köpfe zum künstlichen Licht, doch sieht man genau hin, erkennt man, dass sich die Ränder ihrer Blätter bereits bräunlich verfärben. Vom Hellen gelangt man schnell ins Dunkle in diesen Gegenden, plötzlich gibt es keine Läden mehr, nur noch vereinzelte Kneipen, aus denen Lärm dringt, der lauter wird, sobald sich eine Tür öffnet, und mit dem Lärm gelangt der Geruch von Frittierfett nach draußen.

Ich kann nicht widerstehen und gehe die Stufen hoch zu einer dieser Kneipen, die Holztür mit den gelben Glaseinsätzen, durch die man verschwommen das Innere erkennen kann, stoße ich auf, und dann sehe ich die roten Kacheln auf dem Boden, die dunkelbraunen Holzstühle, die moosgrünen Tischdecken, die Blumengestecke aus Plastik, die Vorhänge mit ihren Taillen aus bestickten Bordüren, und die Männer, die an einem der Tische sitzen, ihre Karten wie Fächer in den Händen, und neugierig aufschauen. Ich setze mich mit dem Rücken zu ihnen, sodass ich an die Wand sehe, als ich meine Bratkartoffeln esse, eine Scheibe nach der anderen tunke ich in die Mayonnaise, die in zwei kleinen Tütchen auf dem Tellerrand lag.

Mir gegenüber hängt ein Aquarell, ein Mann und eine Frau sind darauf zu sehen, seine rechte Hand liegt auf ihrer linken Wange, ihre linke Hand auf seiner rechten Wange, einen Kreis bilden sie, und ich bin sicher, dass nur ein unglücklich Verliebter dieses Bild gemalt haben kann und dass er sich bei jedem Pinselstrich abwechselnd zugeflüstert hat, sie liebt mich, sie liebt mich nicht, so wie ich es nun bei jedem Bissen tue, sie liebt ihn, ich liebe sie, er liebt sie, er liebt mich, und immer schließt das eine das andere aus, ich liebe ihn, sie liebt mich, es ist ein Wirbel, ein Strudel und ich mittendrin, und ich weiß plötzlich, dass es Jans Haare sind, dunkelblond und nerzweich, die Sylvie manchmal am Hals kitzeln, und ich frage mich, ob sie in Lachen ausgebrochen sind, wenn ich ihnen in den Sinn gekommen bin, vielleicht haben sie erst nur gegrinst und Sylvie hat gesagt, nicht doch, die arme Klara, aber dann haben sie sich angesehen, ein Blick aus den Augenwinkeln hat genügt, und da lachten sie, bis ihnen die Tränen kamen, wegen mir, die wieder einmal nichts gemerkt hatte.

In meinem Rücken höre ich die Männer, sie sprechen über mich, und als ich mich umschaue, stoßen sie einander an, grinsen und ziehen anerkennende Gesichter. Wenn sie nur wüssten, dass ich gar nicht zimperlich wäre, nur versuchen müssten sie es, einer von ihnen müsste sich ein Herz fassen und zu mir kommen, ich wäre gerne leichtsinnig heute Abend und würde einen mitnehmen, in den dunkelsten der Hinterhöfe, wo ich ihm unter seine nach Frittierfett riechenden Kleider fassen würde, und käme jemand in den Hof, würde ich in meiner Bewegung innehalten und den Kopf meines Liebsten gegen mein Schlüsselbein drücken.

Als ich aufgegessen habe, bezahle ich. Die Zurufe der Männer beachte ich nicht, so habe ich es nicht gemeint, und beim Rausgehen nicke ich darum nur der Kellnerin zu.

Auf dem Rückweg bleibe ich vor den Läden stehen, Bräute im Fotogeschäft lachen mich an, Nachthemden und Unterwäsche liegen für mich bereit, ein dreimastiges Segelschiff in einer Flasche, Spielwaren, ein Schachspiel, geschnitzt aus Kirsch- und Buchenholz, und bei jedem Schaufenster, bei jedem Blick in die langen Straßen mit ihren gelb durchfluteten Hauseingängen, den öffentlichen Telefonzellen, den Bänken, den Blumenkübeln, den Fahrrädern, die an Pfosten und Laternen gekettet sind, kommt mir alles vertraut vor, und ich werde ein bisschen traurig, weil sich alles wiederholt und doch nie dasselbe ist.

Auf der anderen Straßenseite läuft eine Frau, ihre Hose schimmert bläulich, ausladend schaukeln ihre Brüste und der Po bei jedem Schritt, und dazu klirren die Armbänder, und ich stelle mir vor, ich sei die, die da nach Hause geht, aus einer Kneipe kommend, in der Tasche das Trinkgeld von heute Abend, und wenn ich nicht wollte, schliefe ich heute Nacht nicht alleine, sondern ginge zu meinem Freund, und er dürfte sich an mir wärmen, in meinen weichen Kurven, meinen weiten Winkeln. Manchmal wünschte ich mir, ich wäre ein leichtes Mädchen.

ICH SOLLTE mit Doro reden. Ich war neun, als ich mit ihr eine Abmachung traf. Wer von uns beiden je ein Problem hat, kann auf die Hilfe der anderen zählen, so lautete in etwa unser Pakt, den wir, obwohl wir uns fast immer stritten, miteinander getroffen hatten. Doro ist bisher noch kein einziges Mal darauf zurückgekommen, nie bin ich ihre erste Ansprechpartnerin gewesen, selbst dann nicht, als sie mit siebzehn Jahren schwanger wurde, von Simon, ihrem Exfreund, dem auch ich schöne Augen machte, vielleicht wegen seiner langen Haare, die ihm immer wieder in die Stirn fielen und ihn nötigten, sich die dunklen Strähnen mit gelangweilten Bewegungen aus dem Gesicht zu streichen. Zuerst hatte Doro damals mit ihrer Freundin Carol gesprochen, dann mit unseren Eltern, und erst ihrem anschließenden Streit entnahm ich, was meiner Schwester widerfahren war. Mit Schrecken wurde mir damals bewusst, wie weit sich Doro von mir entfernt hatte; die Tatsache, dass sie mit einem Jungen schlief, während ich bisher nur beim Flaschendrehen geküsst worden war, und dann auch nur auf die Hände, Arme, Wangen und einmal auf die Lippen, trennte uns voneinander, endgültig und ohne, dass sie es bemerkte. Als sie mir schließlich alles erzählte, wusste ich es bereits und kannte Einzelheiten und die Entscheidungen, die getroffen worden waren, aber ich hörte zu, nickte verständig und rief, toll, ein Baby, und dass es doch eigentlich schön sei, ein Kind zu bekommen, ich würde immer mit ihm spielen, versprach ich Doro, die mich mit neuer Ernsthaftigkeit umarmte, über Nacht wollte sie erwachsen geworden sein, und ich suchte nach Anzeichen dafür in ihrem Gesicht. Weißt du, sagte sie, eine Schwester zu haben ist schon toll, stell dir vor, wir wären immer alleine mit Mama und Papa, und ich habe wie sie die Mundwinkel nach unten gezogen, als sei die Vorstellung auch für mich furchtbar, aber das war sie nicht, im Gegenteil: Oft schon, wenn ich mit Doro im Fond des nach Leder riechenden Volvos gesessen hatte, hatte ich mir gewünscht, sie bei einer der nächsten Straßenkreuzungen aus dem Auto schubsen zu können, und stets war ich mir sicher gewesen, dass auch ihr diese Idee gekommen war; wir beide lauerten nur darauf, wann wir uns der anderen entledigen könnten. Nach dem Einsteigen drückte ich jedes Mal sofort das Knöpfchen runter.

Tja, sagt Doro, wenn du willst, komm doch heute Abend vorbei. Ich habe frei, und wir können etwas kochen und reden, wenn du magst. Obwohl Doro nicht so klingt, als freue sie sich auf mich, sage ich ja. Um halb sieben fahre ich mit der U-Bahn bis Dornbusch, gehe die Eschersheimer Landstraße runter, links von mir stehen Autos vor der Ampel, der Supermarkt an der Ecke Spenerstraße hat noch geöffnet, eben kommt eine Frau heraus, zwei prall gefüllte Tüten in den Händen, ihr Kleid ist mit geometrischen Mustern verziert, das Gesicht vor Anstrengung verzerrt; dass man ständig einkaufen gehen, immer wieder diese Tüten durch die Straßen tragen muss, denke ich.

Komm rein, sagt Doro und öffnet die holzfurnierte Tür, so weit es geht, und ich trete in ihre Wohnung ein und umarme sie, ich habe gar nichts mitgebracht, sage ich, ist das schlimm?, und Doro sagt, nein, nein, ist alles da, und im nächsten Moment kommt Thomas um die Ecke gelaufen, bereits im Schlafanzug, ›Ralley Paris–Dakar‹ steht auf seinem Pyjama, und viele Autos fahren von den Schultern hinunter bis zu den Füßen, wo sie zu einem regenbogenfarbigen Bündchen gerinnen. Thomas springt an mir hoch, ich muss ihm nur unter die Arme greifen und ihn nach oben stemmen, schon klammern sich seine Beine rechts und links um meine Hüfte und sein kleines Gesicht ist auf Augenhöhe mit mir, er verschränkt die Hände in meinem Nacken, legt seinen Kopf in meine Halsbeuge, er riecht nach Milch und ein wenig säuerlich, er sei nicht müde, beteuert er, nicht ein bisschen. Wir brauchen fast eine halbe Stunde, um Thomas ins Bett und zum Schlafen zu bringen. Erst muss er sich unter Doros Aufsicht die Zähne putzen, was er gründlich macht, auf und ab lässt er seine Zahnbürste mit dem gelb-braunen Griff in Form einer Giraffe kreisen, und gelangweilt betrachte ich die Tiermotive, die überall im Bad zu finden sind, auf den Handtüchern, dem kleinen Bademantel, den Fußmatten, sogar die Haken für Waschlappen und Handtücher haben die Form von Tigern, Löwen und Seehunden. Mit dem Handtuch fährt sich Thomas wieder und wieder übers Gesicht, ist alles trocken?, fragt er Doro, und sie nickt und sagt, und wie, ganz rot bist du schon, aber Thomas drückt sein Gesicht noch ein paar Mal ins Handtuch und reibt sich die letzten Tropfen aus dem Haaransatz und den Wimpern.

Im Bett sträubt er sich mit allen Mitteln gegen den Schlaf, immer wenn Doro sagt, nun reichts, schlaf jetzt, macht er eine Miene, als würde er gleich anfangen zu weinen, sein Kinn und seine Unterlippe beginnen zu zittern, die rechte Hand ballt er zu einer trotzigen Faust, bereit, mit ihr auf die Bettdecke einzuschlagen, während sich sein Mund und seine Augen zum Weinen verziehen und seine Sätze abgehackt, anklagend und speichelig werden, und darum bestimmt Doro, dass ich Thomas noch eine kurze Geschichte vorlese, während sie schon einmal in die Küche geht, um unser Essen zuzubereiten. Thomas sagt mir, welches Buch ich nehmen soll, und gemeinsam betrachten wir die Bilder, und ich lese ihm vor, was unter den Bildern steht, dass sich nämlich Lisa

48

dringend eine Schwester wünscht, die sie dann auch bekommt, nur dass die Schwester nun ein Bruder geworden ist, ein Umstand, über den sich Lisa nach kurzer Enttäuschung doch noch freut. Auf dem letzten Bild im Buch sieht man das Mädchen mit ihrem Bruder. Er reicht ihr bis zur Brust und trägt einen blau-weißen Matrosenanzug, in der Hand hält er einen Teddybären, während Lisa hinter ihm steht und über das ganze Gesicht lacht. Thomas muss das Buch schon oft angeschaut haben, einige Seiten sind verknickt und ein wenig speckig. Möchtest du denn auch gerne einen Bruder oder eine Schwester haben?, frage ich ihn, und er schüttelt den Kopf und sagt, manchmal schon.

Ich wünsche mir kein zweites Kind, so viel ist klar, sagt Doro, während sie sich eine dritte Portion Nudeln auf den Teller legt. Aber selbst wenn ich mir eins wünschte, würde ich es mir sehr genau überlegen, allein schon wegen Thomas, Geschwister sind die Hölle. Wir sitzen am Esstisch, vor mir steht die Schüssel mit der Ratatouille, die zu flüssig, fast eine Suppe, geworden ist, und Doro fragt, oder?, und dann lacht sie und legt sich, gerade so als erschrecke sie über sich selbst, die Hand vor den Mund und sagt, na ja, du natürlich nicht. Ich frage, wer denn dann?, und möchte belustigt klingen, aber ich bin beleidigt, wie viele Geschwister hast du denn außer mir?, und Doro sagt, natürlich keine, aber ich meinte trotzdem nicht dich, eher das, was man sonst so sieht und hört. Ich nicke, aber versöhnt bin ich nicht, und Doro merkt das und fragt, möchtest du noch Nudeln?, und als ich den Kopf schüttele, sagt sie, ist auch besser so, es gibt gleich nämlich noch dein Lieblingseis. Ach ja, erwidere ich ungläubig, ich wusste gar nicht, dass du das kennst, und Doro sagt, doch, Haselnuss, und mir fällt ein, dass das auch ihr Lieblingseis ist, aber ich beschließe, nichts mehr dazu zu sagen, denn eigentlich wollte ich mit Doro über Jan reden. Und über Sylvie.

Sylvie, sagt Doro, ist echt ein Früchtchen. Aber so war sie doch schon immer, fügt sie hinzu und runzelt die Stirn, ich habe oft gedacht, dass da was laufen könnte zwischen den beiden. Doro grinst, als sie weiterspricht, aber eigentlich habe ich das bei fast allen Jungen gedacht, die ich mit Sylvie gesehen habe, sie hat irgendwie immer geflirtet. Ich weiß, sage ich. Das Haselnusseis schmeckt nicht, es ist wässrig, ganze Stücke aus gefrorenem Wasser stecken im hellbraunen Eis, und Doro hat nicht einmal Sahne oder Schokoladensoße dazu serviert, nur zwei schiefe Kugeln hat sie mit einem Esslöffel aus der bereits halb leeren Schale geschabt und auf zwei altmodische Glasschälchen verteilt. Doro isst das Eis, ohne es zu beißen, sie nimmt Löffel für Löffel in den Mund, wobei sie jedes Mal ihre Schneidezähne ein wenig über das Metall kratzen lässt, dann schluckt sie das Eis herunter, beinahe sofort und ohne es im Mund hin- und herzuschieben, jeden ihrer Schlucke kann ich überdeutlich hören. Was soll ich denn jetzt machen?, frage ich und Doro antwortet, da kann man wohl gar nichts machen. Bevor sie fortfährt, nimmt sie einen weiteren Löffel Eis. Eigentlich solltest du froh sein, die beiden los zu sein, sagt sie, kann ja jetzt nur besser werden, oder? Ich weiß nicht, sage ich, und Doro zuckt mit den Achseln, wird schon, meint sie, und ich sage, mag sein, aber dass ich mich im Moment ziemlich einsam fühle, doch ich sage das sehr leise, und Doro hört mich nicht, weil sie gerade dabei ist, das Geschirr in die Spüle zu stellen. Noch einen Kaffee?, fragt sie, und als ich ablehne, legt sie eine Hand vor den Mund und gähnt im Anfall plötzlicher Müdigkeit ausgiebig und ziemlich laut, und ich denke, dass sie gleich auf die Uhr schauen und sehen wird, dass es schon spät geworden ist. Doro nimmt einen Lappen, hält ihn unter das laufende Wasser, drückt ihn aus, fährt damit flüchtig über die Arbeitsflächen und die Spüle, in der sich das Geschirr stapelt, das mache ich morgen, sagt sie, und dann schaut sie auf ihre Armbanduhr, und ich stehe auf und sage, ja, wir müssen ja beide morgen früh raus, dabei muss nur ich früh aufstehen, Doro kann schlafen bis acht, doch sie nickt, stimmt, sagt sie, wie schade, und ich umarme sie und sage, danke für das Essen. Von unten schaue ich noch ein bisschen zu ihren Fenstern hinauf. Hinter zwei Fenstern ist es dunkel, doch im dritten Raum, Doros Schlafzimmer, brennt ein kleines Licht und ich sehe ihren Schatten durch den Raum gehen, einmal hält sie beide Arme über den Kopf, es sieht aus, als ob sie tanzt, aber wahrscheinlich zieht sie sich nur das T-Shirt aus. Ich überlege, was ich zu ihr sagen würde, wenn sie jetzt, in diesem Moment, das Fenster öffnen und mich hier unten stehen sehen würde. Vielleicht würde ich mich schnell umdrehen und so tun, als ob ich sie nicht gesehen hätte, oder ich würde meinen Kopf in den Nacken legen und in den Himmel schauen, die Sterne sind heute recht interessant, würde ich ihr zurufen und nach oben deuten, aber weil es geregnet hat, ist kein einziger Stern zu sehen; vielleicht würde ich ihr auch einfach ein letztes ›Gute Nacht‹ zurufen, und wenn sie dann fragen würde, warum bist du denn noch hier?, würde ich sagen, nur so, ich fands gerade schön, am Haus hochzuschauen und zu wissen, hinter welchen Fenstern du lebst, und dann würde ich ihr Kopfschütteln einfach ignorieren, mich umdrehen und nach Hause gehen.

WANN GENAU etwas kaputt ging zwischen uns, weiß ich nicht mehr. Vielleicht war es an dem Tag, als ich zum ersten Mal merkte, dass Doro mich nicht mag. Ich muss vier Jahre alt gewesen sein, und wenn ich heute die Fotos anschaue, sehe ich weißblonde Haare, ein rundes Gesicht, blaue Augen und immer dieses Lachen, mit weit geöffnetem Mund; so begeistert blicke ich der Kamera entgegen, als ob das Glück der Erde an meinem rosigen Gaumen gipfelte.

In einem hellgrauen Metallsitz, der an den Lenker ihres Fahrrads montiert war, fuhr meine Mutter mich jeden Morgen gegen neun zum Kindergarten. Das flache Gebäude aus rotem Stein war von einer Hecke umgeben, aber die einzelnen Bäume waren so schütter, dass man durch sie hindurch auf den Spielplatz des Kindergartens schauen konnte. Im hinteren Teil des Spielplatzes sah man die Burg, die aus runden, in die Erde gestemmten Holzpflöcken gebaut war und sich wie ein Schneckenhaus nach innen drehte. Die Eingangstür des Kindergartens war bei einem Fest bunt angemalt worden, Regenbogenstreifen, ölig schillernde Kreise, ein Pferd in der oberen rechten Ecke, ein Hase weiter unten, mit einem umgeknickten und einem stehenden Ohr, und genau in die Mitte der Tür hatte eine der Kindergärtnerinnen einen fünfzackigen roten Stern gemalt.

An diesem Morgen knie ich im Garten vor dem Beet, das direkt an die Terrasse grenzt, vor mir, auf dem kühlen dunklen Boden, sind vereinzelt violette und gelbe Spitzen zu sehen, die Krokusse beginnen zu blühen, einer nach dem anderen, aber noch ist keiner der Kelche geöffnet, und ich halte meine Hände um die Stiele und beuge mich hinunter, um die Krokusse anzublasen, die Innenseiten meiner Hände werden dabei warm und feucht, von einem Krokus zum nächsten gehe ich, immer wieder kauere ich mich hin und hauche die Blumen an, damit sie hier, jetzt, vor meinen Augen aufplatzen und ihre Blüten entrollen.

Aus dem Haus höre ich die Stimme meiner Mutter. Sie spricht mit Doro, die zu spät aufgestanden ist und nun in aller Eile ihr Frühstück essen muss. Doro, sagt meine Mutter, du kommst zu spät zur Schule, und Doro mault, ich beeile mich ja, aber meine Mutter ist nicht zu besänftigen, nie schaffst du es, früher aufzustehen, schimpft sie, du bist halt doch noch zu klein für die Schule. Doro ist sieben, vor einem halben Jahr erst wurde sie eingeschult, alle ihre Freunde kommen schon in die zweite Klasse, nur Doro nicht; schmächtig und mutlos ist sie das letzte Jahr ohne ihre Freunde in den Kindergarten gegangen.

In der Küche klappert meine Mutter mit dem Geschirr, und durch die Fensterscheibe sehe ich Doro am runden Tisch sitzen, vor sich im braun-roten Becher ihren Kakao und auf dem Teller eine Scheibe Brot, die sie immer wieder in die Hand nimmt, zum Mund führt und nach jedem Bissen ganz schnell auf den Teller zurücklegt. Ich winke ihr zu, und als sie nicht reagiert, obwohl sie mich gesehen hat, klopfe ich gegen die Scheibe, Doro, rufe ich laut, hallo, aber sie blickt mich nur böse an und ruft zurück, nerv nicht, dämlicher Heuschreck, sie nennt mich oft so, Heuschreck, weil ich so schlecht still sitzen kann, und es stört mich nicht, auch jetzt nicht, obwohl ich merke, dass sie es diesmal nicht nett gemeint hat.

Plötzlich steht meine Mutter neben ihr. Ich sehe durch die Scheibe, wie sie Doro am Arm hochzieht, wir haben sie beide nicht kommen sehen, und dass sie nun angeschrien wird, erschreckt Doro. Jetzt reicht es mir, schimpft meine Mutter und schüttelt sie, länger würde sie nicht zusehen, wie Doro mich behandelt, ich hätte ihr nichts getan und sie solle ihre Laune nicht an anderen auslassen, schon gar nicht an Kleineren, du bist wirklich ein furchtbares Kind, ruft sie, und ich kann sehen, wie sich Doros Gesicht verfärbt, wurde es erst rot, wird es nun blass, und ich stoße die Terrassentür auf und laufe ins Esszimmer, ich hänge mich an den freien Arm meiner Mutter, lass sie, rufe ich, lass sie los, ich versuche sie wegzuziehen, indem ich mich mit einem Fuß gegen das Stuhlbein stemme und mit aller Kraft an ihrem Arm ziehe, und als sie plötzlich nachgibt und Doro loslässt, die wie eine Marionette auf ihren Stuhl sinkt, falle ich hin.

Ohne ein weiteres Wort geht meine Mutter aus dem Zimmer, ich höre, wie sie die Wohnungstür öffnet und schließt. Doro hat ihr Brot wieder in die Hand genommen, sie schaut mich nicht an und beißt kleine Stücke ab, die sie mechanisch kaut. Komm, sage ich, ist doch wieder alles gut, und Doro dreht sich zu mir um und sagt, nichts ist gut, gar nichts, ich wünschte, dich gäbs nicht, und kaum hat sie das gesagt, stopft sie sich den Rest des Brotes in den Mund und sieht mich, während sie kaut, böse an. Von draußen höre ich meine Mutter nach mir rufen, wir müssen los, Klara, zum Kindergarten! Der Metallsitz presst meine Beine zusammen, die Nähte meiner Jeanshose drücken sich in meine Oberschenkel, im Nacken spüre ich den Atem meiner Mutter, und ich denke an Doro, die mir nicht gewunken hat, auch nicht, als ich an ihr vorbei zur Haustür ging und mich noch einmal umdrehte, die Hand zum Indianergruß gehoben, und ›hugh‹ sagte.

Am Nachmittag, nach dem Essen im Kindergarten, stehe ich vor der bunten Tür, wie jeden Tag warte ich auf Doro, gemeinsam werden wir nach Hause gehen, ein Fußmarsch, den ich nur an ihrer Hand, auf der inneren Seite des Bürgersteigs, machen darf, auf keinen Fall, hat mir meine Mutter immer wieder eingeschärft, dürfe ich alleine losgehen, aber als Doro nicht kommt, auch dann nicht, als alle anderen Kinder schon an mir vorbeigegangen sind, zu ihren wartenden Müttern oder Geschwistern – und immer habe ich auf ihre Nachfragen geantwortet, dass meine große Schwester gleich kommt, aber sie kommt nicht –, gehe ich doch alleine los. Auf halbem Weg holt mich Doro ein, sie ist gerannt, ich kann es an ihrem roten Gesicht sehen und an den feuchten Ponyfransen, die bis auf ihre Wange herablecken, und Doro nimmt mich bei der Hand und sagt streng, kein Wort zu Mami, und ich nicke und hoffe, dass alles wieder so wird, wie es war, und ich hüpfe ein wenig beim Gehen, vor Freude, dass sie jetzt da ist und damit sie mich vielleicht noch mal Heuschreck nennt, aber Doro sagt nur, lauf gerade, und zieht mich über die Ampel, die soeben von Rot auf Grün gewechselt hat.

ACH, SAGT JANS MUTTER, ach, Klara, es ist alles meine Schuld, und sie beginnt zu weinen, eine Zeit lang ist nur das zu hören, und ich flüstere, aber nein, sicher nicht, doch sie beharrt darauf, es waren ja meine Schlaftabletten, hätte ich doch nur nie, aber ich kann doch sonst nicht schlafen, und wer kann denn wissen, sagt sie, dass er davon nehmen würde, die ganze Packung, dreißig Stück.

Ich konnte Jans Mutter noch nie leiden, ihre aufgetürmten Haare, ihre von Wimperntusche umschatteten Augen mit der hellen Iris und den viel zu spitzen Pupillen, ihre kleine Nase, die im Aufwärtsschwung die Oberlippe mit sich zieht, sodass die Schneidezähne zwischen den hellrot geschminkten Lippen hindurchblitzen, was Jans Mutter ein dümmliches Aussehen verleiht, dümmlich, aber so keck, dass jeder, der sie sieht, ahnt, wie hübsch sie als Teenager gewesen sein muss, mit vierzehn, fünfzehn Jahren, als sie zu den Jungen aus dem Dorf ins Auto stieg, sich nach Hause fahren und manchmal auch auf dem Rücksitz anfassen ließ. Nie wurde sie müde, uns von ihren Verehrern zu berichten, von all den Männern, die sie hätte haben können, wenn sie nur gewollt hätte, doch sie hatte nicht gewollt, sondern sich ausgerechnet in den Verkäufer von Miederwaren verliebt, der ihr bereits am Anfang ihrer Bekanntschaft eine Korsage schenkte, schwarz, aus Spitze, mit roten Bändern durchsetzt, schon da, sagte sie, hätte sie eigentlich misstrauisch werden müssen, vielleicht sei sie es ja sogar gewesen, heute wisse sie das nicht mehr, und auch Jan weiß nicht, warum sie ausgerechnet den Verkäufer wählte und ihm zwei Kinder schenkte, und warum der Verkäufer dann ein paar Jahre später für immer gegangen ist, weiß Jan auch nicht, sicher hatte er eine Jüngere, meinte er manchmal, und fast schien es dann, als würde ihm die Vorstellung Spaß machen, dass seine Mutter wegen einer anderen, einer jüngeren Frau verlassen worden sei.

Mich hat Jans Mutter nie gemocht. Klara, hat sie einmal gesagt, da waren Jan und ich schon seit zwei Jahren und drei Monaten zusammen, Klara, hat sie gesagt, du musst wirklich mehr aus dir machen, und ich habe genickt, während ihr sorgenvoller Blick mein errötendes Gesicht abgraste, die ungezupften Brauen, die über der Nase in einer dunklen Bahn zusammenliefen, die in den Spitzen ausgebleichten Haare, die schmalen Lippen, und dann hat sie an meinen in hellgelben Shorts steckenden Beinen herabgesehen und gefragt, rasierst du überhaupt deine Beine?, und als ich verneinte, hat sie gestöhnt, um Gottes willen, und sich von mir weggedreht und Jan zugerufen, dass ich immer noch warte, was sei, ob er heute noch aus dem Bad komme, und Jan hat geschrien, halts Maul!

Es ist doch nicht Ihre Schuld, wiederhole ich, und dann muss endlich auch ich weinen, und Jans Mutter sagt, ja, wahrscheinlich hast du Recht, wahrscheinlich ist diese Sylvie daran schuld, der er den Abschiedsbrief geschrieben hat, ist das nicht deine Freundin?, fragt sie, und ich sage, nein, nicht mehr, und frage, was steht denn im Brief?, und Jans Mutter antwortet zögerlich, dass sie sich nicht genau erinnere, von Kälte sei die Rede gewesen, von Verlust, von Rache; offenbar, sagt sie, habe Sylvie Jan verlassen, er aber habe nicht ohne sie leben wollen, und dann hält sie inne und fragt, war er nicht eigentlich mit dir zusammen?, und ich sage, ja, schon, aber eben nicht nur. Da kennt sich ja keiner mehr aus, sagt Jans Mutter und ihre Stimme klingt vorwurfsvoll. Wie geht es Jan denn?, frage ich, und sie antwortet, nun ja, er ist außer Lebensgefahr, aber noch sehr schwach und sehr, sie beginnt wieder zu weinen, unglücklich. Ich warte ein bisschen, dann frage ich, darf ich ihn besuchen?, und Jans Mutter versetzt, plötzlich ungeduldig, aber ja, deshalb rufe ich ja an, er hat nach dir gefragt.

Am Telefon ist Jans Stimme ganz klein. Ja, sagt er, du darfst kommen, aber nicht Sylvie, nie mehr wolle er sie sehen, kein einziges Mal, wirklich nie, nie wieder, beteuert er, und ich unterbreche ihn und frage, wie ist es in der Klinik?, und er sagt, na ja, und dann sagt er lange nichts mehr, es ist ein bisschen bedrückend hier, murmelt er schließlich, alle hier sind mindestens so fertig wie ich. Im Hintergrund ist eine laute Stimme zu hören, dann Schreie, Schritte, die den Gang entlangrennen, da dreh mal wieder einer durch, flüstert Jan, und wir verabreden, dass ich am nächsten Nachmittag zu ihm komme.

Im Zimmer sind Bahnen von Staub in der Luft, und tritt man in einen der späten Sonnenstrahlen, die durch die beiden Fenster hereinkommen, hinter denen es hellgrün schimmert, fängt man fast sofort an zu schwitzen. Aber Jans Bett steht an der hinteren Wand im Schatten, und vielleicht ist sein Gesicht darum grau und die Haut um die Augen knittrig wie Pergament. Seine Haare sehen unordentlich aus, als habe er sie seit Tagen nicht mehr gekämmt, sicher ist er nicht einmal mit den Fingern durchgefahren. In den inneren Augenwinkeln klebt ihm der Sand der Nacht, und auf der Stirn ist ein Pickel gewachsen, rot, mit weißer Mitte. Hallo Jan, sage ich, und er sagt, hallo, und versucht, lustig zu sein, ich schaffe nicht mal, mich umzubringen, nicht mal das, meint er und lacht wie über einen gelungenen Scherz, aber ich lache nicht und frage, wie fühlst du dich?, und Jan lacht wieder, als er mit affektierter Stimme entgegnet, quicklebendig, leider. Darfst du rausgehen?, frage ich, und Jan sagt, in Begleitung schon, aber ich will nicht, doch diesmal dulde ich keinen Widerspruch, wasch dir das Gesicht, sage ich, kämm dir die Haare und lass uns einen Kaffee trinken gehen, und Jan nickt und flüstert, in Ordnung, aber für mich nur Früchtetee.

Im Park des Krankenhauses strecken sich die Bäume in den Himmel, seit Jahrzehnten müssen sie da stehen, und wir setzen uns unter eine der Kastanien und greifen mit den Händen in den Sand und ziehen jeder einen Kreis um sich, und Jan ist traurig und still, erst vier Tage ist es her, und ich erzähle ihm von meiner Arbeit und schmücke die Geschichten aus, von Edgar erzähle ich, von Milka, sogar von Andrea und den Abenteuern, die ich für sie erfinde, mit meinem heimlichen Geliebten, doch Jans Gesicht bleibt leer, erst als ich sage, dass ich vielleicht bald kündige und Sekretärin werde, hellt es sich auf, das ist gut, sagt Jan, das ist sehr gut, und dabei wirkt er zum ersten Mal älter als ich.

Wir setzen uns in die Cafeteria, und ich hole ihm einen Tee, der dünn und rosa und heiß ist, und Jan trinkt die ersten Schlucke so geräuschvoll, dass ich mich umschaue, ob es jemand bemerkt, aber niemand scheint sich für uns zu interessieren, mit hängenden Schultern sitzen die Kranken in ihren Jogginganzügen an den hellbraunen Resopaltischen und rühren in ihren Tassen, und neben ihnen sitzen mit ratlosen Gesichtern die Besucher, die erst heimlich, dann immer unverhohlener auf ihre Uhren schauen. Bist du müde?, frage ich Jan, und der zuckt mit den Schultern und sagt, nein, eigentlich nicht, oder doch, und dann schweigt er und trinkt einige Schlucke, und gerade als ich fragen möchte, warum hast du das getan, dabei weiß ich es ja, erzählt er, dass er eine Therapie beginne, um darüber zu reden, und als ich frage, worüber, sagt er leise, Sylvie.

Vielleicht liebt sie dich ja doch, sage ich später, auf dem Weg zurück zum vierstöckigen Gebäude der Psychiatrie. Von Sylvies Reaktion habe ich ihm nichts erzählt. Gestern, direkt nach meinem Gespräch mit Jan, hatte ich sie angerufen, sie hat geweint, wegen dir, könnte ich zu ihm sagen, doch das würde ihn nur ermutigen. Jan lächelt niedergeschlagen, wer weiß, sagt er, aber dann, gerade als ich die Glastür öffnen will, hält er mich plötzlich am Arm zurück, und ich lasse die Klinke, die ich schon in der Hand halte, wieder los, drehe mich zu ihm um und sehe gerade noch, wie er mit einem Fuß aufstampft wie ein Kind, bevor er mich anfährt, ich solle bloß aufhören, wir beide wüssten ja, dass Sylvie ihn nicht liebe, Lügen, ruft er, brauche er nicht auch noch. Im Hintergrund sehe ich zwei Ärzte, die den Platz vor der Klinik überqueren und kurz anhalten und zu uns rüberschauen, bevor sie weitergehen, und plötzlich hätte ich Lust, Jan zu schlagen, so fest möchte ich ihn ohrfeigen, dass sich meine Hand auf seiner

Wange rot abzeichnet, ich finde, er hat es verdient, wenn nicht er, denke ich, wer denn sonst, und was, würde ich dann fragen, ist mit mir?, doch da sehe ich, dass seine Augen schon in Tränen schwimmen, und darum sage ich nur, ist ja gut, beruhig dich, nehme seinen Arm und führe ihn die drei Treppen nach oben. In seinem Zimmer legt sich Jan aufs Bett, ich ziehe ihm die weiße Decke bis unters Kinn und sage, ich muss los, und noch bevor er antworten kann, bin ich weg, nicht ohne im Davonlaufen zu versprechen, bald wiederzukommen, aber ich weiß schon, dass das eine Lüge ist.

UM KURZ VOR ACHT komme ich im AEW an, gehe in den Umkleideraum und ziehe den gestreiften, schon ein wenig fleckigen Kittel über meine Kleidung, die Haare stecke ich im Gehen unter die Haube, die Hände wische ich am Kittel ab, und dann betrete ich die Küche gerade in dem Moment, in dem Edgar mit zwei riesigen leeren Töpfen auf dem Arm an der großen Schwingtür vorbeigeht. Hätte ich die Tür, statt sie zu mir hinzuziehen, nach innen geöffnet, hätte sie womöglich Edgar mitsamt seinen Töpfen umgestoßen, was jedoch sein eigener Fehler gewesen wäre; dass man nicht zu nah an der Schwingtür vorbeigehen soll, hat er selbst uns immer wieder eingeschärft. Jetzt reckt er seinen Kopf hinter dem Topfstapel hervor und ruft im Weiterlaufen, kommt die Dame auch einmal, dabei bin ich pünktlich, darum sage ich, dass es genau acht Uhr sei und es somit also kein Problem gebe, und Edgar bleibt so abrupt stehen, als hätte ich ihm ein Lasso um den Hals geworfen. Mit drohendem Gesichtsausdruck dreht er sich zu mir um und geht auf mich zu; ganz nah stellt er sich vor mich hin und zischt, dir täte mal eine Abreibung gut, meine Liebe, und ohne, dass ich ein weiteres Wort sagen kann, wendet er sich von mir ab und geht ans andere Ende der Küche, wo er die Töpfe ins Spülbecken stellt.

Zwei Stunden lang rüsten Milka, Andrea und ich das Gemüse, und Milka erzählt von ihrem Sohn, der zurück nach Griechenland gegangen ist, ins Land seiner Väter, sagt sie stolz, aber im nächsten Moment hebt sie die Hand mit dem Messer an ihr Gesicht und wischt mit dem Handrücken eine Träne weg, die sonst auf die Mohrrüben oder die Kartoffeln oder Paprikaschoten gefallen wäre, und noch einmal sagt sie, ins Land seiner Väter, ist das nicht schön, und wieder weiß sie nicht, ob sie stolz oder traurig sein soll, und ich sage, doch, und sie nickt dankbar. Andrea hört die ganze Zeit nur zu und sagt nichts. Mit gleichmäßigen Bewegungen schält sie das Gemüse, die Mohrrüben, Kartoffeln und Zucchini; die Paprika halbiert sie, und die weißen Kerne schabt sie mit der Hand heraus, die braune, dicke Haut der Sellerieknollen entfernt sie, die grünen Blätter des Lauchs schneidet sie ab, und aus der verbleibenden Stange macht sie gleichmäßige Rädchen, und immer wenn ich sie ansehe, schaut sie weg und tut so, als sehe sie mich nicht. Als wir das vorbereitete Gemüse in großen Schalen vermischen, sagt sie, es ist aus, nur das, es ist aus, und dabei macht sie ein Gesicht, als verstünde sie selbst es noch nicht. Mit deinem Freund?, frage ich, und Andrea sagt, ja, stell dir vor, er ist einfach weggegangen, vorgestern, es habe keinen Sinn mit uns, hat er gesagt, und ich habe gedacht, er macht einen Scherz, aber seitdem hat er sich nicht mehr gemeldet und auch auf keinen meiner Anrufe reagiert, dabei habe ich ihm immer wieder Nachrichten hinterlassen, dringende Nachrichten, fügt sie hinzu, stell dir vor, einmal habe ich ihm nur aufs Band geheult. Andrea schüttelt den Kopf, als wolle sie die Vorstellung davon, wie der Anrufbeantworter ihres Freundes ihr Heulen abspielt, verscheuchen. Drei Minuten lang nur mein Geflenne, sagt sie und schnaubt verächtlich durch die Nase. Als Edgar sieht, dass wir neben den Schüsseln stehen und miteinander sprechen, kommt er auf uns zugelaufen, Schluss jetzt!, schreit er, und Andrea wischt sich langsam die Hände an ihrem Kittel ab, sagt, schon gut, dreht sich um und geht zurück zu ihrem Platz, wo sie mit der flachen Hand die Abfälle von der Arbeitsfläche in einen Eimer schiebt. Edgar macht einen weiteren Schritt auf mich zu, zwischen uns ist jetzt nur noch Platz für einen höchstens mittelgroßen Kochtopf, langsam habe ich genug von dir, sagt er und hebt drohend die rechte Hand, du machst mich noch ganz verrückt, und dann setzt er leise hinzu, pass bloß auf, dich habe ich schon lange auf dem Kieker.

In der Mittagspause suche ich Andrea, aber ich kann sie nicht finden, nicht auf der Toilette, nicht in der Mitarbeiterkantine und auch nicht im Hof; vielleicht, überlege ich, ist sie im Garten, in dem eine Sitzgelegenheit für die Angestellten der AEW steht, ein langer Bierzelttisch, zwei Bänke und einige Sonnenschirme mit Coca-Cola-Emblemen, aber im Garten ist niemand, der Tisch und die Bänke stehen leer in der Sonne, und die Schirme sind alle zusammengeklappt. Ich gehe um das kleine Holzhaus herum, das mit den blau-weiß gewürfelten Vorhängen hinter den Butzenscheiben bayerisch aussieht, und doch dient es nur dazu, den Rasenmäher und im Winter die Gartenmöbel zu beherbergen, rechts von mir liegt die Koppel, die an das Gelände der AEW grenzt und auf der manchmal Pferde weiden, zwei Braune und ein Rappe, der auf der Stirn eine Blesse in Form einer kleinen Banane hat. Hält man den Pferden Zuckerstückchen oder Mohrrüben über den Zaun, kommen sie sofort angetrabt, sie schnappen nach den Rüben, und wenn sie den Zucker von der flachen Hand fressen, kann man ihre dicken Lippen spüren und mit dem Daumen die weichen Nüstern streicheln. Ihr Atem ist warm und immer ein bisschen feucht.

Hinter dem Gartenhaus stehen einige Paletten, deren Holz morsch aussieht und an den Rändern splittert, außerdem fünf blaue Plastikfässer, die mir bis zum Bauchnabel reichen. Zehn Minuten, denke ich, bleibe ich hier, und danach mache ich mich wieder auf die Suche nach Andrea, um sie in der verbleibenden Zeit der Mittagspause zu trösten. Ich setze mich auf eine der Paletten, lege den Kopf in den Nacken und schließe die Augen, und vielleicht bin ich für einige Minuten eingeschlafen, denn erst als ein Schatten auf mich fällt, merke ich, dass ich nicht mehr alleine bin, und als ich die Augen öffne, sehe ich, dass sich Edgar zwischen die Sonne und mich gestellt hat; ohne seine hohe Kochmütze sieht er ziemlich klein aus, obwohl ich sitze und er steht, beide Hände in die Seiten gestemmt, als ob er wütend ist. Was machst du hier?, fragt er, und ich sage, einfach ein wenig sitzen, ich habe Andrea gesucht, und Edgar entgegnet, na, hier ist sie ja wohl nicht. Darf man denn hier nicht sitzen?, frage ich, und er sagt, nein, und dann räumt er ein, dass er es so genau nicht wisse, aber es gebe ja nicht ohne Grund Vorrichtungen und Räume, in denen das Personal seine Pausen verbringen könne, ohnehin aber hätte ich nur noch zehn Minuten Pause und darum solle ich nun bitte, falls mir das möglich sei, aufstehen und mit ihm kommen, zurück in die Kantine. Ich komme gleich, sage ich und bleibe sitzen, und Edgar schimpft, er wolle wirklich zu gerne mal wissen, warum ich ihm ständig widersprechen müsse, und dabei beugt er sich zu mir runter und sieht mir direkt in die Augen, und mir fällt auf, dass im rechten seiner taubengrauen Augen eine Ader geplatzt ist, ein roter Punkt in der Größe eines Nadelkopfes liegt direkt neben der Iris und verästelt sich in feine Äderchen. Edgar sagt, kommst du jetzt also?, und greift nach meiner Hand, und als er mich zu sich hochgezogen hat, lässt er meine Hand nicht los, sondern drückt seinen Körper gegen meinen, mit seinem Mund kommt er meinem Gesicht sehr nahe, er riecht nach Fleisch und Kaffee, und als er versucht, mich zu küssen, sage ich, lass doch, aber Edgar zischt mir zu, wenn du doch genau das willst, und greift plötzlich mit einer Hand in meinen Nacken. Wie bei einem Hasen, denke ich und sehe für einen Moment mein schwarzes Zwergkaninchen vor mir, wie ich es mit einem Griff ins Nackenfell aus dem Käfig hebe und es dabei erschrocken fiept; macht nichts, wenn die quieken, hatte mir der Verkäufer im Zoogeschäft versichert, die mögen das, und mit diesen Worten hatte er ein grau-weißes Kaninchen aus einem der Käfige genommen und in die Höhe gehalten, vor Schreck waren dem Kaninchen die dunklen Augen hervorgequollen und hohe, ängstliche Pfiffe hatte es ausgestoßen, und ich hatte eifrig genickt und ja gesagt, ja, ist gut, verstanden, nur damit der Verkäufer das Kaninchen endlich absetzte, aber er hatte erst einmal mit der freien Hand seinen kurzen Zigarrenstumpen wieder in den Mund genommen, ein paar Züge geraucht und dabei das Kaninchen hin- und hergeschwenkt, wie das Pendel einer Standuhr sah das aus, und erst dann setzte er es wieder ins Heu, wo es verwundert den Kopf schüttelte, schnell in die linke hintere Ecke hüpfte und insgesamt nicht so wirkte, als ob es das Pendeln gemocht hätte, aber was weiß ich denn schon von den Schwächen der Kaninchen.

Von nahem betrachtet verliert Edgars Gesicht jede Proportion. Nicht, dass er ansonsten schön ist, aber nun sind seine Augen riesig und seine Nase ragt viel zu weit nach vorne, hinter seinem struppigen Haar ist nur noch sehr wenig Himmel zu sehen, und auch das bisschen verschwindet jedes Mal ganz, wenn er sich noch näher zu mir hin beugt und versucht, mich zu küssen. Was ist denn?, schreit er mich an, als ich ihn von mir stoße, verdammt noch mal, flucht er, bist du jetzt vollkommen verrückt, und dazu macht er ein so erstauntes Gesicht, dass ich für einen Moment tatsächlich denke, mein und nicht sein Benehmen sei unverständlich, aber als er wieder einen Schritt auf mich zu macht, stoße ich ihn trotzdem so fest, dass er nach hinten, in die blauen Fässer fällt, die mit polterndem Lärm umkippen. Während Edgar sich wieder aufrappelt, drehe ich mich um und gehe in Richtung der Kantine. Ich habe in dem Moment noch vor, an die Arbeit zurückzukehren, aber als ich den Hof überquere, höre ich ihn hinter mir schreien, pass bloß auf!, und noch einmal, pass bloß auf!, und da halte ich an, drehe mich um und sehe ihm zu, wie er, leise vor sich hin fluchend, die Fässer wieder aufrichtet, und so lange schaue ich ihn an, bis auch er mich ansieht, erst dann knote ich meine Schürze auf, lege sie auf den Boden und direkt daneben meine Haube, die so weich und luftig da liegt, dass man sie für eine kleine, perfekte Spielzeugwolke halten könnte, und dann lasse ich Edgar, der sich mit fragendem Gesichtsausdruck die Stirnhaare ordnet, einfach stehen, hole meine Sachen aus dem Umkleideraum und verlasse das Gelände der AEW.

WEN, FRAGT DIE FRAU am anderen Ende der Leitung, darf ich melden, und ich nenne meinen Namen, und als sie noch einmal nachfragt, buchstabiere ich ihn, und sie sagt, ach so, und fügt ein wenig vorwurfsvoll hinzu, hört sich aber ganz anders an. Bevor ich noch etwas entgegnen kann, wird Musik eingespielt, vielleicht eine halbe Minute lang höre ich ein Klavierkonzert, und gerade, als es anfängt, mir zu gefallen, sagt ein Mann, guten Tag, und ich sage, guten Tag, ich rufe an wegen der Stelle als Sekretärin.

Er findet es erstaunlich, dass jemand die Schule so kurz vor dem Abitur verlässt, ganz und gar dumm ist das, oder?, fragt er belustigt, und ich sage, ja, und dass es auch für mich heute fast so aussieht, aber damals, sage ich, war es eben richtig. Und nun hätte ich also, fragt er, die letzten Monate in einer Kantine gearbeitet, und ich erkläre wo und wie lange, und sage, dass ich mich irgendwann gelangweilt und darum eine neue Herausforderung gesucht hätte, und deshalb, schließe ich, sei ich sehr interessiert gewesen, als eine Freundin, eher eine Bekannte, verbessere ich mich und nenne Sylvies Namen, mich darauf hingewiesen habe, dass er, ein alter Freund der Familie, eine Sekretärin suche, und darum riefe ich nun also an. Ein Freund der Familie?, fragt er, und ich antworte, nun ja, Familie, der Mutter, nicht wahr?, und er sagt, ach so, und nach einer kleinen Pause, nun denn, und dann fragt er, ob ich Erfahrung als Sekretärin hätte, was ich verneinen muss, aber immerhin, sage ich, habe ich einige Monate kaufmännischer Grundausbildung hinter mir, und ich war, ergänze ich, gar nicht so schlecht darin, nur mit der Chefin gabs Probleme. Ich solle, meint er schließlich, doch einfach am nächsten Tag, spät nachmittags am besten, einmal vorbeikommen, mit den Zeugnissen und einem Lebenslauf, den ich ruhig ein bisschen beschönigen könne, und ich sage, ja, mache ich, und lache, weil auch er lacht, und plötzlich sagt er, also bis morgen, und ich kann mich gerade noch verabschieden, bevor er auflegt.

Der Empfangsraum ist eierschalenfarben, an den Wänden hängen Fotografien von Gebäuden, die auf den ersten Blick alle eckig, grau und sehr einfach aussehen. An dem großen Schreibtisch, dem einzigen im Raum, sitzt eine Frau, kaum älter als ich, mit Kraushaar, das ihr unordentlich um den Kopf steht, und Sommersprossen überall und runden Augen, bei denen es mich nicht wundern würde, wenn auch sie gesprenkelt wären; gelbe kleine Tüpfel im Braun, stelle ich mir vor, und die Frau setzt ein Lächeln auf und fragt, ja bitte? Ich sage, ich habe einen Termin, und nenne meinen Namen, und die Frau sagt, ach ja, lächelt noch einmal, diesmal verschwörerisch, hebt den Telefonhörer ab, drückt eine zweistellige Nummer und kündigt mich an.

Er hat graue Haare, die ihm in die Stirn fallen, und Augen, die zusammen mit dem gleichfarbigen Hemd viel zu blau sind, und seine Oberlippe ist ein bisschen aufgeworfen, eine kleine Falte bildet sich darum oberhalb des Mundes, eine Falte, in die man ein Streichholz klemmen könnte oder im Sommer einen Grashalm. Als ich in sein Büro eintrete, kommt er hinter seinem Tisch hervor und streckt mir seine Hand entgegen, Falk, sagt er, nennen Sie mich einfach Falk, und ich sage, Klara, und als wir beide sitzen, sagt er, also, und dann nichts mehr, weil er auf seinen Schreibtisch schaut und offenbar an etwas anderes denkt. Also?, wiederhole ich, und Falk schaut auf und lacht, Entschuldigung, sagt er und steht auf und beginnt langsam hin und her zu laufen, wobei er darauf achtet, in meinem Blickfeld zu bleiben. Die bisherige Rezeptionistin, erklärt er, die Sie ja vorne gesehen haben, hat ein Studium begonnen, die Arbeit hier wird ihr zu viel und darum suche ich jemanden für den Job, am besten ab sofort. Falk bleibt stehen, schaut aus dem Fenster hinaus, zeigt auf einen der Bankentürme, der von der sinkenden Sonne beschienen wird, schön, nicht wahr?, sagt er, und ich sage, ja, sehr schön, und einen Moment schauen wir beide auf das rötlich leuchtende Silber des Turmes, dann räuspert sich Falk und wendet sich mir zu. Ihre Arbeit, sagt er, bestünde vor allem darin, die Anrufe entgegenzunehmen, Besucher zu empfangen, einige Korrespondenz zu schreiben und abzuheften. Trauen Sie sich das zu? Ja, sage ich, doch, durchaus. Falk lacht. Und wollen Sie es machen?, fragt er und nennt mir ein Gehalt, das weit über meinem Verdienst in der Kantine liegt, aber das wäre ohnehin egal gewesen, ich hätte die Arbeit auch für weniger machen wollen, und ich sage, ja, das klingt gut.

DIE ARBEIT IST EINFACH. Am Anfang brauchte es ein bisschen Übung, die richtige Floskel am Telefon zu nennen, aber mittlerweile gehen mir die drei zum Architekturbüro gehörigen Namen ganz leicht über die Lippen. Falks Name ist der mittlere, zwischen seinen beiden Kollegen steht er, und da steht er, finde ich, ganz gut, weil sein Name der zweitlängste ist, von vorne nach hinten werden die Namen immer länger, erst ein-, dann zwei-, dann dreisilbig sind sie, und darum klingt es, wenn man die drei Namen schnell hintereinander ausspricht, ein wenig wie der Refrain von einem Lied. Marcel ist grauhaarig wie Falk, aber viel dicker, Tobias ist blond und wird irgendwann weißhaarig sein, ohne dass man den Wechsel bemerkt haben wird, nach und nach wird sein Haar einfach seine Farbe verlieren, aber noch ist es blond und sein

Gesicht rosig, besonders wenn er morgens gejoggt ist, einmal um den Hauptfriedhof herum; die wässrigen Augen, die bleichen Brauen und Wimpern und darunter die frischen, etwas zu runden Wangen lassen ihn dann wie einen Nordländer aussehen, dabei kommt er aus Bayern, jedem seiner Worte hört man das an. Mindestens zweimal am Tag kommt Falk zu mir und schaut mir über die Schulter, wenn ich etwas ins Auftragsbuch eintrage oder an der Schreibmaschine eine Rechnung schreibe; sortiere ich, wenn er kommt, nur meine Büroutensilien, die Heftklammern, Radiergummis, das Tipp-Ex und die Kugelschreiber, gibt er mir neue Arbeit, lässt mich einen Brief schreiben, den er mir zuvor auf Tonband diktiert hat, langsam, mit einer Pause nach jedem Satz, aber trotzdem muss ich das Band oft stoppen und zurückspulen. Einen Brief zu schreiben dauert sehr lange.

Jeden Dienstag und Freitag gehe ich mit den Architekten essen, Punkt zwölf Uhr nehmen wir im Bistro um die Ecke Platz, die Männer erzählen mir von ihren Projekten, und Tobias spielt sich ein bisschen auf, mit den Händen untermalt er seine Erzählungen und seine Augen reißt er dabei auf, wie zwei Schießscheiben sehen sie dann aus, mit dunkler Mitte, nun müsste man nur noch zielen, ging es mir bei unserer ersten Begegnung durch den Kopf, und dann habe ich gedacht, dass er mir, würde er nicht bayrisch sprechen, gefallen könnte. Marcel ist verheiratet und Vater von Zwillingen, deren erstes Lebensjahr ihn, wie er meint, ungebührlich habe altern lassen, aber wenn er das sagt, und er sagt es oft, lacht er. Falk ist still und während des Essens wischt er sich mehrmals mit der bunten Papierserviette über den Mund, während an Tobias' Kinn manchmal ein kleiner Faden Ölsoße unbemerkt hinunterlaufen kann. Seine Kaffeetasse hält Falk in der hohlen Hand, von Zeit zu Zeit bekommt er ein nervöses Zucken im rechten Augenlid, ich sehe ihn dann die Augen zusammenkneifen, mit den Händen darüberfahren und irgendwann resigniert aufgeben, weil das Zucken bleibt. Mit seinen beiden Freunden spricht

Falk in meiner Anwesenheit nur über Geschäftliches, höchstens, dass er sich mal nach den Zwillingen erkundigt, aber sein Interesse an den Kindern ist nicht groß, manchmal unterbricht er, ohne es zu merken, eine Antwort Marcels mitten im Satz, und Marcel schluckt den begonnenen Satz hinunter und nickt zustimmend zu allem, was Falk vorschlägt.

Heute, als wir gerade zum Essen gehen wollten, klingelte das Telefon. Ich stand schon an der Tür, Falk winkte ab, lassen Sie ruhig, sagte er, und Tobias flüsterte mir zu, sicher das Riesenprojekt, weil sie schon seit zwei Wochen auf einen Anruf warten, der ihnen den Auftrag für den Bau eines Einkaufszentrums bringen soll, im Taunus, mehrstöckig, Glasfassade, der Riesenauftrag auf der grünen Wiese, flüsterte Tobias, riss die Augen auf und fuchtelte mit den Händen, und obwohl es nicht witzig war, was er sagte, musste ich lachen, während ich Falk im Hintergrund einsilbige Antworten geben hörte, ich komme gleich!, rief er uns zu, und tatsächlich war das Gespräch schnell vorbei, und wir gingen in das Bistro, zehn nach zwölf war es, und Falk sagte, entschuldigt die Verspätung, und weil Tobias fragend schaute, fügte er hinzu, war nicht wichtig.

Normalerweise kann ich freitags etwas früher nach Hause gehen, und auch die Architekten gehen dann bereits um vier Uhr durch mein Büro, ihre Taschen in der Hand und die Mäntel über den Arm gehängt, ein schönes Wochenende wünschen sie mir, und manchmal fragt Tobias, was ich am Wochenende vorhabe, schon Pläne?, fragt er im Vorbeigehen, und ich sage, ach, nur eine kleine Party, oder, ich werde wohl einen Ausflug machen, oder ich erzähle, dass ein Freund mich eingeladen habe, das Wochenende im Ferienhaus seiner Familie zu verbringen, an der Ostsee, ja, sage ich, tatsächlich, und Tobias ist so daran gewöhnt, dass ich aufregende Wochenenden verbringe, dass ich auch dann, wenn ich gar nichts vorhabe, mir etwas ausdenken muss, um ihn nicht zu enttäuschen. Manchmal wartet er auf mich und wir fahren gemeinsam im Aufzug nach unten, und dann kann es vorkommen, dass er fragt, ob ich noch Lust auf ein Bier habe, aber immer lehne ich ab, zu müde, sage ich, oder, ich bin verabredet, und Tobias sagt, na, dann vielleicht nächste Woche, und zuckt mit den Achseln. Jedes Mal fragt er, als käme ihm die Idee unerwartet und als habe er mich nicht schon etliche Male dasselbe gefragt, und jedes Mal antworte ich mit dem gleichen Bedauern in der Stimme, aber zu Hause, nach dem Abendessen mit meinen Eltern, frage ich mich manchmal, warum ich nicht einfach mit Tobias etwas trinken gehe und geduldig seine bayrische Aussprache überhöre, sein ›weißt‹, sein ›schaust‹, sein ›verstehst‹, seinen Ausruf ›dös glaubst net‹, wenn ihn etwas überrascht, aber am Ende mache ich es dann doch nie.

Dass heute kein Freitag wie sonst sein wird, zumindest nicht für mich, wird mir klar, als Falk um kurz vor vier in mein Büro kommt, aber nicht mit Tasche und Mantel und um sich im Vorbeigehen zu verabschieden, sondern mit einer kleinen Kassette, die er mit Daumen und Zeigefinger der rechten Hand vor seine Brust hält, während er fragt, ob ich sie abtippen könne, ist leider sehr dringend, meint er, und ich schaue nur kurz auf die Uhr und sage, kein Problem, weil ich mir denke, dass es sich um eine wirklich wichtige Sache handeln muss, wenn Falk damit an einem Freitag um kurz vor vier zu mir kommt. Tobias und Marcel, die kurz hintereinander das Büro verlassen, fragen, ob ich noch lange bleibe, und beide Male nicke ich, denn nach dem ersten Abhören der Kassette weiß ich, dass ich sicherlich zwei Stunden brauchen werde, um die fünf Briefe, die Falk aufgenommen hat, zu schreiben.

Als ich um kurz vor sieben an Falks Tür klopfe, antwortet er nicht, auch nicht auf das zweite Klopfen. Vielleicht, denke ich, ist er für einen Moment aus dem Büro gegangen und ich habe ihn nicht gesehen und auch nicht gehört, weil ich mit den Hörern auf dem Kopf an der Schreibmaschine saß und tatsächlich für einige Zeit alles um mich herum vergessen hatte, und darum öffne ich leise die Tür und gehe mit den Briefen in der Hand hinein, aber Falk sitzt in seinem Büro, die Füße in den pilzfarbenen Schuhen vor sich auf den Tisch gelegt, sein Blick geht raus auf die dämmerige Stadt, in der inzwischen Hunderte von Lichtern brennen, und noch bevor ich etwas sagen kann, fragt er, ist das nicht toll?, und schaut dabei weiter aus dem Fenster, ist das nicht wirklich wunderbar?, und ich werde etwas verlegen, weil es so scheint, als redete Falk eigentlich mit sich selbst und ich hörte das alles nur, weil ich zufällig gerade in sein Büro gekommen bin. Ja, sage ich, sehr schön, und da endlich dreht er sich zu mir um, manchmal sitze ich hier zehn Minuten, fünzehn Minuten und schaue nur raus, verrät er, und dann lächelt er fragend, und ich lege ihm die Briefe auf den Tisch. Falk liest sie kurz durch, unterschreibt sie, toll, sagt er, danke, und schiebt die Briefe zu mir zurück. Jetzt noch in die Kuverts, meint er, und morgen früh bringe ich sie dann zum Postamt am Bahnhof.

Ich bin schon beinahe aus der Tür raus, als Falk mich zurückruft. Wie wärs, fragt er, wenn wir etwas trinken gingen? Haben Sie Lust? Kurz zögere ich, und Falk, der das sieht, fährt sich mit der rechten Hand über die Augen und durch die Haare und sieht plötzlich müde aus, müde und ein bisschen alt, einfach etwas trinken gehen, eine Kleinigkeit essen?, hakt er nach. Ja, sage ich, in Ordnung. Jetzt gleich? Und Falk nickt, ja, sagt er, geben Sie mir noch zwei Minuten, ich packe nur schnell meine Sachen zusammen.

IN DEM RESTAURANT stehen schwarze Holztische mit passenden hochlehnigen Stühlen, und über jeden Tisch ist ein schmales Tuch gelegt, das nur die Mitte des Tisches bedeckt, rechts und links des

Tuches glänzt das lackierte Holz; weiße Teller stehen auf beiden Stirnseiten und je zwei langstielige Gläser vor den Tellern, in der Mitte eine hohe Schale aus geflochtenem Bast, in der eine Kerze brennt, und daneben eine kleine, weiße Porzellanvase mit einer gelben Lilie. Gefällts Ihnen?, fragt Falk, und ich nicke und sage, ja, doch, ist hübsch hier, als wäre ich nicht verwundert. Vom Kellner lasse ich mir den Stuhl zurückschieben, zweimal bedanke ich mich dafür, weil ich befürchte, dass er meinen ersten Dank nicht gehört hat. Falk bestellt eine Flasche Wein für uns und empfiehlt mir ein Essen, Labskaus, ein altes Matrosenessen, so einfach, sagt er, dass es gar nicht in die Atmosphäre des Restaurants passe, aber eben, gerade drum, das sei das Prinzip, der Bruch, und ich schließe mich seiner Bestellung an, esse Labskaus und trinke französischen Rotwein dazu, und danach bestelle ich einen Topfenknödel zu einem nach Kardamom schmeckenden Mokka, und Falk lacht und sagt, nun haben Sie sich einmal quer durch Europa gegessen, und nimmt sich, ohne zu fragen, vom klebrigen Teig des Knödels.

Quer durch Europa, wiederholt Falk, nachdem er den zweiten Löffel von meinem Topfenknödel genommen hat, von einem Ende zum anderen zu reisen, von Finnland nach Portugal sozusagen, das sei seine Absicht gewesen, direkt nach seinem Studium der Architektur, und getarnt habe er sein Vorhaben damals damit, dass er die verschiedenen europäischen Baustile studieren wolle, dabei, sagt Falk und schaut mich lauernd an, sei es ihm eher darum gegangen, die europäischen Frauen kennen zu lernen, Erfahrungen auf diesem Gebiet zu sammeln, und er habe sie gesammelt, fügt er nach einer Pause hinzu und fährt sich mit einer Hand durchs Haar, besonders in Frankreich, in Paris, mon dieu, sagt er und kneift die Augen zusammen, als versuche er sich zu erinnern, doch dann wechselt er das Thema, was ist Ihr Lieblingsland?, fragt er, und ich überlege und sage, Italien, und als er fragt, warum, sage ich, weil ich da noch nie war und es nicht so weit weg ist, dass ich nie dorthin kommen werde.

Falk spielt mit der Gabel, immer wieder balanciert er sie zwischen Zeige- und Mittelfinger seiner rechten Hand, wie eine Wippe schwankt die Gabel hin und her, ohne je den Tisch zu berühren. Seine Augen sind auf das Tischtuch gerichtet, seine Stirn ist ein wenig gefurcht, als suche er nach einem weiteren Gesprächsthema, und ich stütze abwartend mein Kinn in die Hand. Zweimal ist der Kellner schon zu uns gekommen und hat nach weiteren Wünschen gefragt, und als er nun ein drittes Mal kommt, verlangt Falk die Rechnung, ich sei eingeladen, erklärt er, ich dürfe nicht einmal das Wort ›zahlen‹ in den Mund nehmen, nicht heute Abend, er bestehe darauf, und darum nicke ich und bedanke mich, und Falk erwidert, keine Ursache, aber dafür müssen Sie nun noch mitkommen in meine Lieblingsbar, und ich stimme zu, obwohl ich müde bin, bereits während des Nachtischs habe ich mehrmals gegähnt.

Auf dem Weg zur Bar schwankt Falk ein wenig, und beim Überqueren einer Straße greift er nach meinem Arm, aber ob er mich vor den herannahenden Autos beschützen will oder bei mir Halt sucht, weiß ich nicht. Wir sprechen fast nichts miteinander, nur Richtungsangaben kommen von Falk, und als wir schließlich die Bar betreten, einen schummerigen Raum mit kurzbeinigen, samtbezogenen Polstersesseln an den Wänden entlang und einer langen Holztheke mit gedrechselten säulenartigen Verzierungen im immer gleichen Abstand, gibt Falk ein letztes Mal die Richtung an, hier, sagt er, direkt rechts, am Fenster, und wir setzen uns, und ich sehe mich in der Scheibe, mit grotesk verschwommenen Gesichtszügen. Falk bestellt einen Gin-Tonic und ich einen Marguerita, und kaum kommen die Getränke, greift Falk nach dem beschlagenen Glas und trinkt mehrere Schlucke hintereinander. Das erste Mal, erzählt er, dass er diese Bar betreten habe, sei vor drei Jahren gewesen, kurze Zeit nur, nachdem er nach Frankfurt gezogen sei, habe er sie entdeckt und bei seinem ersten Besuch hier eine solch skurrile Situation erlebt, dass es seitdem seine Lieblingsbar sei. Ein Mann nämlich, nicht viel älter als er selbst, aber ein Spießbürger ohnegleichen, das habe man sofort gesehen, an seiner Kleidung, seinem Gehabe, sei in diese Bar gekommen, gerade als er, Falk, den ersten Martini des Abends getrunken habe, und dieser Mann sei nun also eindeutig auf Kontaktsuche gewesen, jedes der eintretenden Mädchen habe der fixiert, geradezu unanständig lang habe der sie angeschaut und jede habe sich irgendwann mit einem Grinsen im Gesicht vom Blick des Mannes ab- und ihren Begleitern zugewandt. Alle hätten das gesehen, nur der Mann selbst offenbar nicht, dessen Gesicht einen immer zufriedeneren Ausdruck angenommen habe, je weiter der Abend fortschritt, und als schließlich eine Frau an seinen Tisch getreten sei, geschminkt, auf hochhackigen Schuhen, mit eng sitzender Bluse und langem Haar, habe der Mann sich gefreut, dabei habe jeder, der sich ein bisschen auskenne, sehen können, dass diese Frau keine wirkliche Frau, sondern ein Transvestit gewesen sei. Der Mann aber habe geflirtet, Getränke geordert, die Frau immer wieder wie unabsichtlich berührt, ein richtiger Hahn sei der gewesen, ein Gockel, sagt Falk und lacht bei der Erinnerung daran, wie die beiden schließlich die Bar verlassen hätten. Die spätere Überraschung male er sich heute noch aus. Ich schaue auf die Uhr, halb elf, und als ich wieder hochblicke, sieht Falk mich nachdenklich an. Und Sie, fragt er, sind Sie liiert? Nein, sage ich, seit einigen Wochen nicht mehr, und obwohl Falk mich interessiert anschaut, spreche ich nicht weiter, kein Wort über Sylvie und keins über Jan – was gibt es da auch zu erzählen: Jan und Sylvie und ich auf der Abiturfeier, in der Diskothek, im Park, in der Stadt; all das war plötzlich in weite Ferne gerückt und egal – und Falk sagt, ach, und dann nichts mehr, und erst ein paar Minuten später fährt er fort, auch er sei nicht glücklich, obwohl ich nie gesagt habe, dass ich unglücklich bin.

Wir gehen die Straße entlang, die jetzt, um ein Uhr nachts, ruhig ist, nur hin und wieder fährt ein Auto vorbei, schon wenn es noch hundert Meter entfernt ist, können wir es hören, dann sehen wir, ohne uns umzudrehen, an unseren länger werdenden Schatten das Näherkommen seiner Lichter. Falk schwankt immer noch, aber das sieht man nur manchmal, wenn er abrupt stehen bleibt, um einen Satz zu beenden, der ihm wichtig erscheint. Er besteht darauf, mich nach Hause zu bringen, und obwohl ich ihm sage, dass der Weg zu Fuß eine halbe Stunde, vielleicht sogar vierzig Minuten dauert, bittet er mich, kein Taxi zu nehmen. Wir sind zehn Minuten gelaufen, als Falk plötzlich stehen bleibt, mit einer ruckartigen Bewegung den Kopf in den Nacken legt und ruft, er habe es gewusst, heute Abend würden wir eine Mondfinsternis erleben, zumindest eine Dreiviertel-Finsternis, und tatsächlich sieht der Mond nur auf den ersten Blick aus wie eine Sichel, wenn man genau hinsieht, erkennt man, dass der Rest des Mondes wie durch eine sehr schwarze Wolke verdeckt ist. Im Café Ferdinand sitzt ein Alleinunterhalter hinter seinen Synthesizern und lässt den Kopf hängen, außer ihm ist nur eine Kellnerin im Café, und die lehnt sich in ihrem schwarzen Kleid gegen die hintere Wand und erwartet offenbar nicht, dass für sie alleine Musik gespielt wird. Ein Kürschner-Geschäft stellt Pelzmäntel aus, kein einziges Preisschild liegt im Schaufenster, lehnt man sich gegen die Scheibe, kann man im schwach beleuchteten Innenraum Pelzkappen auf weißen Plastikköpfen sehen. Falk fragt, wie wärs mit einer Mütze?, geht zur Tür und rüttelt daran. Drei Frauen laufen an uns vorbei, sie haben sich untergehakt und reden miteinander, die ganze Breite des Gehsteigs nehmen sie ein, so dass ich mich an die Hauswand stellen muss, damit sie nicht gegen mich stoßen, und Falk, der sich vom Geschäft abgewendet hat, macht eine Verbeugung und ruft, Pelze, Pelze, Pelze! Die Frauen verstummen und schauen sich an, bevor sie in Lachen ausbrechen, und Falk nickt mehrere Male, wie zur Bestätigung, dann seufzt er hörbar.

Im Haus sind alle Lichter gelöscht, nur die kleine Außenlampe hat meine Mutter für mich brennen lassen, wie sie es immer tut, wenn ich spät nach Hause komme. Wollen Sie eigentlich noch lange bei Ihren Eltern wohnen bleiben?, fragt Falk, und ich sage, nein, ich müsste mich wohl einmal nach einer Wohnung umschauen, und als ich das sage, bin ich das erste Mal davon überzeugt – und auch ein wenig überrascht, dass mir der Gedanke nicht schon längst gekommen ist. Falk nickt, dann fragt er, könnten Sie mir ein Taxi bestellen?, und ich gehe ins Haus und rufe ein Taxi. In zehn Minuten kommt eins, sage ich, als ich wieder rauskomme, und Falk sagt, danke, und fragt, warten Sie mit mir?, und ich sage, ja. Wir setzen uns auf die weiß gestrichene Gartenbank im Vorgarten, einmal schneuzt Falk sich in sein Taschentuch, dann stellt er fröstelnd den Kragen seines Mantels hoch, ganz schön kalt ist es, bemerkt er, für Anfang Juni eigentlich zu kalt, oder? Er schneuzt sich noch einmal. Wie wäre es, wenn wir uns duzen würden?, fragt er, und ich sage, gerne, und Falk macht mich nach, gerne, gerne, ruft er und lacht, das klingt so furchtbar formell, erklärt er, als er merkt, dass ich nicht mitlache, vergiss doch mal, dass ich dein Chef bin, und ich sage, sei leise, du weckst ja den Hund auf. Falk schaut beunruhigt zum Haus, und ich verrate ihm nicht, dass wir schon seit Jahren keinen Hund mehr haben, weil mein Vater plötzlich eine Allergie gegen das Fell unseres Retrievers bekommen hatte; kaum hatte er sich abends zu dem Hund auf den Boden gelegt und ihn gestreichelt, hatte er angefangen zu niesen und sich am ganzen Körper zu kratzen, auch als wir den Teppich rausnahmen und die Wohnung desinfizierten, kamen die allergischen Anfälle allabendlich wieder, und wir alle wussten längst, dass es am Hund lag, nur mein Vater zögerte die Entscheidung, den Retriever wegzugeben, hinaus.

Du musst entschuldigen, sagt Falk, als das Taxi kommt, dass ich so viel getrunken habe, heute Abend. Er zieht eine schuldbewusste Grimasse. Kein Problem, antworte ich. Doch, beharrt Falk, es ist etwas peinlich, ich bin einfach zu alt für so was, bald dreiundvierzig. Er lacht unsicher, steht auf und winkt dem Taxifahrer zu, der aus dem Auto gestiegen ist und sich nun wieder hinter das Steuer setzt und die Tür mit einem schmatzenden Geräusch schließt. Bis Montag, sage ich. Falk geht los, durch den Vorgarten, Richtung Straße, doch nach zwei, drei Schritten dreht er sich noch einmal um und ruft mit gedämpfter Stimme, schau dir noch mal die Mondfinsternis an, und als ich hochsehe, steht immer noch die Sichel am Himmel, und Falk geht weiter, der helle Mantel reflektiert das Licht der Laterne, von hinten, denke ich, sieht er ziemlich jung aus, und wenn man genau hinschaut, auch ziemlich klein, und dann gehe ich zur Tür und schließe so leise wie möglich auf.

DIE WOHNUNG IST GERÄUMIG, hell und geräumig. Neben zwei großen Zimmern gibt es einen kleineren, mit einem Diwan, bunten, an den Armlehnen abgewetzten Sesseln, einem flachen Tischchen und einem Fernseher ausgestatteten Raum, dessen großes Fenster den Blick freigibt auf die Straße, auf der sich jetzt, am späten Nachmittag, die Autos zu einer einzigen Kolonne reihen. Es gibt ein Badezimmer, eine Toilette und eine Küche, in der um einen hellen Holztisch herum sechs Stühle stehen, die Küchenwände sind bis in Schulterhöhe gestreift, gelb-weiße Bahnen verlaufen vertikal bis zur Fußleiste, nach oben hin sind sie begrenzt durch eine Bordüre mit Blumenmuster, blau, rot, gelb und grün, darüber ist die Wand weiß. Eines der beiden großen Zimmer wäre meines; noch steht nichts darin außer einem Wäscheständer, auf dem Hemden, Socken und Handtücher hängen und den Raum mit dem Duft von Waschpulver erfüllen.

Robert ist groß, ein Meter dreiundneunzig, erklärt er, als ich ihn frage, und wenn ich neben ihm stehe, muss ich nach oben schauen, um seine Augen zu sehen, die wegen der Schlupflider kleiner aussehen, als sie sind. Du bist also Klara, hat er gesagt, als ich geklingelt hatte und er die Tür öffnete, und ich habe entgegnet, und du also Robert, und so standen wir voreinander, haben uns die Hand gegeben, und ich dachte, wie gut es ist, dass Robert lange braune Haare hat, die ihm fast bis auf die Schultern reichen, und dass er beim Lächeln zwei gleichmäßige Reihen kleiner Zähne entblößt, beinahe Milchzähne, war es mir durch den Kopf gegangen, und dann hat er den rechten Arm von sich gestreckt, in den Flur hinein gewiesen und gesagt, ich zeige dir alles, und ich bin ihm gefolgt, an der Garderobe aus schwarzem Metall vorbei, an der nur zwei Jacken hingen – ein Blouson und eine Regenjacke –, vorbei an dem rechteckigen Spiegel, der meine Beine in den Jeanshosen, meine Haare, meinen Arm, die linke Hand zeigte, und Robert hat die Tür zu einem Zimmer geöffnet, Parkett, hat er gesagt, und Raufasertapete, einfach nur Raufaser, ich hoffe, das ist in Ordnung, und ich habe genickt und geantwortet, Raufaser ist toll.

Robert tunkt den harten Keks in den Kaffee und erklärt mir, dass der Keks nur so genießbar sei, du beißt dir sonst die Zähne aus, sagt er und lacht, als ich den Keks so lange in den Kaffee tunke, dass er auseinander fällt und ich die Bröckchen mit dem Löffel aus der Tasse fischen muss. Seine Haare sind ein wenig strähnig und die Augen sind dunkel, ein dunkles Grün, tippe ich, aber sie liegen tief, und allzu lang hineinsehen kann ich nicht. Wenn er mit mir spricht, beugt er sich über den Tisch. Er erzählt von seinem Studium, seinen früheren Wohnpartnern, seiner Vorliebe für französische Musik, Jacques Brel, Les Négresses Vertes, er fragt mich, was ich arbeite, wie alt ich sei, gefällt dir die Wohnung, aber auch: Hast du ein Lieblingstier, welche Musik magst du, bevorzugst du Pfirsiche mit gelbem oder weißem Fruchtfleisch, wie oft im Monat sollte man deiner Meinung nach staubsaugen, wurdest du schon mal von einem Freund verraten, und ich beantworte alle Fragen, ohne vorher zu überlegen, und dann frage ich ihn, und auch Robert antwortet, ohne lange nachzudenken. Einmal verstummen wir, er wendet seinen Blick von mir ab, sieht die Wand an, den Abreißkalender, der daran hängt und auf dem das heutige Datum und eine Reihe von Namen stehen – Dolores, Felivius, Potentinus, Simplicius –, und Robert scheint sich im Anblick der Namensheiligen zu verlieren. Im Profil ähnelt er mir, beide haben wir eine lange schmale Nase, mit einer kleinen, fast runden und wie angesetzt aussehenden Spitze, die beim Sprechen zuckt; es gibt Momente, da bedauere ich, dass ich ihn nicht immer schon kannte, und manchmal sagt er dann etwas, das ich irgendwann einmal genauso gedacht habe.

Als ich mit der U-Bahn nach Hause fahre, schmerzt mein Magen, wer weiß, denke ich, ob ich ihn so bald wiedersehe. Ich hätte einfach beharrlich in der Küche sitzen bleiben sollen, während Robert um mich rumgelaufen wäre, hinter meinem Rücken gespült, gekocht und telefoniert hätte, womöglich wäre er ausgegangen, und wenn er am späten Abend heimgekommen wäre, ein wenig nach Bier riechend und nach Rauch, hätte ich immer noch in seiner Küche gesessen, zwei Wochen lang, bis ich sicher gewesen wäre, ihn zu kennen und das Zimmer bekommen zu können, und erst zu diesem Zeitpunkt wäre ich nach Hause gegangen, hätte alle meine Sachen gepackt und vielleicht wäre ich dann zu Robert zurückgekehrt.

Am nächsten Abend ruft er mich an. Alle anderen Interessenten seien nun da gewesen. Sie sind durch die Zimmer gelaufen, erzählt er, haben auf den Sesseln Probe gesessen, haben die Stühle in der Küche zur Seite gerückt, um die Bordüren an der Wand anschauen zu können, die bunten Blumen, die sich in einer langen Bahn ineinander winden und die, so erklärt Robert, nicht von ihm, sondern von der Vormieterin stammen, aber, fügt er hinzu, er wisse sie zu schätzen, gerade weil sie so altmodisch seien. Sie haben gelauscht, sagt er, ob der Straßenlärm zu laut sei, einer habe sich auf den Boden gelegt, nach unten gehorcht, später ein

Ohr an die Wand gehalten, zu hellhörig, habe er dann erklärt und sei sofort gegangen, ohne noch Bad und Toilette anzuschauen, vier jedoch hätten Interesse gehabt, doch ich möchte, sagt Robert, dir das Zimmer anbieten, was meinst du? Und ich sage ja, nicke dabei, lächele ihm zu, was er nicht sehen kann, und dann sage ich noch einmal ja, und dass ich so schnell wie möglich einziehen möchte, und Robert antwortet, schön, und fragt, ob ich Hilfe brauche, und wir verabreden, dass wir gemeinsam den Umzug machen wollen, er und ich, nächsten Samstag, und vielleicht, sage ich, hilft noch ein Freund. Ein Freund?, fragt Robert, und ich sage, ja, ein Freund.

AM FRÜHEN NACHMITTAG fängt es an zu regnen. Die Regentropfen werden gegen das Fenster neben meinem Schreibtisch geweht, wo sie wie krabbelnde Fliegen umherrutschen, bevor sie mit konfuser Zielsicherheit zu kleinen Rinnsalen zusammenlaufen und längliche Bahnen über das Fenster ziehen, die durch jeden neuen Regentropfen in ihrem Lauf gestört werden können. Wenn man das Fenster öffnet, riecht es trotzdem nach Sommer; hinter einer riesigen grauen Wolke blitzt es weiß und blau, und der Himmel sieht aus, als ob er es nicht so meine. Ein Sommerregen, sagt Tobias, als er von einem Kunden wiederkommt und sich im Empfangsraum die Haare ausschüttelt, und dass es warm sei, erzählt er, warm, aber eben auch nass, und wie zur Bekräftigung hält er seinen Trenchcoat mit beiden Händen weit von sich und schlägt ihn ein paar Mal aus, bevor er ihn auf den Garderobenständer hängt.

Seit zwei Uhr hat niemand angerufen. So ist das oft am Freitag, für die meisten unserer Kunden und Geschäftspartner scheint da schon das Wochenende begonnen zu haben, vielleicht sind sie noch im Büro, aber in Gedanken schon beim Segeln, Wandern oder Nichtstun, und nur, wenn es etwas wirklich Dringendes zu erledigen gibt, rufen sie noch am Freitagnachmittag bei uns an und wirbeln die Stille in unseren Büros durch ein Klingeln auf, aber heute passiert das nicht, es klingelt kein einziges Mal mehr, die Architekten verhalten sich ruhig in ihren Zimmern, nur manchmal höre ich das Rollen ihrer Stühle auf dem Parkett. Wenn ich in der Bewegung innehalte und lausche, kann ich das saftige Geräusch der Autos auf dem nassen Asphalt hören.

Wie wäre es nachher mit einem Feierabend-Drink?, fragt Falk, als er um kurz nach vier durch den Empfangsraum läuft, um einen Ordner zu holen, ›Bungalows 1987–1988‹ steht darauf, und ich tue so, als müsse ich überlegen, ein Drink, frage ich, du und ich, nur wir zwei?, dabei verlassen wir seit unserem ersten gemeinsamen Abendessen oft zusammen das Büro, um in einer Bar, nicht weit von hier, ein oder zwei Gläser White Russian, Marguerita, Bloody Mary, Martini oder Mojito zu trinken, und Falk lacht auch nur und sagt, ja, schon klar, um halb fünf, in Ordnung?

In der Bar ist unser Platz am Fenster besetzt und Falk macht eine trotzige Geste, gespielte Verzweiflung in der Stimme fragt er ungehalten, was nun?, und ich flüstere ihm tröstend zu, schau, da drüben, da sind ja noch vier Tische frei. Aber nicht unserer, beharrt er, doch ich schubse ihn ein wenig in Richtung eines freien Tisches, direkt neben dem Tresen, und Falk lässt sich von mir zum Sessel dirigieren, dessen Lehne mit rotem Samt bezogen ist, während die Sitzfläche schon fadenscheinig rosa schimmert. An der Decke hängen Girlanden und einzelne runde Laternen aus gelbem und blauem Papier, eine Feier, sagt die Kellnerin gelangweilt, als Falk fragend auf die Dekoration deutet, vorgestern, ergänzt sie, die ganze Belegschaft.

Falk ist sofort bereit, beim Umzug zu helfen, sicher habe er Zeit, sagt er, wann immer ich wolle, ich solle nur sagen, wann ich ihn brauchte, und er komme unverzüglich, sofort, beteuert er und lächelt gewinnend, und es geht mir durch den Kopf, was wäre, wenn ich ein Geburtstagsfest machte, eine Einweihungsfeier, ein

Neubeginn, und als ich es ausspreche, stimmt Falk sofort zu, ja, ruft er, mach das, ich helfe dir bei allem, und so beschließen wir, dass er am Wochenende zu mir kommt und gemeinsam mit mir, meinem Vater und Robert den Umzug macht, vier Stunden, schätze ich, müssten reichen, ich habe ja nicht so viel, überlege ich, und Falk sagt lachend, holde Jugend, unbeschwert von jeder Last.

Wir können nicht vorbeigehen an den türkischen Imbissbuden, die ihre Verkaufstheken zur Straße hin mit hellem Neonlicht beleuchten. Manche von ihnen haben kleine Tische aufgestellt, bunte Stehtischchen, in Form überdimensionaler Getränkedosen, aus deren Mitte je ein Sonnenschirm herauswächst und an die man sich lehnen kann, wenn man eine der Teigtaschen isst, die bei jedem Bissen zu platzen drohen. Glück, sagt Falk, während er noch kaut, Glück, sagt er, ist nur dann richtig, wenn es überraschend kommt und unverdient, und ich sage, wenn es verdient wäre, wäre es vielleicht auch gar kein Glück mehr, sondern bloß Erfolg, und genau in dem Moment spüre ich an meinem Bein eine tastende Berührung, und als ich hinunterschaue, sehe ich einen Hund, der den Boden unter unserem Tisch nach Essensresten absucht. Da er offenbar ohne Besitzer unterwegs ist, gebe ich ihm den Rest meines Fladens, und obwohl er eine breite Schnauze hat, flach und faltig, als wäre sie ihm mit einem einzigen, gezielten Fausthieb eingeschlagen worden, nimmt er vorsichtig das Brot aus meinen Fingern, bevor er es mit vorgerecktem Hals hastig zerkaut.

Den Weg zur Straßenbahn gehen wir hintereinander, an den Hauswänden entlang, denn der Regen, der für ein paar Stunden nachgelassen hatte, hat wieder eingesetzt und plötzlich glauben wir zu wissen, was gemeint ist, wenn man sagt, dass es Bindfäden regnet, weil die Straßen aussehen wie hinter einem Vorhang aus winzigen, auf Fäden aufgereihten Glasperlen, und Falk sagt, jetzt müssten sie nur noch klimpern beim Durchlaufen, aber als wir über die Straße rennen, werden wir bloß nass. Auf der anderen Straßenseite sind unter roten Plastikplanen Stände aufgebaut. Wir betrachten den Schmuck, und ich probiere Hüte und Federboas an. Falks Haare tropfen ihm ins Gesicht, als er den Kopf senkt, sieh mal, ruft er, der Gehsteig hat einen Streifen in der Mitte wie ein Schakal, und dann bückt er sich, und als er wieder hochkommt, hält er mir triumphierend einen Pfennig hin, bringt Glück, meint er, und tatsächlich ist auf der Rückseite ein ›G‹ eingeprägt.

Die Straßenbahn steht schon, doch es ist nicht die letzte, und Falk schlägt vor, die nächste abzuwarten, und deutet auf die freie Bank unter dem Plastikdach. Meine Wohnung, erzählt er und stützt sein Kinn in die Hand, ist karg möbliert, ich mag die Leere in den Räumen, sie beruhigt mich, doch gemütlich ist es bei mir nicht. Eine Straßenbahn bremst vor uns ab, wartet einige Zeit und fährt dann wieder mit einem Klingeln an. Der Fahrer ist dick. Vom tagelangen Rumsitzen, denke ich. Falk sagt, mit sechzehn Jahren war ich zum ersten Mal verliebt. Es reicht ihm, dass ich die Augenbrauen hebe. Sie war die Freundin eines Freundes, erzählt er, und eines Nachmittags glaubte ich plötzlich, ohne sie nicht mehr leben zu können. Sie hieß Marina, hatte eine zum Himmel schauende Nase und trug an dem Tag, als ich mich in sie verliebte, eine bunte, unter der Brust geknotete Bluse, die sie mich am Abend hinter dem Festzelt, in dem ihr Freund mit seinen Kollegen trank, aufknoten ließ. Ich habe mich an sie gedrückt, sie war warm und verstört, wir haben uns geküsst, dann sind wir wieder ins Zelt gegangen, das Licht war sehr hell, sie hatte striemenrote Wangen, die Blaskapelle dröhnte im Hintergrund, und ich blickte sie an und fühlte nichts. Er sieht mich abwartend an, und darum ziehe ich ein fragendes Gesicht. Ich habe, beginnt er wieder, für sie eine Cola und für mich ein Wasser geholt, die wir im Stehen tranken, dann bin ich nach Hause gegangen. Mit dem rechten Fuß schiebt er eine breit gedrückte Bierdose ein Stück nach vorne und wieder zurück. Wir haben, sagt er, nie mehr miteinander gesprochen.

Sieh mal da, Kontrolleure, unterbricht er sich und deutet auf zwei Männer, die sich ein Handzeichen geben, bevor der eine zur vorderen, der andere zur hinteren Tür geht. In der Straßenbahn bleiben sie stehen und schauen sich mit prüfenden Blicken um. Falk sagt, ich erzähle dir das bloß, weil du noch so wenig über mich weißt, und ich sage, aha, und Falk fragt, ob ich eigentlich wisse, dass der Tasmanische Teufel, wenn er sich paaren möchte, das Weibchen überrumpelt und mit äußerster Brutalität in seinen Bau schleppt, wo die Paarung kurz und unerquicklich vollzogen würde, beide Teufel, erzählt er, haben dabei vor Aufregung und Wut feuerrote Ohren, und ich sage, nein, aber spannend sei das schon, und Falk nickt einige Male und lacht.

Als meine Straßenbahn kommt, verabschieden wir uns. Im hinteren Wagen sitzt außer mir nur eine alte Frau, deren nasse, braune Schuhe zwei kleine Pfützen unter ihrem Sitz hinterlassen haben. Sie beugt sich nach vorne, stützt sich mit der linken Hand auf der Lehne des Vordersitzes ab, ihre Lippen bewegen sich lautlos; grau und vor Feuchtigkeit gewellt, hängen schüttere Haare um ihr Gesicht, das so winzig ist, als hätte es sich im Laufe der Jahre in sich zurückgezogen, um irgendwann, bald schon, ganz zwischen den spitzen Kragenecken des braunen Trenchcoats zu verschwinden. Die Scheiben sind beschlagen, nur die Lichter dringen zu uns herein, bunte Schriftzüge, Schemen von Häusern; und alles nur, weil wir zwei hier drin atmen, denke ich und reibe mit einer Hand ein Loch in den Dunst auf der Scheibe.

MEIN VATER STÖHNT, das nimmt ja kein Ende. Er öffnet die beiden Reisetaschen und schaut hinein, wofür hat ein einzelner Mensch so viele Schuhe?, fragt er, nimmt je eine Tasche in die Hand und geht einen Schritt in Richtung der geöffneten Haustür, aber bevor er sie erreicht, bleibt er schon wieder stehen, legt sich den Tragriemen der leichteren Tasche über die rechte Schulter, geht vorsichtig in die Knie und greift nach dem kleinen Koffer aus rotem Leder, der links neben der Eingangstür steht. Falk, der ihm von draußen entgegenkommt und vor dem Türdurchgang abwartend innehält, während ihm der Wind das Haar zerpflückt, fragt, soll ich eine der Taschen nehmen?, aber mein Vater zieht ein verächtliches Gesicht und entgegnet, so alt bin ich noch nicht, wobei er ein wenig außer Atem scheint. Falk schüttelt lachend den Kopf.

Schon dreimal hat mein Vater jetzt auf sein Alter angespielt, und Falk weiß damit genauso wenig anzufangen wie ich, und hat er auch anfangs noch widersprochen, lacht er nun nur noch, als mache mein Vater einen Witz, aber wir wissen beide, dass es kein Witz ist. Sie sind also, hat mein Vater gesagt, als ich ihm Falk vorstellte, der neue Chef von Klara, freut mich sehr, ich habe schon viel von Ihnen gehört, und Falk hat geantwortet, dass es ihn auch freue, und dass ich sehr gute Arbeit verrichten würde, eine bessere Sekretärin, hat er gesagt, könne man sich gar nicht wünschen, und ich habe ein bisschen gelacht, weil ich mir dachte, eine schnellere aber schon. Mein Vater hat in meine Richtung geschaut, siehst du, Klara, hat er gesagt, es steckt eben doch eine ganze Menge in dir, und dann hat er sich an Falk gewandt, dass sie ohne Abitur von der Schule abgegangen ist, war natürlich ein großer Fehler, er selbst, betonte er, sei ja nun zu allem Überfluss auch noch Lehrer, aber keine seiner beiden Töchter habe das Abitur gemacht, stellen Sie sich das mal vor, und Falk hat ein Gesicht gemacht, als stelle er es sich vor, und dann hat er gesagt, manchmal gehts ja auch so ganz gut. ›Kleine Katastrophen‹ nenne ich das, hat mein Vater erwidert, nun ja, und dann hat er mit einer ausladenden Handbewegung auf die Koffer und Taschen und Kartons gezeigt und augenzwinkernd gefragt, schaffen wir beiden Alten das?, und Falk hat eingewandt, na, so alt sind wir denn ja doch noch nicht, aber mein Vater hat nur den Kopf geschüttelt und behauptet, jung aber auch nicht mehr.

Mit zehn Minuten Verspätung war Robert gekommen, auf

dem Kopf eine kleine schwarz-rot gestreifte Kappe, unter der die braunen Haare hervorschauten, und mein Vater hat ihn eingehend gemustert und, aha, gesagt, der Mitbewohner, und Robert hat ihm und Falk die Hand gegeben und seinen Namen genannt, und dann hat er mich mit einem Nicken begrüßt, und ich habe ihm mit einem Nicken geantwortet und auf die zwei Kartons mit Büchern, Platten und Ordnern gezeigt, kannst du die nehmen?, habe ich gefragt, und Robert hat nach den Kartons gegriffen und beide zu Falks Wagen gebracht, wo er sie vorsichtig auf dem Rand des Kofferraums abgesetzt hat, während er mit der rechten Hand Platz im Wagen schuf.

Wir haben vielleicht eine halbe Stunde gearbeitet, als meine Mutter nach draußen kommt, ein Tablett in den Händen und darauf fünf Tassen, aus denen heraus es dampft. Kaffee!, ruft sie, und wir drängen uns alle vor der Haustür zusammen und greifen nach den Tassen, und meine Mutter reicht Milch und Zucker herum und mustert Robert, der sich eilig vorstellt, und sie scheint sich zu freuen, über das sonnige Wetter, meinen Auszug, Roberts und Falks Besuch, denn sie lacht oft, und sobald sie ein nachdenklicheres Gesicht zieht, wischt sie sich ein-, zweimal mit der geöffneten Hand übers Gesicht, worauf es lächelnd wieder zum Vorschein kommt.

Nach eineinhalb Stunden haben wir alles in den Autos verstaut. Wortlos gibt Falk mir die Schlüssel, aber sicher, beharrt er, als ich sie zurückgeben möchte, du kannst doch Auto fahren, oder?, und ich antworte, ja, schon, aber ich habe gar keine Übung, woraufhin mein Vater, der zugehört hat, vorschlägt, dass Falk mit Robert in seinem Auto vorfahren und er und ich mit dem Transporter nachkommen. Da kann Klara mit mir fahren üben, sagt er, ist mir lieber so, und Falk schaut prüfend in sein Auto, dann willigt er ein, geht zu meiner Mutter, gibt ihr die Hand, dankt ihr für den Kaffee, und Robert, der bereits in Falks Auto sitzt, winkt meiner Mutter zu und sie winkt zurück. Als ich sie umarme, stöhnt sie leise auf, alles klar?, frage ich, und sie sagt, ja, alles klar, nur ein wenig komisch sei ihr zumute, nun, wo ich wegginge, und fast muss ich weinen, als sie das sagt, ich werde häufig zu Besuch kommen, verspreche ich, und meine Mutter sagt, ja, natürlich, ach herrje, und dreht sich um und geht ins Haus.

Und wir fahren los und kommen nach fünfzehn Minuten an und beginnen auszupacken, und dann ist mir für einen Moment alles egal, obwohl ich das Gesicht meiner Mutter gesehen habe, wie sie die Tür hinter sich schloss, und auch bemerke, dass mein Vater, wenn er in den vierten Stock hinaufsteigt, immer ein Gepäckstück mehr als Falk tragen will, und dass er versucht, schneller oben zu sein und schneller wieder unten, am Wagen, wo Robert und ich zwischen unseren Gängen in die Wohnung immer wieder zusammenkommen, um eine Tasche nach der anderen, die Tüten, die Kartons, die losen Kleider aus dem Wagen zu holen, wobei sich unsere Hände berühren und wir uns einmal gleichzeitig in den Kofferraum beugen, atemlos und so nah beieinander, dass unsere Köpfe aneinander stoßen, während wir so tun, als müssten wir etwas suchen und uns erst wieder aufrichten, als Falk hinter uns steht und mit spöttischer Stimme fragt, ob wir fündig würden, was wir beide, nach einem der restlichen Gegenstände greifend, eilig bejahen. Und natürlich bemerke ich auch, dass Falk uns erstaunt ansieht, wie im Reflex einen Schritt zurücktritt, wieder nach vorne kommt, na dann, sagt und die letzte große Tasche aufnimmt, mit der er sich eilig zum Haus wendet und uns den Rücken zukehrt, der beleidigt wirkt, und es entgeht mir auch nicht, dass er und mein Vater, kaum haben wir alles nach oben, in mein Zimmer, gebracht, aus dem Robert inzwischen den Wäscheständer entfernt hat, nur abwehrend meinen Dank annehmen und zu keinem Kaffee bleiben wollen.

Robert und ich öffnen das Fenster und schauen auf die Straße hinunter. Falk verabschiedet sich von meinem Vater und geht zu seinem Auto. Als er sich, bevor er einsteigt, noch einmal nach oben wendet, winken wir ihm. Denkt an die Feier, nächste Woche Samstag!, rufe ich und lehne mich dabei so weit aus dem Fenster, dass Robert ängstlich einen Arm um meine Taille legt, und Falk ruft hoch, ja, ja, natürlich, und steigt ein und fährt weg, ohne sich noch einmal umzuschauen.

WIE GLEICHPOLIGE MAGNETEN stoßen sich die Blätter voneinander ab und wölben sich mit durchgebogenen Rücken weg von der Knospenmitte, um die sich noch Dutzende weiterer Blättchen fest wickeln, aber früher oder später wird sich jedes von ihnen fallen lassen, bräunlich an den Rändern und verblasst in der Mitte, und der Stempel wird verwelkt zurückbleiben. Falk hält den Strauß in der Hand und sagt, zweiundzwanzig, passend zur Feier, und ich lege das grüne Kleid, an das ich gerade den fehlenden Knopf genäht habe, zur Seite, schaue die Blüten an und zähle; zweiundzwanzig, bestätige ich, und Falk meint, ich könne ihm vertrauen.

Er sitzt neben mir, schön und ein bisschen fremd. Mit der linken Hand fährt er sich immer wieder über sein rechtes angewinkeltes Knie. Er lässt den Tee kalt werden und schaut sich in meinem Zimmer um, sein Blick wandert die Wände entlang; den Fußboden, die Truhe aus dunklem Holz mit silbernen Beschlägen betrachtet er, eine Seemannstruhe, sage ich, und dass mein Großvater sie mir vermacht habe – das einzige Erbstück, erzähle ich, sonst hat er nur ein paar Bücher und Bilder hinterlassen, einige Hemden mit passenden Krawatten, drei Paar Schuhe und vier Anzüge, allesamt grau, die heute meine Cousine trägt, wobei sie die überlangen Ärmel über die Handrücken fallen lässt –, den weißen Schrank, das Bett schaut er sich an und das Foto an der Wand, auf dem zwei Frauen in fransigen Kleidern zu sehen sind, die eine hat den Arm um die andere gelegt, diese raucht eine in einer langen dunklen Zigarettenspitze steckende Zigarette, im Hintergrund ein Strandhaus aus weiß lackiertem Holz, ein Geländer umläuft die gesamte hohe Veranda und ist, setzt man vorsichtig Fuß vor Fuß, wohl breit genug, um darauf zu balancieren, sehr mutig, sehr verwegen, die kleinere der Frauen lacht, unter dem Bild steht: ›If it were now to die, 'T were now to be most happy‹. Ja, denke ich, vielleicht ist das das Glück, als Falk mich fragt, bist du glücklich in deiner neuen Wohnung?, und ich nicke nur, und erst nach einer kleinen Weile, in der Falk einen Schluck aus seiner Tasse genommen und mich prüfend über den Tassenrand hinweg angeschaut hat, sage ich, ja, ich glaube schon, und Falk fragt, wegen der Wohnung oder wegen Robert?, und ich spüre, wie ich rot werde, vielleicht wegen beidem, antworte ich mit heiserer Stimme. Aha, sagt Falk, wie schön, und dann steht er plötzlich auf, geht zum Fenster, sieht hinunter auf die Autos, holt Luft und fährt mit veränderter Stimme fort, ich wollte eigentlich fragen, ob ich dir bei der Vorbereitung der Feier behilflich sein kann, aber wie es scheint – er dreht sich vom Fenster zu mir zurück und sein rechtes Auge zuckt – brauchst du mich ja nicht. Ich sage, du hast mir schon so viel geholfen, und dann diese Blumen, doch Falk winkt ab, nicht der Rede wert, greift sich seine Autoschlüssel, die er vorhin auf meinen Schreibtisch gelegt hatte, umarmt mich kurz und geht zur Tür. Kommst du heute Abend?, rufe ich hinter ihm her, und er antwortet gleichgültig, natürlich komme ich, dann hat er meine Zimmertür hinter sich geschlossen und bald darauf die Wohnung verlassen, und ohne dass ich hinunterschaue, weiß ich, dass er in den nächsten Minuten in sein Auto steigen und sich, ohne die geringste Stockung zu verursachen, in den fließenden Verkehr einfädeln wird.

In der Küche bereitet Robert das Essen für heute Abend zu: In einem großen Topf kocht die Erbsensuppe, nach einem Rezept seiner Mutter, und auf dem Tisch stehen Schälchen mit Nüssen, Chips, Flips und Crackern, daneben eine Schüssel voll Salat, und unter den Tisch haben wir die Kästen mit Getränken gestellt. Ist er gegangen?, fragt Robert, während er mit einem langen Holzlöffel im Topf rührt. Ich sage, ja, lehne mich von hinten an seinen Rücken, der nach Waschpulver riecht, und ich denke, dass ich in Zukunft immer, wenn ich frische Wäsche rieche, an Robert erinnert werde, an meinen ersten Besuch bei ihm, an die vergangene Woche, die Nächte in seiner hellgelben Bettwäsche, die jede Nacht ein bisschen weniger stark nach Waschpulver roch, und an das hier: ich an seinen Rücken im blauen Hemd gelehnt, dessen Duft sich mit dem Geruch der Erbsensuppe mischt. Wie viele Leute kommen eigentlich?, frage ich und gähne, und Robert dreht sich zu mir um und küsst mich kurz, vielleicht zwanzig, dreißig, sagt er, und dann schmeckt er die Suppe ab, würzt mit Pfeffer und Salz nach, fragt plötzlich, und die Blumen sind schön?, Falk habe die Rosen hinter seinem Rücken verborgen, doch er habe sie kurz sehen können, sind sie schön?, fragt er noch einmal, und ich antworte, wunderschön, und Robert sagt, ach ja, und lacht leise, und ich lache auch. Er ist nur ein Freund, sage ich, und Robert wiederholt, ein Freund, und summt vor sich hin und sagt, ich weiß.

UM HALB ACHT kommen die ersten Gäste, Freunde von Robert, die er von seinem Studium her kennt, und sie sehen genau so aus, wie ich mir Soziologiestudenten vorgestellt habe, fast alle haben sie lange Haare und tragen Jeans und Hemden, die über die Hosen hängen, die Frauen ebenso wie die Männer. Robert nimmt meine Hand und stellt mich als seine neue Mitbewohnerin und Freundin vor, und eines der Mädchen umarmt mich sofort überschwänglich und gratuliert mir, voreilig, noch sind es mehr als vier Stunden bis zu meinem Geburtstag, und ich wehre ab, noch nicht, denn es bringt, erkläre ich, Unglück, zu früh zu gratulieren. So ist sie immer, sagt Robert und lächelt seine Freunde an, zurückhaltend und manchmal, er zwinkert mir zu, ein wenig abergläubisch, und er zieht mich zu sich heran, während die anderen lachen, und ich werde verlegen und lache mit und drehe meinen Kopf zur Seite, sodass Robert meine Schläfe küsst.

Meine Eltern treffen um kurz vor acht ein und schauen sich in der ganzen Wohnung um, meine Mutter lobt die Einbauküche und ganz besonders die Dunstabzugshaube über dem Gasherd, während mein Vater die Türen in ihren Scharnieren hin- und herbewegt und bei der Wohnzimmertür sagt, hier müsste man mal ölen, dann schaut er, ein Glas Sekt in der Hand, die Schlafzimmer an, das Bad, die Küche, den Flur, das Wohnzimmer, und schließlich kommt er zu mir und sagt, ganz anständig hier, aber das Schränkchen im Bad ist etwas klein. Falk bringt zwei Flaschen Champagner mit, die er mir in die Hände drückt und in den Kühlschrank zu stellen befiehlt. Doro hält Thomas an der Hand, der mir ein violettes Alpenveilchen schenkt, um dessen Tontopf er eine blassblaue Schleife gebunden hat, und sie schaut Robert lange an und flüstert mir ziemlich laut zu, wie hübsch er sei, und Robert tut so, als merke er nichts und sagt, schön dich kennen zu lernen, woraufhin Doro geschmeichelt lacht.

Thomas bringt Erbsensuppe zu jedem der Gäste, mit kleinen Schritten läuft er von der Küche in die Zimmer, den Teller vorsichtig mit beiden Händen balancierend und immer wieder ängstliche Blicke vorausschickend, dass ihn bloß niemand anstoße, und wenn jemand keine Suppe haben will, macht er ein so trauriges Gesicht, dass ich denke, jeder müsste ihm schon alleine darum den Teller aus den Händen nehmen, ob man Erbsen mag oder nicht.

Den ganzen Abend sitzt Jan in einem der Sessel, immer wieder sehe ich Gäste bei ihm stehen und sich mit ihm unterhalten, und statt aufzustehen, legt er nur den Kopf in den Nacken und schaut nach oben, ins Gesicht des anderen. Manchmal lacht er leise. Noch immer sehen seine Wangen ein bisschen blass aus, ein leidender Zug hat sich in sein Gesicht geschlichen, und beim Reinkommen hat er sich sofort suchend umgeschaut; ich bin sicher, er hat befürchtet, Sylvie hier anzutreffen, obwohl ich ihm bereits am Telefon gesagt hatte, dass ich nichts mehr mit ihr zu tun hätte, schon lange nicht mehr, hatte ich gesagt, und dass das gut so sei, aber Jan hat nur spöttisch gelacht und ja, ja gesagt. Ich stelle ihm Marcel und dessen Frau vor, die irgendwann ihre hellblau gekleideten Zwillinge auf seinen Schoß setzen, um sich neue Getränke zu holen, und Jan legt sich eines der Kinder in jeden Arm, berührt mit seinen Lippen gedankenverloren ihre flaumigen Köpfe und beginnt, als sie plötzlich weinen, mit den Armen zu schaukeln. Erst als die Zwillinge wieder ruhig geworden sind, kommen Marcel und seine Frau zurück, jeder nimmt eines der Kinder, und Marcel hält Jan ein Glas Bowle hin, das er ansetzt und in einem einzigen Zug austrinkt.

Später tanzen wir. Eine Freundin von Robert dreht die Musik lauter, zieht die Schuhe aus und stellt sie unter einen der Stühle, und dann eröffnet sie den Tanz: Neben dem Sofa bezieht sie Stellung, ihre Hüften wirft sie von rechts nach links, die Hände reißt sie im Takt der Musik nach oben, nach vorne und zur Seite, während sie die Füße kaum bewegt, und dabei lässt sie die Haare wie einen schützenden Schleier ins Gesicht fallen, nur manchmal schüttelt sie sie mit einer wie zum Tanz gehörenden Bewegung aus Augen und Stirn, und mein Vater schaut erst ungläubig zu und wippt mit dem Kopf im Rhythmus, dann fängt auch er an zu tanzen und zieht meine Mutter an der Hand mit sich, und beide lachen, wenn sich ihre Blicke treffen. Meine Mutter tanzt mit Falk, mit Robert, mit Jan, mit Thomas, der auf und ab hüpft, und mit mir, und ich denke, entweder ist das alles jetzt schrecklich oder du findest es schön, und so ist es dann auch: Ich finde es schön.

Zehn Minuten vor Mitternacht fordert Robert alle auf, ihm nach unten, in den Garten zu folgen, er habe, sagt er, eine Überraschung vorbereitet, beeilt euch, ruft er, und die Gäste schauen sich fragend an, bis jemand sagt, bestimmt ein Feuerwerk, und alle es wiederholen, ein Feuerwerk, kommt, ein Feuerwerk, nur ich tue weiterhin so, als wisse ich nicht, was mich erwartet, dabei habe ich die Raketen, die Spiralen und Irrlichter, den Silberregen und Brummkreisel schon vorgestern im Putzschrank liegen sehen. Ich halte die Wohnungstür auf, schaue auf die Uhr und treibe die Gäste zur Eile an, noch sechs Minuten, rufe ich, noch fünf, während Robert den Sekt und die Feuerwerkskörper nach unten bringt. Ist das nicht seltsam, diese Aufregung, nur weil man wieder ein Jahr älter wird?, fragt mich mein Vater, als er an mir vorbeigeht, und ich antworte, beeil dich, und zu Thomas, der langsam und bedächtig seine Schnürsenkel zu Schleifen bindet, sage ich, schneller, mach schneller, Beeilung, rufe ich wieder in den Raum hinein, in dem sich noch immer eine Hand voll Leute befindet, und als ich auf die Uhr sehe, sind es noch drei Minuten bis Mitternacht, noch zwei, und die Gäste gehen an mir vorbei, lachend, einander mitziehend, jemand sagt, if it were now to die, 't were now to be most happy, aber du, sagt er dann, musst auch mitkommen, und ich frage mich, was ist das bloß, das mich auf einmal so zuversichtlich stimmt und gleichzeitig so wehmütig, weil jede Wahl, ist man erst einmal mit einem Bein in den Strudel geraten, bedeutungslos wird, weil man nur noch nach Luft schnappt und sich gegen den Sog stemmt, der schön ist und unheimlich, und dann sehe ich hoch und denke, es ist Falk.

Denn da steht er.

II

Grobe See

SYLVIE

SEIT FÜNF JAHREN wohne ich jetzt allein. Zu Hause ging es einfach nicht mehr. Ständig hatten meine Mutter und ich Streit wegen ihrer Freunde, und als sie kurz vor meinem siebzehnten Geburtstag das erste Mal Rüdiger mitbrachte, wurde schnell klar: Er oder ich. Rüdiger hat es gewusst, ich habe es gewusst, und nach rund eineinhalb Jahren hat es auch meine Mutter kapiert, aber ohne Rüdiger zu leben war für sie schon unvorstellbar geworden, wobei ich mich immer frage, was genau sie wohl vermissen würde: seine schmutzige Wäsche, die er durchs ganze Haus verteilt, seine Wutanfälle, wenn er zu viel getrunken hat, seinen schwammigen Körper, seinen üblen Geruch oder seine schütteren Haare, von denen ich jeden Morgen mehr aus meinem Kamm entfernen musste.

Die Abmachung war, dass ich bis zum Abschluss des Studiums eine monatliche Überweisung auf mein Girokonto bekommen würde. Geld gegen Universitätsbesuch, kann man also sagen, und da ich nach den ersten drei Semestern immer noch keinen einzigen Schein habe, wird die ganze Sache langsam teuer. Jeden ersten Sonntag im Monat besuche ich meine Mutter. Rüdiger ist dann meistens nicht zu Hause, sodass wir uns in aller Ruhe unterhalten könnten, aber meine Mutter will an diesen kuchenschweren Nachmittagen immer so viel von mir wissen, dass ich spätestens nach der zweiten Tasse Kaffee verstumme und stattdessen meine Mutter ausfrage. Noch glücklich mit Rüdiger?, ist meine Lieblingsfrage, und obwohl sie darauf vorbereitet sein müsste, gelingt es ihr nicht jedes Mal, glaubhaft ihr Glücklichsein zu versichern.

Wer ist schon immer glücklich, hat sie mich das letzte Mal zurückgefragt, du etwa? Und ohne zu überlegen, habe ich da genickt und gesagt, ja, ich bin eigentlich immer glücklich, durchaus. Obwohl das so natürlich auch nicht ganz stimmt.

Das Viertel, in dem ich lebe, ist eines der billigsten der Stadt. Zwar hat auch hier jede der Straßen ein eigenes Schild, doch viele der Buchstaben verschwinden unter bunter Farbe, übermalt von Jugendlichen, die sich die Verwirrung auf den Gesichtern der Fremden vorgestellt haben mögen, wenn sie die gesuchte Straße nicht finden können. Läuft man den Bürgersteig entlang, muss man aufpassen, nicht zu stolpern; an etlichen Stellen haben sich die grauen Steinplatten gegeneinander verschoben. Im Herbst werden Abfallreste über den Boden geweht, die sich im Windschatten der Stromkästen sammeln. Gehe ich die Straße hinunter, rufen die Männer nach mir, auf Türkisch, Italienisch, Französisch.

Meine Autotür hat eine große Delle, und sicher schon vier Mal hat mich der Nachbarsjunge gefragt, wie das passiert sei. Ein Unfall, sage ich jedes Mal, und immer freut er sich, feixt stumm vor sich hin oder lacht sogar laut. Wenn er Freunde dabeihat, wiederholt er wie ein Echo mehrfach meine Antwort.

Komme ich erst spät am Abend zurück, finde ich keinen Parkplatz. Ich streife durch die Straßen, suche nach Lücken zwischen den Autos und manchmal stelle ich mich so hin, dass ich weiß, es wird einen Strafzettel geben. Dann lege ich am nächsten Morgen das hellblaue Papier ins Auto, in ein Fach, links neben dem Lenkrad, in dem schon ein paar davon liegen. Am Ende des Monats bezahle ich sie dann.

Nehme ich einen Mann mit zu mir, schauen meine Nachbarinnen. Freuen sie sich? Oder haben sie Angst, dass es laut wird? Wenn ich Störungen vermeiden möchte, versperre ich ab ein Uhr nachts meine Tür und lasse niemanden mehr raus, in den Flur, zur Toilette. Dann müssen die Geliebten aus dem Fenster pinkeln.

Wer noch nie zuvor bei mir war, wundert sich über meine Ordnung: Offenbar traut man sie mir nicht zu, doch ich brauche systematische Anordnungen um mich herum, weil in meinem Kopf schon ein nicht enden wollendes Durcheinander herrscht. Ich werde wütend, wenn jemand seine Jacke auf den Boden wirft, sein Geschirr nicht spült und meine aufgereihten Schuhe durcheinander bringt. Meine Bücher sind alphabetisch sortiert. Wenn ich mir ein Buch leihe, gebe ich es nicht zurück. Kochen kann ich nicht gut, und es macht mir manchmal Spaß zu sehen, wie es den Leuten nicht schmeckt und sie trotzdem so höflich sind, noch eine kleine Portion zu nehmen, nachdem sie die erste unendlich langsam verzehrt haben.

Viele mögen mich aber trotzdem, denn ich bin schön: Meine Brüste sind rund und fest; eine Hand voll weißes Fleisch, so wie es die Franzosen am Hof des Sonnenkönigs liebten. Meine Beine sind lang und schlank, die Fesseln schmal. Die Taille auch. Wenn ich will, kann ich unglaublich unschuldig aussehen. Aber ich bin es nicht.

Schon lange nicht mehr. Seit dem ersten Urlaub mit der Jugendgruppe und einer Nacht mit dem Gruppenleiter, nach der ich wusste, dass man weder vom Küssen noch von anderem so schnell schwanger wird. Dass ich – Jahre später – dann doch schwanger wurde, war ungewollt: Der Freund meiner Freundin war denn auch sehr erschrocken, und ich auch, denn bei der Vorstellung, dass ich jahrelang mit seinen schwitzigen Händen Berührung haben, mir vielleicht sogar Liebes in seinem norddeutschen Dialekt anhören müsste, wurde mir ganz anders. Als ich in der zwölften Woche das Kind verlor, war ich darum nicht sehr traurig. Aber alle trösteten mich, besonders meine Freundin, die immer noch ganz gespannt darauf wartete, dass ich ihr den Vater offenbarte. Eine ungute Geschichte, sagte ich nur, und sie schaute verstehend.

Heute bin ich unsicher, ob ich jemals ein Kind haben möchte. Immerhin weiß ich jetzt, wie es geht, und meine Nachbarinnen würde es sicher auch freuen. Vielleicht mit einem Schwarz-afrikaner aus meinem Viertel? Die schauen immer so lieb, und wenn sie alleine sind, kann man auch gut mit ihnen reden. Oder mit einem Chinesen, einem Koreaner? Es gibt noch einiges in meinem Leben zu entdecken, und manches – das ist klar – will gut überlegt sein.

DIE EINZIGE FAMILIE, die noch schlimmer ist als meine, ist die von Klara.

Mit einem langen Messer schneidet Klaras Vater das Fleisch vom Knochen. Die Teller müssen wir ihm reichen, damit er jedem eine Scheibe Braten zwischen Kartoffelgratin und Kohlrabi legen kann. Klaras Schwester Dorothee hält eine Hand über den Teller. Sie esse seit einigen Wochen kein Fleisch mehr. Schon gar nicht das von Lämmern, fügt sie hinzu und zieht eine ihrer Locken lang, um sie gleich darauf wie gekräuseltes Geschenkband zurückschnellen zu lassen. Der Vater zuckt mit den Schultern und lobt das Essen. Die Mutter lächelt. Als ich kam, hängte sie ihre Schürze an den Haken hinter der Küchentür und zog das gestreifte Kleid mit einem Ruck gerade. In manchen Momenten ist sie sehr schön. Sie nahm meine Blumen, dankte und sagte, frohe Ostern. Dorothee stochert mit der Gabel im Salat herum. Die rotbraunen Spiralen umrahmen ihren Kopf wie eine Hutkrempe aus Persianerfell. Ihr Gesicht ist beinahe herzförmig, breit die Wangen und spitz das kleine, ein wenig hervorspringende Kinn, Katzenkopf, nenne ich sie, wenn sie nicht dabei ist. Thomas, ihr Sohn, erzählt etwas aus der Schule. Nur Klara hört zu. Wir anderen sehen auf unsere Teller. Zum Wohl, sagt Klaras Vater und hebt das Weinglas. Auf Ostern, sage ich. Dorothee schnaubt verächtlich, setzt das Glas an und trinkt es in einem Zug leer. Von der Lampe über dem Tisch hängen bunt bemalte Eier herab. Klaras Mutter trägt einen mit Puderzucker bestäubten Guglhupf herein. Thomas klatscht in die Hände und ruft, ein Rodelberg! Als das Telefon klingelt, springt Dorothee auf und läuft aus dem Esszimmer. Klaras Vater betrachtet mich. Nenn mich, sagte er damals, wie lange ist das her?, nenn mich Georg. Lief ich alleine von der Schule nach Hause, konnte ich sicher sein, dass er mich abpasste. Einmal stand er abends vor meiner Wohnung. Von meinem Fenster aus konnte ich auf das silbergraue Dach seines Wagens sehen. Dorothee flucht ins Telefon. Wichser!, schreit sie. Georg lächelt mich an und fragt, Sylvie, ich darf doch noch Sylvie sagen, er zwinkert, nun, wo du erwachsen bist? Unterhalb der Ohren ist sein Hals faltig wie bei einem gerupften Huhn. Arschloch!, schreit Dorothee. In seinem Auto saßen wir. Einige Regentropfen fielen auf die Windschutzscheibe, zu wenige für den Scheibenwischer, der alle paar Sekunden quietschend von rechts nach links fuhr. Nenn mich Georg. Seinen Mund presste er gegen die Innenseite meiner linken Hand. Sylvie, flüsterte er. Ich zog die Hand zu mir hin und wischte sie am Autositz ab. Es war das letzte Mal, dass sein Auto neben mir am Straßenrand hielt und er sich mit einem einladenden Winken zum Beifahrerfenster hinüberbeugte.

Dorothee kommt aus der Diele und nimmt ihre Tasche vom Stuhl. Ihr Freund wolle nicht kommen, erklärt sie. Darum gehe sie zu ihm. Sie wendet sich an Thomas, der sie unsicher anschaut. Sei brav, hörst du? Er nickt. Wenn sie den Klettverschluss der Tasche öffnet, entsteht ein stacheliges Geräusch. Georg sagt drohend: Dorothee. Aber sie hat schon das Zimmer verlassen.

Thomas macht ein Geräusch, als erschieße er jemanden. Klara hat die Ellbogen aufgestützt und sieht aus dem Fenster. Die Wolken haben es so eilig, als würde ein Sturm bevorstehen. Georg lacht mir zu. Der Kuchen ist zu drei viertel gegessen, die letzten Stücke liegen wie gestürzte Dominosteine inmitten der Krümel. Klara hustet kurz und trocken. Schön, dass du da bist, meint sie dann, und ich nicke und sage, danke für die Einladung.

BREITBEINIG LIEGE ICH auf dem Bett, mein Hintern drückt sich ins Kissen. Ich kann nicht schlafen, und wenn ich die Beine schließe, bilden sich feuchte Schlieren an meinen Oberschenkeln. Öffne ich das Fenster, höre ich den Straßenlärm, auch um drei Uhr nachts kommt die Stadt vor meinem Fenster nicht zur Ruhe. Immer wieder höre ich Autos vorbeifahren. Wie in einer endlosen Kette sind sie aneinander aufgefädelt. Manchmal fehlt ein Glied, dann dauert es einige Sekunden, bis das nächste Auto kommt, dann wieder folgen vier aufeinander und mindestens eines davon fährt am Stoppschild mit quietschenden Reifen an. In meinem Hinterkopf herrscht Gewitterstimmung. Gedanken ballen sich zusammen, zu unentwirrbaren Knäueln verknoten sie sich und halten mich wach, dabei will ich das Geknäuel gar nicht lösen. Ich denke an nichts, nur mein Kopf denkt, ohne mich. Neben mir liegt Stefan, einsneunzig groß, zumindest schätzte ich seine Größe so ein, als er heute ins Burgunderstübchen kam, wo ich mit Klara saß und mir ihren Kummer wegen Jan anhörte. Ich mag Klara gern, aber für besonders scharfsinnig halte ich sie nicht: Immerhin bin ich die denkbar schlechteste Adresse für ihren Liebeskummer. Zwar weiß sie nur von einem Kuss zwischen Jan und mir, aber bei der Gelegenheit hätte sie ja auch einmal nachdenken, eins und eins zusammenzählen und dann darauf kommen können, warum ich einmal die Woche mit Jan Latein üben muss, schon seit eineinhalb Jahren. Aber Klara stellt sich dumm.

Sie ist es nicht wirklich, auch wenn sie die Schule kurz vor dem Abitur verlassen hat und jetzt in einer Kantine arbeitet. Ihre Lehre zur Speditionskauffrau hat sie abgebrochen, weil sie sich mit der Chefin nicht verstand, als Floristin fand sie keine Lehrstelle und als Kindergärtnerin wollte sie nicht arbeiten. Das Kind ihrer Schwester reiche ihr bereits, sagte sie zu mir, nachdem sie beim Arbeitsamt eine Ausbildung zur Kindergärtnerin ausgeschlagen hatte. Was sie zur Personalberaterin des Amtes gesagt hat, weiß ich nicht. Einige Wochen jobbte sie bei McDonalds, bis sie, wie sie mir sagte, keine Hamburger mehr sehen und keine Pommes Frites mehr riechen konnte. Und jetzt arbeitet sie also in einer Kantine, beim Allgemeinen Elektrizitätswerk. Angeblich wartet sie auf eine Lehrstelle als Floristin, doch ich bin skeptisch, am Ende bleibt sie in der Kantine hängen, bis irgendeiner sie heiratet. Aber das wird sicher nicht Jan sein. Zumindest wäre ihr das nicht zu wünschen.

Als Stefan heute in die Kneipe kam, ist er mir gleich aufgefallen, dabei ist er gar nicht besonders schön. Eigentlich sind es die langhaarigen Männer, die mich anziehen; die Aussicht, in langen, vielleicht sogar lockigen Haaren zu wühlen, ist etwas, dem ich kaum widerstehen kann. Stefan hingegen hat braune, kurze Haare, die dick, fast drahtig sind und am Hinterkopf in einem Wirbel gipfeln, den man nicht glatt streichen kann.

Was mich anzog, war sein Gesicht, das mich an jemanden erinnerte. Wir lieben assoziativ, habe ich einmal gelesen, man liebt das, was man – und sei es auch nur unbewusst – wiedererkennt, und bei Stefan muss es genauso gewesen sein, er kam mir vertraut vor, und dieses Vertraute zog mich zu ihm hin, ließ meine Blicke immer wieder sein Gesicht suchen, und während Klara weiter von Jan sprach, jenem Jan, mit dem ich vor wenigen Stunden noch auf dem Boden meiner Wohnung gelegen und meinen ganz eigenen Lateinunterricht gehabt hatte – osculor, osculum, osculatio –, lernten Stefan und ich uns durch Blicke so gut kennen, dass er schließlich an unseren Tisch kam, auf seine zwei im Hintergrund sitzenden Freunde wies und uns fragte, ob wir ihnen Gesellschaft leisten wollten.

Klara war durch Stefan in ihrem Monolog unterbrochen worden. Ablehnend schaute sie erst zu ihm, dann fragend zu mir, und als ich nickte und sagte, warum nicht?, und, gerne, ergab sie sich in ihr Schicksal, raffte ihre Jeansjacke und ihre Tasche zusammen, jedoch nicht ohne zu seufzen, um mir zu zeigen, dass es ihr eigentlich nicht passte. Erzähl nachher weiter, raunte ich ihr zu. Klara nickte grimmig und schlurfte hinter mir her an den Tisch mit den drei Männern, von denen mir nur Stefan gefiel. Dominik, der zweite, ging mir gerade mal bis zur Schulter. Thilo, der dritte, hatte die Haare militärisch kurz rasiert. Immer wieder fuhr er sich mit der linken Hand vom Hinterkopf bis zur Stirn, wie unabsichtlich und mitten im Reden, und zunehmend irritierte mich diese Bewegung, dieses selbstgenießende Kraulen des eigenen Kopfes. Doch Stefan – Stefan erinnerte mich an jemanden.

Als das Burgunderstübchen schloss, standen wir zu fünft noch eine Weile vor der Tür herum. Langsam gingen wir dann die Straße hinab Richtung Innenstadt. Thilo und Klara unterhielten sich über ihre letzten Ferienreisen. Dominik lief mit federnden Schritten zwischen uns und hörte Stefan zu, der über die Sterne sprach, über Castor und Pollux, über die Sonne, die Erde, über die Kometen, die Raumfahrt, und über die schwarzen Löcher. In so einem werden wir auch eines schönen Tages verschwinden, sagte er, puff, das war die Erde, heißt es dann, und weg sind wir. Wäre es da nicht besser, fragte ich ihn und ließ meine Stimme schnurren, wie eine Hummel hörte ich mich an, die verbleibende Zeit zu nutzen, solange es noch geht? Stefan lachte, nun ja, das seien ja noch etliche Milliarden Jahre bis dahin, aber plötzlich verstummte er, und ich merkte, jetzt hat er verstanden. Er schaute mich von der Seite an und sagte, doch, doch, du hast Recht, die Zeit sollten wir nutzen, und nun klang seine Stimme ganz rau. An der nächsten Ecke musste Klara abbiegen. Tschüss, sagte sie und an Stefan und Dominik gewandt, war nett, euch kennen zu lernen, dann ging sie die Straße runter, begleitet von Thilo, dessen ausrasierter Nacken unter dem aufgestellten Jackenkragen verschwand. Als wir an einer Haltestelle vorbeiliefen, sagte Dominik, ich nehm den Bus, machts gut, und wir verabschiedeten uns. Nach ein paar Metern drehte ich mich noch mal zu ihm um. Schmächtig stand er unter dem Plastikdach des Wartehäuschens und betrachtete die Fahrpläne.

Auf dem Weg zu mir redete Stefan. Er redete vom Wetter, das wir in den nächsten Tagen erwarten könnten, von seinem Beruf als Bürokaufmann. Er erzählte von Thailand, wo er vor einigen Monaten gewesen war und wo die Menschen ihn als Farang, Langnase, angesprochen und geglaubt hatten, er sei wegen der deutschen Hefe so groß geworden. Er erzählte von seiner Exfreundin, die damals noch seine Freundin gewesen war und ihn begleitet hatte. Er redete darüber, dass die meisten Beziehungen, die er kenne, früher oder später auseinander gingen, einfach den Bach runter. Schwupp, sagte er und machte dabei eine Abwärtsbewegung mit der Hand. Er redete über seine Familie, seinen frühpensionierten Vater, seine Mutter, die Hausfrau sei und im evangelischen Bibelkreis engagiert. Er beschrieb seine Schwester, sie sei schön und sehr musikalisch, drei Stunden Geige üben jeden Tag, sagte er anerkennend, und dabei könne er selbst nicht einmal den Flohwalzer auf dem Klavier spielen, nach einem Jahr Unterricht, stell dir vor!, rief er. Er redete, als gäbe es kein Zurück.

Als wir bei mir ankamen, suchte ich den Schlüssel. Es dauerte eine Weile, da ich ihn einfach in meine Umhängetasche gelegt hatte, und nun musste ich den Boden und die Seitenfächer der Tasche abtasten, um ihn wiederzufinden. Während ich mit einer Hand in meiner Tasche wühlte, verstummte Stefan und schaute konzentriert auf den Boden. Tja dann, sagte er, als ich endlich den Schlüssel gefunden hatte und die Tür aufschloss. Was dann?, fragte ich und nahm ihn bei der Hand. In den Hausflur ging ich rein und zog ihn hinter mir her, die Treppe hinauf, bis in den dritten Stock. Erst an meiner Wohnungstür sah ich ihn wieder an. Willst du nicht?, fragte ich, und er legte den Kopf schief und sagte, doch, ich glaube schon. Da habe ich ihn angelächelt und noch in der geöffneten Wohnungstür geküsst.

Die Tür habe ich mit einem Fußtritt geschlossen, während Stefan mir die Jacke auszog. Meine Tasche ließ ich fallen. Mit den Füßen streifte ich mir die Schuhe ab. Dann half ich Stefan aus seinem hellbraunen Cordjackett und öffnete seinen Gürtel. Sein Hemd knöpfte ich auf und zog es ihm von den Schultern, und er riss am Ausschnitt meines T-Shirts, um meinen Hals küssen zu können. Sein Flüstern an meinem Ohr, bist du dir wirklich sicher?, und ich, die ungeduldig ja sagte, klar, und ihm die Hose öffnete und bis zu den Knien herunterzog. Rückwärts gehend führte ich ihn ins Schlafzimmer, langsam, bedächtig, während er unbeholfen folgte. Setz dich, sagte ich. Stefan setzte sich auf den Bettrand und ließ sich von mir die Schuhe ausziehen, während er mir das T-Shirt über den Kopf zog, so ungeschickt, dass es sich in meinen Haaren verfing und ich aufschrie. Er küsste meinen Bauch, meine Arme, meine Hände, meinen Hals. Zwischen den Küssen flüsterte er: Ich mag dich. Er sagte: Wirklich. Sogar: Ich liebe dich. Er sagte, du bist schön, er sagte, ich will dich, er sagte einfach alles, was man so sagt. Und dann verschwand sein Mund zwischen meinen Beinen, sodass er endlich, endlich still war, und seine Zunge war feucht und quirlig wie ein sonnenwarmes Reptil. Wie du mir, so ich dir: Sein Schwanz war dunkel und schmeckte salzig, er wuchs in mir, ein bisschen ist es immer wie Ersticken, nur schöner. Ich habe mich auf ihn gesetzt, tatsächlich erinnert die ganze Sache ans Reiten, aber dieses Pferdchen ist nicht störrisch, sondern treibt den Reiter an.

Und jetzt liege ich hier. Es ist drei Uhr nachts, und ich kann nicht schlafen. Dunkel zeichnet sich Stefans Profil gegen das einfallende Licht ab, der Mond sieht aus wie verschimmelt, und in dem Moment bin ich sicher, dass er bewohnt ist. Aschfahl und grünlich schattiert sind seine Bewohner, und sie vermehren sich, indem sie einander verzehren und doppelt wieder ausspucken.

An wen bloß erinnert mich Stefan?

NACH MEHR als drei Semestern habe ich immer noch nicht die geringste Ahnung von Latein. Das war zu befürchten, und den Nachhilfeunterricht, den Jan mir gibt, kann man sicher nicht als hilfreich bezeichnen. Freitagnachmittag bekam ich eine Klausur zurück, und der Professor sagte leise, aber so deutlich prononciert, als koste er jede Silbe auf der Zunge aus, unterdurchschnittlich, als er mir die von Anmerkungen roten Blätter auf das Pult legte. Ich dachte, dass ich es nicht anders erwartet habe.

Entweder drei Fremdsprachen oder Lateinkenntnisse, so lautet die Voraussetzung für das Germanistikstudium, und da ich nur zwei Sprachen gelernt habe und mein Interesse an Spanisch, Italienisch, Griechisch zu gering war, entschied ich mich für Latein. Nebenbei saß ich in den vergangenen eineinhalb Jahren manchmal in Vorlesungen – über Kinder- und Jugendliteratur, Erwachsenendidaktik, die Funktion des Grotesken im Drama der Weimarer Republik. Viele der Frauen malten während der Vorlesungen mit Kugelschreibern geometrische Figuren auf ihre Schreibblöcke, während fast alle Männer in der ersten Hälfte der Vorlesung nach den Frauen schauten und in der zweiten Hälfte geschickt bleistiftdünne Zigaretten drehten. Außerdem besuchte ich ein Seminar zur Alltagslyrik. In der dritten Stunde schrieben wir alle aus fünf Stichworten Gedichte, und wer wollte, durfte sein Gedicht vorlesen. Das Seminar habe ich danach nicht mehr besucht.

Ein einziges Mal bin ich zu einer Abendveranstaltung des Instituts gegangen. Die Referenten standen scheinbar gelassen am Rednerpult, doch wenn sie das Glas Wasser in die Hand nahmen, das nach jedem Vortrag gegen ein neues ausgetauscht wurde, konnte man manchmal ein Zittern bemerken. Nach jedem Vortrag applaudierte man zu lange. Viele der Männer sahen aus wie Karikaturen. In der Pause, als wir alle mit einem Glas Wein an den Längsseiten des holzgetäfelten Saals standen, kam ein etwa fünfzigjähriger Mann mit runden randlosen Brillengläsern und einem Schnauzbart, dessen Enden wie um einen Stift herum nach oben gedreht waren, auf mich zu. Ein wunderbarer Abend, sagte er und schaute erst mich, dann mit einer Drehung des Oberkörpers den ganzen Saal an. Nicht wahr?, fragte er, und ich nickte unbestimmt, der Wein ist ganz gut, sagte ich, woraufhin er lachte. Köstlich, rief er, einfach köstlich. Immer wenn er lachte, neigte er seinen Kopf zu mir hin. Als er mir seinen Kollegen vorstellte, deutete dieser eine Verbeugung an. Enchanté, Mademoiselle, sagte er leise. Da stehe man nun, begann der Erste wieder, an solch einem Abend, fünfzigjährig, Nichtraucher, durch und durch solide, bis in die Fingerspitzen hinein sozusagen, und amüsiere sich über die Unbekümmertheit der Jugend, und mit einem Mal werde man gewahr, wie alt man geworden sei. Während er sprach, sah mich sein Kollege immer wieder mit gehobenen Augenbrauen und einem die Lippen kräuselnden Lächeln an, das andeutete, wir teilten ein Geheimnis. Am Ende ging es auch hier nur ums Ficken.

Dieses Semester habe ich mich für nur eine Vorlesung entschieden: Der Ritterroman. Sie findet am späten Vormittag statt, sodass man nicht früh aufstehen muss, um sie zu besuchen, und vielleicht ist das auch der Grund dafür, dass der Hörsaal bis auf den letzten Stuhl besetzt ist. In der ersten Veranstaltung nach den Semesterferien hatten Jan und ich keinen Platz mehr gefunden und uns auf eine Stufe der Treppe an der Längsseite des Saals setzen müssen. Hinter uns saßen zwei Frauen, beide mit langen, zu unentwirrbaren Zöpfen verfilzten Haaren und in fast identischen Trägerkleidern und trotzdem einander gar nicht ähnlich. Während die Professorin vom Ritterdasein im Mittelalter sprach, von der ›aventiure‹ als einer Erfahrung, die auf den Sinn der Welt

führe und eine Einweihung in die Geheimnisse des Lebens biete –
vergleichbar dem heutigen Abenteuer, sagte sie und musterte
herausfordernd die erste Reihe von Studenten, als wisse sie selbst
ganz genau, was Abenteuer seien –, flüsterten die beiden Frauen
hinter mir, manchmal kicherten sie. Jan beugte sich über seinen
Schreibblock, den er auf den Knien balancierte. Ich zeichnete einen
Ritter auf einem dunklen Pferd, wie er sich mit der Lanze in der
Hand einer ahnungslosen Frau näherte. ZUSTECHEN. ABSTECHEN,
AUSSTECHEN. Der Panzer: Hart wie ein Borkenkäfer und dicht. GE-
TROST VERBLUTEN. DIE RÜSTUNG DAS GEFÄSS. Die ersten zwei Wochen besuchte ich die Vorlesung, dann ließ ich zwei Wochen ausfallen, und in der nächsten Stunde war man vom Frühmittelalter
ins Spätmittelalter vorgerückt. Einfach so. Hunderte von Jahren in
zwei Doppelstunden.

Meine Mutter drohte beim sonntäglichen Besuch, sie würde nicht
weiter für meine mangelhaften Leistungen bezahlen, und Rüdiger, der überraschend anwesend war, meinte, ich solle das Studium abbrechen. Wer braucht schon Germanistik?, fragte er. Ich
könne doch endlich etwas Nützliches machen. Immerhin sei ich
dreiundzwanzig, damit ohnehin schon recht alt, und das Intellek-
tuelle liege mir halt nicht so. Er selbst ist Autoverkäufer. Für was
interessierst du dich denn?, fragte er mich und beugte sich dabei
so weit nach vorne, dass ihm seine goldene Gliederkette aus dem
Hemdausschnitt fiel. Von nahem sehen seine hellen Augen blut-
unterlaufen aus, er trinkt zu viel. Rüdiger, erwiderte ich, wer will
das denn wissen? Und Rüdiger sagte, aha, dann eben nicht, und
dass der, der sich nicht helfen lassen wolle, selbst schuld sei.

Drei Mal habe ich Stefan noch getroffen, nach unserer ersten gemeinsamen Nacht. Gleich am nächsten Tag waren wir zum
Abendessen verabredet. Als ich ins Restaurant kam und ihn an einem kleinen Zweiertisch nahe der Eingangstür sitzen sah, wie er

in der Karte las und dabei gelangweilt mit dem Messer spielte, war ich befangen: Ich wusste so wenig von ihm, und gleichzeitig kannte ich die Leberflecken auf seinen Oberschenkeln, seinen Geruch am Bauch, die salzigen Härchen auf seiner Brust, ich hatte die Adern auf seinem Handrücken gesehen, die sich wie dünne Wurzeltriebe den Arm emporschlängeln, ich hatte den Daumen in die Mulde neben seinem Schlüsselbein gelegt, sein kurzes Ohrläppchen in den Mund genommen, hier ein wenig Fleisch angebissen, da ein Schlückchen genippt. Nun saß er vor mir, legte die Hände um sein Weinglas und machte stockend Konversation, und ich brauchte ein bisschen Zeit, um ihn wiederzuerkennen. Noch immer wusste ich nicht, an wen er mich erinnerte, aber nun erinnerte er mich ja außerdem daran, wie er gewesen war, als er anders war. Erst später, als wir uns hinlegten, kam er mir wieder vertraut vor. Am nächsten Morgen, als ich aufwachte, war er bereits gegangen. Am Abend rief er mich an. Die Nacht verbrachte er bei mir. Die nächste Nacht auch.

Seitdem haben wir uns nicht mehr gesehen, und wenn es nach mir geht, bleibt es auch dabei. Denn am Ende der vierten gemeinsamen Nacht, als ich wach in meinem Bett lag und den Autos auf der Straße zuhörte und den Sirenen eines Krankenwagens der nahe gelegenen Städtischen Kliniken, als es bereits anfing zu dämmern und das Licht in meinem Schlafzimmer kühl und blau wurde und Stefan in diesem blauen Licht auf dem Rücken lag, eine Hand oberhalb des Kopfes und eine unter der Bettdecke, als ich ihn atmen hörte, und als ich sah, wie seine nackten Füße mit den langen, dünnen Zehen, von denen der zweite länger als der erste ist und bei denen der kleine Zeh ein wenig absteht, unter der zu kurzen Decke hinausschauten, fiel mir plötzlich ein, an wen er mich erinnert. Da konnte ich nicht anders: Ich musste aufstehen und duschen. Lange ließ ich das heiße Wasser über meinen Nacken fließen und rieb mich mit der Seife ein, die in meiner Hand aufweiche. Und gegen sechs verließ ich meine eigene Wohnung, um erst dann zurückzukommen, wenn Stefan auf jeden Fall gegangen sein würde.

MEIN ONKEL FRED und seine Frau Anne kamen jeden Sommer für zwei Wochen zu uns. Sommerfrische genießen nannten sie es, wenn sie sich in unserem Garten sonnten, sich von meiner Mutter Getränke servieren ließen oder meinem Vater beim Grillen der rosafarbenen Fleischstücke zusahen. Mit Sonnenbrillen und Zeitschriften lagen sie auf den geblümten Liegestühlen, neben ihnen meine Mutter und mein Vater, die sich mit den Augen der Gäste in ihrem Garten umsahen, die gelben Sonnenflecken des Rasens bemerkten oder darauf hinwiesen, wie prächtig die Begonien in diesem Sommer blühten. Im Gefolge meiner Tante und meines Onkels waren immer ihre beiden Söhne: Andreas und Martin. Da es nur vier Liegen gab, saßen wir Kinder entweder auf den Gartenstühlen um den Tisch herum, wo wir ›Memory‹ spielten und ›Schiffe versenken‹ und ›Vier gewinnt‹, oder wir lagen auf großen Badetüchern auf der Wiese. Wenn es zu heiß wurde, durften wir im schattigen Teil des Gartens, wo der Rasen nicht verbrennen würde, einen Rasensprenger aufstellen und durch die Fontänen rennen.

Martin ist drei Jahre älter als ich, Andreas zwei Monate jünger, und beide sahen sie aus wie eine kleinere Ausgabe meines Onkels. Ihre braunen Augen, die dunklen widerspenstigen Haare, die Martin in manchen Sommern fast bis auf die Schultern fielen, ihre sehnigen Glieder, ihre wutverzerrten Gesichter, wenn es einmal nicht nach ihrem Willen ging, ihre großen, ebenmäßigen Zähne, mit denen sie beim Abendessen energisch das Fleisch von den Knochen bissen, ihre kleinen, am Kopf anliegenden Ohren mit den kurzen Ohrläppchen, alles das schien dreifach vorhanden. Nur meine Tante war mit den hellen Haaren, den porzellanblauen

Augen und ihrer fleischigen, ausufernden Gestalt ein Fremdkörper in ihrer Familie.

Besonders mit Martin habe ich mich immer gut verstanden. Ich verehrte ihn für die drei Jahre, die er mir voraushatte, und bewunderte seine Schulerlebnisse, von denen er gerne erzählte. Ein Rebell, ein Anführer war er dann, und Andreas und ich verstummten. Andreas war launisch, er weinte oft. Wurden ihm am Abend die Haare gewaschen, lauschten Martin und ich vor der geschlossenen Tür des Badezimmers. Wir warteten darauf, sein Heulen zu hören, ein Schluchzen in höchsten Oktaven, weil ihm Seife ins Auge gekommen war oder weil seine Mutter ihn zu grob an den Schultern berührt und unter den fließenden Strahl gelenkt hatte, der zu heiß war oder zu kalt. Heulboje, schnaubte Martin dann verächtlich und deutete mit einem Rucken des Kopfes auf den hinter der Tür wimmernden Andreas.

Wer von uns beiden damals, im Sommer vor dreizehn Jahren, die Idee hatte, weiß ich nicht mehr, auf jeden Fall setzten Martin und ich durch, dass wir abends gemeinsam in die Badewanne gehen konnten. Anfangs machte das viel Spaß. Wir ließen das Wasser einlaufen, erst heiß, dann kalt, und Martin rührte immer wieder wie ein Koch das Wasser herum und sagte mir, ob noch heißes Wasser dazu müsse oder kaltes. Schließlich gaben wir Schaum hinzu. Gib mehr rein, es soll richtig schäumen, sagte Martin, und ich drückte auf die durchsichtige Flasche, dass der gelige Inhalt nur so rausschoss und das Wasser der Wanne sich grünlich verfärbte und einen dicken weißen Schaum obendrauf bekam. Martin ging immer als Erster ins Wasser. Ich probiere die Temperatur aus, sagte er und stieg vorsichtig hinein, und erst wenn er sich ganz nach hinten hatte sinken lassen, durfte auch ich dazukommen. Aber langsam, sagte Martin jedes Mal, und so entledigte ich mich meiner Kleider, die ich neben der Wanne liegen ließ, und kletterte behutsam über den Wannenrand hinein. Bleib noch ein wenig stehen, sagte Martin in den ersten Tagen immer, und nach einiger

Zeit tat ich es dann von alleine. Du musst dich erst an die Hitze gewöhnen, meinte er, während alles bis auf seinen Kopf und seinen Hals unter dem Schaum verschwand. Ich stand bis zu den Knien im Wasser und setzte mich erst, wenn ich anfing zu frieren.

Weil Martin zuerst in die Wanne stieg, hatte er immer den besseren Platz: Während er sich an das abgeschrägte Ende der Wanne lehnen konnte, hatte ich den Wasserhahn im Rücken, sodass ich mich verrenken musste, wollte ich mich anlehnen. Martin war zum Tauschen bereit, aber ich musste ihm dafür etwas Gutes tun, wie er es nannte. Etwas Gutes tun?, hatte ich gefragt, als er das erste Mal davon sprach. Was denn? Martin hielt einen seiner Füße über das schaumige Wasser. Du musst, sagte er, den Fuß ein bisschen streicheln. Seine Zehen waren lang und dünn, der kleine stand ein wenig schräg ab, der zweite Zeh war länger als alle anderen, unter den Nägeln gab es vom Spielen im Garten oft einen hellbraunen Rand. Ich nahm einen der Füße in meine Hände und begann den Rist zu streicheln. So?, fragte ich, aber Martin sagte, leg ihn ab, unter Wasser, und streichele ihn dann. Ich legte den sommerbraunen Fuß zwischen meine Beine unter das Wasser. Dort streichelte ich ihn, und Martin streckte langsam sein Bein zwischen meinen Beinen aus. Schön ist das, sagte er, während mir sein Fuß immer näher kam, bis er mich berührte. Weil die Berührung mich erschreckt hatte, war ich nach hinten gerutscht und dabei gegen den Wasserhahn gestoßen, dessen linke Seite heiß und dessen rechte Hälfte eiskalt war. Lass doch, sagte Martin. Seine Stimme klang gepresst. Lass doch, komm wieder her, forderte er, und so rutschte ich näher zu ihm hin, bis sein Fußballen wieder in meinem Schritt lag. Ich streichelte seinen Fuß, der sich manchmal ein wenig bewegte, und nach ein paar Minuten durfte ich dann auf die andere Seite, an die Rückenwand ohne Wasserhahn. Weil der Schaum in sich zusammengefallen war, begannen wir neuen Schaum zu machen, indem wir mit den Beinen das Wasser traten, bis es über den Wannenrand schwappte.

Als meine Mutter später die Überschwemmung sah, mussten wir ihr versprechen, keinen Schaum mehr zu machen. Wir sollten einfach nur in der Wanne liegen, sagte sie, uns entspannen und säubern, und wenn wir wollten, könnten wir mit Booten oder Gummitieren spielen. Martin sah mich bei diesen Vorschlägen spöttisch an. Er war dreizehn und ich war zehn Jahre alt. Wir wussten beide, dass wir sicherlich nicht mehr mit Gummitieren spielen würden. Als Martin am nächsten Abend fragte, ob ich wieder die Seiten tauschen wollte, wusste ich, was er meint, und ließ mir seinen Fuß geben, um ihn zu streicheln. Nur bewegen darfst du ihn nicht, sagte ich. Martin nickte.

Am Anfang hielt er sich auch daran. Er legte mir seinen Fuß in den Schritt, ich streichelte ihn, dann durfte ich aufstehen, und er rutschte an meinen Beinen vorbei auf die andere Seite der Wanne. Nach ein paar Tagen aber fing er wieder an, seinen Fuß zu bewegen. Nur ein bisschen, sagte er und versuchte, mit seinem großen Zeh noch näher zu mir hin- und in meinen Schoß hineinzurutschen. Es tat weh. Hör auf, sagte ich, das ist blöd. Martin verharrte einen Moment, und ich streichelte beflissen weiter seinen Fuß. Aber nach ein paar Minuten begann er wieder, seine Zehen zu bewegen und sie nach vorne, zwischen meine Beine, zu stoßen. Ich biss die Zähne zusammen und zählte lautlos bis zwanzig, bevor ich ihn fragte, ob wir jetzt wieder die Seiten tauschen konnten. Martin, der ein konzentriertes Gesicht gemacht und die Augen geschlossen hatte, nickte und sagte, okay. Aber am nächsten Abend dehnte er die Zeitspanne weiter aus und am nächsten Abend noch ein wenig. Und dann kam der letzte Tag seiner Ferien bei uns.

Es war einer der heißesten Tage des Jahres gewesen, unmerklich war es Spätsommer geworden und die Hitze drückend. Zu dritt waren wir ins städtische Freibad gelaufen, wo wir abwechselnd im Schatten einer Kastanie gelegen und geschwommen hatten. Martin hatte Kopfsprünge vom Ein-Meter-Brett gemacht und damit die Mädchen aus meiner Klasse beeindruckt, die nicht weit von uns entfernt im Gras lagen und mich fragten, ob das mein Freund sei. Ja, sagte ich und war in diesem Moment sehr stolz auf Martin. Am Abend hatten meine Eltern Salate vorbereitet. Es wurde gegrillt, diesmal gab es Fisch, von dem Andreas kein Stück aß, weil er Angst hatte vor den Gräten und weil er den Geruch der rohen Fische nicht mochte, und so konnten Martin und ich die Portion von Andreas mitessen.

Baden wollte ich an diesem Abend nicht. Ich war für heute genug im Wasser, sagte ich zu meiner Mutter. Martin verzichtete auch aufs Baden. Wir spielten mit meinem Meerschweinchen, dem wir Hürden aus Streichholzschachteln und Stöcken bauten. Andreas weinte wieder, als das Meerschweinchen sich von ihm nicht streicheln ließ.

Ich hatte schon geschlafen, und die Stimme, die meinen Namen rief, hatte ich mitgeträumt: Martin stand auf einem Drei-Meter-Brett, er sah von unten sehr klein aus, nur an seiner gelben Badehose konnte man ihn überhaupt erkennen. Im Publikum, das gebannt nach oben blickte, stand meine Mutter. Sie applaudierte schon, bevor Martin gesprungen war. Martin!, schrie sie, und der schaute nach unten und rief zurück, aber meinen Namen, nicht den meiner Mutter. Sylvie, rief er, Sylvie, hörst du mich, und als ich die Augen öffnete, stand er vor meinem Bett. Ich war so erschrocken, dass ich aufschrie. Martin legte mir eine Hand auf den Mund. Still, psst, zischte er. Was ist denn?, fragte ich. Martin sagte mit schmeichelnder Stimme, ich will zu dir, nur ein bisschen zu dir. Während er sprach, kletterte er bereits unter meine Decke. Seine Füße waren kalt von den Fliesen, seine Hände legte er mir um den Bauch, und ich wusste nicht, ob ich es schön fand oder nicht, aber ich ahnte, dass es falsch war, als er seine Finger bewegte, erst nach oben hin, zu meiner Brust, wo es noch nichts als zwei kleine Verhärtungen unter der Hautoberfläche gab, und dann hinab zwischen meine Beine. Martin, flüsterte ich, hör auf, doch Martin bewegte weiter seine Finger. In meinem Nacken spürte ich die Wärme seines Atems. Stell dich nicht so an, sagte er. Ich sprang aus dem Bett und rannte ans andere Ende meines Zimmers. Im grauen Licht vor dem Fenster bewegte sich mein altes Mobile: eine Ente, ein Pferd, ein Hund, eine Katze, ein Vogel, ein Schwein, ein Esel, und in der Mitte hing ein dicker weißhaariger Bauer in Gummistiefeln und Latzhose, der nach seinen Tieren schaute. Martin war auch aus dem Bett gesprungen. Mit einem Satz war er bei mir und drückte mich gegen die knarzenden Holztüren meines Kleiderschrankes. Blöde Kuh, zischte er mir zu, tu doch nicht so doof. Ich versuchte, mich zu wehren, als er sich immer fester gegen mich drückte. Mit der rechten Hand schlug er mich in den Bauch und gegen Bein und Schulter, mit der anderen riss er meine Pyjamahose herunter, die mir weich auf die Füße fiel. Hilfe, schrie ich, Hilfe!

Dann wurde es hell. Mein Vater stand in der Tür meines Kinderzimmers. Er packte Martin im Nacken und führte ihn aus dem Zimmer. Nach einigen Minuten kam er zurück. Ich hatte mich wieder ins Bett gelegt und sah ihm entgegen. Er löschte das Licht, strich mir durchs Haar, steckte die Decke um mich fest, zeigte auf das Mobile, das sich langsam drehte. Schau mal, sagte er leise, sie tanzen. Im Schlafanzug saß er auf dem Bettrand, mein Retter, der nun behauptete: Alles in Ordnung. Aber ich hatte die Wut in seinen Augen gesehen, als er Martin aus dem Zimmer gebracht hatte. Bleibst du, bis ich schlafe?, fragte ich. Er nickte. Nachher summte er vor sich hin. Wie eine liebe Biene, dachte ich.

Am nächsten Morgen, nach dem Frühstück, bei dem Martin gefehlt hatte, reisten die Verwandten ab. Meine Mutter und ich winkten ihnen zu, als sie mit ihrem dunkelgrünen BMW rückwärts aus der Einfahrt hinausfuhren. Den nächsten Sommer kamen sie nicht, und auch den übernächsten nicht. Erst nach drei Jahren kamen meine Tante und mein Onkel noch einmal zu Besuch. Ohne die Jungens, wie mein Onkel sagte. Die sind jetzt schon groß und machen alleine Ferien, fügte meine Tante hinzu. Zwei Jahre später waren meine Eltern geschieden, und da kam keiner von ihnen mehr zu meiner Mutter und mir.

LETZTE NACHT habe ich geträumt.

Ich stand am Rand der großen Wiese neben der Universität. Links von mir spielten Kinder mit einem Hund, der schwarz und stämmig war und im Spiel immer wieder die Zähne zeigte, doch die Kinder, ein Junge und ein Mädchen, hatten keine Angst. Die Haare des Mädchens waren zu zwei dicken Zöpfen geflochten. Schnurgerade verlief der Scheitel in der Mitte. Wenn sie im Spiel um den Hund und den Jungen herumrannte, standen ihr die Zöpfe fast waagrecht vom Hinterkopf ab. Der Junge, der mir bis zur Schulter reichte, trug kurze Hosen. Seine Haare waren blond. In der Hand hielt er eine Wasserpistole, mit der er auf den Hund zielte. Immer, wenn der Wasserstrahl den Hund traf, seine breite dunkle Stirn zwischen den gelblichen Augen, den massigen Brustkorb, eine der schwarz glänzenden Flanken, durchlief ihn ein Schütteln, er bleckte die Zähne und rannte auf die Kinder zu. Manchmal wirkte er, als ob er lachte.

Ich beschloss, zu einem Baum zu gehen, der inmitten des Rasens stand. Mit jedem Schritt, den ich über die Wiese ging, zertrat ich Gänseblümchen. Zwar versuchte ich anfangs auszuweichen, auf die braunen und grünen Flecken zwischen den Blumen zu treten, einmal lenkte ich den schon erhobenen Fuß noch im letzten Moment nach rechts ab, vorbei an den Blumen. Doch die freien Stellen waren selten. Bald schon achtete ich nicht mehr darauf, dachte nur noch einmal an die ungeheure Verschwendung. Aber vielleicht waren sie ja wirklich wertlos, die Blumen, trotz ihres Aussehens, das wirkte, als sei jede einzelne in mühevoller Feinarbeit entstanden. Wie unbedarft die weißen Blumenköpfe mit dem gelben Rund aussahn!

Noch bevor ich den Baum erreicht hatte, machte es mir schon Spaß, die Blumen unter meinen Füßen zu knicken. Wie eine Lawine musste ich über sie kommen, schwarz und überlebensgroß und angekündigt durch den Schatten und ein Grollen in der Erde. Mit einer Hand an die Eiche gestemmt, betrachtete ich die Sohle meines rechten Schuhs, doch vergeblich suchte ich nach gelben und weißen Spuren, nur grüne Blättchen und Grashalme klebten zwischen den Rillen. Nachdenklich schaute ich zurück, auf den von mir gegangenen Weg, quer durch die Wiese. Keine Schneise, die ich in die Wiese geschlagen hätte, keine Bahn, die ich durch die Blumen gepflügt hätte. Alles sah aus, als wäre ich nie da gewesen und hätte kein Werk der Zerstörung hinterlassen.

FAST IMMER betrachten wir, Jan und ich, die arme Klara mit einem Lächeln, wir, die Eingeweihten, ihre Priester: Bei ihm sucht sie Trost, bei mir beichtet sie ihre Schwäche. Sie ist unsere leichtgläubige Menge, und wenn Jan nicht so dumm wäre, würde ich es ihm einmal sagen: Du und ich, wir sind Auguren, wir kennen die Zeichen, wissen mehr als die anderen, wir stellen unsere eigenen Regeln auf und weisen Klara mit unserem Krummstab den Weg. Aber Jan hat von nichts eine Ahnung. Ich bin sicher, er wüsste nicht im Entferntesten, wer die Auguren waren. Am ehesten würde er wohl an Außerirdische denken, mit Zyklopen-Augen und spitzen Tierohren.

So trage also ich mein Augurenlächeln alleine, während Jan einfältig grinst. Er muss sich sehr verwegen vorkommen. Bestimmt hält er sich für einen Frauenhelden, wie er Klara mit mir und mich mit Klara betrügt. Aber eigentlich verachten wir ihn beide. Und wenn Klara ihm irgendwann einmal auf die Schliche kommt und sich von ihm trennt, habe ich sogar noch ein gutes Werk vollbracht. Ob es mit unserer Freundschaft dann wohl auch vorbei wäre? Ich weiß es nicht, eigentlich verzeiht Klara mir alles. Sogar als sie mich und Jan vor der Diskothek sah, als sie sah, wie wir uns küssten, wie Jan sich an mich drückte, sich an mir rieb, lächelte sie tapfer und legte mir einen Arm um die Schultern, als müsste sie mich trösten. Sie ist arglos. Ich mag dagegen fast ein wenig infam scheinen, aber im Grunde probiere ich mich nur aus.

Es gibt Zeiten, da habe ich Klara gerne um mich. An den Wochentagen, die zwischen Studium und Fernsehen stattfinden, mag ich es, wenn sie zu mir kommt, den Augenblick, in dem ich die Tür öffne: Freude steht ihr da ins Gesicht geschrieben, Freude darüber, mich zu sehen, und das wiederum freut mich.

Manchmal schauen wir gemeinsam einen Film an. Doch Klara möchte immer Filme sehen, in denen zwei Liebende gegen alle Widrigkeiten zueinander finden. Es kann ihr gar nicht romantisch genug sein, und jedes Mal, wenn sie gerührt ist, treten ihr Tränen in die Augen. Dann wendet sie den Blick vom Fernseher ab, atmet flach und konzentriert sich darauf, die Tränen wegzublinzeln.

Meistens jedoch unterhalten wir uns, das heißt: Klara erzählt. Mittlerweile habe ich den Eindruck, ihre Kantinenkollegen besser zu kennen als meine eigenen Kommilitonen. Ich sehe Andrea vor mir, die ihr langes blondes Haar während der Arbeit zu einem Zopf gebunden hat, hübsch ist sie, aber ein wenig reizlos. Ich stelle mir Milka vor, die Griechin, die meiner kleinen Klara gerne die schwieligen Finger in den Nacken legt, sie zupft und zwickt und neckt, als suche sie ihre Nähe. Ich sehe Edgar, den Chefkoch vor mir, mit seinem rot getrunkenen Gesicht, seinen zotigen Sprüchen, und wie er flucht, wenn einer der Hilfsköche einen Fehler macht, duArschlochduSchweinhirnloserDeppdämlicher!, höre ich ihn schreien, und sein Gesicht wird noch röter dabei, und wenn es nun plötzlich in seiner Brust heftig stechen würde – und gleich darauf in seinem linken Arm, im Hals, im Bauch, und über den Koch käme das Gefühl, ausgelöscht zu werden, der Schweiß stünde ihm auf der Stirn, nach Luft ringend bräche er neben seinem Herd zusammen und die weiße, hohe Mütze, lächerliches Relikt seiner Zeit als Chef de cuisine im renommierten Ausflugslokal, würde auf den Boden fallen –, wäre es fraglich, ob ihm geholfen würde. Vielleicht am ehesten von Klara. Zwar wird auch sie angeschrien, von Edgar, dem Gewaltigen, aber was könnte sie machen gegen ihren inneren Impuls, der ihr zurufen würde: HILF IHM, HILF IHM, HILF IHM! Nicht jeder taugt zum Mörder.

An den Wochenenden mache ich Pause. Von Klara. Von Jan. Auch von der Universität: In kein Buch schaue ich rein, von Freitagabend bis Montagmorgen, das ist eine Abmachung, die ich mit mir selbst getroffen habe, und daran halte ich mich, selbst wenn ich montags eine Klausur schreiben oder ein Referat halten muss.

Der Mensch braucht Prinzipien, hat mein Vater früher immer gesagt, und die seltenen Male, die wir uns nach der Scheidung meiner Eltern noch getroffen haben, konnte man davon ausgehen, dass er dieses Sinnsprüchlein im Laufe des Gesprächs mindestens einmal anbringen würde. Auch die Verabredungen mit meinem Vater legte ich nach Möglichkeit nicht aufs Wochenende. Begründungen fanden sich immer: Ausflüge mit Jugendgruppen, soziale Tätigkeiten, die ich vorgab, wochenends auf mich nehmen zu wollen, Schulaufgaben, die ich angeblich machen musste, ein Treffen mit der Lerngruppe für Mathematik. Mein Vater glaubte alles und stellte sich offenbar nicht einmal die Frage, weshalb ich bei meinem immensen Fleiß so auffallend schlecht in der Schule war. Woraus ich wiederum schloss, dass er meine Intelligenz für nicht eben sehr groß erachtete. Aber das nahm ich in Kauf, Hauptsache, ich musste ihn nicht am Wochenende treffen.

Dass er schließlich an einem Samstag beerdigt wurde, war ein Haken, den er zum Ende seines Lebens schlug, und dieser Haken richtete sich eindeutig und ausschließlich gegen mich. Auf jeden Fall habe ich das so wahrgenommen, als ich an einem Samstag im November vor vier Jahren auf dem Hauptfriedhof stand. Ein großes Loch in die Tiefe war das Grab, und es war sicher schwer zu graben gewesen, da der Boden schon ein wenig gefroren war. Vielleicht hatten die Totengräber so geschwitzt, dass sie sich ihre dicken Jacken ausgezogen und im Hemd weitergearbeitet und dann immer noch geschwitzt hatten. Doch der Pfarrer in seinem schwarzen Talar mit dem weißen Bäffchen fror. Und ich musste ein bisschen weinen, trotz allem. Lust, mich meinem Vater hinterher ins Grab zu stürzen, hatte ich jedoch keine.

Am liebsten gehe ich am Wochenende auf eine Party, bei der ich vielleicht den Gastgeber oder einen der anderen Gäste kenne, aber sonst niemanden. Bereits das Eintreffen auf der Party liebe ich: Die angelehnte Tür aufdrücken, den ersten Schritt in die Wohnung tun wie auf ein überladenes Schiff, reinfallen in die Gespräche, in die Musik. Die Frauen sehen mich langzahnig an. Vorbei ist sie, die tolle Party, von der sie am Montag ihren Kolleginnen im Büro erzählen wollten. Die ganze schöne bunte Sause kippt ihnen weg. Was vorher glänzte und glühte, wird blass. Aber sie schlucken tapfer ihre Verunsicherung runter und lächeln und blicken wieder zu den Männern, die gerade noch um sie gurrten wie die Tauben, dreckig und lüstern, auf jedem Dachsims wollen die es treiben, und mussten die Frauen eben noch aufpassen, dass sie sie nicht zu sehr ermutigten, keine Berührung zu viel, sonst würden sie bald einmal gegen eine Wand gedrückt und mit Besitzansprüchen belegt, hat sich der Wind nun gedreht. Der Blick geht an ihnen vorbei, hin zu mir, und die Männer sehen: MEINE HAARE, MEINE BRÜSTE, MEINE AUGEN – die so grün sind wie ihre immer gleichen Hoffnungen –, FREIE SCHULTERN, LANGE BEINE, FEINE

FINGER. Den Hintern in den engen Jeans. Oder sehen sie ihn nicht? Muss ich ihn noch ein wenig mehr herzeigen, noch stärker ein Hohlkreuz machen, nur eine Spur zu viel? Ich lache an ihnen vorbei, sodass sie sich umschauen, um den Glücklichen zu sehen. Mein jeweiliger Begleiter aber trägt den Kopf ein wenig höher als sonst und fasst nach meinem Arm, um mich in jedem Raum der Wohnung vorzuführen.

KÜCHE, WOHNZIMMER, Schlafzimmer, Büro, Flur, rauf und runter, noch einmal Küche, Schlafzimmer. Mirco legt seine Hand auf meinen Rücken, wenn er mich vor sich hergehen lässt. Den anderen Gästen lächelt er jovial zu. Er spreizt das Gefieder, leckt seine Lippen, präsentiert das Gewehr. Zeigt sich mit mir.

Mirco ist Ende zwanzig und arbeitet als Informatiker. Im Halbdunkel sieht er gut aus, er hat ein breites Kinn mit einem winzigen Bärtchen in der Vertiefung, ein Wust brauner Haare fällt ihm in die Stirn und auf die Schultern. Im Hellen jedoch sieht man, dass seine Augen ständig die Farbe wechseln: Mal sind sie dunkelgrün, fast braun, mal sehen sie aus, als liege ein hellblauer Schleier über ihnen, sodass sie grau wirken. Vielleicht trägt er farbige Kontaktlinsen, ich sollte ihn einmal fragen.

Wenn man sich aus dem Fenster im Wohnzimmer der großen Wohnung lehnt und nach rechts blickt, kann man den Main sehen und den Eisernen Steg. Von hinten berührt Mirco mich an der Schulter. Er hält zwei Gläser Sekt in der Hand, gibt mir eines. Auf uns, sagt er und stößt sein Glas gegen meines. Wir trinken und rauchen. Mirco sagt, so könnte es immer bleiben. Du und ich, er lacht, und ein offenes Fenster neben uns, aus dem ich springen kann, wenn du mich nicht willst. Na dann, sage ich, spring. Er sieht mich unsicher an. Wirklich?, fragt er, stellt sein Glas auf den

Tisch und setzt einen Fuß aufs Fensterbrett. Ich muss lachen. Lass mal, sage ich. Ich überlegs mir. Bis wann? Bis zum Ende des Abends. Mirco stellt beide Füße wieder auf den Boden. Alles andere, denke ich, hat auch keinen Sinn.

Man muss eine Party durchaus nicht mit dem gleichen Mann verlassen, mit dem man kam. Ob Mirco alleine nach Hause fährt, weiß ich nicht. Auf jeden Fall sitze ich am Ende der Party nicht neben ihm in seinem dunkelblauen Golf, um ihn, vor meiner Haustür, noch im Wagen sitzend, zu einem Kaffee einzuladen, den wir dann doch nicht trinken würden. Wer trinkt schon mitten in der Nacht Kaffee?

Oliver ist mir schon zu Beginn der Feier aufgefallen, bestimmt wegen seiner schwarzen Haare, den etwas schräg stehenden Augen, die an einen Mongolen erinnern, wegen seiner Bewegungen, seiner Hände, die nach dem Bier griffen, seiner Stimme, tief, satt, rau, und genauso ist auch unser Sex, und er besteht nicht darauf, seine Socken auszuziehen, und am Morgen drängt er mich nicht, mit ihm zu duschen oder mit ihm zu reden. Er verlangt kein Frühstück und macht auch keines, sondern weckt mich auf, indem er sich auf mich legt und in mich eindringt, ohne jedes Vorspiel, und als ich die Augen aufschlage, hält er sie mir zu, fast bekomme ich keine Luft unter seiner Hand, die ein wenig modrig riecht. Dann steht er auf, zieht sich an, gibt mir einen Kuss und geht.

Den ganzen Tag muss ich an ihn denken, aber am Abend geht es wieder, und dann freue ich mich darauf, am nächsten Tag Klara zu treffen, und am übernächsten Jan, der – wie jeden Dienstag – mit mir schlafen wird. Ein Vorspiel wird es geben, einen Orgasmus schließlich. Danach werden wir auf dem Bett liegen, an unseren Zigaretten ziehen, den Rauch verfolgen, wie er die Wände hinaufschleicht, und irgendwann wird Jan dann aufstehen, duschen, sich anziehen und gehen, weil wir am nächsten Tag eine

Lateinklausur schreiben. Hast du gelernt, Sylvie?, wird er fragen, und spaßig mit dem Zeigefinger drohen, wenn ich den Kopf schüttele. Machs gut, werde ich sagen, wenn er geht, und ihm hinterherrufen, grüß Klara von mir! Dann wird die Wohnungstür ins Schloss fallen.

Wie jeder andere brauche auch ich Konstanten in meinem Leben.

Und Prinzipien.

ES IST NICHT SO, dass ich den Tod meines Vaters so locker weggesteckt hätte.

Bereits als er mir das erste Mal von seiner Erkrankung erzählte, an einem Mittwochabend im Mai vor vier Jahren, als wir uns in einem Restaurant in seiner Straße getroffen hatten, vor ihm ein Teller Austern, vor mir eine Portion Spaghetti, mit kleinen Muscheln und Krabben, die aussahen wie Maden, war ich erschrocken gewesen. Krebs, das klingt immer endgültig. Doch mein Vater hatte mich beruhigt. Seine Hand hatte er auf meine gelegt, bevor ich sie wegziehen konnte, und dann hatte er mich angeschaut und gesagt, keine Angst, Sylvie, das heißt ja alles noch gar nichts, und dass der Tumor wahrscheinlich gutartig sei. Ich sah ihn an und versuchte, mir die Geschwulst in seinem Kopf vorzustellen. Da, direkt hinter der breiten Stirn sitzt sie vielleicht, dachte ich, und war mir plötzlich sicher, dass sie bösartig war. Mach dir keine Sorgen, sagte mein Vater, wird schon wieder, und als er das sagte, dieses ›Wird schon wieder‹, fiel mir auf, dass er das immer zu mir gesagt hatte: Wenn ich nicht schlafen konnte, weil in den Zimmerecken Gefahren lauerten. Wenn ich mir weh getan hatte, nicht weinen, hatte er gesagt und mich mit seinen haarigen Armen viel zu hoch in die Luft gestemmt – und was, wenn ich jetzt stürze, hatte ich gedacht. Wird schon wieder, hatte er geflüstert, wenn ich Kummer hatte, setz dich auf meinen Schoß, meine Hübsche, hatte er gesagt, ja, gib deinem Papa einen KUSS, KUSS, KUSS, süße Sylvie. Und auch als er fortging, hatte er versprochen, wird schon wieder. Aber dann stimmte das nicht, und ich dachte an den Tumor, wie er sich im Kopf meines Vaters ausbreitete, und dass ich ihn mir, gäbe es ihn nicht schon, genau dorthin gewünscht hätte. Und als ich das dachte, konnte ich meine Spaghetti weiteressen. Gut schmeckten sie, obwohl sie schon ein wenig abgekühlt waren, die Muscheln zu salzig, die Krabbenschwänze wässrig.

Mein Vater wandte sich seinen Austern zu. Eine Schale nach der andern leerte er geräuschvoll. Als wir wieder anfingen, miteinander zu reden, sprachen wir nicht mehr vom Tumor, sondern über die Möglichkeit, dass ich mir die Haare abschneiden würde. Raspelkurz, sagte ich, vielleicht mach ichs wirklich. Ich musste lachen, als ich sein erschrockenes Gesicht sah. Wie du meinst, sagte mein Vater, du bist erwachsen, nicht wahr, kannst selbst entscheiden. Ich beugte mich zu ihm hin, ganz nah an sein Gesicht heran schob ich meines, als wollte ich ihn küssen, hier, mitten im Restaurant, unter all den Leuten, und dann sagte ich, wird schon wieder. Mein Vater nickte und wiederholte, indem er den Blick senkte, wie du meinst.

Trotzdem war es dann schwer gewesen, ihn im Krankenhaus zu besuchen. Während er operiert wurde, hatte ich mit meiner Tante, seiner Schwester, im Wartezimmer gesessen. Wir hatten in Zeitschriften geblättert und manchmal ein paar Sätze miteinander geredet. Später durften wir kurz zu ihm rein, aber sprechen könne er noch nicht, sagte uns die Ärztin. Stumm blickte er uns entgegen, als wir in sein Zimmer kamen. Meine Tante strich ihm vorsichtig über die linke Hand, in deren Rücken die Nadel für die Infusion steckte. Sein Gesicht war blass. Die Haare hatte man ihm geschoren, wie ein schlecht rasiertes Kinn sah die Kopfhaut zwischen den Mullbinden aus. Neben ihm, auf dem rollbaren Nachttisch, lagen ein Stapel Papiertücher und eine kleine nierenförmige Pappschale. Gott sei Dank hat er rechtzeitig eine Privatversicherung abgeschlossen, sagte meine Tante zu mir, als wir uns nach dem kurzen Besuch in die Cafeteria des Krankenhauses gesetzt hatten, um einen Kaffee zu trinken. Jetzt hat er sogar einen Fernseher ganz für sich alleine, stellte sie fest und pickte mit dem rechten Zeigefinger die Zuckerkörner von ihrem Unterteller auf. Er sieht doch ganz gut aus, findest du nicht?, fragte sie. Mein Vater sah krank aus, so krank, wie ich es mir nie hatte vorstellen können, selbst dann nicht, als er mir sagte, er habe Krebs. Ja, sagte ich, er sieht ganz passabel aus. Meine Tante schaute mich dankbar an.

Ich war sicher, dass mein Vater sterben müsste, morgen, übermorgen, vielleicht auch erst in ein paar Wochen. Schwer atmend läge er bis dahin in den Kissen, mit gelähmten Gliedmaßen, ohne die Möglichkeit, zu sprechen. Nutzlos würden seine Wangen wie kleine Säckchen neben seinem Mund herunterhängen. Wenn er etwas sagen wollte, käme nur ein kehliges Krächzen heraus, und seine Finger hätten nicht einmal mehr die Kraft, eine Tasse zu halten. Bittend würde er mir seine Hand entgegenstrecken, als bäte er um Verzeihung. Ich aber würde das lächelnd übersehen und es mir neben ihm auf dem Stuhl bequem machen. Von meinen Wochenenden würde ich erzählen, und dabei sähe ich ihm ein wenig beim Sterben zu. Jeden Tag säße ich neben ihm, manchmal wäre meine Mutter noch da, meine Tante oder mein Onkel. Aber wenn es dann zu Ende mit ihm ginge, so stellte ich mir vor, wäre ich als Einzige bei ihm. Und ich wäre es, die ihm, nachdem er mitten in meine Rede hinein lautlos gestorben wäre, das Kinn nach oben binden und die Augen zudrücken würde, damit er nicht mit stierem Blick und herabhängendem Kiefer wie ein Verblödeter in den Kissen hinge, wenn die Ärztin käme, um den Tod festzustellen.

Bereits am nächsten Tag ging es meinem Vater viel besser. Die Untersuchungen hatten ergeben, dass es tatsächlich ein gutartiger Tumor gewesen war, nicht größer als eine Walnuss, der aber trotzdem erhebliche Kopfschmerzen verursachte. Zum Glück, sagte mein Vater, sonst hätte ich es doch nie bemerkt. Acht Tage später konnte er nach Hause gehen. Am Kopf trug er eine zehn Zentimeter lange Narbe, das Haar hatte schon wieder begonnen nachzuwachsen. Bald würde man nicht einmal mehr die Narbe sehen. Soll ich dich noch irgendwohin mitnehmen?, fragte mein Vater und schulterte seine Ledertasche, und ich schüttelte den Kopf und gab ihm zum Abschied die Hand.

Während der ganzen Fahrt vom Krankenhaus zu meiner Wohnung dachte ich, dass ich glücklich sein sollte. Die Welt müsste mir schöner erscheinen, jetzt, wo ich meinen Vater zurückbekommen hatte, aus großer Not gerettet. Und tatsächlich: Die Sonne glühte, immer noch war Frühling, die Straße schwamm in der warmen Luft. Aber in mir war alles ruhig, kein Jubel, kalt war mir, nichts wärmte mehr, gar nichts, und ich hatte mich getäuscht.

In den folgenden Monaten ging ich jeder Begegnung mit meinem Vater aus dem Weg. Nicht nur an den Wochenenden schützte ich Arbeit vor, auch unter der Woche könne ich ihn im Moment nicht treffen, sagte ich ihm am Telefon und verwies auf anstehende Klausuren. Mein Vater sagte, alles gut und schön, aber dass ich auch an mich denken solle, man sei nur einmal jung. Ich antwortete, du hast Recht, aber trotzdem.

Fast jeden Abend war ich unterwegs in dieser Zeit, unter der Woche mit Klara und Jan, am Wochenende mit anderen Freunden, von denen ich die meisten nur einmal sah und dann nie wieder. Manche traf ich aber auch öfter, zwei, drei Wochenenden hintereinander, und manchmal durften sie zum Frühstück bleiben, vorausgesetzt, sie machten den Kaffee selbst und räumten danach auch wieder das Geschirr weg und schoben die Krümel vom Tisch in ihre geöffnete Hand hinein.

Anfang November dann rief meine Mutter an, aber erst als ich nachts nach Hause kam, sah ich den Anrufbeantworter rot blinken. Papa ist tot, hörte ich sie sagen, und ich dachte, nein, der ist doch wieder gesund, wie kann denn das sein, war die Geschwulst doch bösartig und er hat uns allen was vorgemacht, um uns zu schonen, obgleich ihm doch genau das gar nicht ähnlich sah?

Nein, sagte meine Mutter, als ich sie anrief, nein, der Tumor war es nicht, und während sie sprach, gähnte sie, weil ich sie geweckt hatte. Der war ja nicht schlimm, sagte sie. Er ist bei einem Autounfall umgekommen, heute Nachmittag, auf der A 3, mit seinem neuen Mercedes, gerade letzte Woche gekauft, und da ist er jemandem draufgefahren. Eine richtige Massenkarambolage hat er verursacht, sagte meine Mutter. In ihrer Stimme klang Vorwurf mit, wegen der anderen Autos und weil mein Vater in seinem neuen Mercedes zu schnell gefahren sein musste und unachtsam gewesen war, nicht auf den Verkehrsfunk geachtet hatte, auf den Hinweis, dass es einen Stau gebe, auf drei Kilometern Länge, dessen Ende in einer Kurve lag. Meine Mutter sagte, es tut mir leid, Schätzchen, willst du zu uns kommen? Ich sagte, nein, aber danke. Ich komme dann morgen früh vorbei.

Vier Tage später war die Beerdigung. In der Nacht zuvor hatte es den ersten Frost gegeben. Der Gehsteig vor meiner Wohnung war am frühen Morgen mit winzigen Eiskristallen übersät. Ich überlegte meine Schritte, trat nur auf jede zweite Platte. SONST HÄNGT MUTTER SICH AM BALKEN AUF UND VATER SPRINGT VOM DACH. Vor den Mündern der Menschen, die vor der Kapelle warteten, bildeten sich Schwaden, so kalt war es. Meine Tante hielt mich lange umarmt, aber ob sie mich wärmen oder sich an mir wärmen wollte, weiß ich nicht. Jeder von uns warf später eine gelbe Rose ins Grab, dem Toten hinterher. Am Ende waren noch drei Rosen übrig, und so gingen meine Mutter, meine Tante und ich noch einmal nach vorne und ließen jede eine weitere Rose ins Grab fallen. Dann beendete der Pfarrer die Beerdigung, und wir verließen, einer nach dem anderen, das offene Grab, in dem mein Vater lag.

Nach dem Essen im Restaurant ging ich nach Hause. Ich wollte nicht gefahren werden, den Bus wollte ich nicht nehmen und auch kein Taxi, ich wollte zu Fuß gehen. Fast eine Stunde lang ging ich, und die ganze Zeit überlegte ich, was ich meinem Vater noch hätte sagen sollen und ob es etwas gebracht hätte, wenn ich ihn darauf angesprochen hätte. Auf seine Umarmungen, seine Küsse, seine Versprechen, und darauf, wie er mich in die Luft gestemmt hatte – flieg Engelchen, und als ich flog, ließ er da nicht die Arme sinken? –, und auf sein kratzendes Kinn an meinem weichen Kindergesicht, und nun will es mir scheinen, als sei meine Haut ganz wund davon geworden, hat meine Mutter nicht von Allergie gesprochen und mir stinkende Salbe um den Mund gestrichen, und stand ich nicht da, mit schlechtem Gewissen, während sie sich auf die Lippen biss und er über mein Haar strich: Wird schon wieder, Sylvilein.

Manchmal auf diesem Spaziergang habe ich gedacht, doch, das hättest du besprechen sollen, mit ihm. Aber als ich an meiner Wohnung ankam, war ich froh, dass ich ihn nicht mehr darauf angesprochen hatte. Was hätte ich auch sagen sollen? Wahrscheinlich wäre es nur peinlich geworden. Er hätte alles geleugnet. Du und deine Fantasie, hätte er gespottet. Und dann hätte ich es nicht geschafft, ihm jemals Rosen ins Grab zu werfen und der Predigt des Pfarrers zuzuhören, ohne einen Lachanfall zu bekommen und wie hysterisch dazustehen.

ES GIBT AUCH zärtliche Momente, nicht nur die rauen, die im Nachhinein wehtun und bei denen man sich fragt, warum sie einem überhaupt passieren konnten. Doch am Ende ist es so, dass eigentlich nichts mit einem geschieht, was man nicht selbst will. Zumindest ab einem bestimmten Alter ist das so. Und darum bin ich also selbst für die rauen Momente in meinem Leben verantwortlich, genauso wie für die schönen.

Es hat einige Zeit gebraucht, bis mir das klar wurde. Aber nun, da ich es weiß, kann ich nicht mehr ignorieren, dass immer wieder ich es bin, die sich die rauen Momente selbst bereitet. Auch wenn ich mir jeweils das Schöne im Schlimmen vor Augen führe – ich bin eine Eberesche, ein Pferd, ein Widder, und in allen drei Horoskopen ist meine prägende Eigenschaft die Zuversicht –, kann ich doch nicht an gegen die Erkenntnis meiner Neigung, mir selbst zu schaden. Eine Lateinklausur zurückzubekommen, die ich wieder einmal nicht bestanden habe, ist, zum Beispiel, ein rauer Moment. Da kann es noch so amüsant sein, den lächerlichen Triumph in den Augen des Professors zu sehen und in den Gesichtern der anderen Mädchen, die mir das alle gönnen, weil sie breite Hintern und picklige Gesichter haben, oder umgekehrt, und weil sie sich außerhalb der Uni fast immer langweilen und einzig selbst Hand anlegen können, um diesen Zustand größter Tristesse für einige Momente lächerlicher Ekstase zu unterbrechen, nur um danach entkräftet auf ihren blumig bezogenen Betten liegen zu bleiben und, das wars für heute, zu denken. Ich lächele zwar zurück, ebenso triumphierend. Ich kenne dein Problem, besagt mein Blick, den ich reihum auf die libidinösen Desaster werfe, und ein wenig drücke ich meinen Rücken durch, sodass sie meine Brüste besser sehen können. Aber eigentlich weiß ich, dass mir das alles nichts bringt: Kein Studium, lautet das Urteil, und was mache ich dann?

Ein anderer rauer Moment ist es, wenn ich mich über Klara lustig mache. Wenn ich die Sache mit Jan so weit treibe, dass ich denke, nun muss doch jeder sehen, was hier passiert, jetzt, endlich, muss doch auch Klara die ganze Sache durchschauen, und dann bin ich gespannt, wie sie sich verhalten wird. Doch Klara ist eine Meisterin im Ignorieren. Es ist, als habe sie beschlossen, nur das in der Welt zu sehen, was ihr behagt, all die Kleinigkeiten, auf die sie mich ständig hinweist, und ihre Freude über die neue Farbe eines Nagellacks, die Geschmacksrichtung einer Süßigkeit, die Passform einer Jeans. Klara, möchte ich dann sagen, ich habe eben die Hand deines Freundes gehalten. Ich habe sie mir in den Schoß gelegt und mit meinem Zeigefinger eine Bahn auf ihr beschrieben, vom Handgelenk bis hinauf zur Kuppe des Mittelfingers. Ich habe ihn dabei angeschaut, mit einem Blick, der alles verheißt, und er hats verstanden, keine Frage. Doch du liegst daneben, auf deiner lächerlichen, mit dem goldbraunen Futter nach außen gedrehten Patchworkjacke, und schaust in den Himmel, der blau ist. Schaut mal, dort, sagst du und zeigst auf den weißen Kondensstreifen eines Flugzeugs. Wohin die wohl fliegen, überlegst du laut, ich würde gerne ganz weit in den Süden. Jans Schwanz wird hart unter dem Jeansstoff, weil ich meine Hand auf seinen Schritt gelegt habe. Ich spüre, wie dringend er mich vögeln will, gäbe ich ihm einen Wink mit den Augen, würde er aufstehen und mit mir hinter den nächsten Busch gehen. Vor ihm würde ich knien und wie die Hunde würden wirs treiben, und du lägst da, und dächtest dir nichts, auch wenn wir laut würden. Schon jetzt ist sein Atem heftiger als normal, als sei er gelaufen, zwei, drei Minuten schnelles Tempo. Aber du liegst auf dem Rücken wie ein gestürzter Käfer und schaust in den Himmel, als fändest du dort Antworten.

Danach hasse ich Klara, weil sie mich Jan zutreibt, der mir eigentlich schon lange zum Hals raushängt, außer dienstags, das ist der einzige Tag, an dem ich ihn ertrage, da gibt er mir Nachhilfe, und fast jeden Dienstag drängt er auf einen zweiten Tag. Samstag?, fragt er, und ich schüttele den Kopf. Freitag? Ich sage, nein. Mittwoch?, schlägt er vor, und ich sage, Jan, sei still. Dienstag ist alles, was ich habe für dich.

Natürlich lüge ich.

Ständig.

Manchmal habe ich den Eindruck, ich lüge bereits, wenn man mich fragt, wie es mir geht. Aber allzu oft werde ich das ja nicht gefragt, zumindest nicht ernsthaft. Wenn meine Mutter mich fragt, wie es mir gehe, hat ihre Stimme einen Klang, als wäre ich in jedem Fall selbst schuld an meinem möglichen Leiden. Aha, schlecht geht es dir also, und darf man fragen wieso, würde die Frage weitergehen, und dann gäbe es viele Gründe: Zu spät ins Bett. Zu wenig gegessen. Zu unstetes Leben. Zu viele Männer. Und darum fragt meine Mutter also gar nicht wirklich, wie es mir geht, sondern fordert vielmehr, dass es mir gut geht, sodass ich nicht auf die Idee käme, ihr zu sagen: Mir geht es nicht gut, nein, mir geht es gar nicht gut, eher geht es mir schlecht. Stattdessen lächele ich und sage, ich fühle mich prächtig, besser denn je. Und wenn meine Mutter dann sagt, aber müde siehst du aus, blass wie eine Milchsemmel, antworte ich, ach ja, ein wenig, aber nur, weil ich so viel zu Hause war, um zu lernen.

Wenn Jan mich fragt: Wie gehts dir heute?, dann heißt das: Hast du mich vermisst? Hast du dich auf mich gefreut? Möchtest du erst noch ein bisschen reden oder können wir uns das sparen? Darum sage ich auch hier meistens: Gut. Nur wenn ich ihn zappeln lassen möchte, sage ich, schlecht, heute gehts mir wirklich schlecht, woraufhin Jan ganz entgegen seiner Absicht nun doch mit mir reden muss. Warum denn?, fragt er, aber unwillig, und ich muss mir dann schnell etwas ausdenken: Nackenverspannung, Migräne, Ärger mit meiner Mutter, prämenstruelles Syndrom, Krach mit Klara, wenig geschlafen am Wochenende –, doch da wird Jan hellhörig, weil er wissen will, warum ich wenig geschlafen habe, am Wochenende, mit wem ich mich getroffen habe und ob ich an ihn gedacht habe. Was ich, wenn er danach fragt, grundsätzlich verneine, in diesem Fall immerhin ehrlich.

Wenn mein Vater mich früher fragte: Wie gehts dir, Sylvie?, dann hieß das: Bist du böse auf mich? War ich zu wenig Vater oder zu viel? Ist es das? – kann doch gar nicht sein, und wenn ich sagte, mir gehts nicht so gut, wurde er nervös und suchte nach organischen Gründen, aber Augen, Ohren, Haut und Innereien waren immer vollkommen intakt bei mir, nur manchmal diese grauen Tage, doch davon wollte er nichts wissen. UND BIS DU HEIRATEST, IST ALLES WIEDER GUT.

Nur wenn Klara mich fragt, wie es mir geht, habe ich zuweilen den Eindruck, dass sie es wirklich wissen will. Ihre Augen haben dann einen beinahe forschenden Ausdruck, ganz eigentümlich genau schaut sie mich an, und ich sehe in ihrem Gesicht, dass sie sich Sorgen macht um mich. Das rührt mich. Es rührt mich wirklich, wenn sie ihre langen dunkelblonden Haare mit einer nachdenklichen Bewegung aus dem Gesicht streift, wenn sie ihre Schultern noch ein wenig weiter nach vorne zieht, mir entgegen, ihre Stimme recht leise, wie geht es dir, Sylvie, ist alles in Ordnung? Dann möchte ich sie manchmal einfach an mich ziehen und sagen, aber ja, Klara, und bei dir? Doch ich frage sie nie, denn ich will gar nicht wissen, wie es ihr geht, zumindest nicht wirklich: In unserem Kosmos bin ich der Mond, schön und leuchtend und kühl, und Klara ist mein Hof, stets ein bisschen diffus und in Auflösung begriffen, aber immer umgibt sie mich wie ein wärmender Schal. Manchmal gibt es etwas zwischen uns, nur ein kleines Schweigen, in dem wir uns genau verstehen, und das ist dann einer dieser zarten Momente, in denen man sich umschaut und alles, was man sieht, ist in Ordnung, weil man für kurze Zeit ganz vergessen hat, was nicht in Ordnung ist, und man sich ungläubig fragt, warum man sich bis eben noch ärgerte. Dann sehe ich Klara an, und wenn ich Glück habe, hält das Gefühl an, für ein paar Minuten. Am Abend, im Bett, kann ich mich immer noch daran erinnern, und dabei muss ich vielleicht grinsen, weil Klara in der Zwischenzeit schon wieder schlicht wie ein Schaf war. Trotzdem weiß ich, dass sie eigentlich anders ist, und dass sie vieles versteht und nur manchmal findet, dass es besser ist, nicht alles bis ins Bewusstsein vordringen zu lassen. Am Ende ist das ja vielleicht sogar weise.

DER LATEINUNTERRICHT fällt heute aus. Weil ich überraschend Zeit habe, beschließe ich, mir etwas zu kaufen. In der Stadt gehe ich die Zeil hinunter. Ich bleibe vor allen Schaufenstern stehen und schaue hinein, aber das meiste ist zu teuer. Wenn ich nicht bald mit dem Studium weiterkomme, denke ich, kann ich mir das alles nie leisten. Und dankbar muss ich auch noch sein, für das Geld von meiner Mutter und von Rüdiger, der sich – kaum dass er mir mal fünfzig Mark extra zusteckt – jedes Mal in die Brust wirft. Fürs Ausgehen, sagt er und zwinkert dabei. Ich sehe ihn dann vor mir, wie er in der Abendsonne auf dem Schulhof herumhüpft, den Bauch eingezogen, die kurze Hose blau glänzend. Immer wieder springt er die Stufen rauf und runter. Er bewegt die Arme wie eine Marionette. Seine Augen schweifen zu den Jungen rüber, die Basketball spielen. Ein Päderast, denkt man unweigerlich, ein mieser kleiner Kinderficker. Dann nehme ich das Geld und nicke kaum zum Dank, denn das ist alles nur eine kleine Entschädigung.

Am späten Nachmittag gehe ich in den Supermarkt, weil ich, wenn ich mir schon keine Kleider kaufen kann, wenigstens Tortellini essen will, Tortellini mit Käsesahnesoße, ganz plötzlich ist mir die Idee gekommen. Ich hänge mir den Metallkorb mit dem roten Henkel an den Arm und schlendere die Reihen entlang, als sei ich auf dem Markt und liefe von Stand zu Stand. Es ist kein gewöhnlicher Supermarkt, in dem ich hier bin. Er ist im Untergeschoss eines Kaufhauses und nennt sich ›Lebensart‹.

Das Gemüse ist zu kunstvollen Türmen aufgebaut, lauter unbekannte Früchte gibt es, und Kokosnüsse sind in kleine Stücke geschnitten, die zum Probieren auf einem silbernen Tablett bereitliegen. Ich nehme mir eines. Überall in diesem Supermarkt hängen Spiegel. Darum sehe ich mich durch die Gänge gehen und beobachte mich, wie ich nachdenklich vor den Nudeln stehen bleibe, die Lippen geschürzt, weil mir das gut steht. Wenn ich mich in das Kühlregal beuge, kann ich mich seitlich in einem Spiegel sehen, mein Gesicht mit den langen blonden Haaren direkt neben den Joghurts und der Milch. Ich sehe ziemlich hübsch aus.

Als ich zur Kasse gehe, liegen in meinem Korb eine 250-Gramm-Packung Tortellini mit Spinat-Ricotta-Füllung, eine Käsesahnesoße, die man nur warm machen muss, ein Paket Reis, ein Toastbrot und eine Packung Watte. In meine Jackentasche habe ich einen Lippenstift gesteckt. Ich bin sicher, dass mich niemand gesehen hat, so beiläufig habe ich den Stift genommen, und direkt danach habe ich nach der Watte gegriffen und sie in meinen Korb gelegt. Trotzdem schaue ich mich um, ob mich jemand beobachtet. Einen Detektiv würde ich bestimmt erkennen. Es wäre ein älterer Herr, der am Arm einen Korb hängen hätte, wie ich, damit man glaubt, auch er sei ein Kunde. Sein Anorak wäre dunkelblau, ein bisschen abgeschabt an den Seiten, und er würde eine Brille tragen, silbern, unmodern, Kassengestell. Zwischen den zögerlichen Handgriffen in die Regale würde er seine Augen schweifen lassen. Zu oft und zu lange würde er sich umblicken. Die Preise der Waren würde er kaum anschauen, und wenn, dann nur zum Schein, kurzer Blick runter und gleich wieder nach oben. Selten einmal würde er einen Artikel in seinen Korb legen.

Neben mir läuft ein Mann durch den Gang. Ich schätze ihn auf Anfang vierzig. Sein Haar ist hellgrau und gewellt, schön sieht das aus. In der rechten Hand hält er einen Korb, in dem nur wenige Waren liegen. Zu wenige, finde ich plötzlich. Seine Jacke ist dunkelblau, aus Wildleder zwar, aber dunkelblau, und gut sieht er aus, eine Brille trägt er auch nicht, aber warum sollte denn auch jeder Kaufhausdetektiv unattraktiv sein und schlechte Augen haben, denke ich plötzlich. Der Mann wendet mir sein Gesicht zu. Ich sehe eine hohe Stirn, helle Augen, ein eckiges Kinn. Er blickt mich an, zu lange, wie ich finde, darum biege ich schnell ab, in einen der Gänge hinein. Da stehe ich nun vor den Videos und schaue auf *Pu, der Bär* und den *American Gigolo*, der gut aussieht, ein bisschen wie der Mann, der nun auch in den Gang kommt, langsam, und der mit nachdenklichem Gesicht nach einem Videofilm greift, den Klappentext liest und dabei immer wieder zu mir hinsieht. Ich schaue zurück und weiß, dass er mich erwischt hat. Nicht einmal mehr aus der Jackentasche herausholen kann ich nun den Lippenstift, ohne dass er es sehen würde. Langsam gehe ich zur Kasse und stelle mich an. Aber nein, werde ich sagen, das ist doch mein Lippenstift, hier gekauft, vorgestern, den Kassenzettel habe ich natürlich nicht mehr. Wer hebt schon alle Quittungen auf? Direkt in seine hellen Augen werde ich blicken und mir einbilden, ich sei so hübsch, dass er mich laufen lässt, nachsichtig und ein bisschen wehmütig.

Ich wundere mich nicht, als ich sehe, dass er direkt hinter mir steht. Er riecht gut, wie jemand, der aus dem Kalten ins Warme kommt. Das gefällt mir. Darum drehe ich mich noch einmal um und lächele ihm zu, ein wenig nur, und er lächelt auch. An seiner Hand hängt der Korb, den er bedächtig vor- und zurückschaukeln lässt.

Die Kassiererin hat gefärbte Haare, am Ansatz ist das Blond herausgewachsen und hat eine dunkle Bahn an ihrem Scheitel hinterlassen. Ihre Lippen sind rosa geschminkt, die Zähne hinter den Lippen sehen gelblich aus, als sie die Summe nennt, die ich bezahlen muss. Während sie mir das Wechselgeld in die Hand zählt, überlege ich, ob sich die beiden kennen. Vielleicht haben sie schon auf einer Betriebsfeier nebeneinander gesessen, der Kaufhausdetektiv und die Kassiererin, und haben einander zugeprostet und sich das Du angeboten. Womöglich haben sie sich sogar auf die Wangen geküsst, zur Bekräftigung.

Der Mann tut aber so, als ob er die Kassiererin nicht kennt, und auch sie lässt sich nichts anmerken. Ich packe meine Sachen langsam in eine der Gratistüten, die bereitliegen. Dabei sehe ich ein paar Mal zu dem Mann hin. Wurst hat er gekauft, Brot, eine Tüte Hochzeitsnudeln, einen Kugelschreiber und drei Äpfel, jeder einzeln mit einem Klebeetikett versehen, statt dass er sie alle in eine Tüte getan hätte. Er sieht mich an. Ich überlege, wann er mich wohl anhalten wird, noch im Supermarkt, kurz vor der Rolltreppe, oder oben in der Parfümerieabteilung des Kaufhauses. Vielleicht sogar erst draußen, vor den gläsernen Schiebetüren, im warmen Luftzug, der über dem Eingang bläst. Er wird mir, so denke ich, eine Hand auf die Schulter legen. Einen Moment, bitte, wird er sagen und auf meine Jacke zeigen, ich glaube, Sie haben da versehentlich etwas eingesteckt und nicht bezahlt. Mir bliebe nur, zu lügen oder mich zu ergeben.

Beim Hochfahren auf der Rolltreppe schaue ich mich immer wieder um. Ich sehe, wie er seine Waren in eine Tüte packt, wie er der Kassiererin zunickt und die Tüte, als er zur Rolltreppe geht, von der linken in die rechte Hand wechselt. Er hebt den Kopf, blickt nach oben. Ich merke, wie ich rot werde. Ärgerlich ist das, dass ein Kaufhausdetektiv so gut aussehen darf. Durch die Papierwarenhandlung des Kaufhauses gehe ich und dann durch die Parfümerieabteilung, in der es schwindelerregend nach Moschus und Blumen riecht, aus jeder Ecke quillt der Duft, und die Verkäuferinnen stehen geschminkt herum und sprechen miteinander und schauen manchmal mit blasiertem Lächeln auf die Kunden.

Vor dem Kaufhaus bleibe ich an einem Schmuckstand stehen. Ich stecke mir zwei silberne Ringe an und einen goldenen mit einem türkisfarbenen Stein. In der Fußgängerpassage machen ein Mann und eine Frau Musik. Die Trompete des Mannes ist winzig und das Metall bläulich angelaufen. Die Frau singt. Kein Wort kommt mir vertraut vor. Vor den Musikern tanzt ein Mann in einem rot-schwarz karierten Jackett. Die Arme ausgebreitet wie Segel, stürzt er, wankt er, springt er von rechts nach links, tanzt wie ein Boot bei grober See, kurz bevor es kentert. Die Zuschauer lachen, als er plötzlich innehält, beide Hände an den Kopf legt und sich taumelnd auf den Boden setzt. Eine Zigeunerin geht in langen Röcken zu den Umstehenden und hält ihnen einen Plastikbecher entgegen. Ein paar Leute werfen Münzen in den Becher. Dann kommt er aus dem Kaufhaus. Seine grauen Haare bewegen sich im warmen Luftstrom, und er geht direkt auf mich zu. Entschuldigen Sie, sagt er, würden Sie einen Kaffee mit mir trinken gehen? Ich lege die Ringe zurück, drehe mich zum Detektiv um und frage, wieso? Er lächelt und sagt, das können Sie sich doch sicherlich denken.

Beim Kaffeetrinken hält er die Tasse nicht am Henkel, sondern legt seine Hand um den Rand. Das sieht sehr lässig aus. Wenn er lacht, lässt er manchmal seinen Oberkörper nach hinten, gegen die Stuhllehne, sinken. Ganz entspannt wirkt das und als genieße er das Kaffeetrinken mit mir. Seine blaue Wildlederjacke hat er über den dritten Stuhl an unserem Tisch gelegt. Nun sitzt er mir gegenüber in einem dunkelgrauen Pullover, dessen rechter Ärmel oberhalb des Ellbogens ein kleines rundes Loch hat, wie von einer Motte. Ich frage mich, ob er es bemerkt hat, dieses Loch, durch das seine Haut hell hindurchschimmert.

Falk heiße er, sagt er, und dass er mich einfach habe ansprechen müssen. Ich weiß, entgegne ich, das ist ja Ihre Pflicht. Er stutzt einen Moment. Und wie ist Ihr Name?, fragt er. Ich nenne Vor- und Zunamen, wahrheitsgemäß, wollen Sie vielleicht meinen Pass sehen?, setze ich hinzu, und Falk lacht, als hätte ich einen Scherz gemacht. Nein, nein, sagt er, lassen Sie ruhig. Wieder wird er von einem Lachen geschüttelt, doch als er sieht, dass ich nicht mitlache, setzt er sich aufrecht hin und räuspert sich. Was machen Sie, fragt er, sind Sie berufstätig? Nein, ich studiere Germanistik. Ach, wirklich, zur Uni gehen Sie, sagt Falk. Ja, sage ich, so ist es. Und, fahre ich langsam fort, da hat man eben wenig Geld, nicht wahr? Er nickt. Und Sie, sind Sie schon lange in Ihrem Job tätig?, frage ich. Falk blickt ein wenig verwundert, dann sagt er, na ja, seit fast fünfzehn Jahren. Und, frage ich spöttisch, macht es Spaß? Er sieht mich zweifelnd an. Ja, meint er, doch, durchaus, ich habe ja immer nur das machen wollen.

Ich finde das traurig, dass jemand, der so gut aussieht, nichts Besseres vom Leben erwartet, als Detektiv zu werden, Kaufhausdetektiv noch dazu. Ich betrachte Falk, der den Kellner ruft und uns noch zwei Tassen Kaffee bestellt. Und jetzt?, frage ich, als er einen Schluck genommen hat. Was meinen Sie?, fragt er zurück. Ich sage, was haben Sie jetzt mit mir vor, das würde mich interessieren. Falk sieht mich prüfend an. Ein wenig lächelt er, aber schon im nächsten Moment blickt er nachdenklich in seine Tasse, in der der Kaffee torfbraun schwimmt. Würden Sie mich gerne wiedersehen?, fragt er. Aha, denke ich, nun machen wir es also so, ich schlafe mit ihm, und er vergisst dafür meinen Diebstahl. Laut sage ich, ja, gerne. Falk lächelt, trinkt den letzten Schluck Kaffee, holt sein Portemonnaie hervor, legt Geld auf den Tisch und gibt mir seine Visitenkarte. Danke, sage ich, ich rufe Sie an.

Er nimmt seine Einkäufe. Er hält mir die Tür auf, gibt mir die Hand. Nach einigen Metern dreht er sich noch einmal um. Ich schaue ihm nach, sehe, wie hübsch seine grauen Haare sind, durch die er sich alle paar Minuten mit der Hand gefahren ist, um sie aus der Stirn herauszuhalten. Dann schaue ich seine Karte an, und dort steht, dass Falk Architekt ist.

OBWOHL FALK kein Kaufhausdetektiv ist und nichts von meinem Diebstahl ahnt, rufe ich ihn an. Zwei Tage sind seit unserer Begegnung vergangen. Ich wähle seine Nummer und versuche dabei, mich zu beruhigen, damit mein Atem nicht flattert und Falk weiß, wie aufgeregt ich bin. Wir verabreden uns für den Abend, in einem Restaurant in der Innenstadt. Ich stehe lange vor meinem Kleiderschrank und überlege, was ich anziehen soll. Am Ende bin ich ganz in Schwarz gekleidet, von Kopf bis Fuß dunkel, schwarze Bluse, schwarzer Rock, kein Schmuck, nur meine Haare, die bis zur Mitte des Rückens fallen. Schwarz macht älter, hatte meine Mutter früher immer gesagt und blaue und gelbe und lachsfarbene Pullover getragen.

Falk isst ein Steak, englisch gebraten, wie er es dem Kellner aufgetragen hat. Die Brokkoliknöspchen auf seinem Teller schwimmen in der braunen Soße und die Kartoffeln werden von unten her aufgeweicht. Er lacht mich aus, weil ich nur eine Suppe nehme. Sie müssen doch nicht auf Ihre Figur aufpassen, sagt er, und ich schüttele den Kopf und sage, nein, aber ich bin etwas nervös. Tatsächlich zittert meine Hand ein wenig, wenn ich mir eine Zigarette anzünde. Falk beobachtet mich und meint, Sie sind sehr speziell, Sylvie. Später, als wir beschlossen haben, uns zu duzen, ermahnt er mich, rauch nicht so viel, aber da lache ich nur, mutiger geworden durch zwei Gläser Wein. Falk, Falk, sage ich und spüre dem ungewohnten Namen nach, wie er die Zunge kurz an den Gaumen drückt und dann im Rachen knallt, willst du mir etwa Vorschriften machen – jetzt schon? Er sieht mich nachdenklich an. Lass uns gehen, entscheidet er dann und ruft den Kellner, der mit der Rechnung kommt. Falk bezahlt, geht zur Garderobe und holt unsere Jacken. Beim Rausgehen nickt er dem Kellner zu. Als wir zum Auto gehen, stoßen wir immer wieder mit den Schultern zusammen, so eng nebeneinander laufen wir, dabei ist noch Platz auf dem Bürgersteig, rechts und links sicher noch je ein halber Meter. Aber wir drängeln in der Mitte des Gehwegs, wie zwei Pferde, die sich gegen die Kälte aneinander reiben.

Magst du etwas trinken?, fragt Falk. Mit einem Glas Wein in der Hand folge ich ihm. Er geht durch seine Wohnung wie ein Museumsdirektor durch die Ausstellungsräume. Das ist mein Wohnzimmer, sagt er und zeigt auf ein langes, hellgraues Sofa, das modern und ungemütlich aussieht. Hier ist die Küche, erklärt er mit ausladender Handbewegung in Richtung des Herdes mit der silbernen Abzugshaube darüber und dem hölzernen Messerblock daneben. Und hier, fährt er fort, während er mich an Arbeitszimmer, Bad und Toilette vorbei durch den schmalen Flur führt, ist mein Schlafzimmer.

Wir setzen uns auf den Bettrand. Falk räuspert sich. Er sieht auf den Boden, dann zu mir. Ich lächele ihm aufmunternd zu. Mit einer Hand fasst er in mein Haar und zieht meinen Kopf nach hinten. Küsst mich auf den Mund, leckt über meine Kehle. BEISS DOCH ZU. Steh auf, sagt er. Ich stelle mich vor ihn hin und lasse mir die Strumpfhose und die Unterhose bis zu den Fußgelenken hinunterziehen. Den Rock hebe ich hoch, wie er es von mir verlangt, die Beine spreize ich, sein Zeigefinger, sein Mittelfinger in mir, er sagt, das ist gut, ich flüstere, ja, und er packt mein rechtes Handgelenk, dreht mir die Hand um, dass ich aufschreie, und sagt spöttisch, nicht so schüchtern. Ich liege auf dem Bett und er beugt sich über mich. Er ist ein riesiges Insekt, das sein Opfer vor dem Verzehr einspeichelt und keine Stelle auslässt, nicht die Kniekehlen, nicht die Fußsohlen, nicht die Zehen, nicht die Möse. Ich wasche dich, sagt er, mit meiner Zunge wasche ich dich, und als er mich gewaschen hat, stellt er sich vor mich hin, zieht sich die Hosen aus und zeigt seinen Schwanz, den er mit einer Hand umfasst, sodass es aussieht, als müsse er ihn bezähmen und sich gleichzeitig an ihm festhalten, sich und mich und das Zimmer, die Wohnung, die Welt dazu, als sei sein Schwanz die Erdachse, um die sich alles dreht, und ich möchte ihn furchtbar finden, seine Selbstverliebtheit, seine Prahlerei. Irgendwo im Haus streiten zwei, die Stimmen sind schrill, ich kann die Worte hören, aber nicht verstehen, und dann ist er in mir, der Schmerz rast mir vom Unterleib bis in den Nacken, mit beiden Händen fasst er meine Hüften, um mich besser dirigieren zu können, jede Entscheidung ist mir genommen, er ändert die Position und stößt, zwischen meinen Beinen kniend, mit aller Kraft zu, ein Schlachtfest, denke ich, und ich bin das Schlachtvieh, und dann komme ich mit einem lauten Schrei, und Falk hält kurz inne, nur um dann schneller und noch fester zuzustoßen, doch diesmal werde ich nicht gleich ganz kalt und fühle mich auch nicht angeekelt von ihm, sogar sein Stöhnen ist mir erträglich. Und als er sich schließlich schwer und feucht gegen meinen Rücken fallen lässt, weiß ich, dass es diesmal anders sein wird als sonst.

ES IST SO HEISS, sagt Klara und bläst ein wenig in den Telefonhörer, ich möchte raus aus der Stadt. Wenn ich einen Schritt zur Seite trete, kann ich mich im Spiegel sehen, den Hörer in der Hand und hinter mir das Fenster zum Hof, die Blätter eines Baumes, ein Stück Himmel, ein spitz zulaufendes Dach. Wie wärs mit Baggersee?, frage ich. Klara sagt, gute Idee, holst du mich ab?

Als ich bei ihr ankomme, steht sie bereits im Vorgarten. Über der Schulter eine Umhängetasche aus bunt gestreiftem Bast, in der Hand ein Pappschälchen mit Erdbeeren. Erdbeeren, sagt sie, als sie in den Wagen eingestiegen ist, und hält mir die Schale vor das Gesicht. Ich sage, fein.

Am Baggersee liegen etwa zehn Leute in weiten Abständen voneinander, auf Decken und Handtüchern. Nur ein einziger, ungefähr dreißigjähriger Mann mit Glatze und Tätowierungen auf der rechten Schulter und dem Oberarm hat sich ins Wasser gewagt und kommt gerade, als wir unsere Decken ausbreiten, nass und fröstelnd zu seinem Platz zurück. Klara zieht die Ecken ihrer Decke glatt, streicht sich die Haare aus der Stirn, stöhnt und legt sich auf den Rücken. Ich habe es so satt, sagt sie, ohne mich anzusehen, und als ich frage, was?, sagt sie, die Arbeit, die Leute, und jeden Tag der Schmutz. Dann such dir doch endlich was anderes, sage ich. Klara richtet sich ein wenig auf, dreht sich zu mir hin, stützt sich mit dem Ellbogen ab, legt den Kopf in die rechte Hand und schaut an mir vorbei, irgendwohin, ins Wasser vielleicht, das trüb ist und voll kleiner brauner Fischchen, die im Sommer, wenn sich am schmalen Sandstrand Menschen und Hunde drängen, vom Ufer in die Mitte des Sees flüchten werden. Wenn das so einfach wäre, sagt sie. Was käme denn in Frage?, will ich wissen. Klara entgegnet müde, keine Ahnung. Dein Problem ist, sage ich zu ihr, dass du dir alles vorher vorstellst wie einen Jahrmarkt, bunt, lärmend, riesengroß, und dann am Ende, sage ich, ist es viel kleiner, weniger bunt und weniger laut, und darum bist du dann enttäuscht. Klara sieht mich verwundert an. Und was soll das bitte heißen?, fragt sie ungeduldig, aber auch neugierig. Ich drehe mich von ihr weg und sehe mir drei Mädchen an, die nebeneinander auf einer Decke liegen und in einer Zeitschrift lesen, um nach jeder Seite mit aufgeregten Gesichtern das Gelesene zu diskutieren. Weiß auch nicht, antworte ich, nichts.

Ich kenne jemanden, sage ich später zu Klara, als wir die Erdbeeren essen, deren Fleisch zur Mitte hin immer heller wird, fast weiß, und die gelben Pünktchen in der glänzenden Haut knacken manchmal ein bisschen, der vielleicht einen Job als Sekretärin für dich hat. Während wir am Ufer gesessen, die Füße ins beinahe reglose Wasser gehalten und dem fahlblauen Himmel dabei zugesehen haben, wie er sich an den Rändern verfärbt, ist mir eingefallen, dass Falk eine Sekretärin für sein Architekturbüro sucht.

Wenn du jemanden kennst, der Interesse hätte, hat er vor ein paar Tagen zu mir gesagt, vielleicht eine ehemalige Schulfreundin, sag mir Bescheid. Ich habe gesagt, dass ich niemanden kenne, der in Frage komme. Doch nun liegt Klara vor mir, und ich hole einen Zettel und einen Kugelschreiber aus meiner Tasche und schreibe ihr die Nummer von Falks Architekturbüro auf. Gehört einem Bekannten, sage ich, einem Freund meiner Mutter. Klara meint schläfrig, na, mal schauen.

Später, in meiner Wohnung, trinken wir Wein, und ich erzähle Klara von Falk. Der ist es, sage ich. Sie macht ein ungläubiges Gesicht und meint, aha. Wie heißt er denn und was macht er?, fragt sie, aber ich nenne weder seinen Namen, noch seinen Beruf oder sein Alter. Nur dass er schön sei, sage ich, und dass alles andere leider mein Geheimnis bleiben müsse.

Als Klara endlich gegangen ist, spät am Abend, nachdem wir eine Flasche Wein getrunken haben, durstig von der Hitze und bemüht, ein bisschen betrunken zu werden, wähle ich Falks Nummer. Hast du noch etwas vor?, frage ich, und als er verneint, frage ich, darf ich kommen? Jetzt noch?, meint er, doch dann willigt er ein. Aber nur ein, zwei Stunden, sagt er, und ich antworte, kein Problem. In der Schublade suche ich nach schwarzer Unterwäsche. Ich wasche mich sorgfältig am Wasserhahn in meinem winzigen Bad, in dem nur ein einziges Becken und eine zur Dusche umfunktionierte Sitzbadewanne Platz haben. Als ich zu meinem Auto gehe, weht ein Wind, der das dünne Kleid bei jedem Schritt um meine Beine wickelt. Man müsste es nur einmal wagen, denke ich, Augen zu und keine Angst.

Falk öffnet, den Telefonhörer am Ohr, die Tür. Er nickt kurz in meine Richtung. Lauscht in den Hörer, fragt, wann denn? Er nimmt seinen Kalender hervor, markiert einen Tag. Das sei in Ordnung. Die Pläne? Die bringe er mit, natürlich. Er lacht, sagt noch einmal, natürlich. Er stellt sich mit dem Telefon vor das

Fenster, klopft mit den Fingerknöcheln leise gegen den Rahmen, legt eine Hand in den Nacken und streckt sich. Wie immer, sagt er und wirft einen Blick in meine Richtung. Nein, nichts Neues. Er stößt hörbar die Luft aus. Sei nicht so neugierig. Ich blättere in einem Buch, das auf dem Tisch liegt, ein Roman, es geht um Liebe. Er habe Besuch bekommen, sagt er endlich. Ja, eine Bekannte. Nein, einfach eine Bekannte. Er sieht mich an, verdreht die Augen. Dir auch einen schönen Abend. Er legt auf.

Versprich mir, sage ich später und beuge mich über ihn, der auf dem Rücken liegt und die Zimmerdecke betrachtet, versprich mir, dass du bei mir bleibst. Falk lacht spöttisch. So was kann man nicht versprechen, sagt er, man weiß doch nie, was die Zukunft bringt. Ich sage, dann versprich mir wenigstens, dass du ein wenig bei mir bleibst. Wie lange denn?, fragt Falk mit nach oben gezogenen Augenbrauen. Mindestens ein Jahr, sage ich. Nein, antwortet er, so weit kann ich nicht vorausplanen. Ein halbes Jahr, sage ich, und Falk erwidert, mal sehen. Er rollt sich vom Rücken auf die Seite, sodass er mich anschauen kann. Mit den Fingern seiner rechten Hand streicht er über meinen Bauch. So einen schönen Bauchnabel hast du, sagt er, und so dumme Fragen stellst du. Er küsst meinen Nabel, die Brüste und Schultern. Vier Monate, kann ich noch sagen, bevor er mich auf den Mund küsst. Dann legt er sich auf mich und flüstert, jetzt sei mal für einen Moment still, und ich denke, dass es, auch wenn es nur noch einen einzigen Tag dauert, besser ist als alles andere.

FALK SITZT auf dem Sofa und sieht erstaunt und auch ein wenig gereizt aus. Meine Äußerung hat er mit vor der Brust verschränkten Armen zur Kenntnis genommen. Wie kannst du das behaupten?, fragt er. Wir kennen uns doch erst seit – er rechnet nach – sechzehn Tagen. Aber ich bleibe dabei. Ich liebe dich, sage ich noch einmal, und diesmal ist es schon viel leichter. Ich liebe dich. Insgesamt habe ich das jetzt dreimal in meinem Leben gesagt. Dreimal innerhalb von drei Minuten, und vorher dreiundzwanzig Jahre lang kein einziges Mal. Falk legt eine Hand an die Stirn, schüttelt den Kopf. Sei doch nicht so voreilig, sagt er. Er zieht die Schale mit den Kirschen zu sich heran, nimmt eine Kirsche, steckt sie in den Mund und löst sie mit einem kurzen Ruck von ihrem Stengel. Ich höre sein Kauen und Schlucken. Wie kommst du denn überhaupt darauf?, fragt er und spuckt den Kern in die geöffnete Hand. Dich zu lieben?, frage ich. Er nickt, während er eine weitere Kirsche nimmt. Ich zucke mit den Schultern. Ich könnte ihm sagen: Ich weiß es, seit gestern Abend. Ich könnte erzählen: Wir hatten uns in der Stadt verabredet. Vor dem Brunnen mit den hässlichen Steinskulpturen habe ich gestanden. Du kamst und wir gingen langsam los. Ich könnte ihn daran erinnern, dass ich eine Tüte aus meiner Tasche holte. Ich könnte beschreiben, wie ich eine Orange aus der Tüte genommen habe, und wie ich ihn bat, die Tüte zu halten. Ich könnte versuchen, zu schildern, wie er aussah, als er stehen blieb, die Tüte in beide Hände nahm und sie, leicht vornüber gebeugt, weit geöffnet vor sich hielt. Wie ich die Schalenstücke hineinfallen ließ und er geduldig wartete. Wie er die Tüte am Ende mit einem Knoten verschloss und in den nächsten Abfalleimer warf. Ich könnte erklären, dass ich mich, als ich sah, wie er die Tüte hielt, in ihn verliebte. Gemocht, würde ich sagen, habe ich dich vorher schon. Begehrt. Geschätzt, vielleicht. Aber nicht geliebt. Er würde mich zweifelnd ansehen und den Kopf schütteln. Vielleicht würde er seine Hände betrachten und sich für einen Moment vorzustellen versuchen, wie sie aussehen, wenn sie eine Tüte halten. Er würde es nicht verstehen.

Das weiß man doch einfach, sage ich. Falk schnaubt spöttisch. So einfach, sagt er, ist das nicht. Er legt die Kirschkerne auf den Rand des Sofatisches und sieht auf die Uhr. Der Film, erklärt er, fängt in einer halben Stunde an. Wenn wir noch Karten bekommen wollen, müssen wir langsam losgehen.

Ich habe, sage ich später, keine Übung darin, jemanden zu lieben. Wir stehen vor seiner Haustür, und er hat gerade erklärt, er wolle allein sein. Er sei müde. Er habe zu viel Arbeit im Moment. Er fährt sich über die Augen, legt die Hand auf die Klinke, seufzt leise. Wir können uns ja ein anderes Mal darüber unterhalten, sagt er. Nicht böse sein, okay? Ich nicke. Nichts, was ich sage, kann ihn überraschen. Er lässt die Tür hinter sich zufallen, und ich sehe durch den Glaseinsatz, wie im Treppenhaus das Licht angeht und wie er die ersten Stufen hinaufspringt. Sicher pocht sein Herz so schnell wie das eines Hasen auf der Flucht.

ER HAT KEINE ANGST, mich zu verlieren. Aber ich. Schon die Vorstellung, ihn zu verlieren, macht, dass ich kaum noch Luft kriege. Es schnürt mir den Hals zu, wenn ich mir ausmale, wie ich zurückbleibe, hier in meiner Wohnung, in der es danach genauso aussehen würde wie zuvor, aber alles wäre anders.

Ich weiß schon, dass ich es wieder lernen würde: Wie man isst und schläft und redet, als ob nichts sei. Wie man aus der Wohnung geht, eine Tasche über der Schulter, und darin wären die Bücher und Hefte, die ich für die Vorlesungen brauchte, in denen ich ineinander verschachtelte Dreiecke und Herzen auf meine Blätter zeichnen würde und kleine Gesichter mit helmartigen Frisuren. Dazwischen immer wieder wie eine Formel seinen Namen. In den Freistunden würde ich in Cafés sitzen und den Vorbeigehenden in die Augen schauen. Falls mir einmal einer gefiele, nähme ich ihn mit nach Hause, wo er vielleicht hinpassen würde wie das richtige Möbelstück, und dann wäre es gut möglich, dass ich Falk wie durch ein Wunder – denn die gibt es ja zuweilen – vergessen würde. Doch ich habe Angst vor dem Anfang dieser

Zeit. Vielleicht sogar nur vor dem ersten Tag, vor dem Moment, in dem mir bewusst würde, dass er weg wäre und nicht wiederkäme, und das wäre dann auch der Moment, in dem die Wohnung auf mich herabstürzen würde. Stück für Stück würde sie sich auf mich senken, der ganze helle Raum, und ich wäre darunter begraben. Wenn wir uns streiten, ist mir das alles bewusst. Deshalb gebe ich nicht auf. Deshalb lasse ich ihn nicht im Zorn gehen. Er darf nicht raus aus meinem Einflussbereich. Sobald er fort ist, habe ich keine Macht mehr über ihn. Dann kann er sich frei entscheiden, ob er wiederkommt oder nicht, und ich habe die Befürchtung, er würde sich entscheiden, nicht wiederzukommen. Jeder Abschied kann der letzte sein.

Es gibt ja so viele Mädchen wie mich.

Vielleicht liefe ihm direkt eines über den Weg, im Kaufhaus oder sonstwo, und ich säße währenddessen hier und hätte den Eindruck, dass ich, wenn er nicht zurückkommt, nicht weiterkann. Ich würde dann einfach aufhören zu atmen. Alles in mir würde die Luft anhalten, um ihn zurückzuholen. Erpressen würde ich ihn damit: Wenn du jetzt nicht kommst, sterbe ich. Erst werde ich rot, dann blau, dann falle ich um. Man kann das, sich auf diese Weise selbst ermorden. Zumindest ohnmächtig würde ich werden. Wie die Frauen in den Romanen, die fallen ständig in Ohnmacht, eine ganze Ohnmachtsorgie ist da zu sehen, und einmal würde auch ich es schaffen.

DASS MIT JAN nichts mehr laufen kann unter diesen Bedingungen, versteht sich von selbst. Nachdem ich drei Wochen lang Ausreden gefunden habe, steht er nun vor der Tür, in einer Hand eine Einliterflasche Rioja, in der anderen Hand seine Aktentasche, die er jedes Mal mitbringt, wenn er zu mir kommt, als müsse er sich selbst unser Alibi der Lateinnachhilfe vortäuschen. Dabei schauen wir so gut wie nie ins Buch.

Komm rein, sage ich und wende mich gleich wieder von der Tür ab, weil ich das Wasser in der Küche habe laufen lassen und außerdem der üblichen Begrüßung entkommen will, dem Küsschen auf die schnabelförmig gespitzten Lippen, dem Kosewort. Jan kommt mir in die Küche nach, und noch während ich den Wasserhahn zudrehe, gibt er mir einen Kuss in den Nacken. Maus, sagt er, wie geht es dir? Ich weiß, dass er hören will, jetzt, endlich, gehe es mir wieder gut, aber ich sage bloß, geht so, und schiebe ihn mit dem Arm zur Seite.

Jan lehnt sich gegen den Tisch und betrachtet mit gespielter Langeweile seine Hände. Erst inspiziert er die Nägel der linken, dann die der rechten Hand. Dabei setzt er einen arroganten Gesichtsausdruck auf, der gleichzeitig beleidigt und abwartend ist. Manchmal kann ich Jan nicht einmal als liebgewonnene Gewohnheit mögen. Gibt es etwas, worüber du mit mir reden möchtest?, fragt er, und erst da merke ich, dass es wohl tatsächlich so ist und dass ich nicht wie angenommen die wöchentlichen Treffen fortsetzen kann, weil ich, seit ich mit Falk geschlafen habe, nur an ihn denke. Auch wenn ich weiß, dass das gefährlich ist – verlass dich nie auf einen Einzigen, ist meine Devise. Aber die Vorstellung, nun statt in Falks aufgelöstes Gesicht in das von Jan zu schauen, ekelt mich.

Jan, sage ich, ich glaube, ich bin heute nicht in Stimmung. Jan zieht hörbar die Luft ein und stößt sie langsam wieder aus. Aha, sagt er, nicht in Stimmung, wie bedauerlich. Mit dem Zeigefinger der rechten Hand fährt er über seine Uhr, als wische er einen hartnäckigen Fleck vom Glas. Gibts denn dafür auch einen Grund?, fragt er und schaut mit gerunzelter Stirn in der Küche umher, auf die gelben Kacheln, den Gasherd, die zwei Holzstühle am Küchentisch, auf die Neonröhre an der Decke, die ein kleines summendes Geräusch von sich gibt, das man immer dann hört, wenn man sich nichts zu sagen hat. Ja, antworte ich, ich glaube, ich habe mich verliebt. So ein bisschen zumindest, füge ich hinzu. Jan sieht mich ungläubig an. So ein bisschen? Ja, sage ich, oder auch ein bisschen mehr, ich weiß es noch nicht. Ist ja auch egal. Egal?, fragt Jan, und ich überlege, wie lange er das Spiel noch treiben und meine Aussagen wiederholen will wie ein wütendes Echo. Ich sage, Jan, tu nicht so, du bist ja selbst mit einer anderen zusammen. Nicht mehr lange!, ruft Jan. Seine Stimme überschlägt sich, so eilig hat er es mit seinem Angebot. Wenn du willst, verlasse ich Klara, heute noch, morgen schon, wenn du das wünschst!, ruft er und versucht, mich in die Arme zu nehmen, aber ich entwinde mich der Umarmung und sage, zu spät. Gleichzeitig weiß ich, dass das Unsinn ist. Es ist gar nicht zu spät für seinen Mut. Ich hätte ihn zu keinem Zeitpunkt gewollt, nicht jetzt und nicht früher. Sylvie, ruft Jan, das kannst du nicht machen! Doch ich schüttele nur den Kopf und sage, ist besser so.

Von seiner Arroganz ist nichts mehr da, nicht ein bisschen. Wie ein Geschlagener greift er nach seiner Tasche und geht langsam aus der Küche, die Füße kaum vom Boden hebend. An der Tür dreht er sich noch einmal zu mir um. Ich werde es dir beweisen, sagt er und klingt dabei fast drohend, aber ich wiederhole bloß, es ist zu spät, Jan, sei nicht traurig. Er reagiert nicht, zieht sorgsam die Tür hinter sich ins Schloss.

Als er gegangen ist, mache ich den Fernseher an. Ich sehe auf den Bildschirm und bei der Werbung weg und warte die ganze Zeit auf einen Anruf von Falk. Ich will ihm erzählen, was ich getan habe. Dass ich Jan, einen alten Verehrer, so würde ich sagen, weggeschickt habe, auf immer, für ihn, Falk. Aber Falk meldet sich nicht und ist nicht erreichbar. Achtmal habe ich schon bei ihm angerufen. Für jeden Anruf mache ich einen kleinen Strich auf den Block beim Telefon. Drei Striche habe ich eingekreist, was bedeutet, dass ich jeweils eine Nachricht hinterlassen habe. Dann male ich noch zahlreiche Fragezeichen auf das Blatt und schreibe daneben: Warum? Weshalb? Melde dich doch!

Erst um halb zwölf ruft Falk an und fragt, ob ich Lust habe, zu ihm zu kommen, und da sage ich ja, als ob nichts sei.

Kurz bevor ich aufbreche, klingelt das Telefon noch einmal. Ich nehme ab, weil ich hoffe, es sei Falk, der meine Stimme hören und mich drängen wolle, mich zu beeilen. Du fehlst mir, mach schnell, würde er vielleicht sagen.

Es ist Jan. Ich habe es getan, sagt er. Was?, frage ich. Klara verlassen, antwortet Jan stolz, als habe er mir einen lang gehegten Wunsch erfüllt, und das ärgert mich, keiner hat von ihm so etwas verlangt und ich schon gar nicht. Darum lasse ich meine Stimme ganz kalt werden, als ich sage, Jan, vergiss es, ich will dich nicht, ob mit oder ohne Klara.

Ein wenig unfreundlich komme ich mir selbst vor, aber ich bin ungeduldig. Im Garderobenspiegel kann ich mich sehen, den Telefonhörer in der Hand, während meine Beine unruhig auf der Stelle treten. Ich habe es eilig, sage ich, lass uns ein anderes Mal darüber reden, doch unvermittelt schreit Jan, was soll das, Sylvie, bleib jetzt gefälligst dran, willst du zu dem anderen? So lass ich mich nicht abservieren, so nicht! Da bist du mir mehr schuldig, viel mehr, meine Liebe! Jan, sage ich, beruhige dich erst einmal. Aber Jan will sich nicht beruhigen. Ich komme jetzt vorbei, ruft er, und du wartest, bis ich da bin, und dann redest du mit mir, verstanden? Er ist kaum wiederzuerkennen, wie er mir Befehle erteilt und mich anschreit. Ein bisschen muss ich deshalb lachen, er scheint mir so unpassend, sein Besitzanspruch, und vor seinem Zorn fürchte ich mich nicht, dafür kenne ich ihn zu gut; ehe man sichs versieht, wird seine Wut zu einem Betteln schmelzen. Hast du eben gelacht?, schreit Jan in den Hörer. Hast du etwa über mich gelacht?, wiederholt er. Seine Stimme überschlägt sich fast. Nein, sage ich, aber ich kann nichts dafür, ich muss noch einmal lachen und diesmal ist es ein richtiges Lachen. Ich hoffe wohl, dass er mitlacht. Natürlich tut er das nicht. Das wirst du mir büßen!, schreit er, mitten hinein in das Lachen, das mich nun gegen meinen Willen ganz ergriffen hat. Dann hängt er auf.

Während ich zu Falk fahre, überkommen mich immer wieder kurze, trockene Lachanfälle, obwohl ich mich dabei nicht gut fühle. Jan tut mir leid, aber ernst nehme ich ihn nicht. Je mehr ich mich von meiner Wohnung entferne und mich Falk nähere, desto besser fühle ich mich. Angst habe ich keine.

KLARA BEGRÜSST MICH FAHRIG und geht, ohne mich zu fragen, ob ich Zeit habe, an mir vorbei in die Wohnung. Sie setzt sich auf mein Bett, fragt, wo warst du letzte Nacht?, zieht ihre Jacke aus, schaut sich kurz im Zimmer um. Jan, sagt sie, hat Schluss gemacht, weißt du das schon?

Gegen zehn Uhr – er muss direkt von mir zu ihr gegangen sein – habe es an ihrer Haustür geklingelt. Klaras Vater habe ihre Mutter fragend angeschaut, diese habe mit den Achseln gezuckt und auf Klara geblickt. Erwartest du jemanden?, habe sie gefragt, und Klara habe den Kopf geschüttelt und gesagt, nein, aber ich schau mal nach, wer es ist, vielleicht – an dieser Stelle ihrer Erzählung sieht Klara mich unverwandt an – ist es ja Sylvie.

Vor der Tür jedoch habe Jan gestanden, mit seiner Aktentasche aus Kunstleder unterm rechten Arm, und er habe sich gar nicht lange mit einer Begrüßung aufgehalten. Klara, habe er gesagt, ich muss mit dir reden, und Klara, so sagt sie, habe gemerkt, dass etwas Ernstes passiert sei. Bist du nicht bei Sylvie, zur Nachhilfe?, habe sie gefragt. Jan habe den Kopf geschüttelt und gesagt, komm bitte raus, woraufhin Klara ihre Jacke von der Garderobe genommen habe und mit Jan nach draußen gegangen sei.

Draußen sei Jan mit gesenktem Kopf neben ihr hergelaufen. Klara sagt, sie habe da bereits gewusst, dass er sie verlassen wolle. Die Erkenntnis habe ihr nicht einmal wehgetan, nur natürlich sei es ihr vorgekommen, dass es nun ein Ende zwischen ihnen habe. Fast sei sie erleichtert gewesen, dass er den Mut dazu gefunden habe und es nicht mehr auf sie ankam, wo sie doch so schwerfällig sei. Klara, habe Jan gesagt, ich kann nicht mehr mit dir zusammen sein. Es ist nicht dein Fehler, sondern meiner – tatsächlich habe er das gesagt, Klara muss grinsen, als sie mir davon erzählt.

Die ganze Zeit, während Jan vom Fluss der Zeit redete und von den Veränderungen, die sich zwischen zwei Menschen einstellen könnten, sei sie verwundert gewesen, dass er so gesprächig war. Zum ersten Mal seit langem, sagt sie, habe sie ihn wieder gemocht, weil er sich Mühe gab und den Mund aufmachte und sich erklärte. Sie habe genickt und gesagt, natürlich. So musste es wohl kommen. Du hast Recht.

Im Kreis seien sie gelaufen, einmal um den Block, und Klara erzählt mir, dass sie in die fremden Fenster geschaut und dabei an Jans Elternhaus gedacht habe. An damals, als alles neu für sie gewesen war: Sein Zimmer mit den Postern an der Wand, die biedere Wohnstube, die altmodische Küche, das Gästezimmer mit der hellblauen Tagesdecke auf dem Bett und dem begehbaren Kleiderschrank, dessen Regale mit einem zart gemusterten Papier ausgelegt waren. Ihr sei in den Sinn gekommen, sagt sie, wie verwundert sie damals gewesen sei. Darüber, wie schnell man in eine fremde Wohnung gehören konnte und in Räumen saß, die man sonst nur von außen gesehen und schön gefunden hatte. Erst von innen habe man sehen können, dass der Parkettboden der Küche bloß ein an manchen Stellen bereits welliges PVC war und dass der Eichenschrank im Wohnzimmer angeschlagene Ecken hatte.

Da habe ich mir gedacht, erzählt Klara, dass ich, wenn Jan mich nun verlässt, eine andere Wohnung von innen kennen lernen könnte. Irgendeine. Ich würde mich wieder verlieben und in eine neue Familie reinkommen, neuen Regeln und Gewohnheiten begegnen. Ich würde eine fremde Wohnung erobern, zunächst noch schüchtern angesichts der unbekannten Möbel, aber irgendwann würde ich mich wie zu Hause fühlen. Und manchmal, Klara zögert einen Moment, bevor sie weiterspricht, ja, manchmal bekäme ich dann vielleicht eine Ahnung davon, wie es gewesen wäre, wenn ich dort aufgewachsen wäre. Wenn ich es gewesen wäre, die als Kind die Holztreppe vom ersten Stock ins Erdgeschoss hinuntergerutscht wäre, wenn ich mich von einer Stufe zur nächsten hätte plumpsen lassen, und unten hätte die Mutter meines Freundes – die dann meine gewesen wäre – gewartet und mir Saft eingeschenkt, in ein Glas, das nach einem anderen Schrank gerochen hätte als die Gläser meiner Kindheit.

Das hast du dir gedacht?, frage ich ungläubig, weil es mich wundert, dass Klara über fremde Wohnungen nachdenkt, während ihr Freund sich von ihr trennt. Ja, sagt sie, habe ich.

Sie reichten sich also – so berichtet Klara weiter – am Ende ihres Spaziergangs die Hände, versöhnlich, ohne Groll. Klara sagte, ich wünsche dir viel Glück für die Zukunft. Jan umarmte sie und flüsterte, du bist wirklich toll, woraufhin sie antwortete, du auch. Einen Moment lang schauten sie sich in die Augen, und dann sagte Klara – und das war der Fehler –, ich hoffe, dass du mal die Richtige findest. So dahingesagt hat sie es, und Jan, endlich wieder grob, lächelte versonnen und zuckte mit den Schultern. Nichts mehr war übrig von seiner beschissenen Traurigkeit, sagt Klara, für ihn war alles erledigt. Da, meint sie, wusste sie Bescheid.

Und das, sagt sie zu mir, verkrafte ich nicht. Dass er mich verlässt wegen einer anderen, dass er schon eine Neue hat.

Weißt du denn, wen?, frage ich.

Klara schüttelt den Kopf. Keine Ahnung, sagt sie mit tonloser Stimme, und gerade als ich aufstehe, um uns in der Küche etwas zu trinken zu holen, fängt sie an zu weinen. Das gibts doch gar nicht, schluchzt sie, da hat er schon irgendeine andere, ist glücklich, mich los zu sein, und ich sitze hier und bin allein. Klaras Stimme schwillt an, fast schreit sie, ich habe gar niemanden, einsam bin ich, verdammt einsam!

Im Nu wird ihr Gesicht von den Tränen rot und fleckig. Unter den Augen hinterlässt die Wimperntusche einen Trauerflor, und ihr Mund verzieht sich zu einem entstellenden Grinsen. Schamlos wie ein kleines Mädchen weint sie, die Zungenspitze auf der Unterlippe, das Gesicht nass und verkniffen. Statt es hinter ihren Händen zu verbergen, hält sie es mir entgegen, und während sie mich, unbekümmert um die eigene Hässlichkeit und mit der Aggressivität eines Hundes, anheult, beobachte ich, wie die Spucke in ihrem offen stehenden Mund Fäden zieht und Rotze in einer dünnen Bahn von der Nase zur Oberlippe läuft.

Ich sage, hör doch auf zu weinen, das lohnt sich nicht. Aber da schüttelt es Klara nur noch mehr, und ich schaue auf die Uhr und frage mich, warum Falk nicht anruft. Ich wäre froh, einen Grund zu haben, Klara alleine auf dem Sofa sitzen zu lassen, ihr den Rücken zuzuwenden und zu telefonieren, bis sie ihr Weinen beendet hat. Ich blicke auf das Telefon, doch es bleibt stumm. Immer noch stehe ich vor Klara, die, inzwischen leiser, vor sich hin wimmert, und ich weiß: Wäre ich an ihrer Stelle, würde sie den Arm um mich legen, mich schaukeln wie ein gefallenes Kind, mir kleine Worte zuflüstern, doch ich bleibe stehen, bis sie die Nase hochzieht und sich mit den Händen über die Augen fährt. Ich hole dir ein Taschentuch und einen Kaffee, sage ich, gehe in die Küche und schließe die Tür hinter mir. Ich schütte frische Kaffeebohnen in die Mühle und lausche dem mahlenden Geräusch. Einmal meine ich, das Telefon zu hören, aber ich bin nicht sicher, und als ich die Kaffeemühle abschalte, hat das Klingeln aufgehört. Während der Kaffee in die Tassen läuft, räume ich die Teller aus dem Geschirrständer in den Schrank. Dann gieße ich Milch in ein kleines Kännchen, stelle es mit der Zuckerdose und den zwei Tassen auf das Tablett, lege drei Servietten als Taschentücher dazu und trage alles ins Wohnzimmer. Das Sofa ist leer.

Klara, rufe ich, der Kaffee ist fertig! Ich bekomme keine Antwort. Der Anrufbeantworter blinkt. Ich drücke auf ›Play‹. Sylvie, sagt Jan, ich denke an dich. Er sei froh, dass wir nun endlich auch ganz offiziell zusammen sein können. Ich habe, fügt er hinzu, das nur für dich getan, vergiss das nie.

JETZT, WO ES immer wärmer wird, halte ich es morgens weniger lange im Bett aus. Oft stehe ich schon um acht Uhr auf und setze mich an das Fenster, das auf den Hof hinausgeht. Während ich einen Becher Kaffee trinke und eine Scheibe Brot mit Marmelade esse, beobachte ich das Geschehen im Hof. Jeden Morgen gegen halb neun geht der Hausmeister an die vier Müllcontainer, um zu kontrollieren, ob sie bereits voll sind und auf die Straße hinausgeschoben werden müssen. Dabei inspiziert er jeweils auch den Inhalt der Container, weit beugt er sich über den silberfarbenen Rand. Wenn er lose Abfälle in den Containern findet, sehe ich ihn schimpfend im Hauseingang verschwinden und nach ein, zwei Minuten mit einem Besen, einem Handfeger, einer Schaufel, einem Müllsack und Handschuhen aus hellgelbem Plastik in den Händen wieder erscheinen. Er zieht die Handschuhe an und fischt in den Containern nach Unrat, den er in der mitgebrachten Tüte versorgt. Danach kehrt er den Hof und schiebt den Schmutz mit dem Handfeger auf die Schaufel. Wenn ich das Fenster öffne, kann ich das metallische Klirren der Schaufel auf dem Steinboden hören. Manchmal schaut der Hausmeister während seiner Arbeit zu mir hoch und winkt. Manchmal aber vermeidet er den Blick nach oben oder er schaut hoch und tut so, als ob er mich nicht sehen würde. Dann überlege ich, ob er Grund hat, wütend auf mich zu sein. Aber das ist es nicht: Mein Hausmeister ist einfach launisch.

An vier Tagen in der Woche gehe ich in die Uni, aber selten bleibe ich länger als drei Stunden, und oftmals sitze ich während dieser Zeit nicht im Unterricht, sondern in der Mensa, esse eines der preiswerten Gerichte und sehe mich ein bisschen um. Außer Jan kenne ich fast niemanden hier, nur manchmal begegnen mir Kommilitonen, die schon einmal in einem Seminar oder einer Vorlesung neben mir saßen. Wenn wir uns noch erkennen, grüßen wir uns.

Da Jan heute nicht in den Lateinkurs gekommen ist, saß ich alleine im Unterricht, versuchte zuzuhören und kämpfte bereits nach wenigen Minuten dagegen an, dass mein Kopf auf die Tischplatte sinkt, so müde war ich, so sehr langweilte mich das alles, und selbst der Hinweis des Professors auf die morgen anstehende Lateinklausur konnte mich nur für Sekunden aufrütteln. ›Lernen‹, notierte ich mir auf ein Blatt Papier, das ich nach dem Unterricht auf dem Tisch liegen ließ.

Mit einer Frau, die ich aus dem Lyrikseminar vom letzten Jahr kenne, ging ich am Mittag essen. Als ich ihr sagte, dass ich damals keinen Schein gemacht hatte, erzählte sie mir von ihrer Freundin, die das gleiche Seminar vor Jahren schon einmal besucht habe, jedoch bei einem anderen Dozenten. Wenn ich wolle, bot sie an, könne sie mir die Seminararbeit von damals besorgen, es sei, wenn sie sich recht erinnere, um ein Gedicht von Rilke gegangen, welches, wisse sie nicht mehr, sie könne nachschauen. Aber ich sagte nur, lass ruhig.

Wenn ich jemals etwas über Lyrik schreiben würde, dann über Rilke. Ich liebe seine Gedichte, kann sogar einige auswendig, aber ich trage sie, wenn überhaupt, nur mir selbst vor. Vor den langen Spiegel neben meinem Schreibtisch stelle ich mich dann und spreche mit vorzugsweise tonloser Stimme vom Tod, von der Natur, der Schönheit, der Liebe. Am Ende meines Vortrags spende ich mir zaghaften Beifall, indem ich mehrmals hintereinander leicht mit dem Kopf nicke und die Lippen anerkennend spitze.

Mit vierzehn Jahren habe ich begonnen, eine Kartei anzulegen. Auf rechteckigen kleinen Kärtchen, die mit hellblauen Strichen liniert waren, notierte ich die Lesevorlieben meiner Freunde. Unter die Initialen ihres Namens schrieb ich die Autoren und Titel der drei von ihnen bevorzugten Bücher. Von Krimifreunden trennte ich mich schneller als von Lesern romantischer Literatur. Lyrikleser mochte ich, manchmal jedoch hatte ich sie, waren sie zu schweigsam, im Verdacht, heimlich zu reimen. Science-Fiction-Fans waren von vornherein im Nachteil. Da waren mir fast die lieber, die gar nicht lasen.

Falk hat Unmengen von Büchern. Jedes Mal wenn ich bei ihm bin, stelle ich mich vor seine Regale, schließe die Augen und greife mir ein Buch heraus, das ich, vorausgesetzt es ist kein Sachbuch, zu lesen beginne. Immer versuche ich, Falk und mich in den Büchern wieder zu finden. Bisweilen gelingt mir das.

Das zwischen Falk und mir steht in einer langen Tradition. Unsere Liebe kennt Vorbilder. Er ist Werther, ich Lotte. Er ist Orpheus und Tristan und Sali. Ich bin: Eurydike, Isolde und das Vrenchen. Er ist Lewin, aber weniger bäurisch, und ich seine Kitty. Wir sind wie Wolf und Dorle. Wie Hero und Leander. Wie Kleist und seine Henriette, und gerne ließe ich mir von ihm, und nur von ihm, eine Kugel in mein Vogelköpfchen schießen.

Seit ich studiere, sind keine neue Namen in meine Kartei aufgenommen worden. Ich fand es plötzlich albern, meine Freunde und Liebhaber nach ihrem Literaturgeschmack zu archivieren. Wegwerfen wollte ich die Kartei aber auch nicht. Insgesamt befinden sich 34 Kärtchen in dem kleinen braunen Holzkistchen, auf dessen glatt polierten Deckel ich Unmengen rot- und orangefarbener Pailletten zu einem funkelnden Herzen geklebt hatte. Immer wenn ich den Deckel öffne, fallen einige Pailetten ab, bald ist nur noch ein Herz aus trockenem Leim übrig. Mit den meisten Initialen verbinde ich heute nichts mehr: Wer war S. G., der offensichtlich gerne Abenteuerromane las? Wer war M. B., der gar nicht gerne las und statt seiner drei Lieblingsbücher seine drei liebsten LPS angegeben hat? Und wer, um Himmels willen, war N. A., der die Krimis von Edgar Wallace jenen von Agatha Christie vorzog?

ES IST FAST DREIZEHN UHR, eine schwarze Katze rennt vor mir über die Straße, und obwohl ich nicht abergläubisch bin, ist das bisher kein schöner Tag. Nachdem er zwei Tage gefehlt hatte, war Jan heute wieder in der Uni, und natürlich sah er angegriffen aus und bedachte mich mit waidwunden Blicken. Bereits vor der Vorlesung versuchte er, mit mir zu reden, aber ich habe mich aus seinem Griff gelöst und gesagt, später.

In der Pause versuchte ich, unbemerkt von Jan in die Stadt zu gelangen. Ich verließ die Universität, lief zwischen den an der Kreuzung wartenden Autos hindurch über die Straße, ging vorbei an der Bibliothek und am Theater, marschierte durch das Wohnviertel mit den alten Villen. Die Sonne schien und wärmte meinen Scheitel. Als ich Jans Stimme meinen Namen rufen hörte, war ich nicht verwundert. Ich blieb stehen. Jan lief auf mich zu. Da bist du ja, rief er und griff, kaum dass er neben mir stand, nach meiner Hand. Komm, sagte er und zog mich mit sich den Bürgersteig entlang und dann nach links, auf die zwischen einer Grundschule und einer Turnhalle liegende quadratische Wiese, die kleiner als ein Fußballfeld und von einem schmalen Weg umgeben ist.

Lass mich jetzt erst einmal reden, sagte er, obwohl ich gar keinen Versuch gemacht hatte, mich zu äußern. Während ich auf der Wiese stand, beide Hände in den Taschen meiner Jeans, neben mir im Gras die Mappe, lief Jan hin und her – drei Schritte nach rechts, drei Schritte nach links, dann wieder nach rechts, ein Tier im Käfig.

Du bist, begann er, alles für mich, das weißt du, und auch ich – bei diesen Worten blieb Jan stehen und sah mich herausfordernd an – bedeute dir etwas, das ist klar. Mag sein, dass dir außerdem noch jemand anders gefällt, aber ich denke, dass dies vielleicht auch aus Wut passierte – Wut darüber, dass ich so lange gebraucht habe, um Klara zu verlassen.

Jan fuhr sich mit einer Hand über die ahnungslose Stirn. Aber jetzt, sagte er, bin ich da, hundert Prozent, verstehst du? Er hatte beide Hände auf meine Oberarme gelegt und schaute mich eindringlich an. Wenn ich an ihm vorbeisah, konnte ich eine Gruppe von Grundschülern beobachten, wie sie die Wiese im Laufschritt umrundeten. In bunter Kleidung folgten sie ihrer Lehrerin, die sich mehrmals zu den Kindern umdrehte und sie anfeuerte. Ganz hinten lief ein dickliches Mädchen, das stets nach zwei, drei Laufschritten wieder in langsameres Gehen verfiel, sein Gesicht war rot und umrahmt von strähnigen Haaren, die es sich alle paar Augenblicke hinters Ohr strich. Seine violette Radlerhose glänzte im Sonnenlicht. Wenn die Lehrerin zurückschaute, rannte das Mädchen los, für Sekunden, und dann sah es manchmal kurz so aus, als könne es den Anschluss an die Klasse wieder finden. Doch nach jedem Sprint schien sich der Abstand zwischen dem Mädchen und seinen Kameraden noch zu vergrößern.

Ich verstehe schon, was du meinst, antwortete ich, lahm genug, aber weißt du, Jan, all das stand ja nie zur Debatte, ich will keine feste Beziehung, bin im Moment auch noch gar nicht bereit dafür, und dann – ich hielt kurz inne, um mir den nächsten Satz zurechtzulegen – denk doch auch an Klara und wie sie es verkraften würde, wenn wir beide nun als Paar aufträten.

Wie Klara wohl die Nachricht von Jan aufgenommen hatte? Ich stellte mir vor, wie sie sich gerade die letzten Tränen wegwischte, als das Telefon klingelte, und vielleicht hatte sie noch während des Klingelns gedacht, wird schon, und dass sie nicht ganz alleine sei, immerhin gebe es ja mich, ihre beste Freundin, die in der Küche gerade eine Tasse Kaffee für sie zubereitete. Gut möglich, dass ihr der Spruch der mageren Konditorin eingefallen war, die immer, wenn man in ihrem Wiener Café eine Kaisermelange, einen großen oder kleinen Braunen, einen Einspänner bestellte, sagte, der Tag sehe nach einer guten Tasse Kaffee gleich ganz anders aus. Ob sie Jans Stimme sofort erkannt hatte? Und wie lange hatte es wohl gedauert, bis sie verstand und ihre Sachen nahm, die blaue Windjacke mit dem gestreiften Innenfutter, den kleinen Rucksack aus genarbtem Leder? Hat sie geweint, als sie ging und die Tür trotz ihrer Enttäuschung leise ins Schloss zog? Oder stand sie unter Schock und war taub durch die Straßen gelaufen, mit kraftlosen Bewegungen wie unter Wasser?

Hör doch auf, fuhr Jan mich an, das sind doch nur Ausreden, du liebst mich einfach nicht, so ist es doch. Du hast mit mir geschlafen, das schon, aber Liebe? Nein, oh nein, das ja nun doch nicht. Oder?

Jans Hemd hing aus seiner Hose heraus, die Hose selbst saß locker auf seinen Hüften. An manchen Stellen war der Jeansstoff so verwaschen, dass er fast weiß wirkte.

Antworte mir gefälligst! Jan spie die Worte aus. Sag etwas!

Ich sagte, Jan, ich liebe dich nicht, habe dich nie geliebt und auch keine Lust mehr, dich weiterhin zu sehen.

Dann nahm ich meine Mappe und ging. Die Schüler hatten ihren Dauerlauf beendet und verließen nun in Zweierreihen die Wiese. Das dicke Mädchen schleppte sich der Gruppe hinterher, seine Haare waren nass und sein Bauch unter dem weißen T-Shirt bewegte sich heftig. Während die anderen schon wieder lachten, redeten und einander anrempelten, schien es noch nach Luft zu ringen.

Hinter mir hörte ich Jan rufen, das wirst du mir büßen, Sylvie, wart es nur ab! Schon bald wirds dir leid tun!

Es war jämmerlich.

Ich ging in die Lateinstunde.

Jetzt bin ich auf dem Nachhauseweg. In der Tasche habe ich die letzte Lateinklausur, und wieder ist sie ungenügend. Ich habe kaum meine Wohnung betreten, da rufe ich auch schon Falk an, in seinem Büro, wo ich mich eigentlich nicht melden soll, ich weiß, aber irgendwem muss ich ja sagen, dass alles aussichtslos ist, vier Semester für die Katz, und dass mir nichts gelingt. Freundlich nennt Falk seinen Namen, aber seine Freundlichkeit gilt nicht mir, und als ich sage, ich bins, schweigt er. Sylvie, füge ich hinzu. Dabei muss er meine Stimme doch erkannt haben. Falk sagt, ja, guten Tag, was gibts? Geschäftig klingt er, höflich, aber auch ein wenig ungeduldig, und sein Tonfall verleugnet alles. Ich habe die Latein-prüfung nicht bestanden, sage ich. Meine Stimme ist weinerlich, so elend ist mir zumute, wegen der Uni und wegen Falks Kälte. Falk sagt, aha, und nichts in diesem kurzen Wort fordert mich auf, weiterzuerzählen, aber ich tue es trotzdem, nenne die Punktzahl, die ich hätte erreichen müssen und die ich verfehlt habe. Jetzt, sage ich, geht gar nichts mehr. Falk sagt, rien ne va plus.

Nun ja, fährt er fort, das ist wirklich traurig, aber er klingt nicht bestürzt, als er das sagt, nur uninteressiert, und beinahe weine ich nun tatsächlich, schon zittert meine Unterlippe wie bei den kleinen Mädchen. Kann ich heute Abend zu dir kommen?, frage ich. Falk atmet tief ein und einige Sekunden ist nur das lang-same Entweichen seines Atems zu hören. Hör zu, sagt er dann, ich glaube, eher nicht. Warum denn nicht?, frage ich. Ein Freund, antwortet Falk. Wir gehen essen. Heute Abend. Müssen etwas be-sprechen. Dann morgen vielleicht?, frage ich, dabei möchte ich ei-gentlich wissen, welcher Freund, aber ich wage nicht, zu fragen. Pass auf, sagt Falk, ich melde mich. Ja, sage ich, in Ordnung. Als ich ergänze, aber heute noch, hat er schon aufgelegt.

ICH HÄTTE ES bestimmt gehört, das Läuten. Wie auch nicht? Die letzten Stunden habe ich mich kaum aus der Reichweite des Tele-fons herausbewegt. Tonlos ist der Fernseher gelaufen und hat das dunkle Zimmer blau gefärbt. Wenn ich auf die Toilette im Treppenhaus gegangen bin, habe ich das Telefon hinter mir hergezogen. Fast bis an die Wohnungstür heran reicht das Kabel. Die Tür ließ ich offen stehen. Gerne hätte ich mit jemandem gesprochen, doch ich durfte das Telefon nicht blockieren. Vielleicht hätte Falk genau in diesem Moment versucht, mich zu erreichen, und beim Besetztzeichen verärgert aufgelegt.

Um Mitternacht habe ich Falks Nummer gewählt. Schon nach zwei Klingelzeichen sprang sein Anrufbeantworter an, und ich gab meiner Stimme einen unbeschwerten Klang. Bist du nicht da?, fragte ich, und dann gähnte ich geziert. Ich bin auch gerade erst nach Hause gekommen, sagte ich, vielleicht rufst du mich ja noch an? Ich lachte, als sei mir gerade etwas Komisches in den Sinn gekommen. Ich muss dir noch was erzählen, behauptete ich und hoffte, dass ich ihn neugierig machen würde durch mein Lachen. Also, mein Lieber, bis nachher, sagte ich. Als ich auflegte, sah ich, dass meine Hand zitterte, und eiskalt lief es mir über den Rücken, weil mir ein Bild in den Sinn gekommen war: Falk auf seinem Bett liegend, über ihm eine Frau, die in der Bewegung verharrt, um meiner Stimme zu lauschen, sich dann aber entschließt, mich zu ignorieren, da doch auch Falk keinerlei Befangenheit zeigt.

Jetzt ist es halb vier. Seit zwei Stunden liege ich hier, schaue ins Dunkel, höre die Motorengeräusche von unten. Tatsächlich sind es dieselben wie sonst, nichts scheint verändert, nur ich selbst bin nicht mehr die Gleiche. Hässlich bin ich, dumm, EIN ARMES VIECH, das ich verachte, weil es immer noch aufs Telefon starrt und noch einmal den Hörer abhebt, um zu sehen, ob die Leitung nicht vielleicht gestört ist, und weil dieses Viech es einfach nicht schafft, nicht mehr daran zu denken, dass Falk es vergessen haben könnte, weshalb auch immer, vorgestern schien doch noch alles in Ordnung. Aber vorgestern war eine andere Zeit. Da standen die Zeichen noch nicht auf Sturm. Da kamen wir noch gemeinsam aus dem Häuschen – er links, ich rechts – und das hieß, dass es sonnig und frisch und wunderbar würde.

Das kann es geben: Dass die Liebe über Nacht vergeht, und beim Aufwachen hat man all das Gute vergessen.

MANCHE TAGE steht man durch und weiß gar nicht, wie. Schon das Aufstehen ermüdet einen, den rechten vor dem linken Fuß auf den Boden aufzusetzen erfordert eine Konzentration, die man kaum aufzubringen vermag. Im Bad vermeidet man den Blick in den Spiegel, wäscht sich das Gesicht mit kaltem Wasser und reibt mit dem Handtuch darüber, bis es schmerzt. Die Haare kämmt man mit gespreizten Fingern. Irgendetwas zieht man an, nur warm muss es sein, und dass man trotz allem Hunger hat, ruft ein kleines Gefühl der Verwunderung hervor, aber nach einem halben Brötchen hat man genug. Sorgfältig wäscht man den Teller ab, unter fließendem Wasser, das heißer wird mit jeder Sekunde; erst wenn es die Hände zu verbrühen droht, dreht man es ab und legt den Teller auf die Metallfläche rechts der Spüle. Und irgendwann fällt dann der Blick aufs Telefon, das immer noch nicht läutet, aber kaputt ist es nicht. Jedes Mal, wenn man den Hörer abhebt, ertönt das Freizeichen, und auch der Weckdienst kommt anstandslos durch, um mit metallischer Stimme die Zeit zu verkünden.

Als um drei Uhr zehn am Nachmittag schließlich das Telefon klingelt, sitze ich vor dem Fernseher und schaue seit Stunden den gleichen Sender, ohne dass ich genau sagen könnte, was ich sehe. Eine ganze Reihe von Sendungen hat vor meinen Augen gewechselt. Manchmal sah ich für einige Minuten hin, sah Menschen in einem hellbraun tapezierten Studio im Kreis sitzen und miteinander reden, sah einen Mann hinter Pfannen und Töpfen stehen. Später lief ein Zeichentrickfilm. Eine doppelköpfige Kreuzung aus Katze und Maus musste sich gegen zwei rivalisierende Banden von Straßenkatzen und -mäusen wehren. Hin und her gerissen zwischen den Tierarten, zog das eine Ende des Tieres zu den Katzen, das andere zu den Mäusen, doch erfolglos, beide gleich stark, also versuchten sie einander auszutricksen. Dazwischen immer wieder Werbung. Ich schaute hin, aber das meiste, was ich sah, vergaß ich sofort wieder. Einmal weinte ich, als im Fernsehen für eine Schokolade geworben wurde. Manchmal wiegte ich mich vor und zurück und stieß den Kopf gegen die Sofalehne.

Ich lasse das Telefon dreimal klingeln und atme tief ein und aus, damit Falk meine Aufregung nicht hören kann. Als ich den Hörer abnehme, lächele ich und rufe hallo, heiter möchte ich klingen, so als käme ich gerade zur Tür herein, ein wenig außer Atem. Klara sagt, Sylvie, und noch einmal, Sylvie, und weint dabei, und mir ist es, als bräche in mir alles in sich zusammen, Klara ist dran, nur Klara, und sie sagt, es ist etwas Schlimmes passiert, immer noch weint sie, und ich verabscheue sie und rufe, was denn? So sags halt! Klara zieht die Nase hoch und holt Luft, um zu sprechen. Jan, sagt sie, ist im Krankenhaus. Und du, sagt Klara und ihre Stimme wird plötzlich bitter, bist schuld daran.

Einen Brief habe Jan hinterlassen wollen, erzählt sie. Neben seinem Kopf habe er gelegen, und auf dem Nachttisch die leere Tablettenpackung und die nur zu einem Viertel geleerte Flasche Wasser. Seine Mutter habe ihn so gefunden. Nun mache sie sich Vorwürfe. Die Tabletten waren ihre, gegen die Schlaflosigkeit, und ich erinnere mich daran, dass Jan mir einmal erzählt hatte, dass seine Mutter nächtelang wachliege. Manchmal könne er sie dann durch die Wohnung wandern hören, hatte er gesagt, und am nächsten Morgen müssten er und sein Bruder sich flüsternd unterhalten, um die Mutter nicht zu wecken, die vielleicht erst im Morgengrauen eingeschlafen war.

Im Brief hat gestanden, fährt Klara fort, dass er ohne dich nicht leben mag und dass er – sie lacht wütend – dich bestrafen möchte mit seinem Tod, für deine Arroganz, deine Kühle, deine

Herzlosigkeit. Wieder lacht Klara. Dann sagt sie leise, womit er ja wohl nicht ganz falsch liegt, nicht wahr? Wie geht es ihm denn jetzt?, frage ich. Den Umständen entsprechend, antwortet Klara, und ich wundere mich, dass sie diese Floskel benutzt. Sie konnten ihm den Magen auspumpen, sagt sie, es war gut, dass er nicht so viel Wasser zu den Medikamenten getrunken hatte, so waren die fast dreißig Tabletten zusammengeklumpt und konnten abgepumpt werden. Wenn seine Mutter zwei Stunden später nach Hause gekommen wäre, wäre es allerdings zu spät gewesen. Hast du ihn schon besucht?, frage ich. Nein, sagt sie, ich gehe morgen Nachmittag zu ihm. Ich habe mit ihm telefoniert, fügt sie nach einer kurzen Pause hinzu. Er will dich nicht sehen. Ja, sage ich, klar. Einen Moment lang schweigen wir beide. Ich höre Klaras Atem, bestimmt weint sie wieder, und plötzlich muss auch ich weinen. Klara, schluchze ich, es tut mir alles so leid. Das glaube ich dir sogar, sagt sie und ich kann hören, dass ich mich getäuscht habe. Ihre Stimme ist nicht weinerlich, sondern gefasst. Aber das reicht nicht. Ja, antworte ich, ich weiß.

BEI FALK BRENNT LICHT, das kann ich von der Straße aus sehen, und als ich mein Auto endlich geparkt habe, brennt immer noch Licht, gelb und einladend sieht das aus, und ich kann es kaum erwarten, mich an ihn zu lehnen und ihm, noch in der Tür stehend, zu erzählen, was passiert ist. Ein ehemaliger Freund von mir, werde ich sagen, hat versucht sich umzubringen, und wenn Falk bestürzt fragt, weshalb denn das, werde ich sagen, wegen mir und dir, und dass ich es ihm genauer erklären würde, sobald er mich reingelassen und ich es mir auf seinem grauen Sofa bequem gemacht hätte. Und Falk wird seinen Arm um meine Schultern legen, mich in seine Wohnung führen, behutsam wie eine Kranke. Liebes, wird er sagen. LIEBES.

Er öffnet die Tür nicht. Nicht nach dem ersten, nicht nach dem zweiten Klingeln. Aber weiß ich denn wirklich, dass er da ist? Habe ich die Schritte wirklich gehört, die Stimmen? Bilde ich sie mir nicht nur ein? Läuft nicht vielleicht irgendwo in diesem Haus ein Fernseher, ein Radio, und Falk hat das Licht nur angelassen, damit er bei seiner Heimkehr keine dunkle Wohnung vorfindet? Und war es nicht tatsächlich so, dass ich ihn telefonisch nicht erreicht hatte, nicht hier, nicht im Büro? Vielleicht ist er aufgehalten worden. Eine Panne. Ein Unfall. Man müsste die Krankenhäuser absuchen, geht es mir durch den Kopf, doch welche, und ich lasse den Finger auf der Klingel, sodass er aufwachen muss, falls er eingeschlafen ist, aber niemand öffnet die Tür. Schaue ich in den Spion, sehe ich nur mein eigenes, weit aufgerissenes Auge.

Ich setze mich auf die Treppe. Von Zeit zu Zeit stehe ich auf und klingele. Bald ist es Nacht. Einmal höre ich, wie sich die Tür unten öffnet, das Licht geht an und leichte Schritte kommen die Stufen hinauf. Eine junge Frau mit kurzen, weißblonden Haaren geht an mir vorbei und nickt grüßend. Sie riecht nach etwas Süßem – Karamell? Vanille? In der Etage über mir klirrt ihr Schlüssel, als er auf den gefliesten Boden fällt. Ihr leises Fluchen ist zu hören. Eine Tür wird geöffnet und geschlossen. Dann ist es wieder ruhig. Das Licht im Treppenhaus erlischt nach wenigen Minuten. Irgendwo im Haus lacht jemand. Ein Telefon klingelt. Einmal höre ich eine Sirene. Notarzt? Polizei? Feuerwehr? Ein Auto hupt. Noch einmal öffnet sich die Haustür, aber wieder ist es nicht Falk, der an mir vorbeigeht, mir zulächelt und grüßt, sondern ein älterer Mann mit Vollbart und schwarzem Haar, das fast völlig unter einer schräg sitzenden Baskenmütze verschwindet. Über der rechten Schulter trägt er eine große nussbraune Ledertasche, die beiden offenen Metallschnallen daran klirren bei jedem Schritt.

Er sei, sagt Falk, als ich wieder zu Hause bin und ihn anrufe, gerade eben heimgekommen. Ja, murmelt er, viel Arbeit im Moment. Dann gähnt er. Ich sage, schade, ich hätte dich gebraucht. Ach ja, fragt Falk, warum denn diesmal? Er lacht spöttisch, und als ich ihm alles berichtet habe, sagt er, na so was, welche Dramen. Immerhin, meint er, hat der Junge überlebt, besuch ihn doch einmal, und ich rufe, aber nein, hast du mir denn nicht zugehört, das will er doch nicht, und beinahe kommen mir die Tränen, aber Falk sagt nur, warte mal ab, der will das sicher doch ganz gerne. Dann fügt er hinzu, wird schon wieder, und dass er müde sei, noch einmal gähnt er, er werde mich bald mal wieder anrufen, sagt er abschließend. Versprochen?, frage ich, und Falk lacht wieder und sagt, aber ja doch, versprochen.

IN ZWEI WOCHEN kann die Welt untergehen oder zweimal erschaffen werden. In zwei Wochen kann eine Reise unternommen werden, die zu ganz neuen Ufern führt, zu fernen Freunden, überraschenden Einsichten, manchmal sogar zu einem ganz neuen Leben. In zwei Wochen kann man eine Affäre haben, womöglich die beste seines Lebens, an die man sich noch lange erinnert, auch wenn man den Namen des Liebhabers schnell vergisst, weil er weggespült wird von anderen Erlebnissen, die selbst vielleicht auch nicht länger als zwei Wochen dauern. In zwei Wochen kann man gesund oder krank werden, übermütig oder traurig, man kann beschließen, sich zu trennen, zu heiraten, Kinder zu bekommen. Man kann überlegen, sich umzubringen, und vierzehn Tage lang diesen Gedanken hegen, bis er ein Wunsch geworden ist. Man kann in vierzehn Tagen alles erleben und nichts. Man kann etwas wollen und es erreichen. Oder aber das Unglück fällt über einen her, in diesen zwei Wochen, als habe es schon seit langem die Fährte aufgenommen und nun endlich den Gesuchten gefunden, den es an den Flanken aus dem Bau zieht.

In den vergangenen zwei Wochen habe ich Jan kein einziges Mal besucht. Klaras abweisende Auskunft lag mir noch in den Ohren, er will dich nicht sehen, und auch ich wollte Jan nicht sehen, der nach fünf Tagen im Krankenhaus und einer Woche in der geschlossenen Abteilung der Psychiatrie nun wieder zu Hause ist, nicht mehr selbstmordgefährdet, wie mir Klara mitteilte, als ich sie vor drei Tagen einmal anrief. Fast klang sie triumphierend, als habe sie, gemeinsam mit Jan, einen Sieg über mich errungen. Sie sagte nicht noch einmal, dass er mich nicht sehen wolle, aber sie machte es mir durch ihren abweisenden Tonfall deutlich. Zum ersten Mal, seit ich Klara kenne, war in ihrer Stimme keinerlei Sympathie für mich. Nicht ein bisschen.

Einmal habe ich in den letzten zwei Wochen meine Mutter besucht. Einen ganzen Sonntagnachmittag saßen wir auf der Terrasse ihres Hauses. Die Sonne beschien die Wiese, die ungemäht und von blauen kleinen Blumen durchsetzt war. Der Jägerzaun war frisch gestrichen. In der Luft lag der Geruch nach einer Mischung aus Farbe und Holz, wie ich ihn aus der Zeit kenne, als mein Vater noch bei uns wohnte und jeden Sommer einmal den gesamten Zaun strich. Vor dem Holzgitter kniend, hatte er den Garten umrundet. Ich hatte hinter ihm gestanden, in beiden Händen den Topf mit der Farbe, den ich ihm in regelmäßigen Abständen hinhielt, damit er den Pinsel eintauchen konnte. Und wenn mein Vater sich schließlich nach langer Zeit zum letzten Mal zu mir umgedreht hatte, war sein Blick zufrieden gewesen. Das wärs für heute, hatte er gesagt, sein Gesicht auf gleicher Höhe mit meinem, schillernde Schweißperlen in den dunklen Haaren über der Stirn. Ich hätte damals gewettet, dass es immer so weitergehen würde: Sommer für Sommer. Er und ich. Aber das tat es nicht.

Jeder, der am Zaun vorbeiging, winkte uns zu und grüßte, und meine Mutter winkte zurück, und mir zischte sie zu, grüß doch auch, Sylvie, und so hob ich immer wieder die Hand und lächelte den Leuten zu, die zu uns schauten und aus den Augenwinkeln den Zustand des Gartens taxierten. Kaum, dass die Grüßenden weitergegangen waren, erzählte mir meine Mutter, wer das gewesen war. Frau Niebholz, sagte sie etwa, erinnerst du dich nicht mehr, die mit den zwei Pekinesen. Oder, ihre Stimme zu einem bedeutungsvollen Flüstern senkend, Herr Leiber, seine Frau ist im letzten Sommer gestorben, über Nacht, Herzanfall, mit gerade mal vierundvierzig Jahren, ich bitte dich, und in ihr Mitleid mischte sich Entrüstung, wo doch Herr Leiber seit dem plötzlichen Tod seiner Frau partout nicht weiß, wie er mit dem Leben, dem Haushalt und den drei halbwüchsigen Kindern zurechtkommen soll.

Die Nachricht von meinem Versagen an der Universität hat meine Mutter mit Fassung aufgenommen. Nun denn, sagte sie, da lässt sich wohl erst mal nichts machen. Einen Augenblick schien sie den Faden des Gesprächs verloren zu haben. Nachdenklich blickte sie in den Garten, in Richtung des alten Apfelbaums, den Rüdiger im letzten Herbst mit Holzstreben hatte abstützen müssen, weil der tagelange Sturm ihn zu kippen drohte. Du solltest dir jetzt mal überlegen, was du machen möchtest, fuhr meine Mutter fort. Wo deine Neigungen liegen. Was dich interessiert. Bei ihrem letzten Satz schaute sie mich abwartend an, und ich berührte mit einer Hand die Tischdecke, die wie gehäkelt aussieht, aber aus blassgelbem Plastik besteht. Ich nickte. Ja, sagte ich, muss ich mal überlegen, und endlich wurde meine Mutter ungeduldig. Ach, fragte sie spöttisch, bisher hast du da also noch gar keine Ahnung? Ich nickte noch einmal und sagte, vielleicht Hotelfach oder Sekretärin. Das wär doch was, meinte meine Mutter und stand auf.

Als sie wieder auf die Terrasse kam, trug sie einen Himbeerkuchen vor sich her. Der Kuchen sah aus wie fotografiert, rot leuchteten die durch hellrotes Gelee verbundenen Früchte, gelb und akkurat war der Teig, aber als ich den Kuchen loben wollte, unterbrach meine Mutter mich. Nicht sie, sondern die Nachbarin,

Frau Schaller, habe den Kuchen gebacken und ihn gestern, als sie überraschend auf eine Geschäftsreise ihres Mannes habe mitfahren dürfen – nach Paris, habe sie gesagt und dabei das ›S‹ am Ende fortgelassen –, rübergebracht und zu meiner Mutter gesagt, für Sonntag, wenn die Sylvie mal wieder kommt. Auch deinen Namen, sagte meine Mutter, hat sie plötzlich französisch ausgesprochen, und das bei ihrem fränkischen Dialekt.

Um kurz vor sechs kam Rüdiger. Unter seinem weiß glänzenden Jogginganzug mit den violetten und grünen Streifen entlang der Nähte trug er ein hellgelbes T-Shirt, auf dessen Vorderseite ich, als er die Jacke auszog, den Schriftzug ›Tennis ist toll‹ und ein rothaariges Männchen sehen konnte. Das Männchen schien gerade einen Vorhandball zu passieren, mit ausgestrecktem Arm hielt es den Schläger quer zum Lauf. Ich bin aufgestanden und habe meine Tasche umgehängt. Wegen mir musst du aber nicht gehen, sagte Rüdiger. Ich schaute zu meiner Mutter, die wieder in den Garten blickte, aber uns sicher zuhörte, und darum antwortete ich, ist nicht wegen dir, Rüdiger, ich bin einfach müde. Rüdiger machte ein erstauntes Gesicht, weil ich so freundlich mit ihm gesprochen hatte, und fragte, brauchst du noch ein bisschen was? Dabei rieb er Daumen und Zeigefinger der rechten Hand aneinander und lächelte verschwörerisch. Ich habe gesehen, dass er mir auf diese Art danken wollte, aber ich sagte, nein, ist sehr lieb, geht schon.

Ich bin nach Hause gefahren. Auf der Miquelallee sah ich, dass die Blätter der Platanen rechts und links der Straße schon sattgrün waren. Dieses Jahr ist der Frühling schneller als sonst vergangen, habe ich gedacht. Obwohl ich natürlich da schon wusste, dass das Unsinn war: Der Frühling war genauso lang gewesen wie jeder Frühling davor.

In vierzehn Tagen habe ich Falk nur einmal gesehen. Als er mich endlich anrief, war Jan schon seit vier Tagen im Krankenhaus, und das Fernsehprogramm war vor meinen Augen abgelaufen; Tag und Nacht, so will es mir jetzt scheinen, immer das blaue Licht um mich, und in mir drin das Reißen.

Ich zwang mich, flach zu atmen und nachlässig zu plaudern. Sogar ein wenig Überraschung konnte ich durchklingen lassen, ach, Falk, hallo. Doch schon als ich sagte, gibts dich auch noch?, ärgerte ich mich über meine Stimme, die blank war. Falk fragte, willst du vorbeikommen, heute Abend? Ich tat, als überlegte ich. Dann sagte ich, warum nicht? Und als ich zu ihm kam, ließ ich mich umarmen und, ohne dass ich mit ihm hatte sprechen können, zu Boden drücken und ausziehen. In regelmäßigen Abständen schlug mein Kopf gegen die Kacheln. Was tu ich hier, dachte ich die ganze Zeit. Immer wieder diese vier Worte.

Falks grimmiger Atem, sein verzerrtes Gesicht, seine abwesenden Blicke, sein Geruch ekelten mich. Erst als er sich von mir wegdrehte und auf dem Rücken liegen blieb, still auf einmal, liebte ich ihn wieder und streichelte seinen Bauch, der sich immer langsamer hob und senkte, und als ich mich auf ihn legte und mein Gesicht ganz nahe vor seines hielt, damit mir keine seiner Regungen entging, fragte er, was willst du trinken? Ein Wasser, sagte ich und rollte mich von seinem Körper hinab zu Boden, wo ich liegen blieb und die heißen Wangen abwechselnd gegen die Kacheln presste.

Wenn er meine Liebe nicht haben will, sollte ich sie ihm nicht schenken wollen, das weiß ich. Doch auch in dieser Nacht ging ich nach Hause, beladen, unerlöst, und ich wusste da bereits, dass ich warten würde, bis sein nächster Anruf käme – morgen, in drei Tagen, in einer Woche, nie, wer weiß das schon. Bis dahin wäre sein Schweigen unfassbar. Und riefe er mich endlich, käme ich gelaufen, vor seiner Tür würde ich kurz verschnaufen, mit einem Mal kraftlos, wieder und wieder brächte ich ihm meine Liebe, wie einen übervollen Präsentkorb trüge ich sie vor mir her, auch wenn er sie dann immer noch nicht haben wollte.

DER TAG, an dem mein Vater uns verließ, war ein Montag. Das weiß ich noch so genau, weil ich in diesem Jahr montagnachmittags Sportunterricht hatte. Ich war verschwitzt, den Beutel und die zusammengeknoteten Turnschuhe über der Schulter hängend, nach Hause gekommen, und meine Mutter hatte auf dem Sofa gelegen, das Gesicht in den Kissen vergraben. Ihr ganzer Rücken zitterte, fast rhythmisch hörte sich ihr Schluchzen an. Ich setzte mich neben sie, legte ihr meine Hand auf den Rücken, und sie sagte, aus, es ist aus, aus, aus und vorbei, und dass mein Vater gegangen sei. Er hat eine andere, schluchzte sie. Ich flüsterte, warte mal ab, und machte ›psst‹ und hörte lange nicht auf, sie zu streicheln.

Schon in den letzten Wochen war es immer öfter vorgekommen, dass sich meine Eltern beim Frühstück feindselig angeschwiegen und aneinander vorbeigeschaut hatten. Nur in der Nacht hatte ich sie manchmal diskutieren hören, oft heftig, manchmal aber auch so leise, als wären sie beide erschöpft.

Während meine Mutter auf dem Sofa lag, spülte ich das Geschirr. Die Teller ließ ich auf dem Metallgestell abtropfen, sechs Stück waren es, und ich war sicher, bei jedem Teller mit Bestimmtheit sagen zu können, wer wann davon gegessen hatte und woher die Flecken auf ihm stammten. Als mir einfiel, dass mein Vater keine Teller mehr bei uns benutzen würde, musste auch ich weinen.

In den folgenden Wochen sah ich meinen Vater jeden zweiten Sonntag. Anders als meine Mutter zunächst noch gehofft hatte, kam er nicht nach einigen Tagen zurück, sondern ließ von einem Freund seine Sachen holen und zog vom Hotel in eine schäbige Einzimmerwohnung, in der sich der Teppichboden wellte und in deren weinrot gekacheltem Badezimmer grauer Schimmel in den Ecken wuchs. Meistens lud mein Vater mich zum Essen ein. Einmal gingen wir ins Kino, und mein Vater fragte an der Kasse, ob der Film freigegeben sei für Kinder unter dem Schutzalter, worauf die Kassiererin mich anschaute und fragte, wie alt ist die Kleine denn? Fünfzehn, sagte mein Vater, und ich wandte mich von ihm ab und starrte auf ein Plakat. Vor einem halben Jahr war ich sechzehn geworden.

Nach einigen Monaten stellte mein Vater mir eine rothaarige junge Frau vor. Wir gingen am Main entlang und die Frau legte bei jedem Windstoß beide Hände um ihren Kopf, damit ihr die langen Haare nicht ins Gesicht wehten. Ihre Jacke war lilafarben, was nicht zu den Haaren passte, und sie lachte zu viel, fast alles, was mein Vater sagte, kommentierte sie mit beifälligem Gelächter. Deshalb wurde er immer übermütiger, schmückte seine Erzählungen mit Gesten und Pointen aus, und als er von einem Kunden erzählte, mit dem er Streit gehabt hatte, spielte er abwechselnd seine Rolle und die des anderen, der aufbrausend, aber schwach argumentierte. Ich habe für einen Moment gedacht, dass ich meinen Vater kaum kenne, so anders wirkte er auf mich, wie er sich da ins Zeug legte. Als er nach einer Weile wie nebenbei einen Arm um den Rücken der Frau legte, blieb ich stehen und begann, Steine ins Wasser zu schmeißen. Auf der anderen Uferseite war eine Gruppe Ruderer damit beschäftigt, ihr Boot ins Wasser zu lassen. Sie trugen blaue Neoprenanzüge, deren Rückseite mit einem Schriftzug bedruckt war, den ich auf die Entfernung nicht lesen konnte. Ich ließ die Steine übers Wasser hüpfen. Als einer dreimal aufsprang, bevor er in einem kleinen Kreis versank, sah ich mich nach meinem Vater um. Er stand einige Meter entfernt, die Frau hatte ihre Arme um seinen Hals gelegt. Sie küssten sich, ihre Gesichter verschwanden fast vollständig unter den roten Haaren. Auf dem Nachhauseweg versuchte ich zum ersten Mal mir vorzustellen, wie es wohl wäre, meinen Vater zu küssen.

Einige Tage nach diesem Spaziergang fuhr mein Vater mit seiner Freundin in die Ferien, nach Valencia, wo sie das Appartement bezogen, von dem er mir bereits Wochen zuvor erzählt hatte: Zwei geräumige Zimmer, mit Bad und Kochnische und Blick aufs Meer, an dem sich tagsüber die Menschen vergnügten. Im Erdgeschoss des Appartementhauses ein Andenkenladen und ein Restaurant, in dem man Tapas, Calamares und riesige, mit Papierblumen und rot-gelben Fähnchen versehene Eisbecher essen würde, bevor man in die Diskotheken und Nachtbars gehen und tanzen, trinken, flirten würde, bis spät in die Nacht hinein, nein, bis in die frühen Morgenstunden, hatte mein Vater sich korrigiert. Stell dir vor, hatte er gesagt, die Sonne geht auf und langsam machen wir uns auf den Heimweg, den Strand entlang, an dem sich die Wellen brechen. Und ich hatte es mir vorgestellt und mich gefreut und gar nicht damit gerechnet, dass er nicht sich und mich gemeint hatte, als er ›wir‹ sagte.

Als ich ihn zwei Wochen nach seiner Rückkehr besuchen wollte, rief mein Vater an, um abzusagen. Er habe vergessen, dass ich heute kommen wollte, sagte er, sie seien eingeladen bei Freunden, aber dafür habe er nächste Woche Zeit. Selber Ort, selbe Zeit, nur eine Woche später, meinte er.

Am Sonntag darauf stand ich an der Haltestelle in der Nähe unseres Hauses, ein Treffpunkt, der verabredet worden war, damit meine Eltern sich nicht begegnen mussten. Ihre anfänglichen Versuche, freundschaftlich miteinander umzugehen, hatten immer wieder darin gemündet, dass meine Mutter den Rest des Tages weinend auf dem Sofa verbracht hatte. So waren wir übereingekommen, dass mein Vater mich nicht mehr zu Hause abholen würde.

Um fünf vor zwölf war ich außer Atem an der Haltestelle angekommen. Mein Vater war noch nicht da. Ich setzte mich auf einen der orangefarbenen Plastiksessel unter dem durchsichtigen Dach der Haltestelle und begann zu warten. Manchmal kamen Leute vorbei, die ich vom Sehen kannte. Wir nickten uns zu. Ich ließ einen Bus nach dem anderen an mir vorbeifahren. Ein Kind sah mich aus einem wartenden Bus heraus an und streckte mir, kaum dass der Bus losgefahren war, die Zunge heraus. Ich winkte ihm. Um viertel vor eins merkte ich, dass ich Hunger bekam. Als mein Vater um halb zwei immer noch nicht da war, begann ich herumzulaufen. Es hatte angefangen zu regnen. Ich stellte mich wieder unter das Plastikdach und sah mir die Tarife am Fahrkartenautomaten an. Ich dachte, dass ich noch ein wenig warten wollte. Zehn Minuten noch, sagte ich mir, und um zwanzig vor zwei dachte ich, noch einmal zehn Minuten. Um zehn vor zwei dachte ich, bis zwei. Um halb drei ging ich nach Hause.

Kaum, dass ich die Tür aufgeschlossen hatte, rief meine Mutter, wie wars?, aus der Küche. Schön, sagte ich, sehr schön. War seine Freundin dabei?, fragte sie, als ich einen Joghurt aus dem Kühlschrank nahm. Ich schüttelte den Kopf, während ich vorsichtig den Deckel vom Becher löste. Nein, antwortete ich, heute war sie nicht dabei. Sorgfältig leckte ich den Deckel ab, es schmeckte nach Pfirsich und ein wenig nach Metall, wie das eisenhaltige Blut, das einem beim Rennen in die Lungen schießt. Ich glaube fast, sagte ich, es ist aus mit den beiden.

FALK HAT MICH in ein Café beim Bahnhof bestellt. Ich hatte ihn gestern Mittag im Büro angerufen. Was gibt es?, hat er gefragt, und ich habe gesagt, du fehlst mir. Ich habe gesagt, so sehr. Es tue mir leid, dass ich ihn im Büro anrufe, habe ich gesagt. Aber wenn du nie zurückrufst! Er habe viel zu tun, sagte er. Morgen Abend, fragte er dann, halb sieben, wäre das ein möglicher Termin? Im Hintergrund war Lachen zu hören. Ich komme gleich!, rief Falk. Ja, sagte ich. Wo? Er nannte mir den Namen des Cafés. Danke, sagte ich. Auf Wiedersehen, sagte er.

In einem Hauseingang in der Nähe des Cafés warte ich. Als ich ihn kommen sehe, das Jackett offen, eine Zeitung unter dem

Arm, laufe ich auf ihn zu. Ich lege ihm meine Arme um den Hals und küsse ihn auf die Lippen, die sich nicht öffnen, sodass unsere Münder wie die von Kindern aufeinander liegen, während seine Hände rechts und links seines Körpers herabhängen. Habe ich dich erschreckt?, frage ich. Nein, sagt Falk, das nicht. Ich küsse ihn wieder und wieder. Ich muss selbst über mich lachen, aber ich kann nicht aufhören, ihn zu umarmen, zu küssen. Auf die Zehenspitzen stelle ich mich, um ihm in die Augen und vielleicht, wenn er den Mund einmal öffnen würde, bis hinab in sein Pflaumenherz zu schauen. Aber seine Lippen bleiben geschlossen. Sein rechter Arm legt sich um meine Schulter. Ich lehne mich an ihn und rieche an seinem Hals und an seinem linken Ohr, dessen obere Kante sich ein ganz klein wenig zu weit nach unten wölbt. Er kneift die Augen zusammen und sieht über meine Schulter. Was machst du da, flüstere ich, als ich merke, dass seine Hand sich in meinem Rücken bewegt. Falk sagt, nichts, gar nichts. Als ich mich umdrehe, sehe ich, dass er die zum Rechteck gefaltete Zeitung hochhält. Er löst sich aus der Umarmung, und diesmal lasse ich es geschehen. Gehen wir rein?, fragt er, während er schon die Tür des Cafés aufstößt. Ich folge ihm.

Wir trinken Milchkaffee und Wasser. Falk sagt, deine Freundin Klara arbeitet jetzt übrigens als Sekretärin bei mir, aber das weißt du ja sicher schon. Ich schüttele den Kopf. Nein, sage ich, wir reden nicht mehr miteinander. Falk zieht verwundert die Augenbrauen hoch. Habt ihr Streit?, fragt er. Ich nicke.

Versprich mir, sage ich, dass du nie mit ihr über uns sprechen wirst. Was soll das?, fragt Falk, aber ich beharre darauf: Versprich es einfach. Falk sieht mich ernst an und schweigt einen Moment zu lang. Was erhoffst du dir davon?, fragt er. Ich weiß nicht, antworte ich, aber versprich es trotzdem, bitte. Falk rührt seinen Milchkaffee um. Eine Zeit lang ist nur das Klirren des Löffels an der Innenseite der Tasse zu hören. Ich bin sehr schlecht im Versprechen, das weißt du doch, sagt er schließlich und hebt bereits die Hand, um die Kellnerin zu rufen. Er fragt nach dem Kuchenangebot. Sie zählt auf: Erdbeer, Apfel, Käsesahne, Frankfurter Kranz, Streusel, Marmor, Schwarzwälderkirsch. Jeder Finger ein Kuchen. Er tunkt die Bissen in den kleinen Haufen Sahne am Rand des Tellers. Ein Stück Kuchen fällt von der Gabel auf sein Hemd. Er reibt am Fleck herum, den er dadurch vergrößert, und schimpft auf den Kuchen, dessen Boden aufgeweicht sei. Ich lache und reiche ihm meine Serviette über den Tisch, doch Falk ignoriert mich und geht zur Toilette.

Das ganze Lokal scheint aus Holz zu bestehen: Hölzern die Tische, die Theke, die Stühle, dunkel gebeizt die Garderobe, an der drei Jacken hängen und in deren seitlichem Fach einige Zeitungen liegen. Eine der Wände ist von oben bis unten mit Paneelen getäfelt. In regelmäßigen Abständen sind Bilder daran aufgehängt, die orientalisch bunt sind. Erst bei genauerem Hinsehen erkennt man in den vielen Farben Figuren: ein Pferd, eine Frau, eine Kirche, Früchte. Direkt unter dem Bild mit den Früchten sitzt ein Mann. Seinen Stuhl hat er ein Stück vom Tisch weggeschoben und zum Raum hingedreht. Breitbeinig lehnt er gegen die Wand, führt immer wieder einen blauen Henkelbecher zum Mund und trinkt, weit über den Becher gebeugt, ein, zwei Schlucke. Nach dem letzten Schluck wirft er jedes Mal den Kopf mit einem winzigen Ruck nach hinten, wobei seine graumelierten, weit in die Stirn hängenden Locken in Bewegung geraten. Als er merkt, dass ich ihn ansehe, richtet er sich auf, lässt die Hand mit der Tasse sinken und wendet mir sein volles Gesicht zu. Fast ist es, als posiere er für mich. Und vielleicht merkt er, dass ich mich erschrecke, dass ich seine engstehenden Augen hässlich finde, die rot geäderte Nase und die faltige Stirn, die ihn alt aussehen lässt – dabei kann er nicht viel älter sein als Falk, doch wo Falk feine Gelenke hat und eine glatte Haut, ist an dem Mann alles gewaltig, plump und angsteinflößend, zu groß geraten die Hände, zu breit die Handgelenke, unförmig der Oberkörper, die breiten, nach vorne fallenden Schultern –, denn sein Blick wird spöttisch, als er mich trifft, und er lächelt wie es nur Menschen tun, die es gewohnt sind, angeschaut zu werden.

Im Hintergrund des Cafés löst sich Falks Gestalt aus dem Dunkel. Auf seinem Hemd ist ein großer Wasserfleck. Er zieht ein mürrisches Gesicht, während er der Kellnerin ein Zeichen gibt, dass er zahlen will. Er wartet an der Theke, dass die Kellnerin ihre Rechnung, die sie auf einem kleinen Block ausführt, beendet. Gelangweilt blickt er sich im Raum um. Ich lächele, weil er gleich zu mir hersehen muss, doch plötzlich stutzt er, legt den Kopf ein wenig schräg und richtet seinen Blick auf den Mann, der unter dem Bild sitzt. Dieser hat ihn nicht gesehen und trinkt weiter in gebeugter Haltung aus dem Becher. Kaum hat Falk bezahlt, geht er auf den Mann zu, der ihn endlich, für einen Moment misstrauisch, doch gleich darauf voll staunender Freude, auch ansieht, der sich erhebt, ihn umarmt, als wolle er ihn zerbrechen, so fest schlägt er Falk auf die Schultern. Falk ruft, Kofler, nein so was, wie lange ist das her?, und Kofler lacht und sagt laut, eine Ewigkeit!

Ich habe Falk nie zuvor so aufgeregt gesehen. Während er mit dem Mann, der Kofler heißt, redet, unterstreichen beide Hände seine Berichte, von denen ich nur einzelne Worte verstehe. Mehrere Male legt er dem Freund eine Hand auf die Schulter, einmal boxt er dem anderen spaßend gegen die Brust. Ich sehe ihn lachen, jung sieht er aus, und auch Kofler scheint sich zu verjüngen, für Momente hellt sich seine Stirn auf, er wirkt nicht mehr so unheimlich, doch im nächsten Augenblick legen sich wieder die Schatten auf sein Gesicht und noch im Lachen sieht er böse aus.

Nachdem sie vielleicht fünf Minuten gesprochen haben, zeigt Falk plötzlich auf mich. Kofler beugt sich an Falks Schulter vorbei, um mich anzusehen. Offiziell wiederholt er nun seine Betrachtungen von vorhin, und beifällig verzieht er den Mund. Ich versuche, kühl zu bleiben, aber ich schäme mich – für den Mann, der mich begutachtet, und für mich, weil es mir gefällt, dass Falks Freund mich schön findet.

Koflers Gesicht nähert sich dem von Falk, flüsternd spricht er auf ihn ein, sodass ich nichts mehr von der Unterhaltung mitbekomme. Ich sehe, wie Falk einen Moment zu überlegen scheint. Dann lacht Kofler, und Falk stimmt mit kurzer Verzögerung in das Lachen ein. Er sieht auf die Uhr, blickt fragend zu Kofler, noch einmal stecken sie ihre Köpfe zusammen, es sieht aus, als verhandeln sie miteinander. Ein schnelles Nicken auf beiden Seiten. Dann legt Falk seine Hand auf Koflers Oberarm. Bis bald!, ruft er, und Kofler lacht, ja, bis sehr bald! Falk dreht sich zu mir um, kommt langsam auf mich zu und sagt, lass uns gehen, Sylvie. Ich hänge mir die Tasche, die ich schon seit einer Weile auf dem Schoß liegen habe, über die Schulter und verlasse mit Falk das Café.

Von außen winkt er dem Mann noch einmal zu, und auf meine Frage hin sagt er, dass es ein Bekannter von ihm sei. Ein Freund, verbessert er sich. Er kenne ihn von einer Reise. Im Zug nach München sei er ihm begegnet – damals, fünfzehn Jahre sei das schon her, unterbricht er sich –, und gemeinsam seien sie dann nach Österreich gefahren, von da aus in die Tschechoslowakei. In Prag, der goldenen Stadt, seien sie gewesen und dann vier Monate lang in Paris, in einem kleinen Hotelzimmer mit zwei schmalen Betten und einem Waschbecken, um das herum die Kakerlaken huschten, und nebenan die Nutten, die man jede Nacht hörte, erzählt Falk, er und Kofler immer zusammen, Pech und Schwefel, doch dann habe man sich aus den Augen verloren, bis eben. Falk schüttelt ungläubig den Kopf. Gefällt er dir?, fragt er. Ich sage, zu alt, außerdem sieht er ungepflegt aus mit seinen wilden Haaren, irgendwie bedrohlich, und Falk lacht, bedrohlich, ruft er, bedrohlich! Er schüttelt sich vor Lachen, und lache ich auch erst noch mit, wird es mir nach kurzer Zeit doch unangenehm. Was ist so lustig daran?, frage ich. Falk will antworten, kann aber nicht, weil er immer noch lacht, sogar stehen bleibt er, und die Seiten hält er sich, wie die Karikatur eines lachenden Mannes sieht er aus, und noch zweimal ruft er, bedrohlich!, was ihn jeweils zu neuem Lachen reizt, wie wenn man, kaum dass man einen Schluckauf überwunden zu haben glaubt, hustet, und gleich ist der Schluckauf wieder da. Falk, sage ich, ich gehe jetzt, und das endlich beendet sein Lachen. Entschuldige, sagt er.

Der Mond hängt im Himmel wie eine eingedrückte Papierlaterne, bald schon wird er schmal wie ein Messer sein, aber wir schlendern, als hätten wir keine Eile. Falk greift in die Hosentasche, zieht seinen Schlüssel raus und küsst mich auf den Hals. Komm, sagt er, als wir in der Wohnung sind. An der Hand zieht er mich mit sich ins Schlafzimmer, doch dort verharrt er auf der Schwelle, als sei ihm soeben etwas eingefallen. Warte noch einen Moment, flüstert er, und ich kann nichts dagegen tun, ich fühle mich wie in einer Inszenierung. Falk läuft in die Küche, um Wein zu holen und zwei Gläser. Bevor wir anstoßen, schaut er auf die Uhr, nur kurz und wie nebenbei, aber ich habe es bemerkt. Wartest du auf etwas?, frage ich. Falk schüttelt den Kopf. Worauf soll ich denn warten? Ich zucke mit den Schultern, und fast ist es, als hätte ich diese kleine Geste der Unentschlossenheit verlernt, nur meine Oberarme beben ein wenig.

Als unsere Gläser leer sind – langsam, Schluck für Schluck habe ich den Wein in den Mund genommen und dort kreisen lassen –, beugt sich Falk zu mir herüber, nimmt mir das Glas aus der Hand, mit der anderen Hand fasst er mir bereits unter das T-Shirt. Zieh das aus, sagt er und streichelt mich. Den Rock auch, befiehlt er, und ich stehe auf und ziehe mich aus und betrachte ihn, wie auch er sich die Kleider auszieht und sich aufs Bett legt, wo er die Arme hinter dem Kopf verschränkt. Ich setze mich auf ihn, auf seine Mitte, die hart ist, und Falk sagt sofort, nimm ihn dir, und eigentlich geht es mir zu schnell, ich würde gerne geküsst werden, hierhin, dorthin, einen langsamen Spaziergang über meinen Körper sollte er veranstalten, bis ich bereit wäre, doch ich tue, was er verlangt, und mit jeder Bewegung lässt der Schmerz nach, wird immer weniger, bis wir schließlich ineinander passen. Hör auf damit, sagt Falk plötzlich. Seine Stimme klingt nüchtern. Nimm meinen Schwanz in den Mund und hör mir zu, ganz genau, verstehst du, und wenn du magst, was ich sage, behalte ihn im Mund, und wenn nicht, dann steh auf und geh nach Hause.

Ich antworte nicht, aber ich setze mich neben ihn aufs Bett, ein wenig traurig über den Verlust, gerne hätte ich ihn in mir behalten, doch gehorsam beuge ich mich über ihn, so schmecke ich also, denke ich, und ich passe auf, dass ich mich nicht an Falks Knie reibe, weil ich nicht an seinem Bein kommen will wie eine läufige Hündin.

Ich wundere mich, wie klar Falk reden kann, während mir sein Glied so fest gegen den Gaumen stößt, dass ich beinahe würgen muss. Ich höre ihm zu und bin nicht überrascht. Ich denke, nein, das nicht, ich denke, das bitte nicht. Aber ich mache keine Anstalten aufzustehen. Ich kann nicht anders. Ich will nicht nach Hause gehen müssen. Ich will ihm den Gefallen tun und sehen, was ihn daran erregt, denn dass es ihn erregt, merke ich; es ist der Gedanke an seine Inszenierung, die ihn fasziniert, nicht die Tatsache, dass ich seinen Schwanz im Mund habe. Als er meiner Zustimmung sicher ist, richtet er sich ein wenig auf. Ich höre ihn leise Koflers Namen rufen. Sofort öffnet sich die Tür. Kofler muss gelauscht haben, das Ohr ans Holz gelehnt. Sein Haar scheint im Gegenlicht noch störrischer, der nackte massige Körper sieht alt aus.

Und ich wehre mich nicht. Lasse mich auf den Rücken drehen und verharre still wie ein Kätzchen im Maul der Mutter, so wie Falk es gewünscht hat. Meine Brüste lasse ich von Koflers breiten

Händen zusammenpressen. Sein Kopf liegt an meinem Hals. Den Geruch seiner Haare nehme ich wahr, ein wenig riechen sie wie ein ungelüftetes Zimmer. Sein Geschlecht ist lächerlich kurz, aber breit; heftig stößt er zu, grob und verheerend, und ich bin ein Nichts, ein Loch, ein Dreck, und ich lasse ihn kommen und sehe, wie sich sein Gesicht schmerzhaft verzieht, wie er seinen Kopf schüttelt, wie er ihn von einer Seite zur anderen wirft, ohne zu schreien, eher ist es ein Blöken, wie das eines Bullen, das er tief aus seiner breiten, grauen Brust zu holen scheint. Und als ich Falk im Hintergrund stehen sehe, sein Gesicht, das zufrieden aussieht, neugierig, als schaue er einem wissenschaftlichen Experiment zu, werde, ohne es zu wollen, auch ich erregt, ich schließe die Beine um Kofler, der Sekunden später von mir ablässt.

Warum?, frage ich, als Falk neben mir auf dem weiß bezogenen Bett liegt. Kofler ist gegangen. Keine drei Sätze haben wir miteinander geredet, nur ein Glas Wein haben wir getrunken, auf dem Bett sitzend. Kofler ist sich mit der linken Hand immer wieder über den Kopf gefahren, als müsse er seine Haare ordnen. Falk hat auf dem Fußende des Bettes gesessen und uns zugeschaut. Möchtest du noch etwas?, hat er seinen Freund gefragt, als dessen Glas leer war, und ich habe nicht gewusst, ob Falk mich oder den Wein anbot. Kofler hat den Kopf geschüttelt und nein gesagt, ich muss los. Als er an der Tür stand, immer noch nackt – seine Kleidung musste im Flur liegen, wo er sie schnell anziehen würde, ohne dass wir ihm dabei zusähen – hat er sich noch einmal umgedreht und danke gesagt, aber zu Falk, nicht zu mir. Falk hat geantwortet, kein Problem.

Warum?, wiederhole ich, und Falk sagt, einfach so, par ennui, aus Langeweile. Ich langweile dich?, frage ich. Falk lacht ein bisschen. Das ist doch normal, sagt er und zieht mich zu sich heran, aber nun sträube ich mich. Nach ein paar Wochen gehört Langeweile doch einfach dazu, sagt er. Du langweilst mich aber nicht, entgegne ich. Kläglich klingt das. Falk sagt, dann sei froh. SELBST SCHULD. Ja, kann man sich denn die eigenen Mundwinkel blutig beißen?

Schläfst du schon?, fragt Falk. Nein, sage ich, nein, ich schlafe nicht. Er wäre jetzt lieber alleine. Ob es mir etwas ausmache, noch nach Hause zu gehen. Ich kann dir ein Taxi rufen, fügt er hinzu. Ich sage, lass ruhig. Stehe auf und ziehe mich an: die Strümpfe, die Unterwäsche, den Rock, das T-Shirt. Ich beuge mich zu ihm hinab, um ihm einen Kuss zu geben. Er dreht sich weg. Schlaf gut, sage ich. Falk sagt, du auch. In der Tür zum Schlafzimmer drehe ich mich noch einmal zu ihm um, eine Frage ist mir in den Sinn gekommen, eine Frage, die nur er beantworten kann. Wo führt das hin?, will ich fragen. Aber Falk hat sich bereits von mir abgewandt. Er scheint zu schlafen.

ES HABE keinen Sinn mit uns, sagt Falk. Es sei nicht meine Schuld. Er sei gemein zu mir. Es tue ihm leid, wirklich. Doch da sei einfach nicht genug Liebe für mich, und bald schon einmal Überdruss, der dann in Ablehnung umschlage und Verachtung nach sich ziehe. Endlich habe er begriffen, dass es so nicht weitergehen könne. Was er mit mir mache, sei unverzeihlich. Geschmacklos. Er sagt, dégoutant. Wir sitzen in seiner Wohnung auf dem Sofa. Der Boden unter meinen Füßen ist weich. Ich kralle meine Zehen in die langen Haare des Teppichs. Affen können sich so festhalten, hängen vornüber, die Welt steht Kopf, aber sie fallen nicht. Es muss ein Ende haben, sagt Falk. Siehst du das nicht? Ich sage, nein, ich flüstere. Er fragt, wie konnte ich nur? Es war in Ordnung, sage ich. Nur nicht aufhören, denke ich. Besser dies als gar nichts. Kein Gefühl ist schlimmer. Wir üben doch noch, sage ich. Falk lacht leise.

Er legt seine Hand auf meine Schulter. Ich lehne mich an ihn, das Weinen schüttelt mich. Er flüstert, warum hast du bloß nicht ein bisschen mehr Stolz? Ja, warum, denke ich, ist das jetzt so, dass man endlich einmal jemanden liebt, und der sagt dir dann: Aus, vorbei, meine Liebe reicht nicht, und deine ist so groß, dass sie das Schlechteste aus mir herausholt.

JEDEN NACHMITTAG, gegen fünf Uhr, verlässt Falk das Büro. Nicht immer geht er auf direktem Weg nach Hause. Manchmal sehe ich ihn mit Klara in eine Bar in der Nähe des Hauptbahnhofs gehen. Sie laufen die Straßen entlang und reden. Sie sind so vertieft in ihre Gespräche, dass sie sich nicht umschauen. Klara lacht zu laut und legt sich dann erschrocken die Hand vor den Mund. Immer wieder greift sie nach ihren Haaren und wirft sie sich auf den Rücken. Sie versucht mit Falk Schritt zu halten. Fasst manchmal nach seiner Schulter und verlangsamt so seinen Gang. Er öffnet die Tür zur Bar und lässt sie vorgehen. Ich warte im gegenüberliegenden Restaurant. Es kann passieren, dass wir uns auf dem Nachhauseweg so nah sind, dass sich unsere Schatten zu einem einzigen großen Fleck vermischen. Sie bemerken mich nie.

Er trägt ihr die Umzugskartons zum Auto. Georg stolpert mit den Koffern hinterher. Die Mutter kommt in den Vorgarten, ein Tablett in der Hand. Sie sammeln sich alle um sie, einer ist dabei, den ich nicht kenne. Die Bäume sind im Weg, ich kann kaum etwas sehen. Die Leute drehen sich nach mir um, betrachten mich ungeniert, wie ich hier zwischen den Autos kauere. Einen bangen Moment lang denke ich, sie zieht zu ihm.

Sie hat einen Freund. Ich habe sie gestern auf der Straße gesehen, sie haben sich geküsst. Aber Falk kommt mit Blumen aus seiner Wohnung. Ein Strauß Rosen, die ihre altrosa Köpfe stolz und böse aufrichten. Der Verkehr ist so dicht, dass ich ihm kaum folgen kann. Ich weiß ja doch, wohin er will. Er ist so dumm, so dumm. Ich sehe ihn gerade noch in ihrem Haus verschwinden. In meiner Vorstellung ist er immer siegreich. Misserfolge kennt er nicht, Fehlschläge, Versagen. Nicht mal Regen kommt ihm störend in die Quere. Jetzt aber sieht er niedergeschlagen aus. Heute Nacht werde ich schlafen. Vielleicht fängt morgen alles neu an.

Es gab Augenblicke, da mochte ich Klara gern. Einsichtig waren wir uns dann, wie aus Glas, und manchmal spiegelten wir uns ineinander. Hat sie sich verändert? Ich weiß es nicht. Wenn sie lacht, muss er die Lücke zwischen ihren Schneidezähnen sehen. Womöglich stört ihn das nicht. Sein Netz ist gespannt. Staksig sehen seine Beine in den dunklen Hosen aus. Er rennt, er läuft, er huscht an mir vorbei und sieht mich nicht. Jede Nacht lässt er sich von meiner Zimmerdecke zu mir herab und wandert über mein Gesicht. Und sie summt und fliegt von einem rosigen Kelch zum nächsten, blind und zutraulich.

Einmal habe ich sie geküsst, nach einer ihrer Auseinandersetzungen mit Jan, als wir zu viel Wein getrunken hatten, jede vier, fünf Gläser, und geplant war es nicht, aber ihr Mund war erstaunlich weich. Sie war es, die den Kuss beendete, weil sie auf die Toilette musste, wo sie den Wein erbrach. Ja, liebe Klara: Es ist sehr, sehr gefährlich, auch nur einen Tag zu leben.

III

Schiffbruch

GEORG

JETZT SCHMILZT der Schnee endgültig. Einen Monat lang hatte der Winter ausgesetzt und die Frühlingsblumen knospen lassen, bloß um sie in der vergangenen Woche unversehens unter einer neuen Schicht Schnee zu ersticken. Im Bus riecht es muffig. Die Scheiben sind von innen beschlagen. Der Matsch spritzt von den hohen Reifen des Busses weg. Wer in der Nähe der Tür steht, friert bei jedem Öffnen. Ich halte mich an einer der Plastikschlaufen fest und versuche, über die Schulter eines der Sitzenden hinweg in seiner Zeitung mitzulesen. Dass ich einen Platz bekomme, ist selten. Vor meiner Station liegen schon viele andere, und im morgendlichen Berufsverkehr gehe ich fast immer leer aus. Dafür muss ich nur sechs Stationen weit fahren. Ich hänge mich ein wenig in die Schlaufe. Der Geruch der nassen Schuhe, das Gefühl, gegen das ruckartige Anfahren und Abbremsen des Wagens balancieren zu müssen, die Müdigkeit, das zischende Geräusch der Türen beim Öffnen, das warnende Piepsen beim Schließen. All das, denke ich, habe ich schon so oft erlebt. Und das allein ist nicht schlimm, es hat auch etwas Schönes an sich. Es erinnert an die eigene Vergangenheit, die einen in solchen Augenblicken mit langen Armen umfangen hält. Schlimm ist nur, dass die Arme immer länger werden und ich selbst zwischen diesen Armen immer kleiner. Und schlimm ist auch, dass es überall so wäre. Überall würden Winter, Busfahrten und Gänge durch eine noch dunkle Stadt gleich riechen und klingen. Will man nicht die angestammten Zonen gänzlich verlassen, gibt es kein Entkommen. Ich sollte mich allmählich an diesen Gedanken gewöhnen und nicht immer fliehen wollen. Ins Andere, ins Unbekannte hinein. Ins letzte Abenteuer. Wo ich doch eigentlich weiß, dass ich gleichzeitig Angst haben würde, alles zu verlieren.

Kaum betrete ich das Lehrerzimmer, wird sie mir vorgestellt. Eric führt sie mit einer Berührung ihres Armes zu mir hin. Darf ich vorstellen, sagt er. Er nennt meinen Namen und gleich darauf ihren. Martha Pavlok. Ich halte ihr meine Hand hin und sage: Sehr erfreut. Sie nickt. Sie nimmt meine Hand. Sie sagt: Ebenso. Einen Moment lang schauen wir uns in die Augen. Sie lacht vage. Auch ich lächele. Es ist ein Gefühl, als sei sie mir vertraut. Sie hat helle Augen in einem dreieckigen Gesicht und slawische Züge. Sie ist zierlich und klein, kleiner als Judith auf jeden Fall. Und jung. Wenns hoch kommt, dreißig Jahre alt, auf keinen Fall älter. Frau Pavlok ist die neue Lehrerin für Französisch, sagt Eric, während er einen Stapel Blätter in seiner Tasche verstaut. Er fragt: Du erinnerst dich doch? Ich sage: Ja, ach ja, natürlich. Martha Pavlok lächelt in die Runde. Dann schaut sie auf die Uhr. Na, da wollen wir mal, sagt sie und geht aus dem Zimmer.

Pavlok, frage ich sie in der Mittagspause im Lehrerzimmer, ist das ein polnischer Name? Ja, sagt sie, meine Familie kommt aus Polen. Und Sie, frage ich, haben Sie auch dort gelebt? Martha Pavlok kann nicht sofort antworten. Sie hat gerade ein Stück von ihrem Brot abgebissen und deutet nun auf ihr Kauen. Als sie den Bissen runtergeschluckt hat, sagt sie: Ja, ich bin in Warschau geboren. Aber ich habe nur fünf Jahre dort gelebt, dann sind wir in die Schweiz gezogen. Und wie sind Sie von der Schweiz nach Frankfurt gekommen?, frage ich. Martha Pavlok sagt: Die Liebe. Wegen der Liebe sei sie gekommen. Sie lacht. Ach, sage ich, dann ist Ihr Mann also Deutscher? Gewesen, entgegnet Martha Pavlok, er ist Deutscher, ja, aber mein Mann ist er nicht mehr. Das tut mir leid, sage ich. Mir nicht, sagt sie. Sie lächelt mich an. Und immer weiter lächelt sie, einfach so, ohne zu essen und ohne noch ein Wort zu sagen, bis der Direktor sich über ihre rechte Schulter beugt, um mit ihr die erste Unterrichtsstunde zu besprechen.

Als ich über den Schulhof gehe, höre ich sie meinen Namen rufen. Zwischen vereinzelten Grüppchen von Schülern rennt Martha Pavlok auf mich zu. Außer Atem kommt sie bei mir an. Haben Sie noch Zeit für einen Kaffee?, fragt sie. Sie fährt sich mit der Hand über die Stirn, als habe sie wegen des kurzen Rennens bereits geschwitzt. Ich schaue auf die Uhr. Eigentlich will ich das gar nicht. Aber ich schaue auf die Uhr. Sie bemerkt es. Sie sagt: Wenn es Ihnen jetzt nicht passt, dann ein anderes Mal. Sie habe nur gerade gedacht, es könnte nett sein, noch ein bisschen zu plaudern. Sie sagt: Aber wenn Sie es eilig haben – kein Problem. Nein, nein, sage ich, ich habe Zeit.

Wir verlassen den Schulhof und gehen durch die an beiden Seiten mit Linden gesäumte Straße. Wir biegen einmal rechts, einmal links ab. Ich zeige Ihnen den Strauhof, sage ich und öffne kurz darauf die Tür zum Café. Ein altmodisches Klingeln ertönt, das Martha Pavlok zum Lachen bringt. Wenn sie lacht, zeigt sie zwei Reihen gerade gewachsener Zähne und einen Fingerbreit rosafarbenes Zahnfleisch darüber, das sie zu verbergen sucht, indem sie beim Lachen die Oberlippe nach unten schiebt. Die Wangen sind dann seltsam verkniffen, als gestehe sich Martha Pavlok kein Lachen zu. Manchmal legt sie sich auch eine Hand vor den Mund.

Wir trinken Kaffee, und ich frage sie nach ihrem ersten Unterrichtstag. Anstrengend, sagt Martha Pavlok. Sie stöhnt. Der erste Tag sei immer furchtbar. Das ist schon meine dritte Stelle in zwei Jahren, erklärt sie. Sie habe es bisher nirgends lange ausgehalten. Immer habe irgendwas nicht gestimmt: die Schüler, die Kollegen, das Klima. Martha Pavlok sagt: Die Atmosphäre. Ich bin, sagt sie, sehr anspruchsvoll, auch wenn ich nicht so aussehe. Wir lachen beide, als habe sie einen Scherz gemacht. Dann werden wir still und greifen wieder nach unseren Kaffeetassen. Ihr Gesicht ist klein zwischen dem braunen Haar, das wie eine Haube den Kopf umschließt. Sie hat dünne Augenbrauen und geschwungene Lippen. Über der Nase bildet sich eine Kerbe, wenn sie über die Schule spricht. Martha Pavlok sagt, ohne dass ich sie danach fragte: Diesmal halte ich es bestimmt länger aus. Sie lacht und fügt hinzu: Ich muss. Der Direktor habe sie bereits fest eingeplant. Sie solle im Frühjahr mit auf die Schulreise der Abschlussklassen kommen. Sie fragt: Werden Sie auch dabei sein? Ich nicke. Martha Pavlok sagt: Das ist gut. Dann, sagt sie, habe sie weniger Angst.

Sind Sie verheiratet?, fragt sie später. Ich sage: Ja, und zwei Töchter habe ich auch. Ich klinge nicht stolz, als ich das sage. Ich füge hinzu: Wir sind eine rundum glückliche Familie. Wirklich glücklich, versichere ich. Martha Pavlok sagt sehr sanft: Na, das ist doch schön, nicht wahr?

Wir gehen nebeneinander her zu ihrem Wagen. Ich fahre Sie nach Hause, sagt sie, als wir bei dem silberfarbenen Golf angekommen sind. Sie fährt rückwärts aus der Parklücke heraus. Sie verlässt den Parkplatz. Sie sagt ungeduldig: Den Weg müssen Sie mir schon beschreiben. Rechts, sage ich, links, noch einmal links. Jetzt immer geradeaus, sage ich. Dann links. Achtung!, rufe ich, als sie mit unverminderter Geschwindigkeit auf eine Ampel zufährt, deren Grünphase schon zu lange andauert, als dass es für uns noch reichen könnte. Mit einigen Sekunden Verzögerung tritt Martha Pavlok auf die Bremse, aber im Schneematsch ist es fast, als bremse sie gar nicht. Der dunkle Jeep vor uns bleibt bei Orange an der Ampel stehen. Kurz bevor wir aufprallen, weiß ich, dass wir aufprallen werden. Ich halte mich mit einer Hand an dem Griff über der Tür fest. Mit der anderen fasse ich nach links. Martha Pavlok wird gegen meinen ausgestreckten Arm geworfen und stößt mit dem Kopf gegen das Lenkrad. Dann fällt sie zurück in die Polster. Wie eine Puppe sieht sie dabei aus. Der Wagen dreht sich, nachdem er gegen das Heck des Jeeps gestoßen ist, um sich selbst. Mit den Hinterreifen prallt er gegen den Bordstein und bleibt stehen. Martha Pavlok sitzt aufrecht in ihrem Sitz. Ungläubig sieht sie mich an. Von ihrer Stirn herab fließt langsam ein dünnes Rinnsal Blut in die Augenbraue. Mein Kopf schmerzt, weil er gegen die Kopfstütze gestoßen wurde, aber als ich mich abtaste, kann ich keine Verletzungen feststellen. Ich steige aus, gehe um das Auto herum und helfe der blassen Martha Pavlok beim Aussteigen. Einige Menschen haben sich bereits um uns versammelt. Ein junger Mann kommt auf uns zugelaufen. Er fasst Martha Pavlok am Ärmel ihres Anoraks. Alles in Ordnung?, fragt er. Sie nickt und sagt: Ja, mein Fehler. Sie sieht sich ungläubig um und fragt: Wie konnte das bloß passieren?

Vor Martha Pavloks Haus, einer Reihenhaushälfte mit einem winzigen Vorgarten, kehrt ein Mann Schneematsch und Blätter zusammen. Als er uns kommen sieht, grüßt er kurz. Erst dann schaut er erschrocken. Ist nicht weiter schlimm, sagt Martha Pavlok und deutet dabei auf die Wunde an ihrer Stirn, über der inzwischen weiß und schief ein Pflaster klebt. Kleiner Unfall, sagt sie und winkt dem Nachbarn zu, der erst jetzt wieder sprechen kann: Aber um Himmels willen. Als Martha Pavlok ohne ein weiteres Wort die Haustür aufschließt, ruft er uns hinterher: Na, Hauptsache, nichts Schlimmeres passiert! Ja, rufe ich zurück, wir leben noch!

Während Martha Pavlok im Bad ist, kann ich von der Küche aus den Mann weiter kehren sehen. In bedächtigen Schüben fährt er mit seinem Besen über den Gehweg. Manchmal schüttelt er wie ungläubig den Kopf. Aus der Tasche seines militärgrünen Parkas hängt eine Plastiktüte heraus, sein Kinn ist übersät von grau-schwarzen Bartstoppeln. Wie kann man sich so lange nicht rasieren, frage ich mich. Ich ziehe die weißen Spitzengardinen wieder zu.

Immer wenn ich mich gerade wohl fühle, macht mir etwas einen Strich durch die Rechnung, sagt Martha Pavlok. Mit den Händen fährt sie über den Holztisch, als wolle sie ihn von Krümeln säubern, die sie auf das hellblaue Linoleum des Küchenbodens fallen lässt. Ihre Haare sind unordentlich. Als ob sie ihr zu Berge stünden, denke ich. War doch schön, heute Nachmittag, oder?, fragt sie. Ich sage: Ja, sehr. Ich überlege, ob ich Judith anrufen muss, damit sie sich keine Sorgen macht. Aber Martha Pavlok nimmt plötzlich meine Hand und sagt: Bleib doch noch ein wenig. Ich sage sofort ja, vielleicht weil sie so unvermittelt zur vertraulichen Anrede übergegangen ist.

Im Wohnzimmer stehen Fotos auf dem Klavier. Von ihren Eltern, ihren Schwestern, den Nichten und Neffen, erklärt Martha. Sie sagt: Bei uns in Polen ist die Familie das Wichtigste überhaupt. Sie geht zur Musikanlage, legt eine CD ein, drückt auf den Startknopf. Gitarrenspiel ertönt und eine Frauenstimme, die etwas Polnisches singt. Martha dreht sich auf der Stelle, breitet die Arme aus, verharrt einen Moment unschlüssig. Dann legt sie sich die rechte Hand an den Kopf und lässt sich neben mich auf das Sofa sinken. Tut der Kopf weh?, frage ich. Im Krankenhaus wurde eine leichte Gehirnerschütterung bei ihr diagnostiziert. Außerdem stehe meine Frau unter Schock, hatte die Ärztin zu mir gesagt. Ich habe sie über den Irrtum nicht aufgeklärt. Martha legt ihren Kopf an meine Schulter und sagt mit einer seltsam weichen Kinderstimme: Weh, weh. Mit der rechten Hand streichele ich ihren Kopf. Sie seufzt und räkelt sich. Sie sagt: So ist es gut. Sie sagt: Immer noch rast mein Herz wie verrückt. Ich lege meine Hand auf ihr Herz. Unter der grünen Seidenbluse fühlt sich ihre Brust an wie der pochende, flaumweiche Körper eines Vogels. Ich beuge meinen Kopf herunter und nehme die harte Spitze ihrer kleinen Brust zwischen die Lippen. Sie trägt keinen Büstenhalter. Mein Mund wird einen feuchten Fleck auf ihrer Bluse hinterlassen.

Martha macht ein erschrockenes Gesicht. Sie fasst sich mit einer Hand an den Hals, dann schiebt sie mich von sich weg. Sie steht auf und bückt sich, um ein vom Sofa gefallenes Kissen aufzuheben. Sie legt es neben mich auf das Sofa. Ich greife nach ihrem Handgelenk und ziehe sie zu mir, aber sie reißt ihren Arm zurück. Sie sagt: Geh jetzt lieber. Ich bleibe sitzen und sage: Martha. Ich sage: Das wolltest du doch. Martha schüttelt den Kopf. Nein, sagt sie, nein. Sie legt sich eine Hand an die Stirn und verzieht das Gesicht, als müsse sie gleich weinen. Vielleicht hat sie Schmerzen. Sie fragt: Glaubst du wirklich, dass ich das wollte? Ich nicke. Dann tut es mir leid, sagt sie. Sie sieht mich traurig an. Sie sagt: Wirklich. Es tut mir leid. Als ich aufstehe, wendet sie sich von mir ab. Ich stecke mein Hemd in die Hose und fahre mir durchs Haar. Marthas Rücken zittert. Sie weint. Von hinten lege ich beide Arme um sie. Ich sage: Ist schon gut. Martha dreht sich zu mir um und lehnt ihren Kopf gegen meine Schulter. Sie zieht die Nase hoch und lacht leise. Ich bin unmöglich, sagt sie, entschuldige. Sie sagt: Ich glaube, ich stehe noch unter Schock. Meine Hände streicheln ihren Rücken. Ihre Hose hat einen Gummibund. Vorsichtig schiebe ich die Fingerspitzen der rechten Hand unter den Bund. Martha zuckt zusammen, dann stößt sie mich von sich und tritt selbst einige Schritte zurück. Neben einem Bild an der Wand bleibt sie stehen. Verdammt noch mal, sagt sie. Ich will das nicht! Sie verschränkt die Arme vor der Brust und atmet laut ein. Jetzt geh endlich, sagt sie. Sie nickt in Richtung der Haustür. Du musst die Tür ins Schloss ziehen, erklärt sie, sonst schließt sie nicht richtig. Ich nehme meine Tasche, die Jacke lege ich mir über den Arm. Als ich mich noch einmal umdrehe, sehe ich, wie Martha mit einem Finger über den Bilderrahmen streicht, um gleich danach den Finger eingehend zu betrachten, bevor sie ihn an ihrer Hose abwischt. Dann gehe ich raus in den winzigen Vorgarten. Auf dem kurzen Fußweg bis zum Tor rutsche ich aus, aber ich kann mich im letzten Moment noch fangen. Trotzdem zittern die Beine danach ein wenig.

ZU JUDITH SAGE ICH: Ich möchte sterben wie Tschechow. Es ist Ostersonntag. Sie steht in der Küche und bereitet das Essen vor. Heute Abend soll Dorothee kommen, mit ihrem Freund Max und ihrem Sohn Thomas. Auch Klara kommt bald nach Hause, sie wird ihre Freundin Sylvie mitbringen. Ich sage: Wie Tschechow möchte ich am Ende meines Lebens im Bett eines schönen Kurhotels liegen. Muss nicht Badenweiler sein. Aber vielleicht doch an einem Ort, wo rund ums Haus Natur ist. Am Tag zuvor hätte ich noch versichert: Es geht bergauf mit mir, kiloweise, nicht nur grammweise. Doch jetzt wüsste ich: Ich sterbe. Und der Arzt wüsste es auch. Keine Spritze könnte mir noch helfen. Keine Apparatur, an die man mich anschließen würde wie eine Stehlampe. Vom Hausdiener würde der Arzt eine Flasche Sekt holen lassen. Schnell, würde er sagen, es eilte ja. Minuten später brächte der Diener den Sekt. Dann tränken wir. Vielleicht würdest du mir zuflüstern: Auf Wiedersehen, Georg. Und ich würde entgegnen: Das hoffe ich, das hoffe ich wirklich. Bis auf den letzten Tropfen leerte ich mein Glas. In meinem Bauch würde es warm werden und im Kopf ein wenig leichter. Zwei, drei Minuten später würde mein Atmen aufhören. Einfach so.

Judith dreht sich zu mir um. Sie fragt: Was erzählst du da? Ist alles in Ordnung mit dir? Ich sage: Ja.

Der Kühlschrank in meinem Rücken fühlt sich kalt an. Ich schaue auf die braunen Kacheln, die die Arbeitsfläche umlaufen. Jede zweite Kachel ist mit einem Muster versehen. Reliefartig sind Blumen darauf abgebildet. Je eine, immer die gleiche. Ich erkenne plötzlich, dass die Kacheln nicht handgemacht sind, sondern maschinell gefertigt, und mir wird ganz elend zumute, weil ich es nicht einmal geschafft habe, meiner Frau eine Küche zu kaufen, in der die Kacheln handgemacht sind. Wenigstens jede zweite.

Judith fragt: Wie wärs, wenn du schon einmal den Tisch decken würdest? Ich stelle die weißen großen Teller auf den Tisch, sieben Stück. Neben jeden Teller eine Serviette. Darauf das Besteck. Die Osterglocken in die Mitte des Tisches, die Gläser rechts der Teller, für Thomas das alte Senfglas, auf dem die Schlümpfe abgebildet sind. Dann setze ich mich an den gedeckten Tisch und warte.

Vom Esszimmer aus kann ich Judith beobachten, wie sie das Gemüse putzt. Die Abfälle räumt sie von der Arbeitsfläche in eine gelbe Plastikschüssel. Mit beiden Händen hebt sie den Lammbraten in eine flache Form aus Steingut. Sie schiebt die Form in den Ofen und stellt die Temperatur ein. Als sie sich aufrichtet, wischt sie sich die Hände an ihrer Schürze ab. Ich denke wieder an Tschechow, wie er in seinem Bett liegt. Neben ihm der Arzt, im grauen Cut mit schwarzem Revers, den steifen Hut umgedreht auf dem Stuhl. Tschechow ist sehr blass. Die Lungen voller Blut, muss er sich immer wieder vorbeugen und in die Schale husten, die seine Frau Olga ihm unters Kinn hält. Manchmal versucht er, zwischen dem Bluthusten zu sprechen. Es geht mir schon viel besser, versichert er.

Seit fünf Tagen fühle ich mich unwohl. Mir ist gleichzeitig heiß und kalt. Bereits am ersten Tag legte ich mich ins Bett, ein Fieberthermometer unter dem Arm. Aber das zeigte nach fünf Minuten nur 37,5 Grad an. Ich probierte es wieder und wieder. Still lag ich da und bewegte mich nicht. Nie zeigte das Thermometer mehr als 38 Grad an. Judith würde es nicht zugeben, aber sie hält mich für hypochondrisch. Bleib ein bisschen liegen, sagte sie. Ruh dich aus. Wie das schon klingt! Ruh dich aus. Als wäre ich ein Blaumacher. Am zweiten Tag bat ich sie deshalb, mir aus der Stadtbücherei eine Biografie über Tschechow zu holen. Ich brauche das Buch für meinen Unterricht, sagte ich. *Der Kirschgarten* sei in Vorbereitung. Gogol, Hauptmann, Schnitzler, zählte ich mein Unterrichtsprogramm auf. Judith entfernte ein welkes Blatt an der Blumenstaude auf dem Fenstersims. Sie drehte mir den Rücken zu und nickte einige Male. Tschechow als krönender Abschluss, sagte ich.

Noch vor der Klassenreise wolle ich damit beginnen. Ich sagte: Sicherlich hat es dann wieder niemand gelesen. Judith brachte mir das Buch am gleichen Vormittag.

Seitdem lese ich ständig darin. Als ich zu der Stelle kam, an der Tschechows Tod beschrieben wird, sah ich es plötzlich vor mir: Statt Olga also Judith an meinem Bett, aber im dämmrigen Licht sähe sie jünger aus, fast wie früher, als ich sie zum ersten Mal sah, mit einer Pelzmütze auf dem Kopf und einem Muff aus dem gleichen grauen Kaninchenpelz vor dem Bauch. Vielleicht wäre sogar Dorothee bereit, neben meinem Bett zu knien, ihre kühle Mädchenhand in meiner. Und der Champagner wäre wie neues Leben, munter und verheißungsvoll.

Ich muss dann eingeschlafen sein. Als ich aufwachte, habe ich mich sofort erinnert. Ich hätte darüber lachen sollen. Fieberfantasien, ohne dass einer Fieber hat, das ist doch zum Lachen. Aber ich konnte nicht lachen, beim besten Willen nicht. Ich wischte mir mit der Hand über die Stirn. Ich befeuchtete meine Lippen. Dann rief ich Judith. Tee, sagte ich zu ihr, ich hätte gerne Tee. Judith brachte mir den Tee, kaum fünf Minuten später.

Auf sie ist immer Verlass. Sie kocht. Sie kauft ein. Sie kümmert sich um das Haus, die Kinder. Um mich. Und um den Garten: Jedes Frühjahr kniet sie vor den Beeten und steckt Blumenzwiebeln fingertief in die feuchte Erde. Im Herbst harkt sie die Blätter zusammen. Zwischen den Blumen kann man kein Unkraut finden, nicht ein bisschen. Die zwei Buchsbäume vor der Haustür stutzt sie so zurecht, dass sie akkurat die Form riesiger Kaffeebohnen haben und wie stramme Soldaten den Eingang bewachen. Sie ist zufrieden mit ihrem, mit unserem Leben. Sie sucht und findet ihre Herausforderung im Alltag. Jeden Tag besteht sie, jedem Tag verhilft sie zu seinem Recht. Was sie nicht kennt, ist das Leiden an der Monotonie. Die Unzufriedenheit mit dem eigenen Dasein. Die Furcht, dass man lebt, ohne etwas zu erleben. Dass man eines

Morgens aufwacht und feststellt: Nun bist du alt. Nun ist es für alles zu spät, und die letzten fünfundzwanzig Jahre waren alle gleich. Was sie nicht kennt, ist die verzweifelte Langeweile, meine Krankheit zum Tode.

ICH SAGE: Eine glückliche Liebe gibt es nicht. Ich mache eine Pause, in der ich meine Worte wirken lasse. Einige der Schüler in der vorderen Reihe sehen mich an. Ich sage: Zumindest nicht in Tschechows Werken. Eine Schülerin lacht leise. Vielleicht lächelt sie auch nur. Sie beugt sich nach vorne, um etwas in ihr Heft zu notieren. Dann lehnt sie sich wieder zurück. Ihr rechtes Bein ist angewinkelt, der Fuß liegt auf dem Stuhl unter dem Oberschenkel ihres anderen Beins, das sie ausstreckt. Ich sage: Auch die Heldin im *Kirschgarten* ist von der Liebe enttäuscht. Das Mädchen blickt aus dem Fenster. Im Profil kann man erkennen, dass die Oberlippe die untere Lippe ein bisschen überlappt. Manchmal steckt sie einen Stift in den Mund und kaut mit konzentriertem Blick und so, dass man die Schneidezähne sehen kann, darauf herum. Die dunkelbraunen Haare sind zu einem losen Pferdeschwanz gebunden. Das Mädchen ist ungeschminkt. In ihrem rechten Ohr stecken zwei kleine Perlen. Ich frage: Und sonst? Gibt es sonst eine glückliche Liebe im *Kirschgarten*? Die Schüler schauen an mir vorbei. Ich frage: Lopachin und Warja? Ich frage: Jascha und Dunjascha? Immer noch antwortet niemand. Das Mädchen hat eine Haarsträhne aus seinem Pferdeschwanz gelöst und dreht sie nun um den rechten Mittelfinger. Ich schaue sie an. Sie lächelt und senkt den Kopf. Ich sage: Seien Sie ehrlich. Wer hat das Drama gelesen? Ein Junge aus der hinteren Reihe meldet sich. Als er sieht, dass er der Einzige ist, verzieht er den Mund zu einem verschämten Grinsen und lässt die Hand wieder sinken. Ich nicke ihm zu. Das Mädchen macht sich eine Notiz. Ich sage: Bis zum nächsten Mal müssen Sie alle das Buch gelesen haben, ansonsten wird es die Pflichtlektüre auf unserer Klassenreise. Die Schüler stöhnen auf und fangen an zu tuscheln. In zwei Wochen werden wir nach Italien fahren. Ich sage: Glauben Sie mir, die Busfahrt ist lang genug. Als ich lache, lachen die Schüler mit. Ruhe, sage ich. Dann gehe ich zum Projektor und schalte ihn ein. Ein Summen ertönt, ein Lichtfleck erscheint an der Wand. Als ich eine Folie auflege, ist der junge Tschechow zu sehen: der Abiturient, dessen Vater noch als Leibeigener geboren worden war und in Taganrog einen Laden geführt hatte. Einen Kramladen, sage ich, in dem es alles gab: Pomade, Tee und Federmesser, Heilkräuter und -wurzeln, Wodka, griechischen Wein und Gürtelschnallen. Das Mädchen dreht sich zu einem hinter ihr sitzenden Jungen um. Er gibt ihr einen Zettel, den sie nach vorne weiterreicht. Ich sage: Geboren wurde Tschechow am 29. Januar 1860, gestorben ist er 1904. Ich sage: Im Schwarzwald. Der Zettel ist nun angekommen, wo er hin soll. Ich gehe zu dem Tisch des Empfängers und halte meine Hand auf. Der Junge zieht die Augenbrauen fragend nach oben und zuckt mit den Schultern. Ich sage: Wenn ich bitten darf. Zum ersten Mal in dieser Stunde sind alle Schüler aufmerksam. In den hinteren Reihen recken sie die Hälse, um diese Sache hier mitzubekommen. Der Junge legt den Zettel in meine geöffnete Hand. Ich gehe zum Papierkorb und lasse das gefaltete Papier hineinfallen. Ich schaue das Mädchen an. Ich sage ihren Namen: Eva. Sie wartet. Ich frage: Wann wurde Tschechow geboren? Eva blickt auf ihr Heft und sagt: 1860.

Nach dem Unterricht steht sie plötzlich vor meinem Pult. Mit der rechten Hand spielt sie am Verschluss ihrer Ledertasche. Ein metallisches Geräusch ist zu hören. Sie streicht sich die langen Strähnen, die sich aus dem Zopf gelöst haben, hinter die Ohren. Über ihrem Arm hängt ein heller Mantel mit braunen Hornknöpfen. Sie wendet den Kopf. Außer uns ist niemand mehr im Zimmer. Ich atme tief ein. Sie riecht nach Maronen. An beiden Händen trägt sie silberne Ringe mit bunten Steinen. Wie kann sie sich das leisten, denke ich. Sie sieht mich wieder an. Sie fragt: Haben Sie heute Nachmittag kurz Zeit? Sie müsse etwas mit mir besprechen. Ich frage: Jetzt gleich? Sie nickt: Warum nicht.

Gemeinsam gehen wir über den Schulhof. Eva hat sich den Mantel um ihre Schultern gelegt und hält ihn mit einer Hand fest. Eric nickt mir zu, als wir im Korridor an ihm vorbeigehen. Das Sitzungszimmer ist frei. Ich nehme ihr den Mantel ab, hänge ihn auf und bitte sie, sich zu setzen. Ich selbst nehme hinter dem Pult Platz. Aus meiner Tasche hole ich einen Block und einen Stift, die ich vor mir auf den hellgrauen Tisch lege. Eva sagt: Es könnte knapp werden mit meinen Noten. Sie hält die rechte Hand vor ihre Brust und hebt nacheinander Daumen, Zeige- und Mittelfinger: In Mathe, Englisch und Französisch stehe ich auf der Kippe. Ihre Finger sind schmal, die Fingernägel lang und glänzend, mit weißen Monden. Sie zieht die Augenbrauen nach oben. Sie fragt: Wie stehe ich denn bei Ihnen? Ich überlege. Sie nennt mir ihre Noten, die ich auf dem Block notiere. Im Unterricht melden Sie sich auch nicht gerade viel, sage ich. Sie verzieht den Mund, runzelt die Stirn, sieht mich reumütig an. Sie müssen sich schon anstrengen, sage ich. Ja, sie wolle es versuchen, verspricht sie. Sie sagt, manchmal sei es schwer. Was ist schwer?, frage ich. Und hoffe, dass sie antwortet, es sei schwer, bei mir im Unterricht zu sein. Dann würde ich fragen: Warum denn das? Aber meine Entrüstung wäre gespielt, weil ich da schon ahnen würde, was sie meinte. Sie würde den Kopf heben und mir direkt in die Augen blicken. Du weißt es doch, würde sie sagen, und ich würde ihre Arme knapp über den Ellbogen mit meinen Händen umklammern und meinen Kopf in ihre Halsbeuge legen, wo es nach ihr riechen würde. Süßlich und ein wenig nach Winter. Ich weiß es, würde ich sagen. Ich weiß es.

Eva schüttelt unwillig den Kopf. Sie sagt: Ach, alles. Nichts laufe so richtig. Sie sagt: Ich habe schon ewig keine Lust mehr auf die Schule. Jeden Morgen kotzt es mich nur an. Kein einziges Fach, sagt sie, möge sie. Sie wird rot. Sie sagt: Na ja. Sie sagt: Der Unterricht bei Ihnen ist natürlich schon ganz gut. Sie fährt sich mit zwei Fingern in den Ausschnitt ihres T-Shirts. Beinahe muss ich lachen. Bei mir dürften Sie durchkommen, sage ich. Sie lacht erleichtert auf. Mit viel Wohlwollen, füge ich hinzu. Sie sagt, danke, und klingt bereits viel zuversichtlicher. Schon recht, sage ich. Ich bin so enttäuscht. Und jetzt, setze ich mit fester Stimme hinzu, muss ich Sie bitten zu gehen, ich habe noch zu tun. Eva steht auf und geht zur Tür. Den Mantel legt sie über ihren Arm. Sie sagt noch einmal: Danke, vielen Dank. Erst als sie draußen ist, sage ich: Gern geschehen. Im Hals habe ich einen Frosch. Auf den Block, der vor mir liegt, schreibe ich: Scheiße, Scheiße, Scheiße. Und: Du bist ein Arschloch, Georg. Danach geht es mir ein bisschen besser.

An der Wand der Turnhalle steht in blauer Farbe ›Wir sind Götter‹. Nur das. Aber leuchtend blau. Zu Hause lege ich mich auf das Sofa und stelle den Fernseher an. Nach den Nachrichten fallen mir die Augen zu. Als ich aufwache, steht Judith vor mir. In einer Hand hält sie eine kleine Metallschaufel, in der anderen einen Blumentopf aus rotem Ton. Der Blumentopf ist leer und schmutzig. Judith sagt: Ich habe dich gar nicht kommen hören. Mit dem Handrücken der rechten Hand streicht sie sich die feuchten Haare aus der Stirn. Sie sagt: Ich war draußen. Den ganzen Tag habe ich im Garten gearbeitet. Es blüht alles so schön, sagt sie. Azaleen, Tulpen, Maiglöckchen. Im Fernseher läuft Werbung. Judith steht so, dass sie den Bildschirm zur Hälfte verdeckt. Ich rutsche auf dem Sofa nach oben, um an ihr vorbeisehen zu können. Sie fragt: Hast du Hunger? Ich nicke. Sie geht zur Terrassentür, öffnet sie und legt die Schaufel und den Topf auf den Steinboden rechts der Tür. Dann geht sie ins Bad, und ich höre Wasser laufen.

Wir essen alleine. Klara habe schon gegessen, erzählt Judith. Sie sei müde, der neue Job, Judith lacht. Es gefällt ihr dort, sagt sie. Nach dem Essen spült sie ab. Ich sitze am Küchentisch und sehe ihr zu. Sie spült zuerst die Gläser, dann die Teller und das Besteck, ganz zum Schluss die Töpfe, die Schüsseln. Als sie das Becken trocken reibt, fällt ihr das halblange Haar ins Gesicht. Früher trug sie einen Pferdeschwanz, der bei jedem Schritt hin- und herschwang. Er war so lang, dass sie seine Spitze in den Mund nehmen konnte. Ich habe sie im Laden ihrer Eltern die Milchflaschen einräumen sehen, der Pferdeschwanz tanzte auf ihrem Rücken. Judith nimmt die Schüssel, die neben der Spüle steht, und reicht sie mir. Kannst du die wegräumen?, fragt sie. Ich gehe mit der Schüssel ins Wohnzimmer, stelle sie in den Schrank und schalte den Fernseher an. Wieder kommen Nachrichten.

Später sitzt Judith neben mir auf dem Sofa. Ihre Hände liegen in ihrem Schoß. Die Fingernägel sind kurz und haben von der Gartenarbeit hellbraune Ränder. Judith legt ihren Kopf zurück und schließt die Augen. Sie fragt: Wollen wir noch ein bisschen spazieren gehen? Ich sage: Nein. Lieber nicht. Sie fragt: Wie wäre es, wenn wir in die Stadt gingen und einen Cocktail trinken? Ich muss nur rasch ins Bad, mich frisch machen, und dann gehen wir beide einfach los. Sie sagt: Es ist noch früh. Ich schüttele den Kopf. Der Film beginnt. Ich sage: Wirklich, Judith, lieber nicht. Sie atmet mit einem Seufzen ein. Dann steht sie auf und geht ins Schlafzimmer. Als sie wieder ins Wohnzimmer kommt, trägt sie einen Bademantel. Sie setzt sich auf den Sessel. Die Beine legt sie auf den dazugehörigen Hocker. Neben ihr liegt eine Zeitschrift, in die sie manchmal reinschaut. Um halb elf gähnt sie laut. Sie sagt: Ich gehe ins Bett. Sie steht auf, beugt sich zu mir herunter und gibt mir einen Kuss auf die Stirn. Ich küsse zweimal in die Luft. Dann höre ich sie die Treppe zum Schlafzimmer hochgehen.

Im Fernseher küssen sich zwei. Ich stelle den Ton ab. Von draußen ist kein Geräusch zu hören. Das Licht der Lampe auf dem Klavier flackert einige Male. Vielleicht ein Wackelkontakt, denke ich. Aus dem Kühlschrank hole ich mir die Reste vom Abendessen: kalten Braten mit einer braunen Soße, die schon fest geworden ist. Nudeln. Gurkensalat. Ein anderer Film hat begonnen. Immer küssen sich zwei im Fernsehen. Wir sind Götter. Mit einem Stück Brot tunke ich die letzten Soßenreste auf. Von wegen, denke ich und muss lachen.

DER BUSFAHRER hat braune Haare und eine hohe Stirn. Er ist hager. Nur seine Nase im schmalen Gesicht ist breit, vielleicht ist sie ihm einmal eingeschlagen worden. Er steigt aus, geht zur geöffneten Klappe an der Längsseite des Busses und beginnt, die Koffer und Taschen zu verstauen. Die Mädchen sind aufgeregt, sie tuscheln und kichern. Sie teilen bereits hier, vor der zehnstündigen Fahrt, die Zimmer untereinander auf. Gibt es Sechsbett- oder Vierbettzimmer?, werde ich von einer Schülerin gefragt. Ich wiederhole, was ich schon oft gesagt habe in den letzten Tagen: Drei Sechsbettzimmer, drei Vierbettzimmer, drei Dreibettzimmer, verteilt auf drei Bungalows, für die vier Lehrer Einzelzimmer im Haupthaus. Das Mädchen bedankt sich und läuft zurück zu ihren Freundinnen. Sie teilt ihnen mit, was ich gesagt habe. Einige der Jungen helfen dem Busfahrer, das Gepäck zu verstauen. Andere stehen in kleinen Grüppchen zusammen und halten ihre Zigaretten in der hohlen Hand.

Trotz eines Streites am Vorabend hat Judith mich zum Busbahnhof gebracht. Ich hatte gesagt: Lass ruhig. Ich hatte gesagt: Es ist nicht nötig, wirklich nicht. Aber sie hatte darauf bestanden. Wie sonst, fragte sie, willst du denn dahin kommen? Zu Fuß? Per Taxi? Trampen? Noch während sie sprach, hatte sie nach meinem Koffer gegriffen und ihn zum Auto gebracht. Ihre letzten Worte hatte ich darum nur noch sehr undeutlich gehört. Im Auto machte sie das

Radio an, Rockmusik. Ich drehte ein wenig am Knopf des Radios, aber Judith verlangte, dass ich den Sender wieder einstellen solle. Gefällt dir das etwa?, fragte ich. Judith sagte: Manchmal schon. Jetzt zum Beispiel. Als der Busbahnhof zu sehen war, drehte ich das Radio leiser. Judith hielt neben dem Bus an und winkte meinen Kollegen zu, die bereits angekommen waren und ihre Koffer und Taschen in den Bus räumten. Tja, dann, sagte ich. Judith sagte: Viel Spaß in Italien. Sie lachte. Una dolce vita, wünsche ich dir. Ich sagte: Eine Klassenreise ist Arbeit, Judith, kein Vergnügen. Zur Antwort küsste sie mich auf die Lippen. Ich strich ihr durchs Haar. Grüß die Kinder, sagte ich, als ich bereits ausgestiegen war. Ruf mal an, rief Judith. Dann fuhr sie hupend davon und winkte noch einmal.

Bereits im Bus fangen die Schüler an zu trinken. In den hinteren Reihen macht eine Flasche die Runde. Süßer Sekt, alkoholfrei, sagt Eric, der einen Blick auf das Etikett werfen konnte. Er schüttelt sich. In jeder Pause rauchen die Jugendlichen. Sie stehen neben dem Bus und ziehen an den Zigaretten, als gelte es, möglichst viel Rauch in den Lungen anzusammeln. Der Busfahrer steht bei ihnen und raucht auch. Er ist kleiner und schmaler als die meisten der Jungen. Seine Hosen gehen ihm nur bis zu den Knöcheln. Einmal erzählt er von den Lastwagen, die er früher gefahren hat. Manchmal sei er zwanzig Stunden am Stück gefahren. Das haben, meint er, alle so gemacht. Die Jungen lachen. Einer erzählt, er habe auch schon einmal einen Lastwagen gefahren. Und?, fragt der Busfahrer. Aufregend, sagt der Junge. Er zieht ein letztes Mal an seiner Zigarette und schnippt den brennenden Filter mit dem Zeigefinger weit von sich. Der Busfahrer lässt seine Zigarette fallen und drückt sie aus. Er klascht in die Hände. Er ruft: Weiter gehts!

Am längsten muss man bei jeder Pause auf die Mädchen warten, die sich auf der Toilette die Haare kämmen und den Lidstrich nachziehen. Elisabeth, die Erdkundelehrerin, verdreht die

Augen. Eitelkeit, sagt sie, ist nicht umsonst eine Todsünde. Als ich nach einem Halt durch den Bus gehe und nachzähle, sehe ich Eva. Sie hat sich die Haare hochgesteckt und lässt sich von einer Freundin aus der Hand lesen. Als ich frage, was die Zukunft bringt, zieht sie ihre Hand zurück. Die Freundin lacht und sagt: Nur Gutes. Soll ich Ihnen auch die Zukunft vorhersagen? Ich halte ihr die Hand hin. Von hinten beugen sich zwei Jungen über die Sitzlehnen und betrachten meine offene Handfläche. Das Mädchen fährt einer der Linien nach. Es kitzelt. Die Lebenslinie, sagt sie. Sie werden alt. Aber, fügt sie hinzu, es gibt viele Verästelungen. Und, ist das gut?, frage ich. Das Mädchen blickt ernst auf meine Hand. Sie wiegt den Kopf und schiebt mit einem Finger ihre Brille zurück auf die Nasenwurzel. Nein, sagt sie, ich glaube nicht. Aber zumindest wird es aufregend in der Zukunft?, frage ich. Das Mädchen nickt: Das schon. Ich sehe Eva an. Sie blättert in einer Zeitschrift und schaut nicht auf. Ich ziehe meine Hand zurück und danke dem Mädchen. Keine Ursache, entgegnet sie und wechselt einen Blick mit einem der Jungen, der spöttisch den Mund verzieht. Zwischen den Sitzreihen hindurch gehe ich zurück zu meinem Platz. In meinem Rücken höre ich Eva lachen.

Elisabeth sitzt neben mir und blättert in einem Reiseführer. Von Zeit zu Zeit zieht sie ihre Bluse glatt und den Strickrock zurecht. Sie liest mir vor, was es in Marina di Pisa und Umgebung zu sehen gibt. Die Basilica di San Piero a Grado, liest sie, ist an der Stelle erbaut, an der angeblich der Heilige Petrus in Italien an Land ging. Der San Rossore, fährt sie fort, ist der regionale Naturpark. Er besteht aus einem großen Wald und einer sehr populären Pferderennbahn. Viele Italiener sind begeistert von Pferdewetten. Schaue ich über Elisabeths dunklen Haarschopf hinweg, sehe ich den Kopf eines rotblonden Mädchens. Ich kenne das Mädchen nicht, sie muss in der Parallelklasse sein. Die Wangenknochen stehen weit hervor, vielleicht sehen darum die Augen ein bisschen verloren aus. Wenn sie lacht, sieht man zwischen Schneidezähnen

und Eckzähnen kleine Lücken. Bestimmt hat sie ab Juli Sommersprossen. Elisabeth liest: In Marina di Pisa gibt es zahlreiche Ju-
gendstilbauten. Sie sagt: Jugendstil liebe ich. Das Ornamentale,
sagt sie, das Florale. Die Haut des Mädchens ist sehr hell. Sie ist
schön, aber vielleicht nur, solange sie jung ist. Wenn sie mich anschaute, müsste sie merken, dass sie beobachtet wird. Aber sie redet mit ihren Freundinnen und einmal mit einem braun gelockten
Jungen, der von der hintersten Bank zu ihr kommt und ihr etwas
zuflüstert. Das Mädchen lacht und zieht ihn ein bisschen an den
Haaren. Der Junge ruft: Lass das! Er geht wieder zurück zu seinen
Freunden, und das Mädchen schüttelt amüsiert den Kopf. Als sie
endlich zu mir hinsieht, lächelt sie unsicher. Elisabeth liest vor: In
der Nähe von Marina di Pisa liegt Bocca d'Arno, ein beschaulicher
Fischerort. Ich freue mich schon auf Pisa, sagt Elisabeth. Sie blät-
tert in ihrem Heft. Auf dem Campanile, dem schiefen Turm von
Pisa, liest sie vor, führte einst Galilei seine Fallexperimente durch.

Wir hatten uns wegen einer Lappalie gestritten. Judith hatte behauptet, ich würde sie vernachlässigen. Kaum bist du am Abend
zu Hause, hatte sie gesagt, legst du dich aufs Sofa und machst den
Fernseher an. Ich hatte mich aufgerichtet und den Ton leiser gestellt. Neben mir auf dem Sofa lag ein Kissen, das aus einem mit
Goldfäden durchwirkten Stoff genäht war. Lange goldene Troddeln hingen auf allen vier Seiten herab. Ich habe die Troddeln ein
wenig geordnet. Ich sagte: Das stimmt doch so nicht. Ich sagte:
Manchmal bin ich eben müde. Judith stellte sich vor mich hin und
kreuzte ihre Arme vor der Brust. Theater, sagte sie, Kino, Restaurant, Oper, soweit ich mich erinnern kann, sind das Sachen, die
wir früher mal gemacht haben. Ja, sagte ich. Sie wolle einfach nur
dann und wann raus, etwas mit mir machen, sagte Judith. Wenn
ich doch müde bin, wandte ich ein. Judith sagte: Zu allem bist
du zu müde. Ich arbeite zufällig!, schrie ich. Judith ging ohne ein
weiteres Wort in die Küche. Ich machte den Fernseher lauter. Als

sie mich eine halbe Stunde später zum Essen rief, klang sie fast wieder normal. Schon nach dem ersten Bissen lobte ich das Essen. Sie schwieg. Ich sagte: Wirklich, es schmeckt toll. Ich sagte: Schatz. Als ich um ein Uhr ins Bett kam, gab Judith vor zu schlafen. Sie atmete gleichmäßig. Ich legte meine Hand auf ihre Schulter. Sie reagierte nicht. Aber ich war sicher, dass sie noch wach war. An der Wand bewegten sich Lichter auf und ab, sobald ein Auto draußen vorbeifuhr. Jeder, wirklich jeder, hätte darin etwas Bedrohliches erkennen können.

DIE BUNGALOWS sind rosafarben mit weißen Fensterläden. In den Beeten vor den Häusern stehen Palmen. Erst wenn ich Palmen sehe, weiß ich, dass ich im Süden bin. Die Bungalows verfügen über jeweils drei Schlafzimmer, zwei Bäder, eine Küche und ein Wohnzimmer. Im Wohnzimmer steht eine Sitzgruppe in dunklen Farben um einen Holztisch herum. In jedem Bungalow gibt es die gleichen Möbel. Die Schüler sind begeistert. Sie laufen von einem Bungalow zum anderen und besichtigen die identischen Räume. Sie rufen sich zu, wie gut es sei. Super, sagen sie und testen die Sprungkraft der Betten. Die Mädchen räumen ihre Kleider in die Schränke. Sie beschließen, am nächsten Morgen einkaufen zu gehen. Sie machen Listen. Cornflakes, schreiben sie auf, Brot, Butter, Nutella, Marmelade, Käse, Schinken. Die Jungen setzen sich vor ihre Bungalows und rauchen. Später besprechen sie gemeinsam mit den Mädchen, wann sie eine Feier machen wollen und in welchem Bungalow. Elisabeth geht in jedes Zimmer und erinnert daran, dass die Betten bezogen werden müssen. Die karierte Bettwäsche hat sie aus dem Haupthaus geholt und verteilt sie nun. Ich helfe ihr dabei. Elisabeth sagt: Denkt daran, ich kontrolliere heute Abend, ob ihr die Betten bezogen habt. Das Mädchen mit den rotblonden Haaren nimmt ihre Bettwäsche von dem

Stapel, den Elisabeth auf den Tisch gelegt hat. Sie streicht mit der flachen Hand über den Stoff, wie um zu prüfen, ob er ihr weich genug ist, und verzieht ein wenig das Gesicht.

Am Abend gehe ich mit Elisabeth, Eric und Martha in ein Restaurant am Strand. Es steht auf Pfählen. Elisabeth hat es im Reiseführer entdeckt. Sie sagt: Es ist teuer genug, dass uns hier keine Schüler begegnen. Martha zerschneidet ihr ganzes Essen in kleine Stücke, als ob sie einem Kind behilflich wäre. Dann legt sie das Messer ab, nimmt die Gabel in die rechte Hand und legt die linke Hand unter den Tisch. Warst du schon einmal in Amerika?, frage ich sie. Martha schüttelt den Kopf. Sollte ich?, fragt sie. Als ich ihr erzähle, dass sie wie eine Amerikanerin isst, legt sie die linke Hand auf den Tisch, aber schon nach kurzer Zeit ist die Hand wieder an ihrem früheren Platz. Macht der Gewohnheit, sagt Martha, als sie meinen Blick bemerkt. Elisabeth sagt: Der Mensch ist ein Gewohnheitstier, nur darum halten so viele Ehen. Eric lacht. Meine nicht, ruft er, ich bin also kein Gewohnheitstier! Er klingt stolz, als er das sagt. Elisabeth erzählt uns, was wir in den nächsten Tagen sehen werden. Als Erstes: Pisa. Vielleicht Tirrenia. Die Basilica. Das Denkmal Torre della Meloria, im Meer errichtet, zur Erinnerung an die glorreiche Seerepublik Pisa. Die Alabaster-werkstätten in Volterra. Wenn genügend Zeit ist: das backstein-rote Siena. Lucca. Der Höhepunkt: Florenz.

Auf dem Heimweg frage ich Eric nach dem rotblonden Mädchen. Rotblond?, überlegt er. Erst als wir bei unseren Zim-mern ankommen, fällt es ihm ein. Ach, sagt er, du meinst Luise. Eine gute Schülerin. Er sagt: Ganz hübsch ist sie auch. Er schaut mich lauernd an. Ich mag Eric nicht, wenn er so schaut. Ich sage: Eric, lass gut sein, ich frage nur so. Eric nickt mehrere Male und grinst. Ja, sicher, sagt er und schlägt mir auf die Schulter.

Um neun Uhr morgens steht der Bus vor dem Eingang der Ferien-anlage bereit. Es ist heiß. Im blauen Himmel treiben nur wenige

Schafwolken. Der Fahrer lehnt an seinem Bus, fährt sich mit dem Handrücken über die Stirn und schaut mit prüfendem Blick nach oben. Die Schüler nennen ihn beim Vornamen. Ich frage mich, ob er den gestrigen Abend mit den Jugendlichen verbracht hat. Man müsste, denke ich, auf die Mädchen aufpassen. Wieder trägt der Busfahrer Hosen, die nur bis zu den Knöcheln gehen.

Sie kommt als eine der Letzten. Die Haare sind zusammengebunden, ihre Haut hat im grellen Sonnenlicht die Blässe der Rothaarigen. Sie grüßt in alle Richtungen, löst ihre Haare, bindet sie wieder zu einem Pferdeschwanz, der höher sitzt diesmal. Ihre Freundinnen lachen über etwas, sie lacht kurz mit. Vor mir steigt sie in den Bus. Ihr Platz vom Vortag ist frei, sie streckt die Beine aus, lehnt sich zurück. Sie sagt: Ich bin noch ganz müde. Ihre Freundin nickt zustimmend, lacht wieder, sagt: Kein Wunder.

Den Arno entlang fahren wir nach Pisa. Elisabeth sitzt während der kurzen Fahrt neben dem Busfahrer und spricht durch ein Mikrofon. Luise lehnt ihren Kopf gegen die Scheibe und schließt die Augen. Elisabeth spricht von der Landschaft der Toscana, der Macchia, den Hügeln, dem Wein- und Olivenanbau. Kennt ihr den Chianti?, fragt sie. Ein Wein aus dem Gebiet östlich von Florenz. Elisabeth sagt: Firenze. Beim Stichwort Wein lachen einige der Jungen.

Ein Stadtführer holt uns am Bahnhof von Pisa ab. Er ist groß und hat ein Profil wie eine antike Statue, mit einer geraden, sanft in die Stirn übergehenden Nase. Kein Gesicht für Brillen, denke ich. Die schwarzen Locken hängen ihm bis zur Mitte des Rückens. Wenn er spricht, kann man die Zähne hinter weiblich geschwungenen Lippen blitzen sehen. Er ist höchstens Mitte dreißig. Die Mädchen stoßen sich an und kichern. Luise steht abseits und lächelt ein wenig herablassend über die Aufgeregtheit der Freundinnen. Dabei sieht sie den Stadtführer jedoch sehr genau an. Wir besichtigen den Dom, verschiedene Kirchen, den schiefen Turm. Es gibt, sagt der Fremdenführer in singendem Deutsch, nicht nur einen, sondern mehrere schiefe Türme in Pisa. Aber der berühmte Campanile sei von allen der schiefste. Bald, prophezeit er, werde der Turm geschlossen. Die Neigung sei zu groß geworden. Vielleicht, sagt er, sei heute die letzte Möglichkeit, den Turm zu besteigen. Elisabeth und Martha stellen sich mit den Jugendlichen an. Eric setzt sich auf den Rasen vor der Kirche. Ich schaue nach oben. Einmal meine ich, Luises rotes Haar zu erkennen. Sie steht am Geländer und sieht hinab.

Vor dem Mittagessen trennen wir uns. Wir beschließen, vier Gruppen mit je acht oder neun Schülern zu bilden. Ich schaue nach Luise. Sie ist in der Gruppe von Eric. Als Eric meinen Blick bemerkt, beginnt er demonstrativ nachzuzählen. Tatsächlich hat er mehr Schüler in der Gruppe als ich. Ich sehe ihn mit Luise sprechen. Sie schaut herüber, nickt und kommt zu mir. Eric lacht mir zu, fehlt nur noch, dass er zwinkert. Wir gehen in eine Trattoria in der Nähe der Piazza dei Miracoli. Jemand ruft: Hier müssen wir Spaghetti essen! Bei diesem Namen! Luise lacht. Sie greift nach dem Haargummi um ihren Zopf, zieht daran und lässt die Haare nach vorne fallen.

Beim Essen sitzt sie mir gegenüber. Manchmal, wenn ich aufschaue, sieht sie mich an. Sie dreht die Spaghetti um die Gabel. Soße spritzt auf ihr T-Shirt. Als sie es Minuten später entdeckt, wird sie rot. Sie zieht die Augenbrauen hoch und reibt mit der Serviette an dem Fleck herum. Ein kraushaariger Junge sagt: Mittwochabend feiern wir. Das Eis klirrt in den Colagläsern. Ich habe verboten, Wein zu bestellen; am Abend, habe ich gesagt, aber nicht jetzt schon. Die Kellner flirten mit den Mädchen, die auch ohne Italienischkenntnisse alles verstehen. Sie lachen und sagen Grazie, und als wir gehen, drehen sich die Mutigeren von ihnen in der Tür um und rufen Arrivederci. Luise lässt sich beim Hinausgehen von einem der Kellner ein Zettelchen in die Hand drücken. Ti amo, steht darauf, erklärt sie ihren Freundinnen, die daraufhin loslachen und sich nach dem Kellner umschauen, der, breitbeinig und mit gekreuzten Armen, Luise beobachtet. Eines der Mädchen pfeift leise durch die Zähne. Mit dem Zettel in der Hand sieht Luise mich an. Ich zucke mit den Schultern. Ich sage: Diese Italiener, was will man machen. Sie lächelt. Ihr Blick ist neugierig, eine Frage steht dahinter. Wieder wird sie rot, während sie mich anschaut. Sie sollte das nicht tun.

ERIC SAGT: Wer nicht wagt, der nicht gewinnt. Die Kleine mag dich. Das merkt man doch. Wenn du diese Gelegenheit verpasst, wirst du es bereuen. Er sagt: Ich erzähle niemandem davon, Ehrenwort.

Die zwei leeren Weinflaschen klirren gegeneinander, als ich sie vom Tisch räume. Eric streckt sich auf meinem Bett aus, legt die Hände hinter seinem Kopf zusammen. Er grinst. Ich habe gleich gemerkt, dass es zwischen euch knistert, meint er. Ich sage: Eric, hör mal, sie ist eine Schülerin. Eric lacht: Na und? Ich sage: Ich bin verheiratet, falls dir das entgangen ist. Eric setzt sich auf. Ich weiß doch, beteuert er, ich weiß, aber ein bisschen Spaß? Das kann doch einer Ehe wie eurer nichts anhaben. Du weißt, dass ich Judith mag, oder? Eric sieht mich fragend an, sodass ich schließlich nicke. Sie ist toll, sagt er, wirklich eine tolle Frau. Aber hier geht es doch nicht um die große Liebe, Georg, hier gehts nur um ein wenig Spaß. Ein schöner Spaß, sage ich, einer, der mich meinen Beruf kosten kann. Ich denke: Es ist vielleicht meine letzte Chance. Eric sagt noch einmal: Wer nicht wagt, der nicht gewinnt. Er fragt: Hast du noch eine Flasche Wein?

Ich schenke uns ein. Es ist der zweite Abend unserer Schulreise. Seit zwei Stunden sitzt Eric auf meinem Bett und trinkt den Wein, den ich am späten Nachmittag in einem Supermarkt im Städtchen gekauft habe. Eric sagt: Hör mal, ich weiß, wovon ich spreche. Ich hatte selbst schon einmal eine Affäre mit einer Schülerin. Ich kann dir sagen – er macht ein anerkennendes Gesicht, legt Daumen und Zeigefinger der rechten Hand zu einem Kreis zusammen und schnalzt mit der Zunge – ich möchte es nicht missen. Wann war das?, frage ich. Eric überlegt. Vor fünf, sechs Jahren, sagt er schließlich. Da war ich noch an der anderen Schule. Ist ja auch egal. Sie war jung, sechzehn, zehnte Klasse. Alles sehr weich an ihr, die Haut, die Haare. Und ausgesprochen lernbegierig! Wenn Eric lacht, verzieht er den Mund so sehr, dass man einen Blick auf die Innenseite seiner Lippen werfen kann. Sie sind vom Wein violett gefärbt. Eric sagt: Lass dir diese Chance nicht entgehen.

Florenz, weißer Tag. Die knatternden Motorräder der jungen Männer, die den Piazzale Michelangelo umrunden und die Räder auf dem Sand durchdrehen lassen. Gruppen von Touristen. Reiseführer halten Regenschirme und Fähnchen in die Luft. Lärmende Kinder in pastellfarbenen Kleidern. Luise, an die David-Kopie gelehnt, wie sie für das Foto lächelt. Die Freundin, die sie schönstmöglich haben will: Sag Käseküchlein. Stechend helle Marmorfassade der Kirche Santa Maria Novella. Die bunten Fresken. In den Uffizien die Geburt der Venus. Luise im Café, enttäuscht, dass der Cappuccino statt mit Sahne mit aufgeschäumter Milch serviert wird. Elisabeth, die sie belehrt. Luises ironischer Blick zu mir. Tatsächlich zu mir.

Lucca, meine Stunde, denke ich und lese auf der Hinfahrt Heine vor. So viele gähnende Gesichter. Schläfrige Blicke aus den Fenstern. Luises kerzengerader Rücken, ihr Hals gereckt, ihr Augenpaar über den gesenkten Köpfen der vor ihr Sitzenden. In Lucca das Oval des Amphitheaters, die Markthalle. Luise, die kurz aus meinem Blickfeld verschwunden ist und dann hinter einem der Verkaufsstände auftaucht. Ein Lachen, als habe sie sich absichtlich versteckt. Elisabeth mit Gemüse in der Hand. Sie hält ihre Nase an die Tomaten. Marthas Versuche, italienisch zu sprechen: Sie zieht Grimassen, wenn sie die Silben überdeutlich ausspricht. Tintoretto in der Pinakothek. Die Schüler, die das Museum schnellstmöglich verlassen wollen. Ich sage: Das ist eine Bildungsreise, kein Badeurlaub. Der Spaziergang auf der Stadtmauer. Mit einer Karte in der Hand benennt Elisabeth die Stadtviertel, die wir sehen. Luise hält ein kreisrundes Gebäck in der Hand. Sie sagt, ein Buccellato, und hält ihn mir hin. Stückchen von Zuckerguss fallen auf den Boden, als ich abbeiße. Martha sieht mich an. Eric schaut den Frauen hinterher, die lächeln, wenn sie es merken. Er sagt: Der nächste Urlaub geht hierher. Am Abend, im Bus, fehlen zwei Schüler. Eric und ich suchen die Plätze und Cafés ab. Als wir nach einer Stunde zurück zum Bus kommen, sitzen die beiden schon auf ihren Plätzen und spielen Karten.

Am vierten Abend ist die Feier. Im Bungalow zwei, ab acht Uhr. Martha sagt: Ist doch schön, dass sie uns auch einladen. Wir kaufen einige Flaschen Cola, Wasser und Orangensaft. Außerdem Süßigkeiten. Kein Alkohol, verfügt Elisabeth. Aber bevor wir zu viert zur Feier gehen, trinken wir ein paar Gläser Rotwein zum Essen.

Sie haben Kerzen verteilt auf allen Tischen. Bierflaschen liegen in der Badewanne, und der Wein steht in langer Reihe auf der Küchentheke. Sie sind volljährig, beruhigt Eric Elisabeth, die bereits wieder besorgt schaut. Aber immer noch Schüler, wendet sie ein. Eric zwinkert ihr zu, zuckt mit den Schultern und sieht sich um. Als er Luise entdeckt, stößt er mich an, schau mal, sagt er, wer dort steht. Luises Haare sind wellig, sie muss sie auf große Wickler gedreht haben, der Mittelscheitel verläuft ganz gerade, an ihren Ohren hängen muschelförmige Perlmuttohrringe. Venus, denke ich. Zu Eric sage ich: Verschone mich heute Abend mal damit.

Zum ersten Mal sehe ich sie rauchen. Sie nimmt sich eine Zigarette aus einem Päckchen, das auf dem niedrigen Couchtisch liegt, und lässt sich Feuer geben, von einem Jungen, der sie anhimmelt, wie man eine ältere Schwester anhimmelt. Sie zieht an der Zigarette. Als sie den Rauch im Mund hat, atmet sie tief ein. Ihre Augen tränen. Wenn sie den Rauch aus Nase und Mund ausstößt, versucht sie beiläufig zu scheinen. Sie hält die Zigarette zwischen Zeige- und Mittelfinger der rechten Hand, im hinteren Drittel der Finger. Sie kann noch nicht lange rauchen, so wenig Übung wie sie hat.

Die Musik ist laut. Um kurz nach zehn fangen einige der Jugendlichen an zu tanzen. Auch Luise steht auf und geht zur Mitte des Wohnzimmers, tanzt mit einer Zigarette in der Hand, bewegt den Kopf so, dass ihre Haare mal die eine, mal die andere Seite ihres Gesichts bedecken. Sie wirkt, als tanze sie nur für sich allein. Aber manchmal sieht sie zu mir herüber.

Die Schüler meiner Klasse stoßen mit mir an. Vielleicht warten sie darauf, dass ich ihnen das Du anbiete. Aber das würde mir schon am nächsten Morgen leid tun. Ein Junge sagt: Nun ist es also bald vorbei mit uns, noch ein paar Wochen, dann wars das mit der Schule. Er selbst will Grafiker werden. Seine Freundin, eine kleine, braunhaarige Person, wird studieren: Zahnmedizin. Die anderen schauderts. Eva verlässt mit einem Jungen aus der Parallelklasse den Bungalow. Er hält ihre Hand in seiner. Luise tanzt. Elisabeth stößt mit Eric an. Sie verschränken die Unterarme miteinander, küssen sich auf die Wangen. Elisabeth sagt: Elisabeth. Eric sagt: Eric. Beide lachen. Sie duzen sich schon lange. Elisabeth stellt ihr Glas auf den Tisch. Sie nimmt mit beiden Händen ihre Brille ab und legt sie neben ihr Glas. Sie schaut blinzelnd um sich und macht Bewegungen mit den Händen, als sei sie blind. Zu Eric sagt sie: Du musst näher kommen, sonst sehe ich dich nicht. Eric rückt so nah zu ihr hin, dass ihre vier Knie eine lückenlose Reihe bilden. Martha unterhält sich mit einer Schülerin, die aus einem großen Glas Fanta trinkt. Zwischendurch steht sie auf und holt eine Flasche Orangensaft aus dem Kühlschrank. Als sie an mir vorbeigeht, macht sie ein skeptisches Gesicht. Ich schaue sie fragend an, aber sie ignoriert meinen Blick. Luise hat aufgehört zu tanzen und unterhält sich mit einem hoch aufgeschossenen Jungen. Sie steht neben der Tür zum Badezimmer, an die Wand gelehnt. Der Junge erzählt ihr etwas. Einmal sehe ich, wie sie den Kopf schüttelt. Sie schaut an ihm vorbei und blickt umher, bis sie mich entdeckt. Auf eine Entfernung von vier Metern sehen wir uns an, und ich weiß plötzlich: Wenn sie zuerst wegschaut, hat sich die Sache erledigt. Der Junge spricht weiter auf sie ein. Luise wendet den Blick von mir ab.

Um kurz vor zwölf breche ich auf. Ich winke in die Runde. Eric sagt: Schlaf gut. Sein rechter Arm liegt auf der Rückenlehne des Sofas, Elisabeth sitzt neben ihm, immer noch ohne Brille. Luise nickt mir zu. Ich denke: Und wenn sie mir nachkommt, was dann? Ich gehe in Richtung des Haupthauses, den Schlüssel zu meinem Zimmer habe ich schon in der Hand. Das Licht vor der Eingangstür brennt. Der Kies ächzt unter meinen Füßen. Sobald ich stehen bleibe, höre ich Zirpen und fernes Branden. Ich drehe mich um und gehe in den Garten. Hinter einer Gruppe von Pinien setze ich mich auf eine Bank. Nur ein wenig sitzen bleiben, denke ich.

Ich brauche einen Moment, um sie zu erkennen. Sie geht zwischen den Bäumen hindurch, direkt auf mich zu. Sie versucht nicht einmal, so zu tun, als sei sie zufällig hier. Sie fragt, ist hier frei?, und deutet dabei auf die Bank, und ich nicke, rücke ein Stück zur Seite und sage: Na, so was, wollen Sie sich die Sterne anschauen? Sie schüttelt den Kopf. Ja, vielleicht doch, sagt sie dann und fasst nach meiner Hand, erklär mir die Sterne. Ich halte ihre Hand und lehne den Kopf in den Nacken. Die Sternbilder?, frage ich. Sie sagt: Zum Beispiel. Ich sage: Die kenne ich nicht. Aber wir können den Sirius suchen, den hellsten Stern. Sie blickt in den Himmel. Das ist der Stern der Isis, sage ich. Sie sieht mich fragend an. Eine Unterweltsgöttin, erkläre ich, die den Menschen die Träume einflüstert. Mit dem Daumen streichele ich die Innenfläche ihrer Hand. Sie fragt: Und wenn wir ihn finden – ist das gut oder schlecht? Ich sehe sie an. Sie wartet mit ernstem Gesicht auf meine Antwort. Gut, würde ich sagen. Sie lacht leise.

Sie zu küssen ist ganz einfach. Ich muss mich nur vorbeugen und meinen Mund auf ihren legen, und schon öffnet sie die Lippen und beeilt sich, mir mit ihren Händen durchs Haar zu fahren und sich an mich zu pressen und mein Hemd aufzuknöpfen. Alles an ihr ist milchig. Die Nadeln der Pinien pieksen ein wenig. – Danach liegt sie neben mir, mein Arm in ihrem Nacken. Der Singsang der Nachtigall ertönt, wird schneller und lauter und endet in einem schluchzenden Schmettern. Luise sieht mich an, im Dämmerlicht sind die Augen viel zu groß für ihr Gesicht. Rufe klingen von den Bungalows herüber, ein Lachen, wahrscheinlich ist die Party zu Ende. Hast du Angst?, fragt Luise. Ich sage: Nein. Ich frage: War das eine Mutprobe für dich? Luise lacht. Vielleicht, sagt sie. Du bist älter als mein Vater. Und du, sage ich, jünger als meine Töchter. Ich habe mich noch nie so stark gefühlt. Aber vielleicht habe ich auch nur vergessen, wie es ist. Ja, vielleicht habe ich es ganz einfach vergessen.

Lulululu, ich könnte es singen, ich möchte beim Aufstehen damit anfangen, Lulululu. Als ich in den Bus steige, sitzt sie schon an ihrem Platz. Ich gehe zwischen den Sitzreihen hindurch, zähle die Schüler. Sie sieht müde aus, die Haut unter ihren Augen ist hellblau geädert. Ich setze mich auf meinen Platz neben Eric. Er hält sich den Kopf. Oh Mann, stöhnt er. Zu viel Alkohol, gestern. Er lacht: Und zu wenig Schlaf. Martha, die sich an unseren Sitzen vorbei zu ihrem Platz drängt, wendet den Blick von uns ab. Gut geschlafen?, rufe ich ihr zu, und sie sieht mich an, ohne zu lächeln. Ich schon, sagt sie. Eric stößt mich an. Na, flüstert er, was ist denn

mit der los? Ich zucke mit den Schultern. Keine Ahnung, sage ich.
Luise sieht kurz zu mir rüber, dann dreht sie sich ihrer Freundin
zu. Sie reden leise miteinander. Elisabeth hat sich neben den Busfahrer gesetzt und das Mikrofon zur Hand genommen. Sie ruft:
Guten Morgen! Der Bus setzt sich in Bewegung, rechts von uns
liegt das Meer. Ich sehe Luise vor mir, ihre Katzenzunge, ihre
Brüste, ihre Finger, ihre Beine, das gekräuselte rote Haar dazwischen. Ich schaue mich um, es könnte jede sein, denke ich, als ich
Luise zulächele. Ich habe viel zu lange warten müssen.

Wie geht es dir?, fragte Judith heute Morgen, als ich sie anrief, und
ich sagte: Wie solls mir gehen, ganz gut, die Toskana ist schön,
aber so eine Klassenfahrt macht viel Arbeit. Judith sagte: Du Ar-
mer. Sie lachte. Sie sagte: Bei uns ist es heute verregnet, wie ist
es bei euch? Sie sagte: Ich habe endlich mal Platz im Bett. Wieder
lachte sie. Klara will ausziehen, erzählte sie, sie sucht ein Zimmer.
Mit ihr und Jan ist es übrigens aus, sagte sie. Länger schon. Sie
sagte: Ich habe nichts gemerkt. Hast du es bemerkt? Wir hätten
doch etwas bemerken müssen. Du, unterbrach ich sie, ich freue
mich auf dich. Judith schwieg einen Moment, dann sagte sie: Das
ist gut, Georg. Ich sagte: Wir haben es doch schön, du und ich,
oder? Judith sagte: Ja. Dann kam Thomas ans Telefon und rief,
Opa, Opa, und erzählte von einem Flieger, den er sich am Tag
zuvor gebastelt hatte. Im Hintergrund rief Judith, machs gut, ruf
noch mal an, und ich hörte mir einige Minuten lang an, was Thomas während der letzten Tage erlebt hatte. Es war so wenig.

Schon von ferne kann man auf dem Hügel den runden Turm von
Volterra sehen. Eric ist ruhig geworden neben mir. Er schaut gera-
deaus und versucht offensichtlich, einen Punkt zu fixieren. Die
Landstraße ist eng und kurvig. Eric stöhnt, dann legt er seinen
Kopf für einige Minuten an meine Schulter, bis ich ein wenig zur
Seite rücke. Luise trägt heute ein blaues T-Shirt. Um den Hals

hängt ihr eine silberne Kette mit einem grünlich schimmernden Stein. Hat sie die gestern schon getragen?

Es muss gegen drei Uhr gewesen sein, als ich in mein Zimmer kam. Ich war sicher, dass uns niemand gesehen hatte. Alles an mir roch nach ihr. Luise hatte gefragt: Liebst du mich? Ich hatte es rührend gefunden und schrecklich. Ich hatte gesagt: Du bist schön. Jung und wunderschön. Ich hatte gefragt: Warum bloß ich? So alt und dick, wie ich bin. Luise hatte angefangen zu lachen. Psst, hatte ich gesagt, und sie hatte ihren Kopf gegen mich gedrückt und weiter gelacht, so dass ich von ihrem Atem eine kleine feuchte Stelle auf der Brust bekam. Als sie sich aufrichtete, sagte sie: Du bist nicht richtig alt. Und nur ein bisschen dick.

Der Palazzo dei Priori mit seinen spitzbögigen Fenstern, das etruskische Stadttor, die dunkle Kassettendecke im Dom. Als ich den Schülern die Kreuzigungsgruppe zeige, stellt sich Luise neben mich. Ein konfuses Glück, das mir an die Rippen pocht, manchmal kanns das geben. Vielleicht, denke ich, ist der Mensch nur in der Verliebtheit so, wie er sein soll. Die Pizza, die Fäden spannt zwischen Luises Hand und Mund, die Werkstatt Rossi Alabastri, meine milchweiße Luise inmitten der gleichfarbigen Schalen.

Am Abend steht sie vor meiner Zimmertür mit einem Heft und einem Stift in der Hand. Martha geht den Flur entlang. Luise sagt: Ich habe eine Frage zu unserem Ausflug heute. Sie spricht mit lauter Stimme. Martha öffnet die Tür zum gegenüberliegenden Zimmer und schaut über die Schulter zurück. Luise fragt: Darf ich reinkommen? Martha geht in ihr Zimmer und schließt die Tür hinter sich. Ich sage: Ja, natürlich. Luise nimmt mich mit in mein fensterloses Bad und zieht schnell ihr Kleid aus, unter dem sie nichts trägt. Sie sagt, leg dich hin, und kaum liege ich auf der grünen Badematte, öffnet sie mein Hemd und meine Hose, zieht daran, vergisst sogar die Socken nicht. Ich flüstere: Still, Luise, sei still. Später liegt sie neben mir und wendet mir ihr Profil zu. Zu Hause ist all das vorbei, sage ich. Sie lächelt unsicher. Sie sagt: So schnell doch nicht. Sie sagt: Pass auf, ich werde dir fehlen. Bestimmt.

WOFÜR HAT EIN EINZELNER MENSCH bloß so viele Schuhe?, frage ich, aber Klara antwortet nicht, sondern lacht nur gutmütig, als hätte ich einen Scherz gemacht. Ich bücke mich, um einen zusätzlichen Koffer aufzunehmen, und gehe zur Tür.

Draußen, auf der Stufe zum Eingang, bleibt Falk abwartend stehen. Er fragt: Kann ich Ihnen helfen? Als ob ich ein Greis wäre. Dieser Falk, der neue Chef von Klara, ist älter, als ich ihn mir vorgestellt hatte. Er ist Architekt, ein sehr erfolgreicher, wie Klara mir versichert hat, und dann fügte sie hinzu: Er sieht ziemlich gut aus. Dabei lachte sie, als meinte sie, ich machte mir um sie noch Sorgen. Seine Haare sind zu lang, bis unter die Ohren, dabei ist er kaum jünger als ich. Vielleicht vier, fünf Jahre. Aber er zwinkert Klara ständig zu und benimmt sich Judith gegenüber wie ein Schwiegersohn. Als Klara ihn mir vorstellte, habe ich ihm die Hand gegeben und gesagt: Freut mich, ich habe schon viel von Ihnen gehört. Falk hat meine Hand feierlich gehalten und geantwortet: Freut mich auch sehr.

Er geht, so schnell er kann, von den Autos zum Haus. Der Kofferraum seines Zweisitzers ist bald voll. Nicht gerade das geeignete Auto für einen Umzug, denke ich. Im Transporter verstauen wir das Bett, den Schreibtisch, die Kommode, zwei kleine Tischchen und die Kleiderstange. Inzwischen ist auch Klaras Mitbewohner Robert dazugekommen. Er trägt eine Baseballkappe. Dauernd sieht er zu Klara hinüber. Einmal stolpert er deswegen. Steht Klara am Auto, bleibt auch er dort stehen. Gemeinsam starren sie dann in den Kofferraum.

Klaras neue Wohnung ist geräumig. Möbel gibt es hier kaum. Die Küche stammt aus den sechziger Jahren. An der Haustür blättert die Farbe ab. Immer wenn ich die Treppen hochsteige, läuft Falk neben mir. Na, schon aus der Puste?, frage ich ihn einmal, als ich sein Schnaufen höre. Er grinst und schüttelt den Kopf. Ganz und gar nicht, meint er, wieso? Nun ja, sage ich, in unserem Alter. Falk verzieht das Gesicht. Er ist doppelt so alt wie Klara. Ich hoffe, das vergisst er nicht. Als wir gehen, ruft Klara uns hinterher: Denkt an die Feier, nächste Woche Samstag! Wir bleiben stehen und drehen uns um. Sie sagt: Geburtstag und Einweihung. Falk sagt: Ja, ja, natürlich. Das vergesse ich doch nicht.

Luise hat mir einen Brief geschrieben. Am vierten Tag nach unserer Rückkehr lag er in meinem Fach in der Schule. Ich schaute mich um und steckte ihn in meine Aktentasche. Auf der Toilette schloss ich mich ein, ließ die Spülung laufen und öffnete den Brief. Georg, stand da, lieber Georg. Morgen Abend, im Hotel Transit, 20.00 Uhr, Zimmer 101. Luise.

Im Bahnhof schrillten die Pfiffe, die anzeigten, dass Züge abfuhren. Lautsprecherdurchsagen nannten die prominenten Namen der Züge und ihre Ziele. Sie baten um Verständnis für Verspätungen und forderten: Zurückbleiben. Wenn die Angaben auf der großen Tafel elektrisch wechselten, entstand ein Geräusch, als klappe jemand alle Kärtchen in einem Karteikasten gleichzeitig um.

Im Foyer des Hotels hing ein pompöser Kronleuchter. Aber die Zimmer waren schmal, das Bett gerade ausreichend für zwei. Als ich ins Zimmer kam, begrüßte mich der Fernseher. Willkommen Herr und Frau, stand in roter Druckschrift auf royalblauem Hintergrund, und dann Luises Nachname. Sah man aus dem Fenster, blickte man direkt auf eine Leuchtreklame: Unter dem in Schönschrift geschriebenen Firmennamen setzte ein Männchen mit gelbem Haar ein Glas Apfelwein an. Wenn es das Glas absetzte, war es leer. Sofort füllte es sich neu. Wieder hob das Männchen das Glas zum Mund und trank.

Luise kam zehn Minuten nach mir. Ich hörte, wie sie ihre Schlüsselkarte in das Schloss schob und die Tür öffnete. Sie rief: Georg? Ich sagte: Hier bin ich, auf dem Boden, vor dem Fernseher. Noch immer schaute ich auf die flimmernde Begrüßung des Hotels. Luise hatte Jeans an und eine kurze dunkle Jacke. Sie ließ ihre Tasche fallen und küsste mich. Hallo, sagte sie. Bist du schon lange hier? Ich schüttelte den Kopf. Luise sagte: Ich hatte Angst, du könntest nicht kommen. Oder du willst vielleicht nicht. Wieder schüttelte ich den Kopf. Was ist, fragte Luise, sag doch was. Habe ich etwas falsch gemacht? Sie setzte sich neben mich auf das weiß bezogene Bett. Sieht aus wie ein Krankenhausbett, nicht wahr?, sagte ich zu ihr. Sie lachte. So fühle ich mich auch, sagte ich, ein bisschen krank. Luise machte große Augen. Krank, fragte sie, inwiefern denn krank? Seekrank, sagte ich. So ist das bei der Liebe der Matrosen. Luise strich mir durchs Haar. Das Männchen vorm Fenster setzte gerade wieder das volle Glas an und trank es mit einem einzigen großen Schluck aus. Aus einem der benachbarten Zimmer hörte man Musik. Luise fragte: Wie viel Zeit hast du? Zwei, drei Stunden, sagte ich. Das reicht, sagte Luise.

Judith ist bedrückt, aber sie denkt, ich merke es nicht, wenn sie es mit Fröhlichkeit überspielt. Als ich den Transporter vor dem Haus abstelle, kommt sie zur Tür und winkt. Das ging ja schnell!, ruft sie. Im Haus riecht es nach gebratenem Fleisch. Wir setzen uns an den großen Tisch. Judith verteilt das Essen aus den Schüsseln auf unsere Teller. Eine Zeit lang sagen wir beide nichts. Die Gartentür steht offen. Draußen nähert sich das Türkentaubenpärchen, das seit vorletztem Sommer in unserem Garten lebt. Auf dem glatten Steinboden der Terrasse picken die Tauben nach Körnern. Sie nisten auf einem Dachbalken an der Rückseite des Hauses. Ihre schwarzen Augen sehen aus wie kleine Knöpfe im sandbraunen

Gefieder. Sie kommen immer zu zweit, außer wenn sie eine Brut haben. Ich kann die Tiere nicht voneinander unterscheiden, aber Judith ist überzeugt, dass das Männchen größer, sein schwarzer Nackenring breiter ist. Judith sagt: Nun sind also alle ausgezogen. Sie lächelt dabei. Sie sagt: Nur du und ich sind noch übrig. Dann steht sie auf, stellt die Teller aufeinander und fragt, ob ich die Schüsseln in die Küche bringen könne. Das Essen, sagt sie, musst du in Schälchen verteilen und in den Kühlschrank stellen. Ich nicke und trinke mein Glas Wein aus. Draußen gurren die beiden Tauben. Gemeinsam vertreiben sie die Amseln, die am Rand der Terrasse nach Futter suchen. Als ich in die Küche komme, steht Judith am Spülbecken. Das Wasser läuft, während sie weint. Ich drehe den Wasserhahn zu. Komm, sage ich und ziehe sie an der Hand hinter mir her. Ihr Haar ist immer noch sehr weich. Judith lacht kurz, als ich nach dem Lichtschalter taste. Ja, sagt sie, schalte das Licht aus. Ich kenne ihr Schaudern, wenn ich ihre Schultern küsse. Judith sagt meinen Namen und ich ihren.

Spät am Abend mache ich einen Spaziergang. In der Telefonzelle, die neben dem Supermarkt steht, ist eine Nummer ins Glas gekratzt. Ruf an, steht darüber mit schwarzem Edding, und ein türkischer Name. Während ich Luises Nummer wähle, spreche ich den Namen vor mich hin. Luise ist sofort am Telefon. Sie habe gewartet. Den ganzen Tag, den ganzen Abend, sagt sie. Ich muss mit dir reden, sage ich. Im Hintergrund höre ich eine Stimme. Luise spricht am Hörer vorbei. Schon gut, Mama, sagt sie, alles in Ordnung, ein Freund. Georg, was war?, fragt sie nach einigen Sekunden. Nichts, sage ich. Dann drücke ich einige Male schnell hintereinander auf die Gabel und rufe noch dreimal Luise, bevor ich den Hörer auflege.

UND DANN, sage ich, der Kirschgarten. Was er symbolisiert, sage ich. Sehen Sie das nicht? Einige Schüler betrachten mich, wie ich an meinem Pult lehne, das Buch in der Hand. Wenn ich versuche, ihre Blicke festzuhalten, senken sie die Köpfe. Manche schauen aus dem Fenster. Auf dem Pausenhof steht eine Gruppe von Mädchen. Sie lachen. Rechts daneben drei junge Männer. Einer von ihnen erzählt etwas. Mit den Händen deutet er einen großen runden Gegenstand an. Der kleinste der drei hält ein Skateboard in der Hand und dreht mit prüfendem Blick an den Rollen. Ich frage: Hat sich der Verzicht der Ranéwskaja gelohnt? Eine Schülerin gähnt wie eine Katze. Sie streckt ihre Arme auf dem Tisch nach vorne, lehnt sich gegen die Holzlehne des Stuhles und klappt den Mund auf. Immer weiter öffnet sie ihn, bis ihre Augen zu schmalen Schlitzen werden. Es fällt ihr nicht ein, eine Hand vor den Mund zu legen. Ich sage: Der Alltag, den Tschechow beschreibt, ist von Langeweile und Öde bestimmt. Aber auf einer tieferen Schicht gibt es das eigentliche Leben, das Schöne. Ich sage: Tschechows Menschen sind komisch. Weil sie immer wieder Pläne entwerfen und Träume haben, die sie nie realisieren. Nachdem sie gegähnt hat, öffnet die Schülerin nun ihr Federmäppchen. Sie sucht etwas darin, nimmt Stift für Stift heraus und legt alle auf den Tisch. Können Sie, frage ich in den Raum hinein, Beispiele nennen für diese These? Inzwischen hat sie gefunden, was sie gesucht hat. Einen Radiergummi. Sie beugt sich über ihr Heft und radiert eine Notiz weg. Immer wieder bläst sie das abgeschabte Gummi von ihrem Blatt. Ein Junge in der hinteren Reihe meldet sich. Er sagt: Offen gesagt, das Leben, das wir führen, ist idiotisch. Er grinst. Das ist ein Zitat, erklärt er, von Tschechow. Ich nicke. Und, frage ich, stimmt das? Die Schüler werden unruhig. Das Mädchen mit dem Radiergummi hält im Radieren inne, als ob ihr etwas eingefallen sei. Sie hebt den Arm. Ja, sagt sie, nachdem ich sie aufgerufen habe, ja, doch, durchaus. Manchmal sei das Leben fatal.

Elisabeth und Martha stehen zusammen vor der Tür zum Lehrerzimmer. Als ich komme, verstummen sie und Elisabeth tritt einen großen Schritt zur Seite. Martha sagt: Guten Tag, Herr Kollege. Sie grinst spöttisch. Elisabeth sagt gar nichts. Sie sieht in die entgegengesetzte Richtung. Ich sage: Guten Tag. Gibts was Neues? Martha schüttelt langsam den Kopf. Bei mir nicht, entgegnet sie. Elisabeth sieht auf ihre Schuhspitzen. In meinem Fach liegt ein gelber Briefumschlag, auf den in geschwungener Schrift mein Name geschrieben ist. Georg, schreibt Luise, ruf mich heute abend an, gegen sieben Uhr.

Auf dem Nachhauseweg versuche ich mir alles ganz genau zu merken. Der Sommer hat die Stadt in Besitz genommen. Auf dem roten Dach des Kiosks liegen die belaubten Äste der Birke. Man müsste, sagt der Kioskverkäufer, als ich mir Zigaretten hole, den Baum mal schneiden. Der wuchere, sagt er, der nehme sich einfach all den Platz, den er wolle. Der Mann mag den Baum, er spricht kopfschüttelnd von ihm wie von einem unartigen Tier. Er selbst, sagt der Mann, stelle sich auf keine Leiter mehr. Dafür sei er zu alt. Ich wende ein: Ach, alt, ich bitte Sie. Aber der Mann ist tatsächlich sehr alt. Er lehnt die Schultern weit nach vorne, wenn er um die Verkaufstheke herumgeht und nach einer Zeitschrift sucht.

Die Einkaufsstraße ist voller Menschen. Ein junger Mann bittet mich, bei einer Umfrage mitzumachen. Ich folge ihm in ein Gebäude. In einem kleinen Aufzug fahren wir in den dritten Stock. Der Mann sagt mehrmals: Gleich sind wir da. Dann öffnet er die Tür zu einer Wohnung, führt mich durch einen schmalen Gang mit blauem Teppich und sagt: Da wären wir. Ich muss mich an einen Tisch setzen. Vor mir stehen Plastikbecher, in die Waschpulver gefüllt ist. Ich muss sagen, welches Waschpulver am besten riecht. Dann sehe ich mir fünf Werbespots an und fülle einen Fragebogen dazu aus. Als ich gehe, darf ich mir eine kleine Flasche Sekt aus einem Korb nehmen. Unten, auf der Straße, sehe ich den Mann wieder. Er spricht gerade zwei Frauen an. Sie schütteln die

Köpfe und gehen an ihm vorbei. Ich schraube den Verschluss der Flasche auf und trinke im Gehen den lauwarmen Sekt.

Im Vorgarten kniet Judith auf dem Boden und rupft Unkraut aus einem Beet. Sie schaut auf, als ich komme, und nickt mir grüßend zu. Eine Schülerin von dir, sagt sie, hat angerufen. Ich frage beiläufig: Wie war denn ihr Name? Judith hält im Unkrautjäten inne. Sie kneift die Augen zusammen. Sie überlegt. Ich weiß nicht mehr, sagt sie dann. Steht drinnen auf dem Block. Sie greift nach einem Grasbüschel und zieht heftig daran. Ich wende mich ab. Ich bin schon fast bei der Tür, als Judith fragt: Seit wann rufen die denn bei dir an? Ich drehe mich um. Sie hat sich ein wenig aufgerichtet und sieht mich forschend an. Ich zucke mit den Achseln. Ich sage: Weiß auch nicht. Muss wohl etwas Dringendes sein.

Luise entschuldigt sich. Sie sagt: Ich darf nicht bei dir anrufen, ich weiß. Deine Frau klingt so nett. Aber ich habe es einfach nicht mehr ausgehalten. Komm morgen mit dem Auto zur Schule, okay? Sie sagt: Ich vermisse dich, fast immer. Sie sagt: Ich möchte, dass wir morgen den ganzen Nachmittag zusammen verbringen. Sie stöhnt leise auf. Ich vermisse dich so sehr, wiederholt sie. Nie, sagt sie, habe ich jemanden so vermisst.

Judith geht ins Bett. Ich komme auch gleich, sage ich und lösche alle Lichter. Im Fernsehen liegen zwei Männer mit einer nackten Frau auf dem Bett. Während sie den einen küsst, öffnet der andere seine Hose und kniet sich zwischen die Beine der Frau. Ich nehme meinen Schwanz in die Hand und sehe Luise vor mir, wie sie sich das weiße Kopfkissen unter den Hintern schiebt. Wie sie sich mir darbietet. Die Beine spreizt. Die Füße hinter meinem Rücken ineinander verhakt. Ihr Gesicht unter meinem zur Seite wirft. Und es ist ihr Gesicht, und es ist Evas; es ist Martha, mit der ich schlafe, und die Frau aus dem Film, es ist Sylvie, es ist Elisabeth, es ist eine wie die andere, es ist egal, und ich denke: Dafür lebst du.

IM GELBEN UMSCHLAG liegt ihr Brief in meinem Fach. Schon wieder gelbe Post?, fragt Martha, als ich mein Fach leere. Sie nimmt ihre Lesebrille ab und steckt sich einen der Brillenbügel in den Mund. Ich frage: Was dagegen? Martha lächelt herablassend. Nein, nein, Herr Kollege, sagt sie. Durchaus nicht. Oder sollte ich? Sie rückt so nah an mich heran, dass ich ihren seifigen Geruch wahrnehme und die kleinen Knötchen an ihrem hellgrauen Pullover. Sie setzt ein höhnisches Gesicht auf. Haben wir hier etwa einen Fall für die Sittenpolizei?, fragt sie. Ich zucke mit den Schultern und versuche zu lachen. Martha schnalzt tadelnd mit der Zunge. Sie verzieht bedauernd die Mundwinkel. Jeden Morgen, sagt sie, huscht das arme Ding hier herein und legt heimlich einen Brief in dein Fach. Sie lacht spöttisch. Reizend, sagt sie. Ganz reizend. Bevor ich antworten kann, dreht Martha sich um und verlässt den Raum. Ich nicke den Kollegen zu. Niemand scheint etwas gehört zu haben. Den gelben Umschlag stecke ich in meine Tasche. Dann gehe ich auf die Toilette, lasse die Spülung laufen und öffne Luises Brief. Fahr um vier Uhr, steht da, mit deinem Auto die Straße hinunter, bis zur nächsten Ecke. Dort, zwischen Bäcker und Supermarkt, warte auf mich.

Sie geht an der Bäckerei vorbei und schaut gleichgültig in die Auslage. Vielleicht betrachtet sie auch nur ihr eigenes Spiegelbild. Der Rock geht ihr bis zur Mitte der Oberschenkel, Strümpfe trägt sie keine. Ihre nackten Füße stecken in Sandalen, die einen kleinen Absatz haben. Sie fährt sich alle paar Sekunden durchs Haar. Als sie mich sieht, hebt sie die Hand ein wenig. Sie schaut sich um. Dann öffnet sie die Beifahrertür und grüßt laut und förmlich. Sie steigt ein. Ich wende den Wagen. Im Rückspiegel kann ich Martha sehen, wie sie mit Eric die Straße hinuntergeht. Die beiden schauen in unsere Richtung. Ich fluche leise. Ist was?, fragt Luise. Ich sage: Da sind Kollegen von mir. Luise dreht sich auf ihrem Sitz um. Ach, die, sagt sie und zuckt mit den Achseln. Als wir um die

Ecke gebogen sind, beugt sie sich zu mir herüber und gibt mir einen lauten Kuss aufs Ohr. Du musst vorsichtig sein, sage ich, du darfst mir nicht immer Briefe hinterlegen, das fällt allmählich auf. Luise legt ihren Kopf in meinen Schoß. Von unten herauf sieht sie mich an. Du stehst nicht zu mir, stellt sie fest. Manchmal ignorierst du mich richtig. Ich bin dann, sagt sie, immer furchtbar wütend auf dich. Ich sage: Wir müssen aufpassen. Ich sage: Versteh das doch. Sie lacht leise und öffnet den Reißverschluss meiner Hose. Mit einer Hand fährt sie in die Öffnung.

Im Radio spielen sie Popmusik. Den Klassiksender mochte Luise nicht. Sie drehte so lange an dem Knopf, bis ein englisches Lied ertönte und Synthesizer im Hintergrund und Trommeln. Ist doch besser, meinte sie und lachte mich an.

Ich frage: Wo fahren wir hin? Luise legt einen Finger an ihren Mund und beißt ein wenig an der Nagelhaut herum. Wie wäre es, sagt sie dann, wenn wir in Richtung Taunus fahren? Ich nicke. Noch ist kein Feierabendverkehr, aber der Nachmittag neigt sich schon dem Abend zu. Luise wippt auf ihrem Sitz im Takt der Musik. Und wohin im Taunus?, frage ich. Sie lacht. Sie sagt: Ja, wohin. Vielleicht in einen Wald? Dann legt sie ihren Kopf wieder in meinen Schoß. Von unten betrachtet habe ich bestimmt ein Doppelkinn. Ich recke den Hals.

Auf den meisten Waldwegen gehen Leute spazieren. Junge Paare. Hundebesitzer. Eine Frau mit zwei kleinen Kindern. Wir fahren im Kreis. Immer sagt Luise: Nicht hier. Endlich finden wir eine einsame Stelle. Hier, sagt Luise, hier stellen wir uns hin. Als ich die Tür öffnen will, sagt sie: Nein. Sie flüstert: Ach, Georg, ich will doch nicht spazieren gehen.

Mein nackter Bauch ist weiß und dick. Wie von einem großen Fisch, denke ich. Luise bewegt sich auf mir. Sie schiebt ihr Becken vor und zurück. Der Rock ist bis zu ihren Hüften hochgerutscht, ihre Bluse ist weit geöffnet. Um uns herum ist es fast dunkel.

Wenn jetzt jemand vorbeikäme, würde er uns nicht erkennen können. Einmal stößt Luise gegen die Hupe. Pass auf!, rufe ich. Luise lacht. Sie hält sich an meinen Schultern fest. Sie beugt sich nach vorne und küsst meinen Hals. Sie wirft den Kopf nach hinten. Sie schiebt ihre Hände in meinem Nacken ineinander. Sie presst mich gegen den Sitz. Ich sehe sie an. So ist es gut, sagt sie. Ob es auch für mich gut sei. Sie fragt: Ist es das, was du willst? Sie sagt: Fass mich an. Sie sagt: Überall. Gesprächig wie ein Papagei ist sie. Sie schreit. Jeder, der am Auto vorbeigeht, muss uns hören. Dann legt sie sich auf den Beifahrersitz und lehnt ihren Kopf gegen meinen. Sie sagt: Ich werde dich immer lieben, Georg. Sie ist schön und hat alles vor sich und liegt in meinem Auto und behauptet so etwas.

JUDITH IST IM WOHNZIMMER, als ich nach Hause komme. Sie sitzt auf ihrem Sessel, der mit einem samtartigen violetten Stoff bezogen ist und geschwungene Lehnen hat. Vor ihr steht der runde Schemel, auf den sie manchmal die Füße legt. Aber nicht heute. Heute sitzt Judith kerzengerade auf ihrem Sessel. Sie schaut aus dem Fenster, obwohl der Fernseher läuft. Ich beuge mich herab, um sie zu küssen. Sie dreht den Kopf so zur Seite, dass ich ins Leere küsse. Sie sagt: Jetzt ist es schon dunkel, doch vorhin konnte man hier einige Vögel beobachten. Ich sage dir, manche von ihnen waren noch nie in unserem Garten. Ein Kleiber, stell dir vor. Und ein Grünfink. Wenn ich zum Fenster blicke, sehe ich Judith und mich gespiegelt. Judiths Gesicht sieht verzerrt aus im Glas. Ihre Konturen verschwimmen. Sie sagt: Ich sitze hier schon einige Stunden. Das Essen steht auf dem Herd.

Erst als ich am Esstisch sitze, merke ich, wie hungrig ich bin. Es schmeckt toll, rufe ich Judith zu, die unverändert auf dem Sessel sitzt. Sie sagt: Du hast sicher Hunger, nicht wahr? Sie fragt nicht, wo ich so lange war. Ist heute etwas spät geworden, rufe ich. War viel zu tun, in der Schule. Judith antwortet nicht. Ich sage: Sitzungen, weißt du, und eine sehr wichtige Konferenz. Judith kommt zu mir ins Esszimmer. Sie setzt sich neben mich. Die Hände legt sie vor sich auf den Tisch. Sie schaut auf das Tischtuch. Sie verschränkt die Hände wie zum Gebet und reibt die Daumen aneinander. Sie fragt: Schmeckt es dir? Ich nicke. Judith lacht. Das kann ich mir vorstellen, sagt sie, dass es dir schmeckt. Nach so vielen Sitzungen. In ihrer Stimme ist etwas, das mich aufschauen lässt. Na, sagt sie, als ich Messer und Gabel beiseite lege, dann will ich mal spülen gehen. Das ist ja meine Aufgabe, nicht wahr? Ich frage: Was ist? Aber Judith schüttelt nur den Kopf und lacht wieder. Seltsam trocken ist ihr Lachen. Sie sagt: Das fragst du mich? In der Küche lässt sie Wasser in die Spüle einlaufen und säubert die Töpfe, den Teller und das Besteck. Ich darf ihr nicht helfen. Geh du nur duschen, sagt sie und zieht ganz leicht die Nase kraus.

Auf meinem Kopfkissen liegen die gelben Umschläge. Judith muss sie in meiner Jackentasche gefunden haben. Nicht alle. Vier der Briefe habe ich klein gerissen und die Toilette hinuntergespült. Aber die anderen. Ich nehme einen Umschlag in die Hand. Der Brief ist kurz. Am Anfang steht: Lieber, Lieber, Liebster! Am Ende: In Liebe. Luise.

Als Judith ins Zimmer kommt, liege ich schon im Bett. Sie stellt sich neben die Kommode und zieht ihre Bluse aus. Sie zieht die Hose aus, die Strümpfe und die Schuhe. Sie öffnet den Büstenhalter. Mit einer Hand fährt sie sich über den Nacken und macht dabei ein Gesicht, als habe sie Schmerzen. Sie bürstet die Haare. Sie zieht ihr Nachthemd an und legt sich neben mich, aber so, dass sie mich nicht berührt. Die Scheinwerfer eines Autos kriechen die Wand entlang. Ein Garagentor wird geöffnet. Sicher ist es der Nachbar zur Rechten, der erst jetzt nach Hause kommt. Er ist Vertreter für Diätpräparate und reist viel. Es gebe Momente, sagte die Nachbarin einmal, in denen sie ganz vergesse, dass sie verheiratet sei.

Als ich mir eine halbe Stunde später in der Küche ein Glas Rotwein einschenke, sehe ich, dass beim Nachbarn noch Licht brennt. Es ist kurz nach Mitternacht. Vielleicht, denke ich, sitzen sie jetzt im Wohnzimmer, und er legt ihr eine Hand aufs Knie und erzählt ihr, dass niemand heute mehr Diätpräparate kaufen wolle. Keiner der feisten Männer und auch keine der dicken Hausfrauen, die es alle so nötig hätten. Und sie? Sie zieht sich vielleicht ihr Nachthemd zurecht und hält sich ein kleines Samtkissen schützend vor den Bauch.

Judith liegt auf dem Rücken, Arme und Hände sind unter der Bettdecke. Sie bewegt sich nicht. Ich sage: Es tut mir so leid, Judith. Ich frage: Was soll ich tun? Judith dreht sich zu mir hin. Im Dunkeln sind ihre Augen zwei große, feuchte Kohlestücke. Sie sieht mich ratlos an. Sie hat nicht die geringste Ahnung davon, wie sehr ich sie gerade jetzt liebe. Ich sage: Es ist vorbei, schon morgen ist es vorbei. Ich mache alles wieder gut. Judith seufzt. Sie zuckt mit den Schultern. Ja, murmelt sie, wenn du meinst. Sie legt die Hände vors Gesicht. Ich weine nicht, erklärt sie, als ich ihr eine Hand auf die Schulter lege. Sag mir, was du an meiner Stelle tun würdest. Würdest du nicht sofort gehen? Ich kann nichts dazu sagen. Ich weiß es nicht. Sie dreht sich weg von mir.

JUDITH SAH ICH das erste Mal, als sie auf dem Aachener Weiher Schlittschuh fuhr. Sie ist mir sofort aufgefallen. Sie trug eine dunkle Jacke. Ihr Rock reichte bis unter die Knie und gab den Blick frei auf zwei dünne Waden in schwarzen Strümpfen. Unter der weißen Farbe der Schlittschuhe wurde schon das Braun des Leders sichtbar. Auf dem Kopf trug sie eine Pelzmütze aus dem gleichen Fell, aus dem auch ihr Muff gemacht war. Die ersten Bahnen fuhr sie am Rand des Weihers, langsam und bemüht, nicht hinzufallen. Erst ab der dritten Runde wurden ihre Bewegungen sicherer. Ab der fünften steckte sie die Hände in den Muff und glitt über das Eis. Sie rappelte sich jedes Mal schnell auf, wenn sie gefallen war. Wie aus Trotz steckte sie gleich wieder die Hände in den Muff, ähnlich einem Radfahrer, der sich ein für alle Mal entschlossen hat, freihändig zu fahren.

Sie sah mich nicht. Ich stand am Ufer und fütterte die Vögel mit altem Brot. Amseln und Sperlinge bildeten dunkle Flecken am Boden. Aufgeregt suchten sie im Schnee nach den Krumen. Als zwei Aaskrähen hinzukamen, flatterten einzelne kleinere Vögel auf, setzten sich einige Meter weit entfernt wieder auf den Boden und beäugten die Krähen mit zuckenden Köpfen. Ich grüßte Bekannte, die wie ich aufs Eis schauten. Die Sonne stand hoch am weißen Himmel. Der Wind trieb mir Tränen in die Augen. Sie nahm das Eis in Besitz. Entschlossen drehte sie Runde um Runde, immer beherzter. Schließlich winkte sie sogar in Richtung des Cafés. Ihre Wangen waren vor Aufregung gerötet. Oder vor Stolz. Ich weiß es nicht. Ich habe sie sofort geliebt.

Immer und ewig, dachte ich, immer und ewig, in diesem Moment bereits. Ich war wirklich da schon verloren. Judith kam vom Eis und setzte sich auf eine Bank am Ufer des Weihers. Sie beugte sich vornüber und öffnete den rechten Schlittschuh. Ich steckte die Tüte mit den Brotkrumen in meine Manteltasche. Die Hände klopfte ich gegeneinander und wischte sie an den Seiten meines Mantels ab. Ich ging auf Judith zu. Sie schaute auf, und ihr Gesicht verzog sich zu einem Lächeln. Sie winkte. Ich hob die Hand, um zurückzuwinken. Ich lächelte ihr zu, ich beschleunigte meinen Schritt. Erwartungsvoll stand Judith auf, das rechte Knie winkelte sie so an, dass der Fuß nicht den Boden berührte. Sie lachte. Ich weiß noch, dass ich es in diesem Moment ganz richtig fand, dass zwei Menschen genau das Gleiche empfinden können. Gustav, rief sie, Gustav!, und ich ließ die Hand sinken und ging an der Bank vorbei. Aber ich war aus dem Tritt geraten, der Schnee rutschte mir eiskalt in die Schuhe, während Judith einen großen, blonden Mann umarmte und auf die Wangen küsste. Dann zog sie ihren Schlittschuh noch einmal an, hängte sich an den Arm des Mannes und ließ sich zur Eisfläche führen. Er applaudierte nach jeder der vielen Bahnen, die sie für ihn zog.

Dreimal habe ich einen Brief für Judith begonnen, ohne ihren Namen zu kennen. Unbekannte, habe ich sie angesprochen, Schöne, du. Ich habe von Schicksal geschrieben, und dass ich sie finden würde. In der Zwischenzeit habe ich mich mit einem Mädchen aus der Nachbarschaft getroffen, Anna, hübsch und an den richtigen Stellen drall. Wir sind Eis essen gegangen und ins Kino. Wir haben unterm Tisch in der Gaststube die Hände ineinander gelegt und uns am Abend, nach unseren Spaziergängen, geküsst. Irgendwann hat Anna angefangen, von der Zukunft zu sprechen. In Andeutungen zunächst. Kinder geben dem Leben erst einen Sinn, hat sie gesagt. Wenn ich sagte, dass auch ich irgendwann eine Familie gründen wolle, hat sie meine Hand fester gedrückt. Aber ich habe an Judith gedacht und daran, wie sie auf dem Eis ihre Bahnen zog. Jedes Wochenende bin ich zum Aachener Weiher gegangen. Meistens kam Anna mit. Ich stand am Ufer und suchte zwischen den Schlittschuhläufern nach Judith. Im Frühjahr setzte ich mich mit Anna auf eine Bank und betrachtete die Spaziergänger. Anna legte ihre Hand in meine und ihren Kopf an meine Schulter. Unser Platz, sagte sie manchmal. Dann drängte ich sie aufzustehen und mit mir den Park zu durchstreifen. Wir liefen alle Wege ab. Anna folgte mir und wunderte sich nur anfänglich darüber, dass ich stundenlang im Park bleiben wollte. Du bist ein Freund der Natur, sagte sie, das gefällt mir.

Im September hatte Anna Geburtstag. Sie wollte einige Freunde und Arbeitskollegen aus dem Büro einladen und mich ihren Eltern vorstellen. Anna war besonders hübsch an diesem Tag. Sie hatte das braune Haar in Wellen gelegt, und anstelle ihres üblichen dunkelblauen Kostüms trug sie ein helles Kleid, dessen Ärmel nur die obere Hälfte der Oberarme bedeckten. Ihre Eltern – die Mutter eine zurückhaltende Frau mit scheuem Lächeln, der Vater, ein distinguierter Studienrat, dem im Krieg zwei Finger der rechten Hand abgeschossen worden waren – begrüßten mich freundlich. Anna lehnte sich an mich. Mit beiden Händen hielt sie meinen linken Arm. Sie lachte viel, während ihre Eltern und ich miteinander sprachen. Als die Mutter sich entschuldigte, um in der Küche die Bowle zuzubereiten, ging ich mit Anna in das Wohnzimmer der Familie. Auf Stühlen und Sesseln saßen Gäste und unterhielten sich. Anna führte mich von einem zum anderen. Manche der Frauen sahen mich so erwartungsvoll an, dass ich wusste, dass Anna von mir erzählt hatte. Eine junge Frau beugte sich über den Plattenspieler in einer Ecke des Raumes. Sie legte eine Platte auf. Die Anfangstakte eines Liedes ertönten. Rhythmisch klopfte ihr rechter Fuß den Boden. Gleich, dachte ich, beginnt sie zu tanzen. Tatsächlich machte sie nun einige Tanzschritte, vor und zurück, der Oberkörper bewegte sich im Takt. Als Anna auf sie zuging, hörte sie auf zu tanzen und schaute mich an. Sie sah genauso aus wie damals auf dem Eis. Judith gab mir die Hand und sagte: Guten Abend. Dann wandte sie sich ab, weil der blonde Mann zu ihr gekommen war und ihr ein Glas Bowle hinhielt. Sie sagte zu mir: Das ist Gustav, mein Bruder. Ich fand, dass er ihr gar nicht ähnlich sehe.

Am nächsten Tag saß ich mit Judith in einem Café. Das Tortenstück, das vor ihr stand, sah appetitlich aus, rot und braun und weiß, Crème und Teig. Und obendrauf zu allem Überfluss ein Häufchen Sahne und eine Kirsche. Judith aß zuerst die Kirsche. Mit den Fingern klaubte sie sie aus dem Sahnehäufchen, leckte die Sahne ab und steckte sie sich dann als Ganzes in den Mund. Sie sagte: Ohne Kern. Immer wenn sie ein Stück von dem Kuchen genommen hatte, legte sie die Gabel ab und griff nach der

Tasse mit dem Kaffee. Ich merkte, dass sie darauf achtete, den Kaffee nicht vor dem letzten Bissen Kuchen auszutrinken. Nachdem sie schweigend alles aufgegessen hatte, nahm sie die Serviette, wischte sich über den Mund und sah knapp an mir vorbei. Weiß eigentlich Anna, dass wir beide hier sind?, fragte sie. Ich schüttelte den Kopf. Nein, sagte ich, weiß sie nicht. Judith wurde rot. Mit der linken Hand begann sie, an den Fransen des Tischtuchs zu zupfen. Wenn sie mich ansah, blinzelte sie nervös einige Male, bevor sie wieder wegschaute. Gehen wir ein bisschen raus?, fragte ich. Sie nickte und wartete, bis ich bezahlt hatte. Dann fuhren wir in meinem grauen Volkswagen zum Aachener Weiher.

Am Ufer haben wir gestanden und den Enten zugeschaut, wie sie in Zweiergruppen ihre Bahnen zogen. Immer wieder verschwand ein Entenkopf unter Wasser. Steil ragten dann die schwarz-weißen Schwanzfedern in die Höhe. Nie konnten wir in den Schnäbeln der Enten eine Beute sehen, wenn die Köpfe wieder hochkamen. Wurde Brot ins Wasser geworfen, kamen die Schwäne zügig und siegessicher angeschwommen. Die Enten machten ihnen Platz und schauten ängstlich zurück, ob sie verfolgt würden. Ich sagte: Hier habe ich seit letztem Winter oft gestanden und nach Ihnen geschaut. Judith lachte. Ich war doch nur ein einziges Mal hier, meinte sie. Ja, sagte ich. Ich weiß. Aber trotzdem. Hier habe ich nach Ihnen geschaut. Sie kamen nie wieder.

Hinter uns, auf dem Weg, der quer durch den Park führte, gingen Leute spazieren. Ich konnte sie reden hören. Einmal bellte ein Hund. Judith sagte: Und was nun. Dabei zog sie die Schultern ein wenig nach oben, als ob ihr kalt wäre. Ich sagte, kommen Sie, und dann ging ich mit ihr zu der Bank, auf der ich so viele Sonntage mit Anna gesessen hatte. Ich erzählte Judith von meinem Beruf. Vor einigen Monaten hatte ich mein Studium beendet. Seitdem arbeitete ich als Lehrer. Ich beschrieb ihr, wie es sich anfühlte, wenn man vor den Schülern stand. Ich sagte: Ich unterrichte gern.

Judith erzählte von ihren Eltern, von Gustav, von ihrer Schwester Alba, die sie im Frühsommer in Italien besucht hatte. Sie ist dick geworden, wissen Sie, sagte sie. Sie sagte es so, als ob ich Alba früher gekannt hätte. Als Judith von ihrem verstorbenen Bruder Oskar erzählte, musste sie weinen. Ich legte ihr meine Hand auf den Rücken, und sie hörte auf zu weinen und drückte sich die Handballen gegen die Augen. Jetzt sehe ich sicher schrecklich aus, sagte sie. Ich schüttelte den Kopf. Das Weinen hatte Judiths Augen und Lippen ein wenig anschwellen lassen. Sie sah sehr jung aus. Es wurde dunkel. Niemand schien mehr im Park zu sein. Wenn man schwieg, konnte man manchmal ein Rascheln hören. Vielleicht ein Rabe, sagte Judith. Vielleicht ein Eichhörnchen, sagte ich. Die Lichter der Häuser gingen an. Judith sagte: Ich muss nach Hause. Aber wir blieben sitzen, Hand in Hand. Keiner von uns dachte wirklich daran zu gehen.

Am darauf folgenden Sonntag lud ich Anna zum Essen ein. Wir hatten uns in der Zwischenzeit nicht gesehen, und Anna muss etwas geahnt haben. Aber als ich sie abholte, öffnete sie lachend die Tür. Sie rief: Da bist du ja endlich! Sie freute sich so sehr, dass ich Angst bekam. Wir gingen zum Wienerwald. Heute bleibt die Küche kalt, wir gehen in den Wienerwald, sang Anna auf dem Weg zum Stadtwaldgürtel. Sie sang es immer wieder, bis ich sie schließlich bat, damit aufzuhören. Ich überlegte, ob ich es ihr vor oder nach dem Essen sagen sollte. Anna las in der Karte und bestellte ein halbes Hähnchen mit Kartoffeln, dazu ein Bier. Ich klappte die Karte zu und sagte zum Kellner: Für mich das Gleiche.

Anna aß ihr Hähnchen viel schneller als ich meines. Erst schnitt sie mit Messer und Gabel an dem Geflügel herum. Dann brach sie die feinen Knochen mit beiden Händen auseinander und nagte das Fleisch sorgfältig ab. Zwischendurch griff sie immer wieder nach der Gabel, spießte eine Kartoffel auf und führte sie zum Mund. Findest du, dass ich zu viel esse?, fragte sie. Ich schüttelte den Kopf. Manchmal, sagte Anna, habe ich furchtbaren Hunger. Tagelang. Selbst das Essen hilft da nur für kurze Zeit, sagte sie. Als der Kellner die Teller abgeräumt hatte, beugte Anna sich vor, die Ellbogen auf dem Tisch und den Kopf in den Händen. Alles in Ordnung bei dir?, fragte sie. Ich nickte. Dann zündete ich mir eine Zigarette an und sagte: Es gibt da ein Problem, Anna. Ich habe mich verliebt. Im ersten Moment schien Anna zu denken, ich meinte sie. Ich sagte: Es tut mir leid. Anna setzte sich aufrecht hin. Ihre Hände verschwanden unter dem Tisch, die Schultern hingen ein wenig herab. Verliebt?, fragte sie. In wen? Ich sagte es ihr.

Judith?, rief Anna, und ich wiederholte: Judith. Anna sagte: Das gibt es doch gar nicht. Sie fuhr sich mit beiden Händen durchs Haar und flüsterte: Das kann doch gar nicht sein. Sie meinte, sie hätte es doch merken müssen. Sie sagte: Oh, mein Gott. Dann stand sie auf und ging aus dem Restaurant. Ich rief den Kellner, bezahlte schnell, griff nach Annas und meiner Jacke. Dann stürzte ich aus dem Restaurant. Sie war noch nicht weit gekommen, ich musste nur ein bisschen rennen, um sie einzuholen. Ihre Jacke legte ich ihr von hinten über die Schultern. Es war kühl geworden. Anna griff mit einer Hand nach ihrer Jacke. Sie ging weiter die Straße entlang. Ich sagte leise ihren Namen. Anna sagte: Bring mich nicht nach Hause. Sie fragte: Ist es dir wirklich ernst? Ich sagte: Ja, ich befürchte, ja, was kann ich tun. Anna blieb stehen. Nichts, sagte sie, gar nichts mehr kannst du tun.

Vier Monate später beschlossen Judith und ich zu heiraten. Manchmal, erklärte ich meinen Eltern, die verwundert waren, wie schnell wir uns entschieden hatten, weiß man einfach, dass es das Richtige ist. Meine Mutter sagte, wie schön für euch, und legte Judith und mir je eine Hand auf die Wange. Mein Vater sagte: Na denn. Aus dem Keller holte er eine Flasche Rotwein. Wir stießen miteinander an. Judith bekam rote Wangen, wie am Vortag, als wir mit ihren Eltern auf die Verlobung getrunken hatten. Schön, hatten auch sie gesagt. Judiths Vater hatte überlegt, welchen Anzug er zur Hochzeit anziehen könne.

Erst Jahre später begegnete mir Anna noch einmal. Kurz nach unserer Trennung war sie aus Köln weggezogen. Ein Freund hatte gesagt, sie sei als Sekretärin nach Düsseldorf gegangen. Ein anderer hatte gesagt, sie habe es in Köln nicht mehr ausgehalten. Ein Dritter hatte behauptet, es sei alles meine Schuld gewesen. Als sie mir begegnete, hatte ich Dorothee auf dem Arm und stand an einem Eisstand an. Dorothee zog an meinen Haaren, schaute über meine Schulter und überlegte laut, welches Eis sie nehmen wollte. Hinter uns sagte jemand, Erdbeer, Erdbeer ist immer gut, und Dorothee lachte erst laut und verbarg dann ihr Gesicht an meinem Hals. Als ich mich umdrehte, stand Anna hinter mir. Sie hatte sich sehr verändert, war schlanker geworden, eleganter. Wir waren beide überrascht. Mit einem Eis in der Hand setzten wir uns auf eine Bank. Wie früher, sagte Anna und lachte. Es gehe ihr gut, sagte sie, wirklich. Sie legte mir kurz ihre Hand auf den Arm. Und dir?, fragte sie. Wie ich sehe, habt ihr ein hübsches Kind bekommen. Ja, sagte ich und schaute Dorothee zu, wie sie vor uns im Sand kauerte und an ihrem Eis leckte. Es geht mir gut, sagte ich.

Im Großen und Ganzen stimmte das. Natürlich hatten Judith und ich in den vergangenen Jahren manchmal Streit gehabt, und es hatte Momente gegeben, in denen ich dachte, wir hätten uns zu früh festgelegt. Die Liebe war ein bisschen schwieriger gewesen, als ich gedacht hatte. Anna sagte: Ich muss los. Sie zögerte kurz. Grüß Judith von mir, sagte sie dann. Zu Judith sagte ich am Abend, stell dir vor, wen ich getroffen habe, und richtete ihr Annas Grüße aus. Judith fragte besorgt, wie geht es ihr?, aber ich konnte sie beruhigen. In der Nacht träumte ich von Anna: Mit einem weißen Lederkoffer in der Hand stand sie vor mir und sagte immer wieder: Ich muss los, ich muss los. Aber nicht sie ging fort, sondern ich entfernte mich immer mehr von ihr. Nicht indem ich mich zurückzog, sondern indem ich kleiner und kleiner wurde. Am Ende, das weiß ich noch, war ich nicht größer als eine Erbse. Eine kleine, grüne, über den Boden kullernde Erbse.

IN DER SCHULE wird mir schwindlig. Das hellgraue Laminat wirft Wellen, die Wände stürzen mir entgegen. Vielleicht ist es, sage ich zu Eric, der mich stützt, weil ich mitten im Gehen schwanke, ein Migräneanfall. Tatsächlich wird mir schwarz vor Augen. Einen Moment lang denke ich, ich werde blind. Womöglich wäre das die Lösung. Eric führt mich ins Lehrerzimmer. Setz dich an den Tisch, sagt er. Er holt ein Glas Wasser und stellt es vor mich hin. Er setzt sich neben mich. Als ich mein Gesicht aus den Händen nehme, sehe ich, dass er mich sorgenvoll betrachtet. Vom Tisch aus kann ich drei gelbe Briefe in meinem Fach liegen sehen.

Vor drei Tagen habe ich mit Luise gesprochen. Wieder sind wir in den Taunus gefahren. Am Waldrand habe ich geparkt. Ich habe gesagt: Es geht nicht mehr. Es tut mir leid. Ich habe gefleht: Versteh das doch. Sie hat neben mir im Auto gesessen und mit der rechten Hand am Schließfach vor sich gespielt. Sie hat es geöffnet und geschlossen, immer wieder. Ich habe gesagt: Meine Frau weiß alles. Luise hat geantwortet: Gut so.

Sie sagte: Sollen es doch ruhig alle wissen. Später schrie sie mich an: Das hättest du dir vorher überlegen sollen! Sie habe gedacht, dass ich sie wirklich liebte. Was das denn sonst mit uns sei? Dann stieg sie aus dem Auto und warf die Tür hinter sich zu. Einige Meter vom Auto entfernt setzte sie sich auf eine Bank und starrte auf den Waldweg. Ich fuhr nicht weg, weil ich wusste, dass sie mit mir zurück in die Stadt kommen musste. Von hier aus fuhr kein Bus. Nach einigen Minuten setzte ich mich auch auf die Bank. Luise lehnte sich gegen mich und ich streichelte ihr Haar. Eine Frau kam aus dem Wald. Langsam folgte ihr ein Hund. Er ließ den grauschwarzen Kopf ein wenig hängen und wedelte bei unserem Anblick unschlüssig mit dem Schwanz. Die Frau grüßte, und wir grüßten zurück. Auf dem Nachhauseweg sagte ich: Luise, bitte sei vernünftig. Es muss ein Ende haben mit uns. Aber Luise tat, als höre sie mich nicht. Nur noch zwei Wochen, sagte sie, dann sei die Schule endlich vorbei. Sie freue sich schon. Jetzt aber müsse sie sich auf die restlichen Prüfungen konzentrieren. Das verstünde ich doch? Als sie ausstieg, sagte sie: Wird schon, Georg. Und dass die Liebe das Wichtigste überhaupt sei.

Ich öffne ihre Briefe nicht mehr. Trotzdem liegen sie da. Jeden Morgen einer mehr. Eric sagt: Du hast dich vielleicht ein bisschen übernommen. Er zwinkert, aber es sieht nicht mehr lustig aus. Er sagt: Nimm die Briefe mal beizeiten aus deinem Fach. Die Kollegen reden schon darüber. Er beugt sich zu mir hin. Sei vorsichtig, Georg, sagt er, beende die Sache lieber, solange es noch geht. Ich nicke ein paar Mal. Bei jedem Nicken ist es, als ob eine Schmerzwelle durch meinen Kopf schwappt. Ich sage: Judith weiß alles. Ich frage: Was soll ich bloß tun? Eric wiederholt: Die ganze Sache beenden. Besser jetzt als später. Er sieht sich um, ob uns jemand beobachtet. Dann geht er zu meinem Fach, holt die Briefe und steckt sie in meine Aktentasche.

Als ich nachmittags nach Hause komme, ist Judith dabei, einen Kopf aus Pappmaché zu basteln. Sie hat bereits viele Schichten nasses Zeitungspapier auf einen Ballon gelegt und versucht nun, das Papier auf beiden Seiten des Ballons zu zwei kleinen, runden Ohren zu formen. Für Thomas, sagt sie, zum Sommerfest in der Schule. Sie spielen Theater, erklärt sie, und Thomas ist ein Bär. Ich nicke. Warum bist du denn schon da?, fragt Judith. Ich sage: Migräne. Judith sagt: Ach so. Dann sagt sie nichts mehr. Ich sehe ihr einige Minuten lang zu. Schweigend zieht sie das Papier zu Ohren und Nase. Ein wenig kann man den Bären schon erahnen. Im Schlafzimmer schließe ich die Vorhänge und lege mich ins Bett.

Einmal höre ich das Klingeln des Telefons. Als ich nach zwei Stunden aufwache, ist es ruhig im Haus. Die Kopfschmerzen sind weg. Einzig ein Druck hinter den Augen ist geblieben. Ich stehe auf, wasche mir das Gesicht und gehe zur Telefonzelle. Sie muss ungefähr in meinem Alter sein, und sie klingt freundlich. Luise, sagt sie, ist nicht da, wer spricht denn da? Ich sage, ein Freund, und entschuldige mich. Dann lege ich auf und gehe zurück zu unserem Haus. Judith steht im Garten und hat eine Hand wie den Schirm einer Kappe über die Augen gelegt. Sie schaut in Richtung des Gartenzauns, aber ich weiß nicht, was sie sieht. Sie blickt sich nicht um, als ich komme.

Am Abend kommt Dorothee und bringt uns Thomas. Er ist aufgeregt wegen seines Auftritts auf dem Sommerfest, dabei dauert es noch fast sechs Wochen bis dahin. Der Bärenkopf gefällt ihm nicht. Er sieht kein bisschen gefährlich aus, beklagt er sich. Judith sagt: Das kommt noch, er hat ja noch keine Zähne. Wart mal ab, bis er angemalt ist. Aber Thomas beharrt darauf: Kein bisschen gefährlich. Dorothee hat einen schwarzen Rock an, der so kurz ist, dass sie ihn immer wieder zurechtzupfen muss. Ihr T-Shirt ist grau und sehr eng. Sie sagt: Ich bin vielleicht müde, den ganzen Tag schon. Sie sagt: Manchmal hätte ich Lust, Urlaub zu machen. Vier, fünf Wochen, ganz alleine. Judith schaut Thomas an, der auf dem Fußboden sitzt und zuhört. Lauf schon mal in den Garten, sagt sie. Ich komme gleich nach.

Im Garten gehen Thomas und ich von Maulwurfshügel zu Maulwurfshügel. Thomas hat seine Hand in meine gelegt. Er sagt: Maulwürfe sind ungefähr so groß wie Katzen. Sehr kleine Katzen, wende ich ein. Thomas nickt. Sie haben, sagt er, den ganzen Tag lang die Augen geschlossen und graben sich mit ihren Händen einen Weg durch den Boden. Er findet es schön, dass wir Maulwürfe im Garten haben. Er hätte selbst gern welche. Zwei oder drei, sagt er.

Später grillen wir. Thomas legt die Würstchen auf den Rost und stellt die Salatschüssel auf den Tisch. Nach dem Essen klettert er erst zu Judith, dann zu mir auf den Schoß. Wenn er mit mir spricht, nennt er mich Opa. Zu Judith sagt er Oma. Am Anfang hat mich das immer erschreckt.

In der Nacht sehe ich Thomas beim Schlafen zu. Er liegt auf der Seite. Die dünne Decke hat er bis zu den Knien heruntergetreten. Er atmet so leise, dass ich mein Gesicht ganz nah an seines halten muss, um ihn überhaupt zu hören. Auf der Couch im Wohnzimmer liegt seine Wasserpistole. Sie hat auf dem hellbraunen Stoff einen faustgroßen Fleck hinterlassen. Judiths Pantoffeln stehen neben ihrem Sessel. Spät am Abend, im Bett, hat sie leise geschluchzt. Sie hat gewartet, bis sie sicher sein konnte, dass ich schlafe; erst dann hat sie geweint. Ich habe gleichmäßig geatmet und mich nicht bewegt. Nach einiger Zeit hat sie aufgehört zu weinen. Dann ist sie eingeschlafen.

Aus der Aktentasche hole ich die drei Briefe. Lieber Georg, steht im ersten Brief, es war gestern schön mit dir. Ich bin sicher, dass alles gut wird. Heute Abend, acht Uhr, vor der Schule. Deine Luise. Warum, steht im zweiten Brief, warst du nicht da? Konntest du nicht? Wolltest du nicht? Ruf mich heute noch an, unbedingt. Der Ton im dritten Brief ist anders. Ich habe dich heute gesehen, steht da. Du siehst aus wie immer. Krank bist du offenbar nicht. Wie kannst du nur so gemein sein? Am Ende steht: Ich liebe dich. Trotz allem.

Ich stecke jeden der Briefe in seinen Umschlag und lege die Kanten genau aufeinander. Dann zerreiße ich die Briefe in kleine Stücke. Die Stücke werfe ich in den Mülleimer. Mit dem Brotmesser stoße ich sie so weit hinunter, dass man keinen einzigen der gelben Schnipsel mehr sieht. Danach gehe ich wieder ins Bett.

Ich habe Judith nichts über Luise gesagt. Sie wollte nichts wissen. Sie hat bloß gefragt: Was würdest du an meiner Stelle tun? Aber ich weiß es nicht. Meistens denke ich nicht an Luise. Nur manchmal sehe ich sie plötzlich vor mir. Ihr rotes Haar, ihre milchweiße Haut.

JUDITH HAT ein weißes Kleid angezogen. Dazu trägt sie einen Gürtel aus ineinander geschobenen silbernen Metallgliedern. Das Kleid schwingt weit um ihre Beine. Es erinnert mich an etwas. Aber ich habe dieses Kleid noch nie gesehen. Sie hat sich die Haare hochgesteckt und einige Strähnen herausgezupft. Sie sagt: Ich bin gespannt auf die Wohnung. Sie fragt: Ist sie schön? Ich sage: Die Wohnung? Ja, ganz in Ordnung. Sie nimmt den Blumenstrauß in die Hand und sieht plötzlich sehr jung aus. Auf der Autofahrt schweigen wir. Nur einmal sagt Judith: Wie warm es ist. Sie sei, sagt sie, jedes Jahr wieder verwundert, wenn es plötzlich wirklich Sommer werde. Auf einmal sei sogar die Nacht ganz lau.

Im Vorgarten des Mehrfamilienhauses nehme ich Judiths Hand und drücke sie kurz. Sie sieht mich fragend an. Ich sage: Tja, dann. Judith fragt: Was dann? Ich zucke mit den Schultern. Einfach so, sage ich. Viel Spaß bei der Feier. Sie nickt ernst und zieht ihre Hand zurück. Dir auch, sagt sie. Kaum dass Klara die Tür öffnet, lächelt Judith. Sie kann das: Ihr Gesicht in Sekunden verändern, alle Betrübnis wegwischen wie Kreide von der Tafel. Klara merkt nichts und umarmt ihre Mutter. Judith sagt, wie schön die Wohnung sei, dabei steht sie erst im Flur. Dann werden wir herumgeführt. In der Küche steht ein Holztisch, unter dessen einem Bein ein zusammengefalteter Bierdeckel steckt, die Zimmertüren quietschen, wenn man sie öffnet, die Schubladen der Wohnzimmerkommode sind verzogen und lassen sich nur schwer aufziehen. Judith lobt alles. Robert bringt uns zwei Gläser Sekt. Klara sagt: Schaut euch ruhig weiter um. Sie dreht sich um und geht zur Tür. Sie ist jetzt die Gastgeberin, und wir sind Gäste unter Gästen. Judith grüßt in alle Richtungen. Ich wundere mich, wie es möglich ist, dass sie hier viel mehr Leute kennt als ich. Judith lacht, als ich sie frage. Sie sage einfach Hallo zu allen, die sie sehe. Sie kenne hier auch fast niemanden. Na und, sagt sie. Wir haben schnell alle Räume gesehen. Judith stellt sich zu Jan, der in einem Sessel sitzt. Sie beugt sich zu ihm herunter und spricht leise mit ihm. Ich gehe ins Bad und schließe die Tür hinter mir. Im Neonlicht sehe ich ganz gelb aus. Wenn ich die Haut an meinen Wangen straff nach hinten ziehe, wirke ich jünger.

Thomas läuft mit Tellern voll Erbsensuppe zu jedem Gast. Manche Leute schütteln stumm den Kopf, wenn er ihnen den Teller hinhält. Die meisten nehmen von der Suppe. Der Chef von Klara sieht Thomas verwundert an, als der ihn in einem Gespräch unterbricht. Er winkt ablehnend mit der Hand.

Judith fragt: Gefällt es dir? Sie hält ein Glas Sekt in der Hand. Sie setzt es an und leert es in einem Zug. Sie sagt: Du siehst so ernst aus, dabei müsste doch eigentlich ich verstimmt sein. Ganz nah kommt sie an mein Gesicht heran. Ich würde dich bitten, sagt sie, dich ein bisschen zusammenzureißen. Ja, sage ich und gebe ihr, bevor sie den Kopf wegdrehen kann, einen Kuss auf den Mund. Judith sagt: Das war nicht fair. Strafend sieht sie mich an. Dann müssen wir beide lachen. Wir stehen uns gegenüber und können nicht aufhören zu lachen. Für einen Moment habe ich Angst, dass ihr Lachen ins Weinen kippen könnte. Wie damals, bei unserer Hochzeit: Vier Gläser Rotwein hatte sie getrunken, und immer übermütiger war sie geworden. Sie hatte mit meinem besten Freund getanzt; wenn sie sich an seiner Hand drehte, schlug das weiße Kleid ein Rad um sie herum. Sie hatte ihre Schwester geküsst und gleich darauf mich. Ihre Schwester hatte mich dabei spöttisch angeschaut. Einen weiteren Schluck hatte Judith von ihrem Wein genommen. Dann war ihr schlecht geworden. Später hatte ich auf der Toilette mit einem feuchten Handtuch die Flecken von ihrem Kleid gerieben. Ist es schlimm?, hatte sie gefragt. Ich hatte gesagt: Geht so. Direkt unter der Brust war ein Fleck ge-

wesen. Judith hatte gesagt: Pass auf. Ich hatte mich nach vorne gebeugt, ihr einen Kuss auf die Brust gegeben und sie dabei von unten herauf angesehen. Dann hatten wir so sehr gelacht, dass sich
unsere Oberkörper nach hinten bogen und wir uns an den Wänden abstützen mussten. Judith hielt sich die Hände vors Gesicht.
Irgendwann sah ich, dass sie weinte. Weiß Gott, wie lange schon,
dachte ich.

Klara geht zwischen den Gästen hindurch und unterhält sich mit
allen einige Minuten lang. Immer wieder legt sie eine Hand auf
den Ausschnitt ihres farngrünen Kleides. Ihre Augen sind schmaler, als ich sie in Erinnerung habe. Bevor sie aus dem Zimmer
geht, lächelt sie mir zu, nachsichtig und sehr hübsch. Als ich in die
Küche komme, schneidet sie Baguettes in gleichmäßige Scheiben.
Alles klar?, fragt sie. Ich nicke. Sie greift mit beiden Händen nach
den Brotscheiben und legt sie in einen Korb. Sie hält mir den Korb
entgegen. Kannst du den mal auf den Esstisch stellen?, fragt sie.
Das Brot ist weiß und luftig, mit einer dunklen Kruste, die splittert, wenn man hineinbeißt. Wie das Brot in Italien, denke ich. Luise, die im Restaurant hungrig den Brotkorb zu sich heranzieht,
ein Stück abbricht und es mit Salz bestreut, bevor sie es sich vorsichtig in den Mund schiebt. Während sie kaut, sieht sie mich an.
Dann hält sie die rechte Hand vor den Mund, sodass ich nicht
mehr sehen kann, wie das kantige Brot ihre Wange ausbeult. Ich
gehe ins Wohnzimmer und stelle den Korb auf den Tisch. Robert
erzählt gerade einigen Gästen etwas. Er gestikuliert, zieht Grimassen. Einmal senkt er die Stimme und spricht so leise, dass der Kreis
der Zuhörenden sich enger um ihn schließen muss. Dann brechen
alle in Lachen aus. Vielleicht, denke ich, lachen sie über mich.
Aber niemand schaut mich an.

Dorothee unterhält sich mit einem Mann, der lange blonde
Haare hat. Um seinen Mund herum wächst ihm ein unregelmäßi-
ger Bart. Er hat ein schwarz-weißes Tuch um den Hals gebunden,

obwohl es dafür viel zu warm ist. Wenn er an seiner Zigarette zieht, behält er den Rauch einen Moment lang im Mund. Seine Backen sind dabei leicht aufgeblasen. Wie ein erstaunter Fisch sieht er aus. Ich gehe an den Tisch und nehme mir eine Hand voll Nüsse aus einer der Schalen. Ich muss nur den Kopf weit genug in den Nacken legen, dann kann ich alle Nüsse auf einmal in meinen Mund fallen lassen. Dazu trinke ich Sekt. Sekt und Nüsse passen sehr gut zusammen. Ich sehe an die Decke, wenn ich mir die Nüsse in den Mund werfe. Die Decke ist weiß und hoch, die Lampe ist umgeben von einer kreisrunden Stuckverzierung. Die letzten Nüsse kippe ich mir aus der Schale in den geöffneten Mund.

Eine Frau beginnt zu tanzen. Sie ist jünger als alle anderen. Ihre schwarzen Haare sind halblang. Am Hinterkopf gibt es eine Stelle, die verfilzt aussieht. Sie dreht am Lautstärkeregler und stellt sich neben das Sofa. Die Schuhe hat sie ausgezogen, weiß und zierlich schauen die Füße unter der Jeanshose hervor. Sie hebt die Arme und führt sie über den Kopf. Sie sieht aus wie eine Tempeltänzerin. Die Gäste machen ihr Platz und schauen sie an. Manche grinsen abschätzig. Sie senkt die Augen, lässt die Arme um sich herumwirbeln. Die Hüften erzittern, der Bauch, der Oberkörper, alles ist in Bewegung, nur die weißen Füße bleiben auf dem weinroten Teppich stehen. Eine lange Silberkette schwingt vor Brust und Bauch. Die Musik hört für Sekunden auf. Die Frau steht ruhig. Nur ganz leicht lässt sie die hängenden Arme schaukeln. Dann kommt ein neues Lied, ein schnelleres. Sie beginnt von neuem zu tanzen. Nun hebt sie auch die Beine, sie stampft auf, sie dreht sich, wechselt von einem Fuß auf den anderen. Herausfordernd schaut sie in die Runde.

Wenn Judith jetzt mit mir tanzt, denke ich, wird alles gut. Sie lässt sich am Arm in die Mitte des Raumes ziehen, zu dem Mädchen, das uns kurz zulächelt, bevor es sich wieder von uns abwendet. Judith tanzt, und ihr weißes Kleid schwingt um ihre

Beine. Sie lacht verlegen. In ihren Augen sehe ich, wie schlecht ich tanze. Wir müssen aussehen, denke ich, wie Relikte aus einer anderen Zeit. Judith holt Jan auf die Tanzfläche. Lustlos wiegt er sich in den Hüften und weicht den Blicken der anderen aus. Thomas drängt sich zwischen uns, er nimmt Judiths Hände und hüpft auf und ab. Falk tanzt mit eleganten Bewegungen. Einen Moment lang versuche ich, ihn nachzuahmen. Ich sehe Judith tanzen und Klara und Thomas. Dorothee sitzt auf dem Sofa. Noch immer unterhält sie sich mit dem blonden Mann. Aber während sie spricht, sieht sie immer wieder zu uns herüber. Sie nickt zustimmend. Dann höre ich auf die Musik und denke nicht mehr nach. Der Rhythmus ist schneller geworden. Die ganze Musik ist ein Wirbeln und Straucheln. Und immer wieder das Mädchen, ihr blasses Gesicht, die bauchige Stirn, auf der winzige Pickel zu sehen sind, die dunklen Haare, der Mund. Wenn die wüsste, denke ich.

LUISE SAGT: Wir sitzen hier wie ein ganz normales Liebespaar. Mitten am Tag. Du und ich. Sie sagt: Das gefällt mir besser als diese dauernden Heimlichkeiten. Die Kellnerin bringt unsere Bestellung. Ein Kaffee, ein Eis, bitte schön, sagt sie. Sie stellt die Sachen auf den Tisch und balanciert dabei das Tablett, auf dem noch eine Flasche Wasser und ein Glas mit Eiswürfeln stehen. Luise nimmt den gelben Papierschirm, der in der Sahne steckt, und leckt die untere Spitze ab. Sie schließt ihn, öffnet ihn, schließt ihn wieder. Dann legt sie ihn auf den Tisch. Sie häuft Sahne auf einen Löffel und steckt ihn sich in den Mund. Sie macht: Hhmm. Sie lacht. Nun schau doch nicht so ernst, sagt sie. Sie nimmt Eis auf den Löffel und hält ihn mir hin. Aber ich schüttele den Kopf und sage: Nein. Danke.

Sie löffelt bedächtig das Eis und schaut sich dabei um. Wenn sie nicht schneller isst, denke ich, schmilzt das Eis. Und sie, denke ich, schmilzt vielleicht auch. Immer noch ist sie kein bisschen braun von der Sonne. Wenn sie mich ansieht, kneift sie die Augen zusammen, weil die Sonne hinter mir steht. Wir sitzen in der Fußgängerpassage, und jeden Augenblick kann uns jemand entdecken. Jemand, dem man nicht begegnen will. Nicht jetzt. Aber Luise kümmert sich nicht darum, sondern schiebt ihre Hand über den Tisch, mir entgegen. Ich berühre sie leicht mit dem Handrücken. Sie sagt: Es ist schön mit dir. Sie sagt: Schau mal. Ein Sperling ist auf unseren Tisch geflogen und hüpft nun mit kratzenden Geräuschen auf der silbernen Metallfläche herum. Sie hält ihm ein winziges Stück Waffel hin. Der Vogel legt den Kopf schief und betrachtet die Waffel. Dann macht er einen Satz, schnappt nach der Beute und fliegt davon. Luise lacht. In ihr Lachen hinein sage ich: Wir müssen die Sache beenden. Ich spreche sehr leise, aber Luise hört mich trotzdem. Sie lässt den Löffel im Eis stecken. Sie legt den Kopf schief, wie vorher der Sperling, und sieht an mir vorbei, den Passanten hinterher. Und warum?, fragt sie schließlich. Ich sage: Du weißt es doch. Wegen meiner Familie und meinem Beruf. Luise schweigt. Es fällt mir doch auch nicht leicht, sage ich. Luise hat sich mir zugewandt. Sie sagt: Und was ist mit mir. Sie nimmt den Löffel wieder in die Hand und kratzt damit am Eis herum. Und was ist mit mir, Georg?, fragt sie. Sie ist trotzig wie ein Kind. Ich sage: Luise, bitte. Was hast du dir denn vorgestellt. Die Kellnerin läuft an unserem Tisch vorbei. Ich winke ihr, rufe: Die Rechnung, bitte. Zu Luise sage ich: Komm, iss dein Eis auf. An Luises Hals haben sich rote Flecken gebildet. Sie fährt sich mit der Hand über die Kehle und durchs Gesicht. Aber sie weint nicht. Nicht hier. Nicht inmitten all der Leute.

Sie lässt ihr Eis stehen. Sie nimmt ihre Tasche, und gemeinsam gehen wir zurück zu meinem Auto. Luise geht einen Schritt hinter mir. Wenn ich mich umdrehe, kann ich sehen, dass sie lautlos die Lippen bewegt und sich immer wieder über die Augen fährt. Warte ich auf sie, geht sie neben mir her, aber sie bewahrt immer einen Abstand zwischen uns. Im Auto lässt sie es zu, dass ich ihr den Gurt über den Bauch ziehe und ihn einklicke. Sie hat nun aufgehört, die Lippen zu bewegen und schaut starr geradeaus. Luise, beginne ich. Sie unterbricht mich: Ist gut, Georg, ist gut. Ich habe verstanden. Endlich. Sie lacht freudlos. Oh Gott, sagt sie, war ich vielleicht blöd. Dann sagt sie nichts mehr. Als wir in ihre Straße einbiegen, fahre ich rechts ran. Luise sagt: Hausnummer 79, das ist noch ein Stück. Besser, du steigst hier aus, sage ich. Luise nickt einige Male. Okay, sagt sie dann, wie du meinst. Sie löst den Gurt, nimmt ihre Tasche vom Boden. Aber sie bleibt sitzen. Im Radio spielen sie ein Lied aus den sechziger Jahren. Luise sagt: Du wirst mir bestimmt fehlen. Ich nehme ihre linke Hand in meine. Trotz der Hitze ist sie kühl. Ich lege sie mir aufs Gesicht und Luise lässt sie dort, ohne sie zu bewegen. Ein dicklicher junger Mann mit einem Dackel geht am Auto vorbei und bleibt am nächsten Baum stehen. Der Hund geht halb um den Baum herum, er schnuppert am Boden und am Stamm, und gerade als er das Bein hebt, zieht der Mann ihn weiter, sodass der Hund stolpert. Luise sagt: Meldest du dich mal? Ich nicke. Sie steigt aus. Ich sehe, wie sie die Straße entlanggeht. Langsam und mit gesenktem Kopf. Die weißen Beine in den Turnschuhen sehen aus wie zwei Ausrufezeichen.

ICH HABE SIE seit zwei Tagen nicht angerufen, und ich werde auch nicht anrufen. Ich könnte mich kurz melden. Ich hatte ihr versprochen, mich zu melden. Judith steht in der Küche und kocht das Abendessen. Sie schält Gurken, und ich bringe die Schalen in der Plastikschüssel zum Komposthaufen. Ich bin nur kurz draußen. Ich würde das Klingeln hören. Judith schält Karotten. Sie wirft die Schalen in die Schüssel. Sie sagt: Warte noch, es kommen noch Kartoffelschalen dazu. Ich warte. Dann bringe ich die Schalen der Karotten und Kartoffeln raus. Ich könnte anrufen. Nur kurz. Ich würde fragen: Wie geht es dir? Ich würde fragen: Alles klar? Ich sei leider ein wenig barsch gewesen bei unserer Trennung. Vielleicht wäre ihre Mutter am Telefon oder ihr Vater. Ich würde meinen Vornamen nennen und nach ihrer Tochter fragen. Vielleicht würde ich auflegen, bevor sie ans Telefon käme.

Früher hatten wir einen Hund. Er war groß und blond. Wenn er sich freute, zog er die Lefzen nach oben. Das ist ein Hund, der lächeln kann, haben die Leute gesagt. Er hat nie gebellt. Weder vor Angst noch vor Freude. Kam ich nach Hause, suchte er nach einem Schuh oder einem Kissen oder einem Stück Papier, das er mit seiner breiten Schnauze aufklauben und mir bringen konnte. Er jaulte dabei stoßweise. Strich man über seinen Kopf, ließ er sich zu Boden fallen und rollte sich auf die Seite. Kinder durften auf seinen Rücken klettern und sich an seinen Hals hängen. Wir mussten ihn auf Diät setzen, aber er wurde nicht dünner. Später merkte ich, dass er angefangen hatte, seinen eigenen Kot zu fressen.

Judith sagt: Du siehst krank aus. Sie sagt, im Moment sei ihr das aber egal. Sie sagt: Entschuldige. Sie wisse nicht, wie es weitergehen solle. Ich habe die Sache beendet, sage ich. Sie lacht. Sie fragt: Bist du sicher? War es nicht viel eher so, dass du verlassen wurdest? Wäre das zur Abwechslung nicht auch mal möglich? Sie legt den Kopf in die Hände, und dort lässt sie ihn. Sie sagt: Sei so gut und bring mir ein Glas Alkohol. Irgendwas, vielleicht am besten einen Whiskey. Judith trinkt keinen Whiskey. Sie setzt das Glas an und nimmt einen Schluck. Sie verzieht ihr Gesicht. Dann trinkt sie das Glas aus. Sie sagt: Wie warm einem gleich wird. Als würde man innerlich mit Pelz ausgelegt. Sie müsse sich über vieles klar werden, sagt sie. Sie wolle heute Abend nicht mehr darüber reden. Es gab ja auch gute Zeiten, oder? Ich nicke.

Morgen sind es drei Tage. Ich werde in die Schule gehen und die Abiturienten beaufsichtigen. Ich werde ihnen die Blätter mit den Aufgaben geben und sie nach exakt zwanzig Minuten in den Prüfungsraum schicken. Ich werde ihnen Glück wünschen. Viel Glück, werde ich sagen und aufmunternd nicken. Im Lehrerzimmer werde ich Eric sehen, der mich verstehen und mir auf die Schulter schlagen wird. In der Pause werde ich an Luises Klassenraum vorbeigehen und wie zufällig einen Blick hineinwerfen.

Als der Hund sechs Jahre alt war, begann das Niesen. Über Nacht war es da. Ich stand am Morgen auf und musste niesen, sobald ich den Hund berührte. Ich füllte ihm sein Essen in den Napf, sah zu, wie er die kreisrunden Bröckchen fraß, und ich nieste. Ging ich aus dem Haus, hörte das Niesen auf. Nach einigen Tagen blieben die Augen dauerhaft rot. Judith sagte: Du siehst aus wie ein Albinohase. Mich neben den Hund auf den Boden zu legen, seine Pfote auf meiner Schulter, sein Gesicht vor meinem, wurde zu einer Mutprobe.

Ich könnte sagen: Ich vermisse dich. Und wenn sie fragte, was, was genau vermisst du, würde ich sagen: Alles.

Ich dachte, Hausstaub sei das Problem. Judith sagte nur: Georg. Sie half mir, die Teppiche einzurollen und aus dem Haus zu tragen. Wir reinigten sie mit einem Hochdruckgerät. Der Hund lag vor dem Eingang und schaute uns zu. Ging ich auf ihn zu, grinste er. Ich nieste. Wir brachten die Teppiche wieder ins Haus. Der Hund legte sich zu meinen Füßen, ich hielt mir ein Taschentuch vors Gesicht.

Als der Hund fort war, träumte ich von ihm. Es war ein Traum, der immer wieder kam. Ich gehe mit dem Hund spazieren. Wir treten aus der Haustür. Der Hund läuft ohne Leine. Von hinten sehe ich, wie die langen Haare an seinem Schwanz und an den Hinterläufen bei jedem Schritt schwingen. Je länger die Haare sind, desto heller sind sie. Links vom Hund fahren Autos. Der

Hund läuft unbeirrt auf dem Bürgersteig. Er dreht sich nicht um. Während wir gehen, wird es dämmrig. Immer noch sind wir unterwegs. Ich rufe den Hund, aber er reagiert nicht. Er verschwindet im Dunkel. Mein letzter Gedanke ist: Die Autos.

Luise, all die Tage: Sah ich sie den Gang entlanggehen, blieb ich stehen und schnürte meine Schuhe neu. Sie lief dicht an mir vorbei. Ich konnte sie riechen. Manchmal streifte sie mich. Standen wir nebeneinander am Schwarzen Brett, sahen wir uns aus den Augenwinkeln an. Ich kannte ihren Stundenplan und sie meinen. Hatte ich Unterricht, stand sie manchmal vor dem Fenster des Klassenzimmers. Sie unterhielt sich mit ihren Freundinnen, lachte viel. Drehte die Haare um die Finger, war kokett. Ein Schauspiel. Und ich der einzige Zuschauer.

Judith sagt: Ich bin müde. Sie dreht den Fernseher leiser. Sie sagt: Ich glaube, ich gehe ins Bett. Sie steht auf und zieht sich den roten Bademantel zurecht. Sie fragt: Würde es dir etwas ausmachen, heute in Klaras Zimmer zu schlafen? Sie sehne sich nach einer ruhigen Nacht. Seit Tagen, sagt sie, habe sie nicht mehr gut geschlafen. Ich sage: Kein Problem. Spät in der Nacht fällt mir ein, dass ich meinen Pyjama im Schlafzimmer vergessen habe. Die Leuchtziffern des Weckers zeigen ein Uhr neununddreißig. Judith liegt auf dem Rücken. Sie atmet laut. Einmal seufzt sie. Der blonde Hund hat im Traum gejagt. Seine Pfoten haben gezuckt, manchmal wimmerte er dabei so sehr, dass ich ihn weckte.

Und Luise vor dem Fenster zog einen Schmollmund. Dann lachte sie wieder. Milchweiß und rot. Der Verzicht der Ranéwskaja hat sich nicht gelohnt, sagte ich. Die Schüler streckten träge ihre langen Beine unter den Tischen aus. Auf manchen Gesichtern sah ich ein mitleidiges Lächeln.

SIE SIND AUFGEREGT. Sie pusten sich die Haare aus der Stirn und nehmen die Blätter mit den Prüfungsaufgaben sorgenvoll entgegen. Manche bedanken sich leise, als könne Artigkeit ihnen jetzt noch helfen. Sie lesen konzentriert die Fragen, dann drehen sie das Blatt um, machen sich erste Notizen. Hin und wieder ein Kopfschütteln. Jemand flüstert: O Gott. Heute Morgen habe ich Luise gesehen. Im Gang stand sie inmitten einer Gruppe von Schülern. Ein Junge saß einige Schritte von der Gruppe entfernt an die Wand gelehnt. Er hielt sich die Hände über die Ohren und konjugierte Französischvokabeln. Luise sah noch blasser aus als sonst. Ich dachte: Wie dünn sie ist, schmal wie eine Zwölfjährige. Als sie mich entdeckte, schaute sie weg.

Mittags gehe ich mit Eric essen. Es ist der zweite Tag der mündlichen Abiturprüfungen. Eric sagt: Ist das langweilig. Er freue sich schon auf die Ferien. Italien, sagt er. Da sei für Unterhaltung gesorgt. Er sagt: Wenn du verstehst, was ich meine. Ich nicke. Er sagt: Du siehst mitgenommen aus. Beim Essen stützt er die Ellbogen auf und senkt den Kopf weit über den Teller. Er trinkt ein Glas Rotwein und fährt sich mit dem Handrücken über den Mund.

Am Nachmittag kommt ein Rettungswagen auf den Schulhof gefahren. Als er steht, verstummt die Sirene, und das Blaulicht wird abgestellt. Die Schüler heben die Köpfe von ihren Blättern. Ich sage: Bitte Ruhe, meine Herrschaften. Ich sage: Bloß keine Aufregung. Aus dem Krankenwagen springen drei Männer. Sie tragen weiße Hosen und kurzärmelige Hemden und über den Hemden rote Westen. Die Männer laufen mit einer Bahre in das Hauptgebäude. Auf dem Schulhof umstehen einige Schüler im weiten Umkreis das Auto. Die Sanitäter kommen wieder aus dem Gebäude heraus. Einer trägt die Bahre in der Hand, zwei führen Luise zwischen sich. Sie greifen ihr unter die Arme, und Luise lässt sich führen. Wie klein sie aussieht zwischen den Männern. Zwei

Sanitäter steigen vorne in den Wagen ein, ein Mann und Luise hinten. Dann kommt Martha zum Auto, öffnet noch einmal die hintere Tür und klettert hinein. Der Wagen fährt ab. Die Menschenmenge auf dem Schulhof löst sich auf.

Ich schaue auf die Uhr. Noch acht Minuten. Die Schüler haben sich bereits wieder ihren Notizen zugewandt. Ich denke: Es kann alles Mögliche sein. Kreislaufbeschwerden. Unerklärliche Schmerzen. Sie kann sich den Magen verdorben haben, elend genug sah sie aus. Vielleicht Fieber. So, sage ich, die Zeit ist um. Ein Mädchen sagt, bitte, noch zwei Minuten, aber ich schüttele den Kopf. Ich sage: Es tut mir leid. Sie erhebt sich schwerfällig, das Blatt in der Hand wendet sie sich zur Tür. Wird schon gut gehen, sage ich. Sie schüttelt den Kopf.

Im Lehrerzimmer ist nur Eric. Er sieht mich sorgenvoll an. Er fragt: Hast du das mitbekommen? Er rückt einen Stuhl vom Tisch und deutet darauf. Ich setze mich. Er sagt: Luise. Ich nicke. Was ist denn passiert?, frage ich. Eric zuckt mit den Schultern. Ich weiß es auch nicht genau, sagt er. Offenbar eine Art Zusammenbruch, in der Französischprüfung. Plötzlich habe sie geweint, habe gar nicht mehr aufhören können, dabei heftig geatmet. Eric sagt: Sie hat beinahe hyperventiliert. Er sagt, so ungefähr, und hechelt einige Male schnell hintereinander. Muss ja nichts mit dir zu tun haben, meint er. Einen Moment lang sagen wir beide nichts. Dann schlägt mir Eric auf die Schulter. Mann, sagt er, diese Frauen.

Mit der Kanne gehe ich von einem Blumenkübel zum nächsten. Wir haben einige Tage lang vergessen, den Garten zu wässern. Auf dem Gras haben sich schon gelbe Flecken gebildet. Judith steht in der Terrassentür. Sie hat die Arme vor der Brust gekreuzt. In der rechten Hand hält sie eines der flachen Whiskeygläser mit dem fingerdicken Boden. Es ist noch nicht einmal dämmerig. Ihre Augen folgen meinen Bewegungen. Das Wasser versickert sofort in der trockenen Erde. An den Rändern des Rasens stehen kleine Büschel von Unkraut. Judith sagt: Vergiss den Rhododendron nicht. Ihre Stimme ist nicht mehr ganz sicher. Die violetten und weißen Blüten hängen faltig herab. Am Zaun geht der Nachbar vorbei. Zu einem gelben Sporthemd trägt er Tennisshorts, an den Füßen Turnschuhe. Er winkt uns zu und ruft: Guten Abend! Ist das nicht ein Wetter! Judith lacht zu laut. Und ob!, ruft sie. Der Nachbar bleibt stehen und sieht interessiert über den Zaun. Judith kommt langsam in den Garten. Das leere Glas hält sie in der linken Hand. Gemeinsam gehen wir zum Zaun. Er genieße den Sommer, sagt der Nachbar, gar nicht satt sehen könne er sich daran, wie es überall blühe. Er schaut sich in unserem Garten um und lächelt beifällig, als er die Fuchsie betrachtet. Manch einem, sagt er, ist es ja zu heiß im Moment. Für ihn aber könne es nicht heiß genug sein. Judith lacht zu allem und nickt immer wieder. Ich lege meinen linken Arm um ihre Hüfte. Sie lehnt sich leicht gegen mich. Wir sollten doch, sagt der Nachbar nach kurzem Nachdenken, später auf ein Glas Wein vorbeikommen. Seine Frau freue sich bestimmt auch. Ich will schon abwinken, aber Judith sagt sofort ja. Ja, sagt sie, wir kommen gerne. Sie sagt: Ist mal eine Abwechslung. In einer halben Stunde, in Ordnung?, fragt der Nachbar. Judith sagt: In Ordnung.

Wir kennen die Nachbarn seit mehr als zehn Jahren. Damals waren sie hierher gezogen. Sie hatten das Haus neben unserem gekauft. Eines Morgens stand ein Möbelwagen vor der Tür. Judith sagte beim Frühstück zu mir: Nun ist das Haus also doch noch verkauft worden. Der frühere Besitzer war bereits ein Jahr zuvor gestorben und seither hatte das Haus leer gestanden. Vom Küchenfenster aus konnten wir sehen, dass die Frau eine Papiertüte nach der anderen vom Wagen ins Haus trug. Judith sagte: Das sind ja Dutzende von Papiersäcken. Wir überlegten beide, was in den Tüten sein könnte. Vielleicht Bücher, sagte Judith. Oder Nippes, sagte ich. Der Mann sprach mit den grün gekleideten Möbelpackern. Er lief ihnen voran ins Haus hinein, und wenn sie die Sessel und Tische, die Stühle und Schränke aus dem Wagen hoben, stellte er sich neben sie und sprach weiter. Ein paar Mal legte er auch selbst Hand an. Judith sagte: Er sieht sportlich aus. Zur Einweihungsfeier nahmen wir unsere Töchter mit. Dorothee war damals fast fünfzehn und weigerte sich, etwas anderes als ihre dunklen T-Shirts und hellbraunen Cordhosen anzuziehen. Sie stand den ganzen Abend mit einem Glas Orangensaft vor einem Bücherregal, fuhr manchmal mit den Fingern der rechten Hand über die Buchrücken und kehrte dabei allen Anwesenden den Rücken zu. Klara lief von einem zum anderen, gab jedem die Hand und erzählte Witze, die sie aus der Schule kannte. Kein einziger Witz war komisch. Seither haben wir unsere Nachbarn manchmal auf einem Fest bei ihnen oder bei uns getroffen. Befreundet haben wir uns nie.

Die Nachbarin stellt eine Platte mit Maischips auf den Tisch und daneben zwei Schälchen, eines mit grüner und eines mit roter Soße. Sie fragt: Was darf ich Ihnen bringen? Judith sagt: Ein Glas Wein wäre schön. Egal was für einer, fügt sie hinzu. Die Nachbarin fragt: Ist roter gut? Judith sagt: Ja. Sehr gut sogar. Ich nehme ein Bier. Der Nachbar setzt sich auf den Gartenstuhl zu meiner Rechten. Er räuspert sich, streicht sich über das Kinn, den Hals hinab. Der Garten der Nachbarn ist größer als unserer. Wohin man blickt, blüht es. Der Rasen ist trotz der Hitze grün und saftig. Rollrasen, sagt der Nachbar, als er meinen Blick bemerkt. Kaufe ich alle fünf Jahre neu. Sieht immer gut aus. Judith lacht anerkennend. Besser als unsere gelb gefleckte Wiese, nicht wahr, Georg? Ich nicke.

Judith trinkt den Rotwein. Sie sagt: Der schmeckt aber gut. Die Nachbarin hält ihr die Flasche hin. Ach so, sagt Judith anerkennend. Wir verstehen beide nichts von Wein. Dabei trinken wir gerne Wein. Einmal waren wir sogar auf einem Weinseminar im Breisgau. Zwei Tage lang hörten wir Vorträge und sahen uns Dias von Rebbergen, Weinpressen und Winzern an. Wir kosteten verschiedene Weine und machten uns dazu Notizen. Am Anfang nur Sachen wie: spritzig, schwer, süffig, burgunderrot. Später dann waren wir mutiger geworden. Abendlich-sanft, hatte ich geschrieben. Judith: Himbeerig. Ich: Urinähnliche Farbe, mild-schärfliches Bukett. Ein andermal: Sauer-apfelig. In den ersten Wochen danach gaben wir uns, wenn wir Wein tranken, die Adjektive hin und her. Einmal sagte Judith: Duftet nach Butter, schmeckt gerbstoffig. Ich entgegnete: Korpulente Fülle, ergreifend ehrlicher Abgang. Judith sah mich an und lachte.

Wer zuerst lachte, hatte verloren.

Der Nachbar fragt: Noch ein Glas Wein? Judith nickt. Gerne, sagt sie. Sie fährt sich mit einer Hand in den Nacken und hebt dabei ihre Haare ein wenig an. Dann dreht sie an ihrem Ehering. Sie sagt: Ich glaube, nach diesem Glas muss ich aber wirklich aufhören. Der Nachbar sagt: Aber wieso denn. Er sagt: Sie entschuldigen mich. Er steht auf und verschwindet im Haus. Im Wohnzimmer geht ein Licht an. Ich kann ihn als schwarze Figur hinter dem dünnen weißen Vorhang erkennen. Kurze Zeit später kommt er zurück. In der Hand hält er ein Fotoalbum. Der braune Einschlag ist verziert mit winzigen rosaweißen Blüten. Der Nachbar sagt: Vielleicht interessiert Sie das ja. Er schlägt das Album auf. Unsere Reise nach Ägypten, sagt er. Die Nachbarin zwischen den Ständen eines Basars, im Hintergrund sieht man weitere Stände, Frauen in schwarzen Gewändern und Kopftüchern. Ein Mann in Jeans und Hemd, auf dem Kopf einen Turban. Der Nachbar vor der Wüste, die gelb ist und belanglos aussieht. Wie ein Strand ohne Meer, denke ich. Ein Ägypter, weiß gekleidet, der Bart von grauen Haaren durchsetzt. Die Nachbarin in einem Restaurant. Mit einem leeren Teller in der rechten Hand steht sie vor dem Buffet. Ihre andere Hand lässt sie herabhängen, sodass sie ein wenig mutlos aussieht. Sie lächelt in die Kamera. Judith sagt: Schön. Sie sagt: Nein, so was. Als sie das Bild betrachtet, auf dem die Nachbarin ein Kamel besteigt, lacht sie. Hinter der Nachbarin steht ein Beduine im hellen Kaftan und stützt sie mit einer Hand ab. Die Nachbarin ist verlegen. Es war schwer, da hochzukommen, sagt sie. Und oben drauf habe es geschaukelt. Sie kichert. Schlimmer als auf einem Schiff, sagt sie. Sie hält sich eine Hand vor den Mund. Wüstenschiffe, so nennt man die doch, meint Judith. Beide Frauen lachen jetzt. Sie lehnen sich in ihren Rattanstühlen nach hinten, öffnen weit die Münder. Die Augen schmale Schlitze. Der Nachbar schaut mich an. Er sagt: Ist das Leben nicht schön. Er sagt: Ich werde demnächst pensioniert. Frühpensioniert, fügt er hinzu. Es tue ihm leid, um jeden Tag, den er bis dahin noch als Vertreter arbeiten müsse. Endlich fange das Leben an. Er sagt: Wir werden alles nachholen, was wir bisher versäumt haben. Während er spricht, legt er seiner Frau eine Hand auf das Knie.

Judith schwankt beim Nachhausegehen. Sie kann es vor den Nachbarn, die im erhellten Hauseingang stehen und uns hinterherwinken, nur verbergen, indem sie sich bei mir einhakt. Sie lässt mich die Tür aufschließen. Sie setzt sich auf einen Stuhl im Esszimmer und fährt mit den Händen die Maserung der Holzlehnen nach. Als sie aufzustehen versucht, sinkt sie sofort wieder auf den Stuhl zurück. Meine Hilfe wehrt sie ab. Noch einmal versucht sie aufzustehen. Aber sie muss sich wieder setzen. Sie stützt die Stirn in die Hand. So bleibt sie einige Minuten am Tisch sitzen. Dann lässt sie sich von mir helfen.

Im Bett dreht sie sich sofort weg von mir. Ich sehe ihren Rücken an, das hellblaue Nachthemd, die Rüschen, die die Längsnähte säumen. Ich würde gerne meine Hand auf ihren Rücken legen. Judith sagt plötzlich: Es war schön heute Abend. Ja, sage ich. Sie dreht sich zu mir um. Sie sagt: Wer weiß. Vielleicht ist ja noch nicht alles zu spät. Ich streiche ihr die Haare aus der Stirn. Sie legt die Stirn in Falten. Dann nimmt sie meine Hand. Sie schüttelt langsam den Kopf und sagt: Nein. Aber sie hält meine Hand in ihrer. Und bevor sie sich wieder von mir abwendet, küsst sie meine Fingerspitzen.

DIE GLEICHEN AUFGEREGTEN GESICHTER, das gleiche Raunen beim Lesen der Fragen. Ich sehe über die gesenkten Köpfe hinweg. Heute, denke ich, würde ich einen von ihnen begnadigen.

Als ich ins Lehrerzimmer komme, stehen Elisabeth, Martha und einer der Turnlehrer zusammen. Der Turnlehrer geht zum Kaffeeautomaten und wirft Geld ein. In der Maschine rumort es. Ein Plastikbecher fällt in die Halterung. Dampfend fließt der Kaffee in den Becher. Ein kurzes Piepen ertönt. Vorsichtig nimmt der Turnlehrer den Becher aus der Maschine. Er führt ihn an den Mund, bläst und trinkt einen Schluck. Mit dem Becher in der Hand geht er aus dem Zimmer. Leise schließt er die Tür hinter sich. Elisabeth schaut auf den Boden. Martha lächelt mich frostig an. Auf meinen Gruß hin nickt sie nur knapp. Elisabeth sagt leise etwas zu Martha. Dann verlässt auch sie den Raum. Martha räumt geräuschvoll ihre Tasche auf.

In meinem Fach liegt ein Schreiben des Direktors. Aufgrund einer Beschwerde von Seiten der Eltern der Schülerin Luise S. werde am Nachmittag, 16 Uhr 30, eine Sitzung im Büro des Direktors abgehalten. Er bitte um mein Erscheinen. Martha steht hinter mir, als ich mich umschaue. Sie sagt: Tja, dann sehen wir uns heute wohl noch. Sie schüttelt verächtlich den Kopf.

In der Mitte, auf seinem Ledersessel, sitzt der Direktor. Rechts von ihm Martha. Zu seiner Linken der Korektor. Ich denke: Die heilige Dreieinigkeit. Der Direktor steht auf, als ich den Raum betrete, und kommt mir zwei Schritte entgegen. Er gibt mir die

Hand und bittet mich, ihm gegenüber Platz zu nehmen. Er fragt: Die Prüfungen laufen gut? Einwandfrei, sage ich. Er nickt einige Male. Schön, sagt er, sehr schön. Er hält inne. Sie wissen, warum Sie hier sind?, fragt er. Ich sage: Nun, Sie schrieben ... Er unterbricht mich: Ja, sehen Sie. Eine unerfreuliche Angelegenheit, Herr Kollege. Er schaut auf ein vor ihm liegendes Blatt Papier. Die Affäre mit der Schülerin Luise S., sagt er, habe deren Aussagen zufolge während der Studienreise nach Italien begonnen. Martha nickt zustimmend. Über das Zustandekommen der Beziehung schweige die Schülerin sich aus. Den Gesprächen sei jedoch zu entnehmen – der Direktor sieht Martha fragend an –, dass die Schülerin bedrängt und schließlich zum geschlechtlichen Verkehr überredet worden sei. Wieder nickt Martha. Auch die Eltern, sagt der Direktor, deuten Aussagen und Verhalten ihrer Tochter in dieser Richtung. Er macht eine Pause. Nach der Rückkehr aus Italien sei die Beziehung aufrechterhalten worden. Der Direktor betont das Wort Beziehung so, dass es eine ironische Bedeutung erhält. Er legt das Papier aus der Hand. Er sagt: Besondere Schwere erhalten diese Vorwürfe durch die gesundheitlichen Schäden, die der Schülerin daraus erwachsen sind, und durch die damit verbundenen schulischen Nachteile. Er fragt: Sie wissen, dass die Schülerin gestern Nachmittag einen Nervenzusammenbruch erlitten hat? Ich sage: Ja.

Hinter dem Fenster die Birke. Ihr Stamm ist weiß mit einzelnen grauen Flecken und schmal wie ein Hals. Ich erinnere mich, wie mein Vater die Birke in unserem Vorgarten beschnitt. Gesundschneiden, nannte er es. Jedes Jahr entfernte er mehr der Äste, bis am Ende nur noch der Stamm zurückblieb. Meine Mutter weinte, als sie den nackten Stamm sah. Das ist Baumfrevel, sagte sie. Am Abend erzählte sie mir, dass die Birke der Baum der Verlassenen sei. Im darauf folgenden Jahr fällte mein Vater den Baum einen halben Meter über der Erde. An drei Wochenenden hintereinander zersägte er den Stamm zu Brennholz. Ich stand neben dem Sägebock, hob die Holzstücke auf und stapelte sie entlang der Hausmauer. Die Rinde ließ sich in papierdünnen Fetzen vom Stamm ablösen. Die klebrigen Blätter dufteten. Jedes vierte Stück Holz zerspaltete mein Vater mit der Axt. Ich musste einen Schritt zurücktreten, sobald er die Axt über den Kopf hob. Dort, wo die Birke gestanden hatte, klaffte lange Zeit eine Lücke.

Der Direktor fragt: Was sagen Sie dazu? Ich sage: Da war eine Beziehung, aber ich habe die Sache nicht forciert. Martha lacht spöttisch. Nicht forciert, wiederhole ich. Die dreieckigen Blätter bewegen sich leicht im Wind. Nicht mehr lange und sie werden gelb. Die hellbraunen Kätzchen sind schon abgefallen. Ich sage: Es ist vorbei. Ich frage: Was kann ich denn sonst noch tun? Der Direktor sieht mich an und klopft dabei mit seinem Stift auf den Tisch. Er ist jung, höchstens vierzig. Manche der Schülerinnen finden ihn attraktiv. Er weiß das und lacht, wenn er darauf angesprochen wird.

Wenn die Eltern Anzeige erstatten wollen, sagt er, wird die Sache unangenehm. Er sieht Martha an, die sich auf einem Block Notizen macht. Er fragt: Wie konnten Sie bloß? Er sagt: Das Beste wird sein, Sie nehmen sich nun erst einmal einige Tage frei. Er rückt den Knoten seiner Krawatte zurecht. An seiner Hand treten die Adern deutlich hervor. Bin ich etwa suspendiert?, frage ich. Der Direktor sieht seinen Stellvertreter an. Dieser schaut erst zu Martha, dann zu mir. Der Korektor sagt: Eher freigestellt. Bis zu den Sommerferien. Der Direktor fügt hinzu: Danach schauen wir weiter. Martha macht schnell einige Notizen auf ihrem Block. Dann sieht sie mich triumphierend an. Sie hat alles gewusst, denke ich. Die ganze Zeit.

Die Gespräche brechen ab, als ich das Lehrerzimmer betrete. Ich hole meine Unterlagen und verstaue sie sorgfältig in meiner Tasche. Als ich meine Jacke von der Garderobe nehme, steht plötzlich Eric neben mir. Er legt mir seine Hand auf den Rücken. Er sagt: Machs gut.

Ich muss Judith nichts erzählen. Sie weiß es bereits. Luises Mutter ist gründlich vorgegangen. Sie hat angerufen. Judith sagt: Es war schrecklich. Sie sagt: Vielleicht war das das Schlimmste von allem. Die Frau habe gesagt: Sie haben doch auch Kinder. Sie habe gefragt: Was würden Sie tun, wenn mein Mann mit Ihren Töchtern schliefe? Sie habe gesagt: Ihr Mann hat unser aller Vertrauen missbraucht. Und sie, Judith, habe nur zustimmen können.

In der Küche liegen Flaschen im Spülbecken. Sie sind leer. Judith sagt: Ich fing an, mich daran zu gewöhnen. Hätte ich sie nicht ausgeschüttet, wären sie jetzt trotzdem leer. Sie setzt sich an den Esstisch und legt das Gesicht in die Hände. Sie weint. Ich sitze neben ihr am Tisch und sehe ihr zu. Ich kann nichts tun. Judith sagt: Ich habe geglaubt, wir bekämen das wieder hin. Ich habe es mir gewünscht. Aber jetzt glaube ich es nicht mehr. Sie sagt: Ich weiß, dass ich dich einmal liebte. Wenigstens am Anfang muss ich doch einmal fast wahnsinnig vor Liebe gewesen sein, nicht wahr? Oder war ich das vielleicht nie? Sie sieht mich eindringlich an. Wie kann ich das wissen, denke ich, wenn du es vergessen hast. Sie fragt, ist nun alles weg, und es ist keine Frage, sondern eine Feststellung. Sie lässt zu, dass ich ihre Hände zwischen meine nehme. Dass ich ihr sage, wie leid es mir tut. Dass ich sie bitte zu bleiben. Sie sagt: Lass uns ehrlich sein, Georg. Es geht nicht nur um diese Sache. Sie zieht ihre Hände fort. Vielleicht, sagt sie, habe ich dich schon lange verloren. Und du mich. Jetzt weine ich. Judith steht auf und geht ins Schlafzimmer.

Vom Dachboden hat sie den hellbraunen Lederkoffer heruntergeholt. Sie nimmt ein Kleidungsstück nach dem anderen aus ihrem Schrank und legt es in den Koffer. Sie wischt sich mit beiden Händen über das Gesicht. Sie sagt: Ich brauche etwas Zeit für mich. Heute Abend fahre ich zu meiner Schwester, und morgen sehe ich weiter. Sie entfaltet einen Pullover und legt ihn auf dem

Bett neu zusammen. Sie sagt: Ich weiß noch nicht, wann ich zurückkomme. Mit den Kindern habe sie telefoniert. Sie wissen nichts Genaues, sagt sie. Aber du solltest mit ihnen reden. Jetzt erst sehe ich, dass sie ihren Ehering ausgezogen hat. Sie bemerkt meinen Blick. Keine Angst, sagt sie. Ich habe ihn nicht weggeworfen. Ihr Lachen klingt rau. Er liegt in der Nachttischschublade. Lass ihn da. Wenn jetzt ein Wunder geschähe, denke ich. Das Türkentaubenpärchen, das in unser Zimmer geflogen käme, die Schnäbel aneinander riebe, als wollte es uns etwas bedeuten, das gurrte und tänzelte, hier vor uns, und Judith, die das sehen würde. Ich öffne die Fenster. Kümmere dich ein wenig um den Garten, sagt Judith.

Ich trage ihren Koffer zum Auto. Sie hat sich das Gesicht gewaschen und die Haare gekämmt. Sie zuckt mit den Achseln. Sie sagt: Ich melde mich bald. Sie dreht sich um und steigt ins Auto. Immer noch kann ich nicht glauben, dass sie geht. Ich schließe das Tor hinter ihr und lehne mich gegen die Eisenstäbe. Ich stehe im Hafen, in den wir vor langer Zeit eingefahren sind, und winke, bis sie nicht mehr zu sehen ist. Ich weiß: Das ist der Untergang, der Schiffbruch. Das Riff bin ich. Dann gehe ich in den Garten. Zwischen den Levkojen und Sommerastern steht vereinzelt Unkraut. Ich klappe die Gartenstühle zusammen und stelle sie unter das Terrassendach. Seit Tagen schon ist Regen angekündigt.

THOMAS FRAGT: Wie warst du als Kind? Er fragt: Warst du wie ich? Hast du auch gerne gezählt? Seine Haare sind feucht vom Wasser. Sechsmal ist er vom Einmeterbrett gesprungen. Einmal davon mit Anlauf. Dabei hat er vorher Angst gehabt. Während der Fahrt zum Schwimmbad hat er gesagt: Ich tue es. Ich springe vom Einmeterbrett. Er hat gesagt: Ich halte mir die Nase zu, dann kommt kein Wasser rein. Und ich habe geantwortet: Halt auch die Hose fest, damit sie dir nicht wegrutscht. Thomas hat unsicher gelacht. Ich musste mit zum Becken gehen. Er stellte sich ans äußerste Ende des Sprungbretts und blickte auf das Wasser unter sich. Ich rief: Du schaffst es! Er trat zwei Schritte zurück. Ich rief: Komm schon! Ich rief: Spring! Und Thomas blickte kurz um sich, griff sich an die Nase und die Hose, lief nach vorne und sprang. Thomas fragt: Wie dunkel waren deine Haare? So dunkel wie meine? Er fragt: Glaubst du, wir wären befreundet gewesen? Ich sage: Ja. Ich glaube schon.

Wir bereiten gerade den Salat zu, als Dorothee anruft. Sie sagt: Ich komme später oder vielleicht erst morgen. Ist das okay? Sie kichert. Hier ist es gerade sehr schön. Die Leute sind wirklich nett. Und wir tanzen ziemlich viel. Im Hintergrund sind Stimmen zu hören und Musik. Dorothee fragt: Wie findest du ihn? Hat er dir gefallen? Sie war am Vormittag mit einem jungen Mann zu mir gekommen. Er ist groß – viel größer als ich. Beim Eintreten zog er den Kopf ein. Er gab mir die Hand und folgte mir in den Garten. Schöner Garten, lobte er. Das Gras ist ungehindert gewachsen in den letzten Wochen. Gänseblümchen liegen wie hingeworfen auf dem Rasen. Zwischen den Blumen wuchert kniehoch das Unkraut. Dorothee strich Thomas über den Kopf und sagte: Einen ganzen Tag mit Opa. Schön, was? Thomas nickte und rannte zur Schaukel im hinteren Teil des Gartens. Dorothee hängte sich bei ihrem neuen Freund ein. Sie wollten mit seinen Kollegen wandern gehen und am Abend tanzen. Ich sage: Er ist groß. Dorothee lacht. Ja, sagt sie, das ist er. Sie schweigt einen Moment. Dann sagt sie: Danke, Papa. Wofür?, frage ich. Dass du auf Thomas aufpasst, erklärt sie. Möchtest du noch mit ihm sprechen? Dorothee zögert. Das Geld ist gleich durch, sagt sie dann. Grüß ihn von mir. Sie ruft Gute Nacht und legt auf.

Drei Tage nachdem Judith gegangen war, lud ich Dorothee und Klara ein. Ich erzählte ihnen alles. Ich sagte: Wir wissen noch nicht, wie es weitergeht. Ich sagte: Es ist allein meine Schuld. Dorothee fragte: Mit einer Schülerin? Spinnst du? Klara schwieg. Der Kuchen, den sie vom Konditor mitgebracht hatte, stand unberührt vor uns. Ein Himbeerkuchen, überbacken mit zartbraunem Baiser. Klara fragte: Siehst du die Schülerin noch? Ich schüttelte den Kopf. Sie fragte: Und – bedauerst du das? Wieder schüttelte ich den Kopf. Am Morgen hatte ich gedacht, ein Anruf von Luise würde reichen für einige Stunden Zuversicht. Aber ich sagte: Nein. Ist besser so. Irgendwann schnitt Klara den Kuchen an. Wir aßen jeder ein Stück. Dorothee sagte: Seltsam, wie das alles gekommen ist. Sie sagte: Manchmal habe ich genau so was geahnt. Klara schaute sie verwundert an. Hast du wirklich?, fragte sie. Sie selbst, beteuerte sie, sei bis eben völlig ahnungslos gewesen.

Wir stehen nebeneinander im Badezimmer und putzen uns die Zähne. Thomas spuckt zwischendurch immer wieder ins Waschbecken. Dann beugt er sich zum Wasserhahn und spült den Mund aus. Er nimmt den Kamm, Judiths Kamm, in die Hand und fährt sich durch das kurze braune Haar. Sein Schlafanzug ist lindgrün. Im Bett legt er die Arme über die Decke. Ich lese ihm eine Geschichte vor. Thomas kennt sie schon. Ich bin sicher, er könnte den Verlauf vorhersagen. Doch er schweigt und lässt sich jedes Mal neu überraschen.

Am Morgen frühstücken wir auf der Terrasse. Wir warten auf die Sumpfmeise, die seit diesem Frühjahr in einem Vogelhäuschen im Garten nistet. Thomas versucht ihren Gesang nachzumachen. Er singt: Tjipp-tjipp-tjipp. Er imitiert ihren Ruf, das explosive Niesen. Er macht: Pitschü. Aber keine Sumpfmeise erscheint. Nur die Amseln picken die Körner auf, die Thomas einige Meter vom Tisch entfernt auf den Steinboden geworfen hat.

Mittags kommt Dorothee. Sie sieht müde aus. Sie trinkt einen Kaffee und nimmt Thomas mit sich. Als sie gegangen sind, sehe ich, dass Thomas seine Badesachen vergessen hat. Nebeneinander hängen seine Schwimmhose und das Handtuch auf der Wäscheleine. Ich fasse die Badehose an. Sie ist trocken. Der synthetische Stoff knistert in meinen Händen. Manchmal reicht das schon, um zu weinen.

Nach der ersten Woche meiner Freistellung rief Eric an. Er sagte: Das Wichtigste ist jetzt, nicht zu vereinsamen. Er sagte: Ich weiß, wovon ich rede. Natürlich sprächen sie in der Schule darüber, die meisten ziemlich hämisch. Alles nur Neid, versicherte er. Nach den Sommerferien sei die Geschichte ohnehin vergessen, jetzt, wo es keine Anzeige gäbe, sich die Wogen geglättet hätten. Ob ich sie noch sähe? Wen?, fragte ich. Er sagte: Na, wen wohl? Luise. Nein, sagte ich. Weder sie noch meine Frau. Ich sehe, sagte ich, eigentlich gar niemanden mehr.

Am selben Abend klingelte er an der Tür. In der Hand eine Flasche Rotwein. Der Käse, den ich zum Wein servieren wollte, war verschimmelt. Eric schaute sich im Haus um und sagte: Du brauchst eine Putzfrau. Er notierte mir Namen und Telefonnummer seiner Putzfrau auf einen Zettel. Wir tranken den Wein und schauten in den Himmel. Eric sagte: Wenn du drüber reden willst, tu es ruhig. Aber ich lehnte ab. Die Putzfrau, die ich am nächsten Tag anrief, war ein junges Mädchen aus Peru. Sie kam vorbei und schaute sich im Haus um. Ihre Haare waren lang, das Gesicht flächig. Sie sagte, sie melde sich wieder. Seitdem habe ich nichts mehr von ihr gehört.

JEDEN SAMSTAG putze ich das Haus. Ich beginne im Wohnzimmer, räume die Zeitungen zusammen, die schmutzigen Teller und Gläser bringe ich in die Küche. Die Schuhe und Kleidungsstücke sammle ich ein. Im Badezimmer reinige ich die Becken. Manchmal auch den Spiegel. Während ich spüle, lasse ich den Fernseher so laut laufen, dass ich jedes Wort verstehen kann. Zwischen Judiths Porzellanfiguren wische ich die Schränke mit einem Staublappen ab. Am Abend sehe ich mich in der sauberen Wohnung um. Dann rufe ich Judith an. Seit einigen Wochen hat sie eine eigene Wohnung in Köln. Wenn sie abnimmt, nennt sie unseren Namen. Wir sprechen über die vergangenen Tage. Sie erzählt von ihrer Arbeit als Verkäuferin. Über ihre Schwester hat sie eine Stelle in einem Schuhladen bekommen. Ich kann mir nicht vorstellen, wie sie vor fremden Menschen auf dem Boden kniet und ihnen beim Anziehen der neuen, noch steifen Schuhe behilflich ist. Judith sagt, sie mag die Arbeit. Sie sagt: Ich glaube, ich habe Talent zum Verkaufen. Seit sie in dem Laden arbeite, habe sich der Umsatz erhöht. Nicht viel, aber doch sichtbar. Von ihrem ersten Gehalt hat sie sich einen Bettvorleger gekauft, ein Tischchen, ein Regal. Sie sagt: Vielleicht hole ich irgendwann noch ein paar Sachen bei dir ab. Sie sei glücklich, mit möglichst wenig Ballast neu beginnen zu können. Immer noch meint sie, nichts sei endgültig. Sie brauche Zeit. Sie sagt: Lach nicht. Als ob ich lachen würde! Die Kinder fehlten ihr. Du auch, sagt sie.

Jedes Mal berichte ich ihr von Dorothee, von Klara und Thomas. Mit Thomas, sagte ich einmal, hole ich nach, was ich versäumt habe. Ich erzählte ihr, dass wir auf dem Schulfest waren und Thomas den Bären gespielt hat. Judith sagte: Aber der Bärenkopf war doch noch gar nicht fertig. Doch, sagte ich. Ich habe ihn fertig gemacht. Judith fragte: Und? Er sah aus wie ein Hund, sagte ich, aber immerhin gefährlich. Mit großen Zähnen?, fragte sie. Ich nickte. Mit großen Zähnen. Wir lachten. Dann schwiegen wir. Judith sagte: Man denkt nie, dass einem selbst das passiert. Den anderen, ja. Aber uns? Wir weinten beide. Jeder auf seiner Seite, sie in Köln und ich in Frankfurt. Wir könnten uns gleichzeitig ertränken, dachte ich. In Rhein und Main. Würden irgendwann ins Meer gespült werden und wären wieder beieinander. An Judiths Tür klingelte es. Sie sagte: Ich bekomme noch Besuch. Sie sagte nicht, von wem. Wir legten auf.

Manchmal fragt Judith nach dem Garten. Er verwahrlost,

sage ich. Immer mehr. Ohne dich verwildert er. Sie lacht dann. Nichts kann sie bewegen zurückzukommen. Gestern Abend habe ich ihr einen Brief geschrieben. Er liegt immer noch auf dem Küchentisch. *Liebe Judith*, steht da. *Jetzt bist du seit acht Wochen weg. Die Schule hat wieder angefangen. Hinter meinem Rücken lachen die Kollegen über mich. Sie gönnen mir alles. Das Schlimmste ist zu wissen, dass sie Recht haben. In jeder Schulpause denke ich an dich. Beim Essen. Beim Arbeiten. Am Abend. Und direkt nach dem Aufstehen, wenn meine Armbanduhr helle Flecken an die Zimmerdecke wirft. Ich stelle mir dann vor, wie du vor dem Dom stehst, am Chlodwigplatz auf die Straßenbahn wartest, wie du die Schildergasse hinuntergehst und die Aachener Straße entlangfährst. Hast du dich gewundert, wie sehr sich alles verändert hat? Das Türkentaubenpaar lässt sich nicht mehr blicken. Dafür hatten wir während des ganzen Sommers einen Gelbspötter im Garten. Er ist recht unscheinbar, auf jeden Fall nicht so gelb, wie sein Name vermuten lässt. Eher hat er die Farbe einer grünen Olive. Weißt du, dass er andere Vögel imitiert? Thomas sagt, der Vogel mache sich lustig über all die schöneren Vögel. Außerdem schaut manchmal eine Sumpfmeise vorbei. Sie singt recht hübsch. Amseln und Sperlinge kommen immer mehr. Am Wochenende sitze ich oft früh morgens mit einem Vogelbuch in der Hand im Garten. Ich versuche, die Rufe zu deuten, die Gesänge. Aber es fällt mir schwer, die Vögel zu unterscheiden. Ich wünschte, es käme einmal ein Pirol zu mir. Oder ein Stieglitz. Ich glaube, wenn ein Stieglitz käme, ginge es mir besser.*

Als wir zwei Jahre verheiratet waren, hatte ich einmal Angst um Judith. Sie hatte sich Ohrringe stechen lassen, kleine silberne Sterne, und ihr rechtes Ohr hatte sich gerötet. Es war angeschwollen, und nach dem Abendessen sagte Judith: Es ist heiß, es pocht. Wir müssen zum Arzt, sagte ich. Judith lachte. Morgen, sagte sie, wenn es morgen nicht besser ist, gehe ich zum Arzt. Sie zündete sich eine Zigarette an, zog zweimal daran und drückte sie aus. Mir ist schwindelig, sagte sie und stand auf, um ins Bett zu gehen. Ich folgte ihr bald.

Mitten in der Nacht erwachte ich. Judith wälzte sich im Schlaf. Ein Ruck ging durch ihre Beine, als stolpere sie, und sie setzte sich auf und starrte mich an. Ich bin gefallen, sagte sie. Sie schüttelte benommen den Kopf. Ich bin auf einem Grat gewandert, er war sehr schmal, und ich bin hinuntergestürzt, sagte sie, Meter um Meter. Es tut ziemlich weh, murmelte sie und fasste sich vorsichtig ans Ohr. Ich zog sie in meinen Arm, sie legte ihren Kopf auf meine Brust und schlief wieder ein. Ihr Atem ging regelmäßig, nur manchmal konnte ich ein Schnauben hören. Ein Leben ohne Judith, dachte ich, kann es nicht geben. Es war dunkel, und dann wurde es hell, und irgendwann seufzte sie und schlug die Augen auf.

Ich werde den Brief nicht abschicken. Einige Tage noch wird er dort liegen bleiben. Und wenn einmal alle Fenster offen stehen, wird er vom Tisch geweht werden. Als sei das alles nichts.

IV

Treibgut

JUDITH

SCHON EINE ganze Zeit lang sieht Georg mich nachdenklich an. Erst tat ich so, als ob ich nichts bemerkte. Aber als er immer weiter starrte, auch dann noch, als ich schon längst das ganze Geschirr gespült, das restliche Fleisch vom Knochen geschnitten und im Kühlschrank versorgt, sogar noch als ich auch den Tisch und die Spüle abgewischt, den Türgriff mit dem trockenen Tuch poliert hatte, drehte ich mich zu ihm um und fragte, ob was sei. Stumm schüttelte er den Kopf, und ich polierte weiter den schon glänzenden Türgriff, einfach, weil ich ihn darin sehen konnte, ohne mich ihm zuzuwenden. Sein Körper im Türgriff war in die Länge gezogen. Wie in einem Spiegelkabinett sah das aus, und ich hätte es ihm gerne gezeigt und mit ihm gelacht. Doch als ich mich umwandte, blickte er so ernst, dass auch mir das Lachen im Hals stecken blieb.

Nur aus den Augenwinkeln schaue ich ihn an, als ich ins Schlafzimmer gehe. Im Dunkeln ziehe ich mich aus. Ich tue es langsam. Erst den Rock, dann die Schuhe, danach ganz vorsichtig die Strumpfhose. Die Bluse ziehe ich aus und den Büstenhalter, und wie auf zwei Fremde blicke ich auf meine Brüste, die schwer und weiß auf meinen Bauch hängen. Das Haar löse ich und fahre mit den Fingern darin herum, da ich im Dunkeln die Bürste nicht finden kann. Licht machen will ich nicht.

Eher zufällig sehe ich mich im Spiegel an der gegenüberliegenden Wand, getaucht ins Mondlicht, bläulich weißer Frauenkörper, nur bekleidet mit einer Unterhose. Ich habe immer noch ein Lächeln im Gesicht, und ich schaue mich an, als wolle ich mir sagen, dass mir gefällt, was ich sehe. Aber vielleicht will ich mir auch nur Mut machen. Ich ziehe mein Nachthemd an. Rote Blümchen auf gelbem Grund, unter der Brust geschnürt wie bei den Frauen in den alten Filmen. Wie bei alten Frauen. Meinen Bademantel aus Samt ziehe ich über das Nachthemd, und nun mache ich auch Licht an, und alles sieht aus wie immer.

Vom Bad aus fällt mein Blick ins Wohnzimmer. Georg sitzt vor dem Fernseher und schaut eine Sendung über Raubkatzen an. Er hält ein Glas in der Hand und sieht von hinten aus, wie er immer ausgesehen hat. Gar nicht anders. Nur das Haar ist im Laufe der Jahre schütter geworden. Als er mich hört, dreht er sich um. Sein Gesicht hat nun den starrenden Ausdruck, das Ernste verloren. Er lächelt und sagt, das sei interessant, wie die Geparden sich verhielten, wenn sie den Feind witterten. Ob ich es nicht auch sehen wolle? Ich setze mich zu ihm. Georg sagt, die Geparden sind Einzelgänger, nur zur Paarung kommen sie zusammen, er fragt, wusstest du das? Und ich nicke und höre ihm schon nicht mehr zu.

DIE BILDER auf dem Kaminsims im Elternhaus. Oskar als Baby auf dem Bauch liegend und in die Kamera strahlend. Das Vögelchen kommt, hatte Vater ihm sicher zugerufen, in singendem Tonfall, wie er es dann auch bei mir versuchte, doch war meine Reaktion immer nur tiefes Erschrecken gewesen. Oskar als Kleinkind. Oskar auf dünnen Beinen bei seiner Einschulung, erstmals mit unglücklichem Gesicht zwischen den durch die Haare brechenden Ohren. Oskar als Jugendlicher, den Kopf hält er schräg in die Kamera. Er lächelt. Aber den Berichten nach ist er zu diesem Zeitpunkt bereits ein ernster Junge, der gern Klavier spielt und im Singen Talent beweist. Immer wieder wird Mutter vom Chorleiter angesprochen. Aus dem Jungen wird mal was, schnarrt der alte Streubnitz, fördern, gnädige Frau, fördern! Und Mutter hält ihre immer schwerer wiegenden Einkäufe in der Tasche vor sich. Und nickt.

Im letzten Kriegsjahr geboren zu sein habe ich immer als Nachteil empfunden. Noch dazu als jüngstes von vier Geschwistern, deren ältestes, Oskar, ein halbes Jahr zuvor bei einem Bombenangriff ums Leben gekommen war. Alba ist fünfzehn Jahre alt, Gustav sechzehn, als ich, nackt und feucht wie ein Fischlein, in die Familie Friedrichs stürze, hinein in die Trauer um Oskar, den Verlorenen. Gustav und Alba ähneln sich, sie haben die gleichen blauen Augen, das gleiche spitze Kinn. Ich, mit meinen dunklen Haaren, sehe aus wie Oskar.

Nach mir hat keiner in der Familie gefragt. Auf mich hat keiner gewartet. Mit sechs Jahren beginne ich, im Laden zu helfen. Wir verkaufen alles, was man im Haushalt braucht: Gemüse, Milch, Kurzwaren. Süßigkeiten, Alkohol, Waschartikel. Essig, den man aus großen Holzfässern zapft und der den Steinboden unter dem Zapfhahn ausbleicht. Putzmittel, Obst, Fleisch. Frische Backwaren, die frühmorgens angeliefert werden und im ganzen Laden zu riechen sind, bis in das hinter dem Laden liegende Zimmer hinein, in dem ich gewaschen und gekämmt sitze und mit der Milch in der Hand auf mein Brot warte.

Ich räume Regale ein und aus. Putze den gesprenkelten, durch viele Tritte spiegelglatten Boden. Markiere die Sonderangebote mit farbigen Zetteln. Fülle die bauchigen Gläser neben der Kasse mit Süßigkeiten, bunten Bonbons, Kaugummikugeln, mit Konfekt, das in glänzendes Stanniolpapier gewickelt ist. Ein einziges Mal stecke ich mir eine der Pralinen in die Tasche meines Rockes. Heiß ist mir vor schlechtem Gewissen und wegen der Vorfreude darauf, dass ich später, eingeschlossen in der Toilette im Treppenhaus, die Schokolade langsam aus dem Papier herauslecken und dabei das an der Wand hängende Bild mit der Darstellung der verschiedenen Schmetterlingsarten betrachten werde. Am liebsten mag ich den Braunen Bär mit seinem Raubtiermuster. Als Raupe ist der Braune Bär mit dunklen Haaren dicht bedeckt, wie ein Haustier kann man ihn streicheln, wenn auch nur mit einem einzelnen Finger. An manchen Sonntagnachmittagen sammle ich im Stadtwald einige dieser Raupen und sperre sie in ein mit Gras ausgelegtes Konfitüreglas. Wenn sie sich an den Wänden des Glases emporschieben, werden ihre schwarzen Bäuche sichtbar.

Mit zwölf Jahren kann ich alle Aufgaben im Laden erledigen. Den kleinen Hocker, den mein Vater gezimmert hat, damit ich an die oberen Regale herankomme, brauche ich kaum noch.

Wenn Gustav nach Hause kommt, angereist aus Wien, wo er als Rechtsanwalt arbeitet, bin ich begierig darauf, ihm zu zeigen, dass ich den Laden alleine führen kann. Mit weißer Schürze und gebügelter Bluse stehe ich hinter der Kasse, die Haare hochgesteckt, die Fingernägel geschrubbt. Ich plaudere mit den Kundinnen, die Einkäufe rechne ich wie nebenbei ab. Kaufladen spiele ich, und eigentlich ist es das einzige Spiel, das ich kenne. Und Gustav sitzt auf dem Stuhl neben der Tür, ein, manchmal zwei Stunden lang, und lässt sich von den Kunden bewundern. Der Herr Jurist, sagen sie und schütteln ungläubig die Köpfe. Manchmal zwinkert er mir zu, das ist dann das Schönste. Ist niemand sonst im Laden, stellt er sich an eines der Regale. Hält eine Flasche hoch, eine Tafel Schokolade, eine Dose Fisch. Fragt, könnens mir sogn, wievü des kost, Fräulein? Ist plötzlich ein Wiener und auf Durchreise. Und des? Und des? Ich nenne die Preise. Beiße mir auf die Lippen, um nicht zu lachen.

Der Lehrer mit der Halbglatze, der Mönch, so nennen wir ihn wegen der Tonsur, spricht mit meiner Mutter. Ich lehne an der Wohnzimmertür. Kann ihn hören. Er empfiehlt, mich auf die höhere Schule zu schicken. Vielleicht, sagt er, käme danach sogar ein Universitätsbesuch in Frage. Ich falte die Hände so fest unter meinem Kinn, dass die Finger weiß werden. Aber meine Mutter sagt nein, und, wofür denn, außerdem sei der Weg zum Gymnasium weit, die tägliche Fahrt mit dem Autobus zu teuer und der Laden mache mir Spaß, warum also nicht die kaufmännische Richtung einschlagen.

Und so kommt es, dass ich nach zwei Jahren Handelsschule im Laden stehe, mit weißer Schürze wie immer, doch nun auf der Zielgeraden meiner Jugend angekommen: im Laden, in dem alles begann.

KLARA IST fünf Jahre alt und so klein, dass sie mir kaum bis zum Bauchnabel reicht. Was, fragt sie und stemmt sich auf die Zehenspitzen, um auf die Arbeitsfläche sehen zu können, wolltest du werden, als du so alt warst wie ich? Ich nehme die Hände vom Teig, wische mir mit dem Handrücken die Haare aus dem Gesicht.

Was ich werden wollte?
    Geliebt. Bewundert, verhätschelt, beachtet, verwöhnt, gelobt, umarmt, behütet, umhegt, gefördert, geschätzt, geküsst, erwartet, beruhigt, vermisst. Gefragt. Geschont.

Klara wippt auf den Zehenspitzen und sieht mich abwartend an. Hausfrau, sage ich. Sie nickt sehr ernsthaft einige Male und nimmt sich ein kleines Stück vom Teig. Dann läuft sie aus der Küche. Setzt Fuß vor Fuß und breitet die Arme aus, als balanciere sie auf einem dünnen Seil.

WENN GEORG UND KLARA am Morgen das Haus verlassen haben, unterbreche ich meine Küchenarbeit und setze mich wieder an den erst halb abgeräumten Tisch. Die Tassen und Teller schiebe ich ein wenig beiseite. Die Eierschalen nehme ich zwischen die Finger. Ich breche ihre dünnen Wände ein und ziehe ihnen die Haut in feinen, durchsichtigen Streifen ab.

Kommt Georg nach Hause, ist das Essen vorbereitet. Am frühen Abend sitzt er am Tisch und malt mit den Händen Bilder in die Luft, wenn er von den Kollegen spricht und den Schülern. Er beneide mich, sagt er. Um meine Unabhängigkeit. Wie Georg kneife ich mich ins Kinn, wenn ich nachdenke, den Daumen unter dem Kinn, den angewinkelten Zeigefinger darüber. Wir ziehen die Augenbrauen nach oben, wenn wir ungläubig sind, und wenn wir ratlos sind, legen wir die Köpfe schräg. Was ich gemacht habe ohne ihn? Den lieben langen Tag? Unkraut gejätet, um die Chrysanthemen, die Oleanderbüsche, um Rittersporn und Löwenmaul herum, bis kein Halm, kein Blatt mehr zu sehen war. Außerdem: gespült, gewaschen, fehlende Knöpfe angenäht, die Kacheln im Badezimmer geputzt, bis sie einander spiegelten. Ich habe gekehrt und die Nachbarin gesehen, wie sie ihren gelähmten Vater die Straße entlangschob, sein Kopf vor der rechten Schulter herabhängend. Er schläft wohl?, habe ich gefragt, und sie hat erklärt, dass er immer müde sei, und wenn wir den in seinem Rollstuhl schlafenden Mann genau ansahen, bemerkten wir, dass ihm Speichel aus dem Mundwinkel tropfte. Auch bei der Post war ich: Ein Paket habe ich abgeholt und Briefmarken gekauft. Gebügelt habe ich, Fenster geputzt, Flaschen zum Container gebracht, und weil die Container vor kurzem geleert worden waren, hat das geklirrt, kling, klong. Zum Glück war die Mittagsruhe da schon vorbei. Um halb vier habe ich am Fenster gestanden, und als ich mich eine Stunde später umdrehte, war es zwanzig vor vier. Dann habe ich die Einkäufe erledigt. Tatsächlich bin ich sogar in ein Delikatessgeschäft gegangen, habe im Kopf kurz unsere Haushaltskasse überschlagen und Schinken gekauft, luftgetrockneten. Ich habe gesagt, ein Pfund Parmaschinken, bitte, Parr-ma, habe ich gesagt, mit rollendem ›R‹. Als die Verkäuferin, eine Italienerin, die deutsch mit hessischem Einschlag spricht, mich darauf hinwies, dass ihre Verwandten ursprünglich aus Parma kamen und erst später in Mailand lebten, habe ich gesagt, Mailand ist aber auch wunderschön. Und dass ich die Stadt kenne. Meine Schwester lebte lange dort, habe ich gesagt, und sie hat gelacht und den Schinken auf einem transparenten Papier abgewogen. Obs ein bisschen mehr sein dürfe, hat sie gefragt. Und ich habe den Kopf ganz gerade gehalten und laut gesagt, ja.

ZUM ACHTZEHNTEN GEBURTSTAG schenken mir meine Eltern eine Reise nach Mailand. Ich habe Alba lange nicht gesehen, sie ist dick geworden. Löst sie ihr glattes hellrotes Haar, fällt es ihr bis auf die Schultern herab. Schultern, die früher im Sommer oft von der Sonne verbrannt worden waren. Auf der geröteten Haut hatten sich weiße, hauchdünne Bläschen gebildet, die aufplatzten, erst gegen Ende des Sommers wurden die Schultern braun. Und spitz waren sie, diese Schultern, so spitz und knochig, dass sie das Ab-rutschen der Handtaschen verhinderten. Aber jetzt haben Albas Schultern die Farbe von Caramel, und wenn sie die nackten Arme hebt, bilden sich Falten nahe ihrem Hals, und das lose Fleisch der Oberarme schaukelt bei jeder Bewegung.

Am Bahnhof umarmen wir uns. Alba befühlt den Stoff meines Kleides und rückt meinen Hut gerade. Ihre Wohnung ist groß und verwinkelt. Über dem Esstisch hängt ein Kronleuchter mit unzähligen Glastropfen. In einer Vitrine stehen Porzellanfigu-ren, pastellfarbene Katzen, Hunde, tänzelnde Pferde. Ein nieder-stürzender Greifvogel mit geöffneten Schwingen. Albas Mann Ri-cardo nimmt meine Hand und hält beim Sprechen seine Lippen knapp über meinen Handrücken. Eine Strähne seines nass ausse-henden Haares fällt nach vorne und bleibt fast waagrecht in der Luft stehen. Er habe mich kaum erkannt, eine junge Dame sei ich geworden. Er geht langsam um mich herum. Ist sie nicht wirklich schön?, fragt er Alba, die mit einem Achselzucken einen Topf mit gesalzenem Wasser auf den Herd stellt. Der vierjährige Alexander folgt ihr in der geräumigen Küche wie ein kurzer Schatten. Kaum, dass sie in ihrer Bewegung innehält, umklammert er eines ihrer Beine. Von dort aus beobachtet er mich, dreht das halbe Gesicht mir zu, während er die andere Gesichtshälfte an Albas fleischiges Bein drückt.

Übers Wochenende fahren wir an den Lago Maggiore. Spüre ich am Strand Ricardos Blick auf mir, ziehe ich den Bauch ein, einmal löse ich die Bänder meines Bikinioberteils und knote sie neu. Alba blättert in einer Zeitschrift. Alexander trägt Eimer um Eimer voller Wasser zu einem Loch, das er gegraben hat. Ricardo holt Sandwiches und Eis, er kniet sich neben mich und legt mir das Eis auf den Bauch. Von Zeit zu Zeit steht Alba auf. Zupft sich mit Daumen und Zeigefinger den Badeanzug zurecht. Schlingt sich ein Handtuch um die Hüften und geht mit Alexander zum Wasser. Sobald sie das Ufer erreicht hat, legt Ricardo mir eine Hand auf den Rücken.

Ich reibe das Streichholz. Werfe eine Münze in den Blechbehälter, stecke eine Kerze in den Halter. Die muss für viele Wünsche reichen, denke ich und wäge genau ab. Als der Docht aufflammt, macht Alba ein Foto von mir. Ich erschrecke. Vergesse meinen Wunsch. Auf dem Domplatz ein weiß-graues Getümmel. Erst wenn ich sie mit dem nächsten Schritt unweigerlich berühren würde, fliegen die Vögel auf, um sich wenige Meter entfernt erneut zwischen den Passanten niederzulassen.

Im Straßencafé stellen wir die Stühle so, dass wir die Passanten anschauen können. Ein römisches Profil beugt sich mir entgegen, quecksilbrige Worte, ein Singsang, und Alba antwortet statt meiner. Sie schüttelt den Kopf, sagt etwas. Deutet auf mich und auf sich. Schließlich bringt sie ein schmales Lächeln zustande.

Der Mann verlässt unseren Tisch, ohne sich noch einmal umzudrehen. Was wollte er?, frage ich. Alba zuckt ungeduldig mit den Schultern. Was sie alle wollen. Sie beginnt mit dem Salzstreuer auf dem Tisch zu spielen, sie nimmt ihn in die rechte Hand, legt ihren Daumen über die Öffnung, dreht ihn um, dreht ihn wieder zurück und leckt sich das Salz vom Daumen. Einige Salzkörner fallen auf den Tisch. Er hat gedacht, dass ich deine Mutter bin, sagt sie. Ich lache. Suche nach Worten. Unsinn, sage ich. Der Kellner bringt die Eisbecher. In der Sahne stecken Schirmchen und rote, herzförmig gebogene Pfeifenreiniger. Aber der Nachmittag ist gekippt wie Milch in der Sonne.

In der Nacht kommt Ricardo zu mir. Ich wehre ihn ab, mit beiden Händen, und irgendwann ziehe ich ihn zu mir, er hat gewusst, dass es so kommen würde. Wir sind leise und flüstern miteinander, er sagt, das bleibe unser kleines Geheimnis, er werde mich immer lieben, und verlässt mein Zimmer nach einer Stunde. Beim Frühstück köpfe ich wie er das Ei, und er bemerkt es und lacht. Doch Alba sieht es nicht, legt mir Brotscheiben auf den Teller und wundert sich über meinen Appetit. Ich schnalze mit der Zunge, genauso wie Ricardo schnalzt. Immer noch versteht sie nicht.

Wenn ich schnalze, steckt sich Klara manchmal einen Finger in den Mund. Sie legt ihn von innen an die aufgeblasene Wange und zieht ihn mit einem ploppenden Geräusch heraus. Sie ist mein verzerrtes Echo.

Schon zu meiner Hochzeit kommt Alba alleine. Zwei Jahre später ist die Trennung offiziell. Sie verlässt Italien und bleibt für einige Tage bei mir. Wir sitzen auf der Bettkante, und ich lege einen Arm um sie. Ich denke an Ricardo und an die Wochen, in denen ich ihn vermisst habe. Wenn du es wagst, wage ich es auch, hatte ich beim Abschied gesagt und mich dabei kaum getraut, ihn anzusehen. Er hatte gelacht und sich abgewandt. Als mir einige Wochen später Georg begegnete, habe ich mich schnell in ihn verliebt. Der ist es nicht wert, flüstere ich Alba zu. Und Alexander steht am Wohnzimmerfenster, starrt in den Garten und schlägt sich mit dem silbernen Plastikschwert immer wieder gegen das Bein.

KLARA IST AUFGEREGT. Die erste eigene Wohnung! Sie lacht ungläubig, wenn sie das sagt. Beim Packen singt sie, Woh-ho-nung, Woh-ho-nung, tarilala, tarilala. Als Falk kommt, hört sie auf zu singen, zupft sich am Ohrläppchen und stellt ihn uns vor. Er hat eine schwarze Hose an und ein blaues Hemd, das seine Augen blauer macht, als sie sind. Er lächelt mir zu und sagt, wie erfreut er sei. Georg hält ihm die Hand hin, beäugt ihn dabei misstrauisch und fährt sich mit der anderen Hand an die hinterste Stelle des Kopfes, wie um das licht werdende Haar zu verdecken. Seine Hand ist kleiner als die von Falk, zwischen deren langen Fingern und weißen Knöcheln sie beinahe verschwindet.

Klara geht von ihrem Zimmer zu den Autos und zurück, sie trägt Kisten mit Büchern, Schallplatten und Nippes. Jedes Mal setzt sie die Kartons vorsichtig auf dem Boden ab und blickt auf die Ladefläche des Lieferwagens. Den Zeigefinger legt sie an die Lippen, als überlege sie, wo die Sachen am besten zu verstauen seien. Dann bückt sie sich und hebt die Kartons ins Auto. Die Vase, die ich ihr vor Jahren geliehen habe, nimmt sie wie selbstverständlich mit. Sie legt sie auf den Beifahrersitz, um sie nachher, während der Fahrt, zwischen den Beinen zu halten. Es ist die Vase, die Georgs Mutter mir zur Hochzeit geschenkt hatte. Im dunkelblauen Glas schwimmen helle Schlieren wie Treibgut auf hoher See.

In der Küche setze ich den Kaffee auf. Vor dem Fenster steht Klara, neben ihr ein junger Mann mit einem gelben T-Shirt, auf dem ein Wolfskopf abgebildet ist. Das muss Robert sein, der neue Mitbewohner. Klara verschränkt die Arme vor der Brust, als sie ihn begrüßt. Auch er sieht für einen Moment verlegen aus. Dann zieht er seine gestreifte Kappe vom Kopf und legt sie auf das Fensterbrett. Nur zwei Meter ist er nun von mir entfernt, aber er sieht mich hinter der Glasscheibe nicht. Er lässt Klara nicht aus den Augen.

Mit zwei Autos fahren sie davon. Robert und Falk heben kurz die Hand zum Abschied. Klara dreht sich zu mir um und winkt so lange, bis das Auto um die Ecke gebogen und aus meinem Blickfeld verschwunden ist. Vielleicht winkt sie sogar noch länger. An den Wänden ihres Zimmers lässt sich ablesen, wo die Poster hingen. Auch der Fußboden erinnert an sie; wo die Kommode stand, ist der braune Teppich flach gedrückt. Wenn man ihn gegen den Strich streichelt, stellt er seine Haare drohend auf. Wir werden das Zimmer neu streichen müssen, ein Bett werden wir hineinstellen, einen Tisch, einen Stuhl davor, und unser kleines Haus wird plötzlich Zimmer im Überfluss haben.

Georg ist hungrig, es ist ein wohl verdienter Hunger. Den ganzen Tag hat er Kisten und Möbel getragen, erst aus dem Haus heraus, dann die vier Stockwerke nach oben, in Klaras Wohnung, die, wie er sagt, sehr sparsam möbliert ist. Diesen Falk, sagt er, mag ich nicht. Du aber bist ja ganz angetan. Er klingt bereits beleidigt, die Hand mit der Gabel lässt er in der Luft stehen und sieht mich herausfordernd an. Ja, sage ich, warum auch nicht? Auf der Terrasse tanzen die Tauben um die Körner, die schwarzen Nackenringe sind ihre Trauerbinden, und Georg wundert sich, dass sie einander treu sind. Weil mir beim Abspülen die Tränen kommen, legt er seine Hand auf meinen Rücken und fährt die Wirbelsäule hinab. Dann fasst er nach meinem Arm. Im Schlafzimmer machen wir kein Licht. Sein Körper wiegt schwer auf meinem. Der Wecker auf seinem Nachttisch tickt zu laut. Nun sind wir also allein, denke ich, während Georg meinen Namen flüstert und mein Ohr küsst. Ich sage, Georg, immer wieder, Georg, als müsste ich mich vergewissern. Als ich später das Licht anmache, schläft er schon. Die Sonnenbräune ist nicht überall hingelangt, es gibt haarfeine helle Streifen in seinem entspannten Gesicht. Vielleicht, denke ich, hat er immerzu gelacht in der Sonne. Am fünften Tag der Schulreise hatte er angerufen. Heiß sei es, sagte er, und viel Arbeit mache es. Keiner von ihnen könne italienisch. Außer der Französischlehrerin. Aber auch die, sagte er, verstehe niemand, die Italiener würden lachen, sobald sie zu sprechen anfange. Ob aus Freundlichkeit oder Verachtung, könne er nicht sagen. An Kunst hätten die Jugendlichen kein Interesse. Wir haben es doch gut miteinander, sagte er plötzlich, und ich sagte ja, und gab den Hörer an Thomas weiter, der schon beim ersten Klingeln Opa gerufen hatte, Opa, Opa, bis ich schließlich am Telefon war und ihm mit der Hand ein Zeichen gab, still zu sein.

Georg liegt auf der Seite, seine rechte Hand offen vor seiner Brust, sodass es aussieht, als sei er sich mit ebendieser Hand vor kurzem noch übers Gesicht gefahren. Die andere Hand liegt unter der Bettdecke. Er trägt nur ein Unterhemd. Das Laken um ihn herum ist faltig. Für morgen ist Regen angekündigt, aber noch ist der Himmel klar, alle Sterne sind zu sehen, nicht eine Wolke, und ich bin enttäuscht, weil ich mich darauf gefreut hatte, das Unkraut aus der nassen Erde zu zupfen und die Tropfen von den Büschen zu schütteln wie blinde Passagiere. Georg murmelt im Schlaf, und ich halte mein Gesicht ganz nah an seines, um ihn zu verstehen. Aber da ist er schon verstummt. Nur ein leises Seufzen gibt er noch von sich. Dann lacht er kurz und macht eine Bewegung auf mich zu. Seinen rechten Arm wirft er nach vorne, mir entgegen, sodass es scheint, noch im Schlaf wolle er mich festhalten. Ich streichele seine Hand, die klein ist für eine Männerhand und unbehaart. Kurz vorm Einschlafen denke ich, dass vielleicht gar nicht ich es war, für die er seine Hand auswarf wie einen Angelhaken.

JA?, FRAGE ICH. Als es am anderen Ende still bleibt, nenne ich noch einmal meinen Namen. Die junge Frau ist nervös. Sosehr sie sich auch bemüht, ist ihren Sätzen doch die Atemlosigkeit anzuhören. Ob Georg zu sprechen sei. Sie fragt, ist Ihr Mann zu sprechen?, und als ich verneine, macht sie ein Geräusch, als ob sie die Luft zwischen den Zähnen einziehe. Es sei, sagt sie, dringend, sie sei eine Schülerin von ihm. Ob ich ihm ausrichten könne, dass sie angerufen habe? Vielleicht, sagt sie, könne er sie zurückrufen. Die Nummer kenne er. Ihr Name sei Luise. Ich schreibe ›Luise‹ auf den kleinen Block neben dem Telefon. Das Mädchen sagt Danke, sie lacht verlegen und wiederholt, vielen Dank. Einen Moment lang scheint sie noch etwas sagen zu wollen, dann verabschiedet sie sich. Als ich aufgelegt habe, betrachte ich den Namen auf dem weißen Block. Luise, sonst nichts. Ihre Nummer kennt er. Eine ganze Weile schaue ich auf den Namen. Dann gehe ich in die Garage, hole mir Schaufel, Gummistiefel und den jungen, in Plastikfolie gewickelten Baum, den ich setzen möchte. Als ich die Schaufel in den dunklen Boden stoße, denke ich, nein, fast muss ich lachen, nein, nicht mit einer Schülerin. Aber die Erdkrumen stürzen sich Hals über Kopf von den Rändern hinab.

Georg öffnet das niedrige Gartentor und kommt den Gartenweg entlang, sein hellbraunes Flanellhemd unter dem Cordsakko, immer diese Flanellhemden, die ihn alt aussehen lassen, und er schwenkt die Tasche in seiner Hand vor und zurück und lacht mir zufrieden zu. Als ich ihm von dem Anruf erzähle, stoppt er die Tasche in ihrer Bewegung. Er zuckt mit den Achseln und weiß auch nicht, warum eine Schülerin ihn zu Hause anruft. Es muss wohl, sagt er, etwas Dringendes sein. Mit geschlossenen Augen würde ich jetzt vielleicht eine Atemlosigkeit bei ihm hören.

SCHÖN SEI GEORG. Ein schöner Mann, sagt Tante Käthe, als sie ihn bei der Hochzeit kennen lernt. Tante Paula sagt, es ene leckere Jung, und kichert dabei und macht sich auf ihrem Sessel klein. Da musst du aufpassen, dass er dir treu bleibt, meint Tante Käthe und sieht prüfend in den Spiegel über der Kommode. Schöne Männer, sinniert sie, habe man nie für sich allein, aber ich lache nur und denke, wenn einer irgendwann geht, dann ich. Den Tanten lächele ich zu und Georg auch, der in seinem schwarzen Anzug auf uns zukommt. In der Hand hält er einen Strauß weißer Nelken, mein Brautbouquet, das er bei der Gärtnerei abgeholt hat, wo sie ihm einen Nelkenkopf ans Revers gesteckt haben. Er sieht mich an wie ein Insektenforscher sein liebstes Insekt. Gemeinsam werden wir später die Torte anschneiden, seine Hand auf meiner, und auch wenn ich das Messer halte, wird er es sein, der führt. Die Torte ist dreistöckig. Man heiratet nur einmal, sagt mein Vater, als er vom Konditor kommt und das hohe Gebäck auf den nach vorne ge- streckten Armen balanciert. Es klingt wie eine Drohung.

Während Alba mir die Haare hochsteckt und zwischen den Strähnen Perlen befestigt, flüstert sie, ich solle es besser machen als sie. Ihre Stimme zittert. Gleich, das weiß ich, wird sie weinen. Im Spiegel beobachte ich sie. Ihr konzentriertes Gesicht über meinem Haar. Ihren Versuch, eine Perle direkt über meiner Stirn zu befes- tigen. Dann spitze ich die Lippen zu einem Mündchen und klappe die bunten Augendeckel ein paar Mal auf und zu.

Alba mag Georg. Sie tanzt bei der Hochzeit mit ihm und sieht glücklich dabei aus. Wenn sie uns besucht, bringt sie ihm immer etwas mit. Meist Konfitüre, gekocht aus den Erdbeeren, Kirschen und Äpfeln, die im Garten unseres Elternhauses wachsen. Manchmal Pfeifentabak. Zigarren. Einmal ein Schachspiel aus geschliffenem Glas. Wenn wir an den Feiertagen zu meinen Eltern fahren, öffnet Alba die Tür und führt uns hinein. Sie beugt sich zu Mutter hinunter, die im Sessel sitzen bleibt. Sie sagt ihr, wer gekommen sei. Meine Mutter ist alt geworden, sie sieht schlecht, und wenn man mit ihr spricht, muss man den Mund nah an ihr linkes Ohr halten. Versteht sie nichts, nickt sie und winkt ab. Mein Vater steht jedes Mal sofort auf, wenn wir das Wohnzimmer betreten. Er streckt mir die Hand entgegen und zieht mich mit einem Ruck zu sich heran, in eine Umarmung hinein. Manchmal kommen auch Gustav und seine Frau mit den Zwillingen, die einander jedes Jahr unähnlicher werden. Wir umarmen uns. Lachen und reden laut, damit auch Mutter hört, wie sehr wir uns freuen. Alba bleibt währenddessen an der Tür zur Küche stehen und betrachtet uns mit einem zufriedenen Lächeln. Dann geht sie in die Küche und bringt Kaffee und Kuchen in das Esszimmer, das in unserer Kindheit nur einmal im Jahr, zu Weihnachten, geöffnet wurde. Seit Alba wieder zu Hause wohnt, wird das Esszimmer jeden Tag benutzt.

Auch wir haben ein Esszimmer, das wir jeden Tag benutzen. Dorothee ist fast drei Jahre alt. Georg lacht, wenn sie beim Frühstück mit dem Löffel auf den Tisch schlägt und dabei ihren Becher umwirft. Er nimmt sie auf den Arm. Trägt sie zur Tür, wo er sie küsst. Dann gibt er sie mir, und wir winken ihm hinterher. Den ganzen Weg bis zum Gartentor geht er rückwärts, nur manchmal muss er sich umschauen, um sich zu vergewissern, wohin er tritt. Dorothee lacht fröhlich. Erst als er nicht mehr zu sehen ist, weint sie. Weint eine Stunde lang, während ich sie durch die Wohnung trage und ihr Lieder vorsinge.

Ich fahre über meinen Bauch, der sich bereits wieder ein wenig rundet. Vielleicht, sagt Georg, wird es diesmal ein Junge.

An Georgs Hand kommt Dorothee ins Krankenhaus. Sie lächelt jede Krankenschwester an. Georg hebt sie über das weiße Bettchen. Mit einer Hand fährt sie über Klaras Arme. Betrachtet ihre Finger und Zehen, die winzigen Nägel, die roten Flecken auf ihrem Gesicht. Sie weiß nicht, ob sie sich freuen soll. Georg sagt, nun seien wir komplett, nun hätte ich genug zu tun für die nächsten Jahre. Wir lachen beide. Sobald ich am Abend alleine bin, weine ich. Die andere Frau im Zimmer sieht mir dabei zu. Als die Schwester kommt, spricht sie leise mit ihr. Die Schwester nimmt mein Handgelenk, misst den Puls, sieht mich prüfend an. Ob das wahr sei? Dass ich immerzu weinte? Wo doch alles gut gegangen sei. Ich schüttele den Kopf. Wenn Klara trinkt, verbeißt sie sich in mich. Nach einigen Tagen muss ich abstillen, so entzündet sind meine Brüste.

Jeden Abend sitzen wir in unserem Esszimmer und sprechen miteinander. Georg erzählt aus der Schule, er lacht über die Kollegen, die den alten Drill vermissen. Er selbst will alles anders machen. Die Schüler mögen ihn. Gemeinsam bringen wir die Kinder ins Bett. Ich beschreibe ihm, was sie heute gemacht haben. Wie Klara versucht hat sich aufzurichten und dabei die Tischdecke vom Tisch zog. Wie Dorothee gespielt hat. Wie sie die Haare der Puppe geschnitten, den Bauch des Stoffhundes geleert hat. Und jetzt sind in jeder Ritze des Parketts weiße Styroporkügelchen! Ich denke oft, dass wir glücklich sind. An Gustav und Alba schreibe ich: Wir sind so glücklich. Drei Ausrufezeichen mache ich dahinter. Fotos der Kinder lege ich dazu, die Jahreszahl auf der Rückseite vermerkt. Alexander wird bald zehn. Er vermisst seinen Vater nicht, schreibt Alba.

NACH DEM MITTAGESSEN ziehen wir unsere Schuhe an, um auf den Markt zu gehen. Thomas steht im Hausflur und hüpft auf der Stelle, dann bleibt er vor dem Spiegel stehen und betrachtet seine Schneidezähne, indem er die Oberlippe hochzieht und das Kinn nach oben reckt. Mit dem Zeigefinger fährt er einige Male über die Zähne, dann schließt er den Mund und senkt den Kopf, um im Spiegel die Sommersprossen auf Stirn und Nase anschauen zu können. Er tippt sich ins Gesicht. Beginnt zwischen den Augen, geht bis zum Mund herab. Warte einen Moment, sage ich, weil mir eingefallen ist, dass ich noch eine Jacke zur Reinigung bringen wollte. Thomas macht ein enttäuschtes Gesicht und zieht den Reißverschluss seiner Weste auf und zu.

Georgs Cordjackett liegt auf dem Sessel im Schlafzimmer. Die Lederflicken an den Ellbogen sind abgeschabt, ich fahre mit den Fingern darüber. Dann taste ich die Taschen ab und ziehe einen Kugelschreiber, eine Quittung vom Reformhaus und drei Briefe heraus, Briefe in gelben Umschlägen, mit einer hochfahrenden Handschrift versehen, Georgs Name steht darauf, aber keine Adresse, und alle Briefe sind aufgerissen worden, nicht mit einem Brieföffner, sondern mit den Fingern und eilig. Ich nehme den ersten Brief heraus und lese: Lieber, mein Lieber, ich vermisse dich. Morgen Abend, im Hotel Transit, 20.00 Uhr, steht da, Zimmer 101, und Thomas ruft: Oma, wo bleibst du denn? Noch nie, steht im zweiten Brief, habe ich jemanden so gern gehabt wie dich. War es gestern nicht schön mit uns? Sie freue sich immer darauf, ihn in der Schule zu sehen, und sei es auch nur von ferne. Thomas schreit wütend, was ist denn nun? Er stampft mit dem Fuß auf, bis hierhin kann ich das hören. Ich rufe, warte noch einen Moment! Nehme den dritten Brief aus dem Umschlag. Heute – kein Blick von dir. Ich liebe dich doch. Der letzte Satz lautet: Kannst du vergessen haben, was zwischen uns war? Das Fragezeichen ist eine geschwungene, über zwei Linien reichende Schlange mit einem winzigen Pünktchen darunter, das man, achtet man nicht genau darauf, leicht übersieht. Der Punkt über dem i in Luise hingegen ist ein leerer Kreis.

Auf dem Markt zieht Thomas an meinem Arm. Er reckt seine Nase in die Luft und schnuppert wie ein Hase. Er will Brot essen und Wurst, und kaum hat er eine Wurst bekommen, will er Kuchen haben. Ich kaufe für jeden von uns ein Stück Marmorkuchen, das er sofort essen möchte, aber nach drei Bissen ist er satt, und ich stecke den Kuchen zurück in die Papiertüte. Die Bauern, die zweimal wöchentlich ihre Waren hierher bringen, sind freundlich, der Dialekt macht ihre Reden weich, sie empfehlen und erklären den Kunden gerne etwas. Die Bäuerinnen tragen unter ihren hellen Schürzen ärmellose Blusen, ihre Arme sind kräftig und ohne Schmuck. Die weißen Bäuche der Fische möchte Thomas am liebsten berühren. Aber die glasigen Augen sind ihm unheimlich. Er dreht sich weg von den Fischgesichtern und sieht, halb hinter mir verborgen, doch zu, wie die Fische an der Schwanzflosse hochgehoben und in durchsichtigen Tüten verpackt werden. Ich kaufe Zwiebeln und halte mir die braune Papiertüte vors Gesicht, bis die Tränen kommen, eine nach der anderen drängelt sich über den Augenrand und rinnt die Wangen herab, der Kragen wird nass, kein Schluchzen dabei. Thomas, der erschrocken ist, lacht, als ich ihm sage, dass das Weinen von den Zwiebeln kommt. Er öffnet die Tüte und sieht hinein, doch außer einem Brennen in den Augen spürt er nichts. Meine Tränen aber hören nicht auf und der Druck in der Kehle.

Keine Straße kann ich überqueren, ohne zu hoffen, überfahren zu werden.

Thomas hängt sich in meinen Arm ein. Als ich zu lachen versuche, drückt er sich an mich und lächelt unsicher hoch.

Wenn die Mücken gegen die Scheibe fliegen, hinterlassen sie winzige gelbe Sprenkel am Glas. In den Ecken der Terrasse liegen Blüten, am Rand der Wiese ein Spielzeug von Thomas, ein Traktor, oder ist es ein Lastwagen, rot glänzendes Plastik, langsam lässt das Licht nach. Am späten Nachmittag ist Dorothee gekommen. Sie hat von ihrem Tag erzählt. Thomas hat sich vor sie auf den Wohnzimmerteppich gelegt und zugehört. Manchmal hat sie sich runtergebeugt und ihm über die Haare gestrichen wie einem gelehrigen Hund. Dann sind sie gegangen. Lieber, mein Lieber, noch immer steht es da, die Briefe liegen in meinem Schoß, wie alt mag das Mädchen sein, die Schrift ist unregelmäßig, kippt von rechts nach links, und jede Linie stößt nach oben, als schreie sie auf. Im letzten Brief die Enttäuschung: Kannst du vergessen haben, was zwischen uns war? Ja, Georg, denke ich, hattest du schon genug von ihr?

Er flüstert, er mache es wieder gut. Schon morgen, verspricht er, sei alles vorbei. Wie es habe geschehen können? Er weiß es selbst nicht. Die Sonne, eine Art Ferienstimmung. Jung habe er sich gefühlt. Wie schon lange nicht mehr. Und sie, die ihm zulachte. Seine Nähe suchte. Ich muss mich anstrengen, um ihn zu sehen. Immer kleiner scheint er zu werden, vor meinen Augen droht er zu verschwinden. Eben noch lag er neben mir im Bett. Auf sein Kopfkissen hatte ich die Briefe gelegt, und er hat nicht versucht zu leugnen. Nun entfernt er sich von mir. Vielleicht, denke ich, bist du bald nicht mehr als ein winziger Punkt, ein Stern, der durchs All schwimmt, weit fort von mir. Was würdest du an meiner Stelle tun?, frage ich ihn. Er weiß keine Antwort und zuckt mit den Achseln. Ein wehleidiges Gesicht setzt er auf, dann hält er beide Hände wie einen stumpfen Schnabel vor Nase und Mund. Später weine ich, und er schläft und lässt von Zeit zu Zeit ein Röcheln hören.

JETZT HEISST ES TAPFER SEIN und sich vorstellen, wie es gewesen sein könnte.

Seine Freude, als er sie im Reisebus sieht, ungerührt sitzt sie inmitten des Lärms. Im Fensterglas spiegelt sich ihr Gesicht, während draußen die Landschaft wechselt. Wie er sich anbietet, ihren Koffer in die Pension zu tragen. Wie er sie beobachtet, ihre Art, den Gurt der Tasche über die rechte Schulter zu hängen und in den Knien einzuknicken. Unmerklich fast. Aber doch so, dass sich ihr Kopf wie von alleine ein wenig schräg legt. Wie er mit ihr spricht. Mögen Sie den Autor, den Roman, das Drama, das Gedicht. Kennen Sie Italien bereits. Egal. Und sie, geehrt durch seine Aufmerksamkeit und vielleicht auch peinlich berührt, sagt, ja. Ein bisschen. Schweigt dann. Aber lächeln und Schneidezähne auf die Unterlippe legen, als denke sie nach, das reicht. Die Sonne steht bereits sehr tief. Er blinzelt heftig.

Wie er auf den Ausflügen ihr Gesicht sucht. Wie sie ihm zunickt. Mit ihren Freundinnen tuschelt und dabei immer wieder zu ihm hinschaut. Wie er sich im Bus in ihre Nähe setzt. Die Hände abwartend in den Schoß legt. Wie er ihren Gesprächen lauscht, auf ein Wort wartet. Wie er die Bilder in den Museen erklärt, die Kirchen, Wappen, Brunnenfiguren, Denkmäler. Wie er von Mysterien spricht. Von Sagen, Wundern, Helden, und immer nur sie meint. Wie er sie bittet, die Tür zu ihrem Zimmer am Abend sorgsam abzuschließen. Man weiß ja nie. Und sie, die die Anzüglichkeit ahnt und ernsthaft nickt. Danke. Natürlich. Wie er sie dann irgendwann küsst, sein raues Kinn an ihrer Mädchenhaut reibt und sie sich einig sind. Wie er sie berührt und vergleicht und sagt, so jung bist du. Und denkt, ein Neubeginn, ein Himmelssturz, vielleicht.

Und kein Ende in Sicht. Wie er sie immer wieder trifft. Die Aufregung. Das Glück, so glücklich, so glücklich. Die Müdigkeit beim Heimkommen. Der Hunger. Das Essen schmeckt gut. Was hast du gemacht heute? Und ich erzähle. Nachbarn, Kinder, ein

Unfall kurz hinter der Kreuzung. Ich nehme ihr doch nichts, denkt er. Wie er meine Hand streichelt, mitleidig und liebevoll, wenn sie wüsste. Aber ich weiß nichts und räume das Geschirr ab und sage, um viertel nach acht kommt ein Spielfilm. Wie er den Hocker vor den Sessel rückt, die Beine darauf legt. An die andere denkt und schaudert. Ist dir kalt?, frage ich und bin bereit, die dünne Wolldecke zu holen. Wie er den Kopf schüttelt und die Hand abwehrend hebt. Vor der Schule auf sie wartet. Mit ihr wegfährt. Wie sie einander zugetan sind. Und kein Blitz fährt herab, kein Ruck geht durch die Erde, und zu keiner Zeit stockt mir ahnungsvoll der Atem.

DREI NÄCHTE LANG schlafe ich nicht. Stehe erst nachmittags auf. Vergesse zu essen, zu denken, zu sprechen. Zu allem fehlt mir die Kraft. Und nachts liegt Georg neben mir, mit zitternden Lidern und zufrieden. Er hat mich ausgesaugt, denke ich, und nichts zurückgelassen.

Als ich am dritten Morgen das Frühstück zubereite, ist das ein Eingeständnis, eine Niederlage. Der Untergang, vielleicht.

BEIM FRÜHSTÜCK sind wir höflich wie Hotelgäste, die von einem gleichgültigen Kellner an den gleichen Tisch gesetzt wurden. Wir reichen einander die Kanne, Milch und Zucker. Georg nimmt eine Scheibe Brot aus dem Korb und legt sie auf seinen Teller. Er streicht Butter und Marmelade auf das Brot, beißt hinein und blickt dabei in die Zeitung, die aufgeschlagen neben seinem Platz liegt. Ohne hinzusehen, greift er nach der Kaffeetasse. Nimmt einen Schluck. Beißt erneut in sein Brot. Der Bissen ist zu groß, er hört auf zu lesen und legt die Stirn in Falten, während er kaut. Er schlürft beim Trinken und setzt die Tasse zu laut auf dem Unterteller ab. Den letzten Schluck lässt er in der Tasse kreisen. Er sieht dem Kreisen kurz zu und stürzt den Kaffee mit einer raschen Handbewegung hinunter, bevor er vom Tisch aufsteht und seine Tasse in das Spülbecken stellt. Judith. Ich lese weiter in der Zeitung, die ich zu mir herangezogen habe. Judith? Von der Straße her der Lärm der Autos, anfahren, anhalten, anfahren, ein Hupen. Alles wie immer.

Zwei Stunden später sitze ich immer noch am Tisch. Das Licht hat sich ein wenig verändert, es ist heller geworden und wärmer, die Butter musste ich aus der Sonne rücken. Ich habe ein Glas Sekt getrunken. Und noch eines.

Alba lässt sich die Überraschung nicht anmerken. Oder ist sie vielleicht gar nicht überrascht? Ihre Stimme klingt sicher und fest. Sie sagt, ich solle mich beruhigen. Nichts, sagt sie, sei entschieden. Ob ich das Mädchen kenne? Ich sage, nicht richtig, nur telefoniert hätte ich einmal mit ihr, als sie angerufen und nach Georg gefragt habe. Wenn sie schon anriefen, sei es wirklich schlimm, sagt Alba. Sie fühle sich an Ricardo erinnert. An die Zeit, als die Frauen, mit denen er zusammen war, bei ihnen anriefen und ihn sprechen wollten, und wenn sie fragte, warum, bitte?, hätten sie gesagt, in einer geschäftlichen Angelegenheit. Oder auch: Es sei eine private Sache. Sie lacht spöttisch.

Ich habe nie bei Ricardo angerufen. Ein einziges Mal habe ich, als er am Telefon war, gesagt, ich denke oft an dich.

Alba fragt, ob sie kommen soll, ob ich ihre Hilfe brauche. Ich lehne ab. Aber was, frage ich, soll ich denn jetzt machen? Abwarten, sagt sie. Lenk dich ab, mach dich schön. Ein Bad soll ich nehmen, zum Friseur gehen, zur Maniküre, warum nicht?, meint sie, als ich lache. Und dann, sagt sie, müsse ich mir etwas zum Anziehen kaufen und mit dem Verkäufer flirten, jetzt lachen wir beide, und Alba fragt noch einmal, warum nicht?

Tatsächlich kaufe ich mir ein Kleid, und die Verkäuferin lobt meine Figur. Ich bin noch nicht alt, denke ich, dort, im Geschäft mit den großen Scheiben zur Börsenstraße hin, vor dem Spiegel, der ein bisschen schräg gestellt ist. Ich lasse das Kleid gleich an, die Verkäuferin hebt mein Haar hoch und schneidet mit einer Schere das Preisschild ab. Meine alten Kleider packt sie sorgfältig in eine Tüte des Geschäfts. In einer Bäckerei kaufe ich mir eine Mohnschnecke. Der Mohn knackt, wenn man ihn beißt. Auf der Straße zum Parkhaus läuft neben mir eine junge Frau mit einem kleinen Hund, dem die Stirnhaare zu einer Palme zusammengebunden sind. Der Hund trippelt den Bürgersteig entlang, ohne rechts und links zu schauen, und das Fräulein trippelt auch und hält dabei die Leine mit vor dem Bauch hängender Hand. Diese Straße sind sie vielleicht entlanggefahren, denke ich, in seinem Auto. Seine Hand hat er auf ihr Knie gelegt, das glatt und kühl ist. Und sie? Hat sie sich zu ihm hingebeugt und ihren Kopf an seine Schulter gelegt und jede seiner Bewegungen gespürt?

Weil ich kein Kleingeld habe, muss ich am Schalter des Parkhauses bezahlen. Und das mit dem Gesicht. Der Kassierer nennt mir die Summe und sieht weg, sobald ich ihn anschaue. Im Auto sehe ich, dass die Haut unter meinen Augen schwarz von Wimperntusche ist. Ich schaue mir kurz beim Weinen zu. Dann fahre ich nach Hause.

Eine Maske aus Pappmaché für Thomas: Einen rosafarbenen Ballon blase ich auf und befestige ihn auf einer mit Sand gefüllten Flasche. Schicht um Schicht lege ich nasses Zeitungspapier darum. Bald wird man eine Bärenschnauze formen können und Ohren und große Augen. Als Georg nach Hause kommt, sieht er mir ein paar Minuten zu, bevor er sich ins Bett legt. Nach zwei Stunden tritt er auf die Terrasse hinaus, die Augenlider geschwollen, auf der rechten Wange ein Abdruck des Kissens. Er winkt mir zu. Einmal um den Block, ruft er. Und sein Gesicht dabei, und die Münzen, die in seiner Hosentasche klimpern, als er dagegen schlägt, um sich zu vergewissern. Ist das freundlich von ihm, dass er nicht von hier aus telefoniert?

Beim Grillen am Abend trägt er eine bunte Schürze. Ich bin hier der Chef, steht darauf. Thomas sagt, er wolle helfen. Bringt Schüsseln und Teller auf die Terrasse und lässt ein Glas fallen. Nach dem Essen spielt er im Garten. Springt von der Mauer, stellt sich auf die Hände, zielt mit der Wasserpistole auf die Blätter der Buche. Georg nimmt mit der Gabel ein Doppelblatt Feldsalat von seinem Tellerrand. Das Salatöl hinterlässt eine glänzende Spur an seiner Lippe. Ich lege die Hände in den Schoß, drücke das Kreuz durch. Kann man mit Grazie sitzen, wenn man sich so fühlt? Wir betrachten Thomas, der im Garten turnt. Manchmal ruft er Achtung!, bevor er sich auf die Hände stemmt, um Rad zu schlagen oder Purzelbäume zu machen. In der Dämmerung wird der Rasen braun. Als Thomas schreit, springen wir gleichzeitig auf. Er hält sich den umgeknickten Arm. Lacht schon wieder. Ist ohne Angst und unsterblich. Später sagt er, endlich, und legt seinen Kopf an meinen Bauch: Endlich ist es wieder Sommer. Er duftet wie Heu und Honig. Jetzt ist immer.

MEIN VATER IM GARTEN auf dem Liegestuhl, hinter ihm die Buchsbaumhecke, die unser Grundstück von dem des Nachbarn abgrenzt. Über den drei Garagen liegt die Wohnung von Tante Paula, zwei Zimmer, Küche, Bad, und an der Wand über dem Sofa das Fell eines Zebras. Alba, die sich neben Vater setzt und sich mit ihm unterhält. Vom Küchenfenster aus sehe ich sie. Schnell laufe ich die Treppe von der Wohnung hinab, ein Schwarm Tauben fliegt auf, als die Tür hinter mir zufällt. Die Berührung des Zebras habe ich noch in den Fingerspitzen.

Ich setze mich auf den Bauch meines Vaters und lege die Stirn an seinen Hals, wo er bitter riecht, bitter und ein bisschen süß, und er schiebt mich von sich weg, während er weiter mit Alba spricht. Ich aber bin wendig und finde zurück an seinen Hals, wie ein Äffchen halte ich mich daran fest. Dann kommt meine Mutter aus dem Haus und beginnt, den Gartenweg zu kehren. Sie sieht zu uns herüber und gleich wieder auf den Boden. Da weiß ich, dass sie darauf wartet, dass ich die Schaufel hole und mich vor sie hinknie, sodass sie die Laubhaufen auf die Schaufel schieben kann.

Alba lacht mit Vater, ich weiß nicht worüber, und sie werden es mir nicht erklären. Schon seit fünf Jahren lebt sie in Mailand. Nach Hause kommt sie nur noch selten. Immer noch hat sie kein Kind. Ich muss die Schaufel flach auf den Boden halten. Vater und Alba gehen ins Haus. Seit einigen Wochen haben wir ein Fernsehgerät. Wir sind eine der ersten Familien, manchmal kommen die Nachbarn vorbei, um bei uns einen Spielfilm zu sehen. Ich sollte mich an der Tür aufstellen und Eintritt verlangen wie im Kino, dann könnte ich mir später die Haarspange kaufen, die ich im Schaufenster der Drogerie gesehen habe. Gold und Silber, mit einer rosafarbenen Perle. Beim Einschlafen stelle ich mir die Haarspange vor, sie leuchtet heller als tausend Sonnen.

Den Weg zur Schule gehe ich langsam, an jedem Geschäft bleibe ich kurz stehen und schaue hinein. Von der Brücke hinab blicke ich auf das ausgetrocknete Flussbett, während in meinem Rücken die Autos vorbeifahren. Auch so brauche ich nur einige Minuten. Kaum, dass ich den Schulhof betrete, sehe ich meine Freundinnen. Sie stehen neben der Turnhalle und lösen einander die geflochtenen Zöpfe. Ich stelle mich zu ihnen und lasse mir die Haare mit zehn Fingern durchkämmen. Bevor ich nach Hause gehe, werde ich sie neu flechten müssen, und meine Mutter wird sich wundern, warum der Scheitel schief ist. Im Geschäft darf ich die Haare nicht offen tragen. Und die Kniestrümpfe nicht zu Socken herabrollen. Und die Hände nicht in die Rocktaschen stecken.

Dat Kind süht jo janz zerlump us, sagen die Leute sonst. Und meine Mutter ruft, nemm de Häng us der Täsch, söns passiert jet!

Habe ich Geburtstag, liegt auf dem Tisch, an dem ich frühstücke, ein Geschenk. Ich darf es betasten, aber aufmachen darf ich es erst am Nachmittag. Den ganzen Vormittag überlege ich, was unter dem glänzenden Papier sein könnte. Wenn ich nach Hause komme, gibt mir meine Mutter das Geschenk. Sie legt einen Arm um mich und drückt mir einen Kuss auf den Kopf. Ich umarme sie, bis sie mich von sich schiebt. Es ist ihr peinlich, wenn ich sie im Laden umarme. Sie habe zu tun, sagt sie und klopft mir auf den Rücken.

An meinem Geburtstag habe ich nachmittags frei. Dann gehe ich mit meinen Freundinnen in den nahe gelegenen Forst, wo wir uns eine Hütte aus Ästen gebaut haben. Wir hocken zwischen den raschelnden Laubwänden und tun so, als lebten wir hier. Als wir älter werden, vergessen wir die Waldhütte. Nun setzen wir uns in den Volksgarten und schauen uns vorsichtig um: Nach den Schulkameraden. Den Jungen aus der Nachbarschaft. Den fremden Männern, die an den Tischen des Lokals sitzen und Bier trinken. Den Touristen, denen die Fotoapparate vor dem Bauch schaukeln. Wir strecken die Beine weit von uns und lassen sie zwischen Socken und Rocksaum bräunen. Das Wetter sammelt sich in den hohen Bäumen. Und wir flüstern und feixen und warten darauf, dass die Liebe über uns herfällt.

STATT DIE HAARE mit Klammern zurückzustecken, lässt Klara sie wie einen Vorhang ins Gesicht fallen und fährt alle paar Minuten mit einer Hand hindurch, um sie für kurze Zeit aus der Stirn und hinters Ohr zu schieben. Aber hübsch sieht sie aus, wie sie zwischen den Gästen hindurchspaziert und hier ein Wort spricht und dort und schaut, ob jeder zu trinken hat und zu essen. Als sie mich fragt, ob ich noch etwas trinken will, ziehe ich sie an mich und drücke sie ein wenig. Ihr grünes Kleid knistert. Sie ist verlegen und fügt sich nur kurz in die Umarmung. Später sehe ich sie mit Robert vor dem Herd stehen. Sie rührt in der Erbsensuppe. Er hat von hinten beide Hände auf ihren Bauch gelegt und küsst ihren Nacken. Leise gehe ich wieder ins Wohnzimmer. Sie haben mich nicht gesehen.

Überall der Rauch. Die Leute halten Bierflaschen in den Händen und stehen im Flur Spalier. Jan, der im Wohnzimmersessel sitzt, lässt die Beine über die Armlehne hängen und streckt mir grüßend die Hand entgegen, als ich zu ihm komme. Mit leiser Stimme beteuert er, dass das Leben auch für ihn wieder schön sei. Dann legt er für einen Moment seine Stirn in die Hand und scheint zu überlegen, ob er weinen möchte. In Klaras Schlafzimmer steht Falk vor der Wand und betrachtet die Fotos, die dort hängen. Ich stelle mich neben ihn. Klara als Dreijährige in einem winzigen Mantel aus rotem Kunstleder, mit Hornknöpfen in Form kleiner Schoten und einer webpelzgefütterten Kapuze, an den Füßen trägt sie Gummistiefel. Sie steht in einer Pfütze, bis eben hat es geregnet. Sie lacht in die Kamera. Das gleißende Licht kann man auf dem Bild nicht sehen, wie es hinter der sich gerade verziehenden Wolke hervorkommt. Aber ich erinnere mich. Klara beim Einschulungstag, neben ihr ein riesiges Huhn, das ein Willkommensschild um den Hals trägt. Ihr Gesicht ist voller Angst, vor der Schule, vor dem Huhn, das hohl klingt, wenn man ihm gegen die Brust klopft. Sie blickt aus den Augenwinkeln nach rechts, wo ich stehe und ihr Handzeichen gebe, den Fotografen anzuschauen. Georg und ich: Ich sitze auf einem Stuhl, er steht hinter mir, seine Hand liegt auf meiner Schulter, als ob er mich am Aufstehen hindern wolle. Ein Bild von Dorothee, auf ihrem Arm Thomas. Noch einmal Klara, die sich die langen Haare auf eine Seite des Gesichts geworfen hat. Vier Passfotos, vorne Klara, hinter ihr Robert, der an ihrer Schulter vorbei in die Kamera lacht. Falk bleibt lange vor den Bildern stehen. Dann dreht er sich zu mir um, hebt sein Glas. Prostet mir zu: Auf das, was wir lieben. Er lacht spöttisch, es klingt wie ein Seufzen. Schön ist das und traurig, wie wir hier stehen, und die Musik laut ist, und Falk einen letzten Blick auf die Passfotos wirft, bevor er sich wieder mir zuwendet. Ich besorge uns noch eine Flasche Wein, sagt er. Warten Sie hier.

Er holt ein Zigarettenpäckchen aus seiner Jackentasche, öffnet die Packung, bietet mir eine Zigarette an. Ich habe seit Jahren nicht mehr geraucht. Sein Feuerzeug ist silbern und mit einer Gravur versehen, die an die Bordüre einer Tapete denken lässt. Als ich mich nach einem Aschenbecher umsehe, nimmt er eine leere Bierflasche vom Nachttisch und hält sie mir hin. Ich müsse, meint er, keine Hemmungen haben, er habe in der ganzen Wohnung keinen einzigen Aschenbecher gesehen. Er versichert, alle machen das so. Die Feier erinnere ihn an seine Jugendzeit. Er zieht eine Grimasse. Ob er das eben wirklich gesagt habe, fragt er lachend, ob er tatsächlich schon so alt sei. Ich beruhige ihn. Nicht älter als ich, sage ich. In diesem Fall, sagt er, bin ich nicht alt. Mit einer Hand fährt er sich übers Gesicht. Dann sieht er mich an.

Wenn er sich jetzt eine neue Zigarette anzünden will, wird er nach dem Feuerzeug in seiner Jackentasche suchen und nach den Zigaretten, sodass er wegschauen muss. Aber er will sich keine Zigarette anzünden. Ich lasse meine Zigarette in die Bierflasche fallen, wo sie zischend verglüht. Für einen Augenblick fühle ich mich sehr jung. Ich sage, mein Mann betrügt mich. Ich mache eine Pause. Eigentlich immer schon, füge ich hinzu. Falk zieht an seiner Zigarette, dann lässt er sie zu meiner in die Bierflasche fallen. Wie dumm von ihm, sagt er, wie schrecklich dumm. Er lacht leise über Georg. Schüttelt den Kopf. Und dann kommen ein Junge und ein Mädchen ins Schlafzimmer. Setzen sich aufs Bett und beginnen sofort, einander zu küssen, als stünden wir nicht nur einen Meter von ihnen entfernt. Gehen wir rüber?, frage ich, und Falk nickt und folgt mir durch den engen Flur ins Wohnzimmer.

Georg steht alleine in einer Ecke des Raumes und sieht sich mit hochgezogenen Augenbrauen um. Als ich mit ihm spreche, gibt er mir einen Kuss. Gerade so, als sei nichts passiert, doch weil ich zu viel getrunken habe, kippt meine Wut in ein Lachen, und Georg, der erleichtert ist, beginnt zu tanzen und zieht mich mit sich. Blicke ich an ihm vorbei, sehe ich Falk, wie er mit Jan spricht. Er legt ihm immer wieder eine Hand auf den Unterarm, als wolle er ihn beruhigen. Georg beugt sich beim Tanzen nach hinten und nach vorne, seine Arme sind angewinkelt wie beim Rennen. Ich tanze zu Jan und Falk und nehme Jan an den Händen. Er wechselt von einem Bein aufs andere. Sieht dabei auf den Boden. Thomas legt mir beide Hände an die Hüften und hüpft auf und ab. Dann tanzt auch Falk, dreht sich um die eigene Achse, schnippt manchmal mit den Fingern. Wenn er mich ansieht, blinzelt er ein paar Mal schnell. So gehen Schmetterlingsküsse. Klara tanzt und Robert. Bei jedem neuen Lied bin ich anders als zuvor, aber immer tanze ich mit allem gebotenen Ernst. Einmal ist Dorothees Lachen so laut, dass es alles übertönt. Beim Feuerwerk im Garten lehnt sich Thomas gegen meinen Bauch. Ich lege den Kopf in den Nacken, und lasse blaue, gelbe, rote Fontänen auf mein Gesicht regnen, bis mir schwindlig wird.

Auf der Fahrt nach Hause bewegt sich die Straße wie ein Tatzelwurm. Ob ich es schön fand, möchte Georg wissen, ob ich glücklich sei. Ich sage Ja und Vielleicht. Als er mir aus dem Auto hilft, muss ich mich an ihn lehnen. Er legt einen Arm um mich, als müsse er mich beschützen. Sieht er ihn denn auch, den Tatzelwurm? Wie er seinen langen Leib aufbäumt? Georg zwickt mich in die Seite.

Im Bett erzähle ich ihm die Geschichte vom Tatzelwurm, der Woche für Woche den Marktplatz in Aschaffenburg verwüstet und erst damit aufhört, als die Marktfrau Elise ihn mit ihren metallenen Schüsseln und Töpfen bewirft, sodass der Wurm einen Hustenanfall erleidet, der sein Feuer verpuffen lässt. Noch ein paar Schläge mit der Bratpfanne auf seine empfindliche Nase, sage ich, und jede Gefahr ist gebannt. Georg lächelt. Sagt Elise zu mir. Streicht mir zur Nacht durchs Haar.

Bin ich so mutig wie Elise und werfe mit meinen Töpfen um mich?

Ich habe keine Angst. Nur Ahnungen.

WAS NACH sechsundzwanzig Jahren bleibt:

Zwei Töchter und ein Enkelsohn, die Erinnerung an einen hellen Hund, an zahllose Kaninchen, Meerschweinchen, Hamster, an die Amseln, die gegen die Scheibe des Wohnzimmers geflogen sind und sich dabei das Genick gebrochen haben, allesamt begraben im Beet vor dem Fenster, mit einem kleinen Holzkreuz aus zwei Ästen auf dem Grab, immer dem gleichen. Ein Haus, abbezahlt. Ein Garten, in dem früher einmal ein Rondell aus Stein war und heute Rasen ist und ein Brunnen vor der Hecke. Möbel, ein Stutzflügel, zwei blaue Sessel, ein violetter, ein Sofa. Zwei wellige Tonschalen, hellbraun und grün lasiert, aus dem Töpferkurs der Volkshochschule. Dias von Klara und Dorothee, wie sie auf der Gartenmauer sitzen und die Beine schaukeln lassen, sich über die Reling eines Schiffes lehnen, die Wangen aneinander legen, einmütig nur für den Augenblick, die Hände in die Hüften stemmen, während die Pappeln hinter ihnen vom Wind gebogen werden, in die gleiche Richtung, in die die Fahnen ihrer Haare fliegen. Fotos von einem Landausflug, Urlaubsbilder, Karneval in Köln, Klaras Abschlussball: Auf dem Tisch zwei Gläser, Georg dicht neben mir, im Hintergrund Klara mit ihrer Freundin Sylvie, die uns belächeln, wie wir da sitzen, Schulter an Schulter; nur einen Moment noch, dann wird Georg wieder aufstehen, um Sylvie zu suchen und sie, falls nötig, mit einem Händeklatschen von ihrem Tanzpartner zu trennen. Die Erinnerung an seine Art, den Kinderwagen zu schieben: eine Hand am Griff des Wagens, die andere in der Hosentasche, während er neben dem Wagen herläuft und unbeteiligt auf die andere Straßenseite schaut, fast so, als schöbe er nur zufällig dieses Kind durch die Straßen. Seine dunkelblaue Schiebermütze, unter der sein Gesicht klein aussieht. Seine Versprechen, sich zu ändern. Außerdem: Vierundzwanzig Absagen auf vierundzwanzig Stellengesuche, und als das zweite Dutzend voll war, habe ich aufgehört, die Briefe zu schreiben und jeden Nachmittag in den Briefkasten zu schauen und eine Hand hineinzustecken, für den Fall, dass ich einen besonders schmalen Brief übersehen habe. Klaras Schulaufsatz, der *Meine Mutter* heißt und beschreibt, was ich den ganzen Tag mache, und für den sie eine Eins bekommen hat. Putzen, kochen, bügeln, kehren und einkaufen tut sie, hatte Klara geschrieben, auch in den Ferien, und manchmal, stand da, liest meine Mutter abends in der Zeitung oder in einem Buch und setzt dafür eine Brille auf, mit der sie komisch aussieht. Genauso war es gewesen. Und dann drei Briefe, Lieber, Lieber, Liebster, und Georg, der sagt, das bekommen wir wieder hin.

Zu Alba sage ich, wenns nur das wäre. Ich sage, es ist ja nicht neu, und als sie fragt, was nicht neu sei, sage ich, dass er sich für andere Frauen interessiert. Sie lacht. Ob sie das nicht alle tun, fragt sie. Sie warnt, sie müsse das Gespräch beenden, sobald jemand kommt. Sie sitzt in ihrer Änderungsschneiderei, die sie vor einigen Jahren eröffnet hat, und wartet auf Kundschaft. Wie läuft das Geschäft?, frage ich, und sie sagt, leidlich, und dass es besser laufen könnte. In diesem Moment geht die Klingel ihrer Tür.

Bis sie wieder anruft, habe ich ein Glas Whiskey getrunken, eine eingelegte Zwiebel gegessen, ein Stück Käse und eine Scheibe Brot. Wie es mir gehe, ob ich viel alleine sei. Die Kinder, fragt sie, kommen sie bei dir vorbei, wissen sie Bescheid?, und ich sage, sie kämen, aber ahnten nichts. Alexander sei seit drei Wochen nicht mehr zu Besuch gewesen, sagt sie, er arbeite so viel. Sie lacht und erzählt von seinen Erfolgen. Sie ist stolz, dass sie ihn alleine so gut erzogen hat. Nur an den Geburtstagen habe Ricardo sich gemeldet, und das auch nur, wenn sie ihn einen Tag zuvor anrief und daran erinnerte. Trotzdem, sagt sie, habe sie ihn geliebt, und damals habe es sehr geschmerzt, von all den anderen Frauen zu erfahren. Sie habe, sagt sie, tagelang immer wieder aufgeschrien, wenn sie sich die anderen in seinen Armen vorstellte. Manchmal habe sie sich ein Kissen vor den Mund gehalten, damit Alexander nichts hörte. Was es heiße, das Herz gebrochen zu bekommen, habe sie damals erfahren. Tatsächlich habe sie Schmerzen unterhalb der linken Brust gehabt; wenn dort der Blinddarm wäre, hätte sie sich kurzerhand in eine Klinik einliefern lassen. Sie lacht. Alba. Sie schweigt. Alba?

Ist es bei dir auch so? Musst du auch schreien?, fragt sie. Ich sage, nein, schreien nicht. Bevor wir auflegen, sage ich, ich fühle mich betrogen, nicht nur so, sondern überhaupt. Ich weine. Alba sagt, Kleine, sagt, komm schon, aber ich muss immer heftiger weinen. Nie habe ich selbst entschieden, sage ich, nie wurde ich ernst genommen, von niemandem. Ich ziehe die Nase hoch und schreie, nie geliebt, auch von dir und Gustav nicht, wo ihr doch eh lieber alleine geblieben wärt! Alba stellt fest, ich sei betrunken. Sie rufe später wieder an.

ES GIBT VIELE WEGE, so etwas zu beenden. Ich könnte ins Schwimmbad fahren, in der engen Umkleidekabine in den Badeanzug schlüpfen, die Schwimmhalle betreten, mit ihrer dumpfen Luft und den hohen Scheiben, an die schwarze Vögel geklebt sind. Ich könnte ins Becken klettern und nach einigen Bahnen, in denen mir das Wasser immer wärmer erschiene, langsam untergehen. Keiner der Rentner dürfte mich retten, das wäre Bedingung. Und auch nicht der Bademeister, der hoffentlich genug damit zu tun haben würde, die Jungen davon abzuhalten, vom Rand ins Wasser zu springen, um mit den größten Spritzern die Mädchen zu beeindrucken, die sich kichernd in kleinen Grüppchen an der Überlaufrinne festklammerten.

Oder: Ein wenig Mäusegift in Georgs Essen. Die weißen Körner, mit denen wir Jahr für Jahr den Boden um die Kellerfenster herum bestreuten, in ein Schälchen, mit dem Mörser aus Porzellan zu Staub zerdrücken und ins Essen rein. In einen Eintopf, der so kräftig schmeckt, dass das Gift nicht zu bemerken wäre. Oder in eine Suppe. Würde auch ich einen Teller voll essen? Und dann mit Georg gemeinsam neben dem Tisch zusammenbrechen, Bauchkrämpfe, Schweißausbruch, Atemnot und in letzter Minute mein Geständnis?

Oder Fallstricke spannen, messerscharfe Fäden in Halshöhe und ihn hineintreiben. Eine Grube graben, in die er so tief fallen würde, dass sogar sein Flüstern einen Hall bekäme. Vom Rand der Grube aus würde ich ihn beobachten, eine große Taschenlampe in der Hand. Oder ein Gewehr besorgen, eine Pistole, Handgranaten, Schießeisen, Revolver, Kugeln, Maschinengewehre, Flinten, Karabiner, eine kleine Kanone. Zielen üben. Oder ihn im Garten mit dem Spaten erschlagen. Und mich gleich dazulegen, die Heckenschere an die Pulsader.

Mit der Gießkanne läuft Georg vom Brunnen zu den Blumenkübeln und wundert sich nicht über das Unkraut, das neuerdings überall wächst. Er hat sich sein Hemd ausgezogen und trägt ein T-Shirt, das ihm nicht steht. Manchmal sieht er zu mir rüber und nickt mir zu. Bestimmt bemerkt er das Glas in meiner Hand. Der Garten sieht schlimm aus. Schlimm, schlimm, sage ich leise.

Am Abend führt uns der Nachbar durch seinen Garten. Zeigt auf die blauen Lobelien, den Hibiskus, die Oleandersträucher, die Rosen, Mondviolen und Lilien, auf den grünen Rasen und die zu Mauern geschnittenen Hecken. Seine Frau hat die Haare in einem Bogen über der Stirn geflochten. Sie lacht viel. Als es dunkel wird, zündet sie eine Kerze in einem gläsernen Windlicht an. Wenn der Wind seicht hineinfährt, flackert das Licht unruhig auf. Wir sitzen unter dem Holzdach der Terrasse und trinken Wein. In einem Fuchsbau kann es nicht gemütlicher sein. Der Nachbar legt seiner Frau manchmal eine Hand aufs Knie oder streicht ihr mit den Fingern über die Wange und durchs Haar. Georg zwinkert mir zu wie ein besonders trauliches Füchschen.

Auf dem kurzen Weg zu unserem Haus stolpere ich, und Georg fängt mich auf, stützt mich wie eine alte Frau. Als ich mich umschaue, sehe ich die Nachbarin winken. Ich winke zurück, weil das zu einem Abend passt, an dem es keine größere Sorge gibt als die, dass der Wind Regen mit sich bringen könnte. Zu Georg sage ich, vielleicht ist es noch nicht zu spät, und halte mir seine Hand vors Gesicht. Sie riecht vertraut.

DIE FRAU AM TELEFON ist ungehalten. Sie fragt, ob ich von der Sache wisse, und ich muss zugeben, dass ich es weiß. Ich wäre vielleicht weniger erschrocken, wenn ich nicht immer noch den Morgenmantel anhätte. Aber ich bin den ganzen Tag müde. Er hat unser aller Vertrauen enttäuscht, sagt sie. Auch sie klingt müde. Sie fragt mich, wie ich es fände, wenn ihr Mann mit meinen Töchtern. Ich sage, fürchterlich, flüstere es. In der gestrigen Abiturprüfung, sagt sie, habe ihre Tochter einen Zusammenbruch gehabt. Ich solle es mir vorstellen, ihre ganze Karriere, ihr Leben zerstört, und alles, sagt sie, wegen ihm. Das habe ich nicht gewusst. Wir schweigen beide, und ich kann ihren Atem hören. Was glauben Sie, wie ich mich fühle?, frage ich. Sie lacht kurz. Sagt, wahrscheinlich schlecht, aber dass ihr das im Moment egal sei. Dann entschuldigt sie sich. Es tue ihr leid. Ich sage, mir, nicht Ihnen.

Später sitze ich auf einem Stuhl im Esszimmer, gegenüber der Terrassentür. Draußen lässt sich der Rasen von der Sonne den Rücken braun färben. Ein Schritt vor die Tür, und ich würde schlingern wie ein leck geschlagener Kahn. Alter schützt vor Torheit nicht, denke ich, doch alte Liebe rostet nicht, mitgefangen ist mitgehangen, und wie man sich bettet, so liegt man. Vielleicht zschirpt gerade die Kohlmeise, die auf dem kegelförmig geschnittenen Buchsbaum sitzt und fordernd mit dem Kopf ruckt, und nur ich höre es nicht. Vielleicht lacht sie mich aus, gemeinsam mit den spöttischen Grauhörnchen, den gepanzerten Käfern, den Spechten, die sich gelassen die Würmer aus dem Holz klopfen. Vielleicht lacht auch Georg über mich, und irgendwo ist im Moment alles ganz anders, und nur ich weiß es nicht und sitze hier und denke, so ist das nun mal, und dass Ehestand Ehrenstand und Wehestand ist. Es gab mal einen, der behauptete: Allein ist einem am besten. Ich gehe in die Küche. Schenke mir ein Glas ein. Trinke rasch. Weil ohne Liebe und ohne Suff, jeht der Mensch noch eher druff, nicht wahr? Die Flaschen lege ich eine nach der anderen mit dem Hals nach unten ins Waschbecken. Die helle und dunkle Flüssigkeit lasse ich in den Ausguss fließen.

Und dann rufe ich Alba an und sage, ich komme.

GEORG SAGT, BLEIB, er sagt, bitte, und dass sich heute alle gegen ihn verschworen haben. Er rückt einen Stuhl vor meinen und setzt sich so hin, dass sich unsere Knie berühren. Meine Hände nimmt er zwischen seine, die Ellbogen stützt er auf seinen Beinen auf, und den Kopf lässt er hängen. Von da unten hört sich seine Stimme gedämpft an. Er erklärt, tröstet, schimpft, schweigt. Später weint er. Sieht mir beim Packen zu. Öffnet das Fenster und betrachtet den Garten. Hilft mir, den Koffer zu schließen, und besteht darauf, ihn zum Auto zu tragen. Mit den Kindern habe ich telefoniert, sage ich. Sie wissen nichts Genaues. Georg nickt. Und der Garten?, fragt er. Kümmer dich ein bisschen darum, sage ich. Wir stehen vor dem Haus, das wir gebaut haben, wie viele Jahre ist das her?, und Georg hält sich die gefalteten Hände vor den Mund und stößt mit dem rechten Fuß gegen den linken Hinterreifen des Autos, als wolle er den Luftdruck prüfen. Er fragt leise, wann kommst du wieder? Vor dem Nachbarhaus steht ein Auto der städtischen Wasser- und Elektrizitätswerke, ein hellblauer Lieferwagen, auf dem in dunkelblauer Schrift AEW steht. Am Rückspiegel hängt eine Kette aus Perlen. Ich zucke mit den Achseln. Ich melde mich bald, sage ich. Georg nickt. Ich steige ein und drehe den Schlüssel und löse die Handbremse. Das Auto fährt ohne zu murren los, aus dem Tor hinaus, und die anderen Autofahrer sind freundlich und lassen mich auf ihre Bahn einschwenken. Kein Stocken, kein Zögern, sogar die Ampel ist grün. Aber vielleicht überkommt mich schon nach zehn Minuten die Angst, und ich drehe auf schnellstem Wege um. Fahre nach Hause. Gehe langsam durch den Vorgarten. Entferne einige der braunen Blättchen an der Margerite, stecke den Schlüssel in die Tür und stelle den Koffer neben das Telefontischchen? Köln: 197 Kilometer. Ich drehe das Radio an und höre Musik, taritatum, und links herum, und dann ertönt ein Gong und ein Nachrichtensprecher sagt, es ist neunzehn Uhr, guten Abend. Rechts die Wiesen und Hügel und Häuser. Wer wohnt hier, neben der Autobahn, mit dem Sausen im

Kopf, Tag und Nacht? Und das Auto rollt und bringt mich weg, wie leicht sich das anhört: weg, weg, weg.

NATÜRLICH hat sich Köln verändert! Als ob ich das nicht gewusst hätte! Wenn ich die Schildergasse entlanggehe, sehe ich überall neue Boutiquen, Buchhandlungen, Restaurants, Musikgeschäfte, nur eines der Kaufhäuser stand schon früher hier und die Parfümerie Ecke Hohe Straße und das Schuhgeschäft Kämpgen. Als ich ein Kind war, trugen die Verkäuferinnen bei Kämpgen braune Glanzkittel mit weißen breiten Kragen. Heute sind sie blau gekleidet, sortieren die Schuhe in den Regalen neu und fragen nur, wenn man den Blickkontakt mit ihnen sucht, ob sie helfen können. Ich weiß nicht, sage ich, vielleicht, was ist denn modern? Die Verkäuferin sieht mich verwundert an, aber nicht lange. Mokassins, sagt sie dann und bringt zwei Schuhe aus braunem Wildleder, die sie mir von allen Seiten zeigt. Die Verkäuferin hat Veilchenaugen und neben den Augen viele kleine Falten. Ich probiere die Schuhe an. Schön sehen sie aus. Die Verkäuferin kniet sich vor mich auf den Boden und drückt mit den Fingern auf die Schuhspitzen. Passen sie gut? Perfekt, sage ich. In einer Tüte trage ich meine Schuhe über den Neumarkt, vorbei am Schmuckverkäufer, der seine Ware auf einer Bastmatte ausgebreitet hat und der den Blick abwendet, wenn man im Gehen auf die Ringe, Broschen, Ketten schaut, vorbei am kleeblättrigen Vorbau der Kirche, Richtung belgisches Viertel.

Mit Alba stehe ich am Abend vor unserem Elternhaus. Die Fassade aus hellgelben Kacheln. Das ist praktisch, sagt Alba, kann man abwaschen. Die Treppe zum Ladeneingang hat ein neues Geländer bekommen, statt über roten Hartgummi fährt die Hand jetzt über sprödes Metall. Und kein Laden mehr zu sehen: Aber ein Kreditinstitut. He, sagt Alba und zwickt mich in die Wange, nicht weinen. Das Holztor links neben dem Haus, dahinter der Garten, die Garagen. Wir müssen uns auf die Zehenspitzen stellen, um etwas sehen zu können. Komisch, dass wir da nicht mehr rein dürfen, sagt Alba. Mit einer Hand fasst sie sich in die weiche Haut unter dem Kinn und drückt sie zusammen. So was, murmelt sie. Weißt du noch? Ja, sage ich. All die Sonntage im Garten und die Kinder, die die Tauben gurrend lockten und im Beet vor der Garage Bahnen für ihre Murmeln gruben. In den letzten Jahren, sagt Alba, war ich fast jeden Tag hier. Ich nicke. Ihr kamt ungefähr zweimal im Jahr, sagt Alba. Und solange ihr da wart, hat Papa sich Mühe gegeben. Lass ruhig, sagt sie, als ich etwas entgegnen will, war halt so. Auf dem Heimweg hakt sie sich bei mir ein. Und jetzt?, fragt sie, und ich zucke mit den Schultern und sage, mal sehen. Die Vitalisstraße runter, dann rechts und wieder rechts, Kirche, Bäckerei, Blumengeschäft, ein Kinderspielplatz, ein überdachtes Wartehäuschen, dahinter Albas Wohnung, dritter Stock, zweieinhalb Zimmer, Balkon, überm Tisch ein kleiner Kronleuchter und in der Vitrine die Katzen, Hunde, Vögel. Jetzt sind wir also beide wieder hier, hat Alba am ersten Abend festgestellt.

Auf dem Boden neben meinem Bett liegen drei Fotos, mein Kalender, meine silberne Uhr, ein Bleistift und ein Buch. Jeden Morgen kann ich so lange liegen bleiben, wie ich will. Alba schließt die Tür leise hinter sich. Ich muss mich nur erheben, und schon sitze ich am gedeckten Tisch und strecke die Beine lang aus, so einfach hatte ich es noch nie, und dann höre ich Musik, blättere in einer von Albas Zeitschriften, entfalte Nähmuster wie geografische Karten vor mir auf dem Tisch. Am Telefon erzählt mir Klara von Robert, von Falk, auch von Georg. Dorothee fragt jedes Mal, wie lange willst du noch in Köln bleiben? Sie sagt, er leidet, er leidet wirklich sehr, und dann seufzt sie und schnaubt, wenn ich sage, schau mal nach ihm. Thomas möchte bald einmal kommen, um auf die Spitze des Kölner Doms zu steigen. Georg sagt, der Garten verwildert ohne dich. Ich auch. Ich lache dann, als mache er einen Scherz. Es geht mir gut, sage ich. Ich muss jetzt mal alleine sein. Er sagt, das verstehe er. Nichts ist endgültig, sage ich. Ich komme bald zurück. Bestimmt, sage ich. Dann legen wir auf.

Seit Tagen bin ich immer traurig.

AUF DEM ROT BEZOGENEN SCHEMEL muss ich strümpfig stehen und mich drehen und wenden, ganz wie Alba es von mir verlangt, und sie sticht mit Nadeln nach mir, rafft hier ein bisschen Stoff zusammen und dort. Bist du dünner geworden?, fragt sie. Ich sehe an mir herunter. Ja, sage ich, gut möglich. Sie sagt, schön für dich, aber weil sie die Nadeln im Mund hat, klingt es wie: Schenfedisch. Nächste Woche, verspricht sie, ist das Kleid fertig. Ihr Geschenk für mich. Zum Neuanfang. Sie lacht. Ihr habe damals niemand etwas geschenkt. Als sie aus Mailand zurückgekommen sei. Wie eine flügellahme Ente, die als stolzer Zugvogel losgeflogen war. Die Mutter habe gesagt: Ehe heiße auch dulden. Erdulden. Dass er doch ansonsten ein guter Mann gewesen sei. Und das Kind. Der Vater habe das Thema nie berührt. Sie habe dann wieder im Laden geholfen. Als sei sie nie weg gewesen. Ich werde nur ein paar Wochen in Köln bleiben, unterbreche ich sie. Sie stockt in der Bewegung. Sieht mich von unten herauf an. Fragend und erstaunt. Glaubst du etwa nicht? Sie sticht die letzte Nadel in den Saum. Zupft den Rock gerade. Tritt einen Schritt zurück und mustert mich. Sag schon! So heftig schüttelt sie den Kopf, dass ihr graues Haar hüpft. Doch, beharre ich. Ist schon in Ordnung, sagt sie.

In der Küche setzt sie einen Topf mit Wasser auf den Herd, Deckel drauf, und auf die weiße Porzellankanne einen braunen Plastikfilter, Filtertüte hinein, acht Löffel Pulverkaffee. Aus dem Küchenschrank nimmt sie eine Packung mit blassen Keksen, die sie auf einem Teller anrichtet.

Sie habe ihn am Anfang schon vermisst, monatelang. Sie lacht. Jahrelang. Und dann, eines Morgens, sei es plötzlich vorbei gewesen mit der Sehnsucht, und es war, sagt sie, wie wenn dir beim Aufwachen einfällt, dass du am Vortag etwas verloren hast. Doch in ihrem Fall sei da kein Erschrecken gewesen, als sie merkte, was sie verloren hatte, sondern nur die Angst, dass es wiederkommen könnte. Zweimal habe sie sich seitdem noch verliebt. Aber wie du siehst, sagt sie, bin ich jetzt wieder allein. Und alt. Sechzig in diesem Jahr. Der Kaffee ist dunkel und bitter wie Lakritze. Das Leben ist ganz schön lang, sagt Alba. Ungeliebt dauerts doppelt so lang. Sie lacht. Wenn du zu Besuch kamst, habe ich dich beneidet, sagt sie. Noch einen Kaffee? Ich nicke, und Alba schenkt Kaffee ein. Dann steht sie auf, dreht das Radio an. Summt mit. Stellt sich hinter meinen Stuhl und legt ihre Hände auf meine Schultern. Wechselt im Wiegeschritt von einem Bein aufs andere. Al-les-gut, al-les-gut, verspricht der Walzer, und ich lege meine Wange auf Albas Hand. Ihr Daumen an meinem Gesicht, ein Streicheln. Als ich aufstehe, sage ich, entschuldige. Sie nickt.

VON MEINER WOHNUNG AUS sehe ich direkt auf die Gleise, über die bis spät in die Nacht die Güterzüge fahren, ein Donnern ist das jedes Mal, das anschwillt und für kurze Zeit ganz nah ist. Vor den Gleisen stehen in gerader Reihe Platanen, die grünen Blätter schlagen lautlos gegen ihre Leopardenstämme. Die stacheligen Kugeln an den feinen Ästchen sehen aus wie die Kirschenpaare, die ich mir als Kind an die Ohren hängte und bei jedem Schritt schaukeln ließ.

Am Boden ein helles Laminat und an der Wand ein Bild, das Alba mir geschenkt hat, zwei bunte Flächen, gelb und blau, die ineinander übergehen, sodass ein grüner Grenzstreifen zwischen ihnen entsteht. Ein braunes Sofa, ein flacher Tisch, ein Fernsehgerät auf einer Konsole aus Kiefernholz. Im Schlafzimmer ein Bett.

Eine Kommode. Ein großer Schrank, in dem sich meine Kleider verängstigt ducken. Die Küche ist so klein, dass die drei vorhandenen Töpfe, die Bratpfanne, die Kaffeemaschine und der Toaster sie füllen. Aber das Bad ist himmelblau gekachelt und die Badewanne weiß emailliert. Wenn ich nicht einschlafen kann, warte ich auf den nächsten Zug und betrachte die rot leuchtende Schrift am gegenüberliegenden Hochhaus: Früh Kölsch. Das Garagentor unter meinem Fenster ist mit bunten Schriftzügen besprüht, im Aufzug sind mit Kugelschreiber Nachrichten in die Wand geritzt worden, ein Herz, Schimpfwörter, wer will Sex?, darunter eine Telefonnummer. Ist ja nur für den Übergang, habe ich zu Alba gesagt, als sie mich zum ersten Mal besuchte. Sie hat sich in die Mitte des Wohnzimmers gestellt. Hat sich sehr langsam gedreht und lange den Pierrot über dem Sofa angesehen. Dann standen wir nebeneinander am Fenster und schauten auf die Gleise.

Am nächsten Tag brachte sie mir das bunte Bild, und wir stellten den weinenden Clown mit dem Gesicht zur Heizung auf den Boden. Den Wein öffnete sie geschickt mit dem alten Korkenzieher, den sie in einer der Schubladen gefunden hatte. Wir tranken und schalteten den Fernseher an, eine Wiederholung sahen wir, ›Was bin ich?‹, und Alba schloss die Augen beim Gong, der anzeigte, dass der Beruf nun eingeblendet würde. Schausteller, riet sie, Artist, Feuerschlucker, Löwenbändiger. Ich schüttelte immer den Kopf. Zoodirektor. Viel harmloser, sagte ich. Nach zehnmal nein sagte ich es: Pferdewirt. Und Alba schaute verwundert, hob das Glas an die Lippen und trank den Wein in einem Zug aus. Trotzdem gut, sagte sie und legte ihre Füße in den Perlonstrümpfen auf den niedrigen Tisch.

SEIT GESTERN bin ich angestellt! Als Schuhverkäuferin bei Kämpgen, und alles nur, weil eine von Albas Kundinnen verheiratet ist mit dem Personalchef des Schuhhauses. Der mich gefällig musterte und fragte, können Sie denn das, den ganzen Tag lang auf den Beinen? Als ich nickte, lachte er und sagte, zeigen Sie mal her, die Füße, und siehe da, meine Schuhe gefielen ihm, die braunen Mokassins, gekauft im eigenen Geschäft. Die Probezeit dauert drei Monate, sagte er und drückte mir zum Abschied einen Stapel Prospekte in die Hand. Lesen Sie das, und alles Weitere kommt dann von selbst.

Alba bestellte am Abend Sekt im Restaurant. Später schnitt sie mir im Badezimmer die Haare. Nun gehen sie nur noch bis zum Kinn und lassen sich zu keinem Zopf mehr binden. Mit kurzen Haaren spazierte ich heute Morgen durch die Stadt, die Schildergasse hoch bis zur Hohe Straße, am Dom vorbei zum Café Reichard: Hier hatte ich sonntags mit Georg hinter den großen Scheiben gesessen, kaum neunzehn und am Ende meiner Wünsche. Ich setzte mich an einen kleinen Tisch in der Mitte des Raumes und hörte zu, wie ein Mann mit grau melierten Haaren und einem Schnauzer, der zum Fürchten weit nach unten hing, Klavier spielte. Nach jedem Lied klatschte ich leise, und immer fiel die Dame, die mit einem fedrigen Hut am Nachbartisch saß, mit einer kleinen Verzögerung in mein Klatschen ein.

Im Kaufhaus ging ich in die Kinderabteilung und suchte ein Hemd für Thomas. Gestreift sollte es sein, damit er die Streifen zählen kann. Während die Verkäuferin mein Geld entgegennahm, beantwortete sie die Frage eines Kunden. Und klang dabei wie meine Mutter. Die Ehe, sagte die, es nit immer schön, do muss en Frau och ärg off beidse Auge zodäue. Maach dat ens – und ich stehe vor ihr, einundzwanzig Jahre alt, Dorothee auf dem Arm und zum zweiten Mal schwanger, und kneife beide Augen zu –, sühs de, jeht doch!

EINE GANZE NACHT FORT, mit dem Kind, das ja auch seines ist, und kein Wort. Er aber hat das Tor offen stehen lassen, sodass ich direkt in den Hof fahren kann. Vor der Haustür steht er, als ich aus dem Auto steige, ein breites Lächeln im Gesicht. Er streckt die Arme aus, hebt Dorothee in die Luft. Tu das nie mehr, sagt er, nicht wahr, das tust du nicht mehr? Und ich nicke und sage, du auch nicht.

Ein bisschen viel getrunken hatte er und sich mit einer Hand abgestützt, mehr an der Wand als an der Frau, die davor stand und ihn küsste. Sogar das Glas hat er weiter in der anderen Hand gehalten und mich sofort aus den Augenwinkeln wahrgenommen, als ich ins Zimmer kam. Richtiges Küssen war das nicht. Aber noch bevor er etwas sagen konnte, war ich schon weggerannt, an der Gastgeberin vorbei, die eine große Schüssel mit himbeerfarbener Bowle in den Händen hielt. Vorbei an seinen Kollegen, die mich verwundert ansahen. Draußen dann eilig, eilig, die Straße runter, ohne Jacke und mit den viel zu hohen Schuhen, die klapperten, und über mir der ausfransende Wolkensaum. Vorbei am Supermarkt und an der Tankstelle mit ihrem gelb-blau leuchtenden Schild. Der Babysitterin das Geld in die Hand gedrückt. Ein paar Kleider in den Koffer. Ins Auto, die schlafende Dorothee auf den Rücksitz. Nach Hause, nach Hause, fauchten die Räder. Alba, die die Tür öffnete und mich mit in ihr Zimmer nahm. Da lag ich nun. Und dachte zum ersten Mal, dass ich es so nicht gemeint hatte. Liebst du ihn denn noch?, fragte Alba, und ich sagte, was man sagt, wenn man verheiratet ist und noch dazu schwanger: Ja.

Jetz jehste widder heim, bestimmt meine Mutter am nächsten Morgen. Im Laden steht sie neben Alba und schüttelt den Kopf über so viel Unverstand. Dun beidse Auge zodäue, höös de! Jeht doch! Mit einem großen Messer zerteilt sie zwei Brötchen und streicht Butter auf alle Hälften und Mettwurst dazu. Zwei Äpfel. Eine Flasche Wasser. In einer Raststätte bei Limburg gehe ich zur Toilette. In die Wangen kneife ich mich, die Haare kämme ich, damit ich nett anzuschauen bin. Zurück, zurück, summen die Räder, und Dorothee fragt nach ihrem Vater und malt mit einem Finger schlierige Striche auf die Scheibe.

Am Abend bringen wir Dorothee früh ins Bett und sitzen lange am Esstisch. Wir tunken harte Kekse in den Dessertwein, und ich imitiere meine Mutter, sühs de, jeht doch. Die Augen lachen wir uns nass. In unsrer Wohnung, sagt Georg, liegt offenbar viel Feuchtigkeit in der Luft. Sag niemals Mama zu mir, fordere ich. Er lacht. Und küss keine andere mehr. Er nickt. Im Wein ist all das, was uns fehlt, sagt er und stößt sein Glas leise klirrend gegen meines. Komm, Judith, trink. Und ich nehme einen kleinen Schluck und bewege ihn im Mund, bevor ich schlucke.

Wenn du jemals gehst, sterbe ich, behauptet er später und legt seinen Kopf auf meinen Bauch und küsst ihn. Willst du mich denn wirklich umbringen? Nein, sage ich und streichele ihm das Haar.

Aber mit vierzehn Jahren hatte ich wahrhaftig die Judith im Schultheater gespielt. Ein Weib soll Männer gebären, nimmer soll sie Männer töten, hieß es da. Und ich habe mir die Hände vors Gesicht gehalten, oh, warum bin ich Weib!, und habe gezögert und mit mir gerungen. Doch am Ende zog ich flugs das Schwert. Ab in den Sack mit dem Kopf! Hochgehalten! Sieg! Und nach der letzten Aufführung wurde der Kürbis gekocht.

DIE FRAU mit den umfältelten Veilchenaugen heißt Rita und ist meine Vorgesetzte. Sie arbeitet seit dreiundzwanzig Jahren bei Kämpgen. Ich bin eine treue Seele, sagt sie. Sie lacht viel, die Krähenfüße rühren daher. Der Kunde hat immer Recht, behauptet sie und sieht mich für einen Moment streng an. Ist das klar? Sie lacht bereits wieder. Taxiert meine Figur. Bringt mir eine hell-

blaue Bluse, einen blauen Rock und eine Hose. Die Arbeitsuni-
form, scherzt sie.

Früher sagte ich: Ich kaufe ein Paar Schuhe. Das würde ich heute
nicht mehr sagen. Schuh ist nicht gleich Schuh. Es gibt Stiefeletten,
Trotteurs, Slipper und Pumps. Sandaletten, Pantoletten, Dianet-
ten, Ballerinas. Sabors, was eigentlich Pantoffeln sind. Clogs, Snea-
ker, Cowboystiefel, Gummistiefel, Mokassins, Riemenpumps,
Turnschuhe, Collegeschuhe, Hausschuhe und Knöchelboots. In
Farben, die Appetit machen: Schokolade, Karamell, Haselnuss, Vanille, Sahne, Pistazie, Cognac, Bordeaux, Champagner, Aubergine.

Wenn eine Kundin den Laden betritt, grüße ich sie. Ich lächele ihr
aufmunternd zu, während sie sich zaghaft umschaut. In ihrer
Nähe räume ich ein wenig auf. Dabei beobachte ich unauffällig,
welche Schuhe sie aus dem Regal nimmt. Spätestens, wenn sie einen Schuh anprobiert, erlaube ich mir, eine Bemerkung zu machen. Den haben wir ganz neu reinbekommen, sage ich zum Beispiel im Vorbeigehen. Oder: Der ist besonders schön. Ganz
moderne Farbe, exzellente Passform. Sitzt er denn gut? Reagiert
die Kundin unschlüssig, knie ich mich vor sie hin. Darf ich?, frage
ich und drücke sachte auf die Schuhspitze. Bei manchen Kundinnen weiß ich schon bei ihrem Eintreten, welcher Schuh für sie der
richtige ist: Das rote Haar der Mittvierzigerin verlangt dann nach
der Sandalette in Bordeaux. Die aufgeworfene Nase der jungen
Mutter bittet mich leise um die Ballerinas in Champagnerfarbe.
Die kritisch gehobenen Augenbrauen der Geschäftsfrau senken
sich erst wieder beim Anblick der karamellfarbenen Wildleder-
pumps. Und die hellen Augen der dänischen Touristin leuchten,
wenn ich ihr die Clogs mit der klappernden Holzsohle und dem
Lochmuster im grünen Leder zeige.

Du bist ein Naturtalent, sagt Rita. Sie glaubt mir nicht, dass
ich nie zuvor Schuhe verkauft habe. Aber in einem Lebensmittel-

laden habe ich früher gearbeitet, sage ich. Und Rita kennt sogar den Laden. Hat manchmal dort eingekauft, wenn sie in der Nähe zu tun hatte. Erinnert sich an meine Mutter, wie sie stark und rund wie ein Stamm hinter der Kasse stand. Das ist lange her, sage ich, und Rita schüttelt wehmütig den Kopf und sagt, alles jeht vörbei.

Alles jeht vörbei, sage ich am Telefon zu Georg. Lass das, sagt er, red bitte normal, sonst kriege ich Heimweh, ja? Er lacht leise. Holt tief Luft. Sagt, Heimat ist, wo du bist. Ach, Georg. Der Fernseher läuft stumm. Eine Katze wird gezeigt, weißes Fell, Augen, die ins Rötliche spielen. Weißt du, an was du mich erinnerst? Er schweigt. An den Kreisel, sage ich, mit dem wir als Kinder gespielt haben.

Die Schnur als Peitsche fest um den zum Kegel gefeilten Holzklotz gewickelt. Mit einem Ruck abgerollt. Das Holzstück dreht sich auf seiner Spitze. Irr und großartig. Und ich knie auf der Straße und sehe dem Kreiseln zu, bis mir schwindlig wird. Aber irgendwann kippt der Kreisel immer.

Das Dilldöppchen, flüstert Georg. Für eine kleine Weile ist es still in der Leitung. Wer außer dir versteht mich denn?, fragt er.

ES GEHT IHM schon viel besser, sagt Dorothee und wippt mit dem rechten Bein, das sie über das linke gelegt hat. Sie streicht mit einer Hand über den Stoffbezug des Sofas und lehnt sich weit zurück. Ihr Kopf liegt in den Locken wie in einem Nest. Kümmerst du dich denn ein bisschen um ihn?, frage ich. Sie nickt. Sie bringe ihm öfter Thomas vorbei. Jetzt, wo sie mehr Arbeit habe. Als Oberkellnerin, sage ich. Maître de Service, korrigiert sie mich. Thomas kommt aus der Küche und hält eine Banane in der Hand. Sein braunes Haar hat er von Georg. Die Augen auch. Auf den Dom will er: Und zwar sofort.

Vom Dom aus sieht der Rhein sehr blau aus. Der schönste Bursch am ganzen Rhein, den nenn ich mein, den nenn ich mein, habe ich als Kind voll Inbrunst gesungen und dabei an niemanden gedacht. Wie ein blaues Band, sagt Dorothee, die lacht, als ich ihr erzähle, dass die Braut bei der Hochzeit ein blaues Band tragen muss, wenn sie einen Sohn bekommen will. Hat bei mir ja auch so geklappt, sagt sie, ohne Band. Und sogar ohne Hochzeit. Thomas umrundet die ganze Plattform. Zeigt immer wieder aufgeregt auf die Stadt. Die Rheinbrücke. Die winzigen Menschen auf der Domplatte. Das Museum, das wie gebügelt unter uns liegt. Er sucht meine Wohnung, die er nicht finden kann. Leckt seinen Finger an und hält ihn in die laue Luft, um zu sehen, aus welcher Himmelsrichtung der Wind kommt.

Im Café sitzen wir mit Blick auf das Wasser, und Dorothee bestellt bei der Bedienung mit der winzigen Rüschenschürze ein Eis für Thomas und Kaffee für uns. Kaum hat er sein Eis gegessen, läuft Thomas ans Ufer und gibt den Enten die zersplitterte Waffel, die er für sie aufgehoben hat. Seine dünnen Beine in den Hosen, die ein paar Zentimeter über den Schuhen aufhören. Die schlaksigen Arme, die er nie lange ruhig halten kann. Wie groß er geworden ist, sage ich. Ja, sagt Dorothee und schlägt mit dem Löffel leicht gegen ihre Tasse. Wenn ich es mir damals etwas genauer überlegt hätte, sagt sie, wäre er gar nicht da. Sie blinzelt und verengt die Augen zu Schlitzen, als sie mich ansieht. Thomas hat sie nicht gehört. Er steht mit andächtigem Gesicht vor den Enten, die sich schon von ihm abgewandt haben und, den Bürzel nach oben, im Wasser nach Nahrung suchen. Sie zuckt mit den Achseln. Nun schau nicht so, sagt sie. Siebzehn, Mama, siebzehn! Was hätte ich da noch alles machen können! Sie redet wie eine alte Frau. Und dann, fährt sie fort, mit so einem wie Simon ein Kind! Sie lacht. Der war doch selbst noch eines. Mit seiner ewigen Modelleisenbahn. Jedes Wochenende das Gerenne durch die Stadt: Immer auf der Suche nach irgendeinem verdammten Güterwagen oder irgendwelchen Bäumen oder Plastikkühen, die er zwischen die Gleise stellen konnte. Sie verzieht den Mund. Als wir an einem Samstag auf dem Flohmarkt einen roten Mitropa-Speisewagen mit gelbem Seitenstreifen fanden, war er den ganzen Tag lang gut gelaunt, erzählt sie. Thomas dreht sich zu uns um, sucht mit den Augen die Tische ab und winkt, als er uns entdeckt. Das ältere Ehepaar am Nebentisch winkt sofort zurück. Trotzdem ist es doch schön, ein Kind zu haben, sage ich. Dorothee setzt sich gerade hin, legt den Kopf schräg und kratzt sich am Haaransatz. Dann beugt sie ihren Oberkörper weit über den Tisch. Ich bin nicht wie du, Mama, sagt sie. Ich möchte mehr als du. Sie klingt furchtbar ernst. Und das wäre?, frage ich. Erfolg, sagt sie, Spaß. Bestätigung. Sie überlegt einen kurzen Moment und sieht der Bedienung hinterher, die ein Tablett mit Kuchen und Kaffee vor sich herträgt. Selbstständigkeit, sagt sie dann. Die gelben Rosen in der kleinen Vase machen ihre Rücken krumm. Am Rand der weißen Tischplatte hat sich rotbrauner Rost festgesetzt. Ein Tisch wie ein Spiegelei, denke ich. Und was ist mit der Liebe?, frage ich. Dorothee sieht mich belustigt an. Dann legt sie ihre Hand auf meine. Und genau das, sagt sie, meine ich.

Thomas klettert auf den Rücksitz des Wagens. Zieht sich den Gurt über den Bauch. Tastet mit der linken Hand nach dem Gurtschloss, während er von seinem Schulfreund erzählt. Der schon alleine verreist. Im Flugzeug, sagt er mit wichtiger Miene. Wann er auch einmal fliegen dürfe. Was er dann sehen würde. Ob alles blau sei wie auf der Landkarte, gelb, grün, braun. Und flach. Wann ich wieder zu Hause sei. Sonntag? Ob er dann kommen könne. Dorothee zwinkert mir zu, lacht. Die Oma, sagt sie, bleibt noch ein wenig in Köln. Sie streicht Thomas über die Haare. Ich beuge mich durch das Fenster und küsse ihn auf die Stirn. Er ist schon getröstet. Möchte bald noch einmal auf den Dom steigen. Dorothee geht um das Auto herum und öffnet die Fahrertür. Wir umarmen uns. Und, flüstert sie, bleibst du also noch ein bisschen? Ich nicke. Sie setzt ein schräges Grinsen auf, steigt ein und kurbelt das Fenster runter. Im Losfahren winkt sie noch einmal. Ich rufe, ein bisschen! Wir wissen beide: Vielleicht auch länger.

TATSÄCHLICH IST an ihrem siebzehnten Geburtstag ihr Bauch schon prall wie eine jener Trommeln, auf die die Tambourmajore bei ihren Umzügen furchtlos einschlagen. Simon sitzt neben ihr auf dem Sofa. Sieht wie sie zu Georg hin, der sich vor dem Sofa aufgebaut hat, beide Hände in die Seiten gestemmt, und ihnen Vorwürfe macht. Nachdem er wochenlang nichts bemerkt hat. Wie auch, bei den weiten Pullovern in dunklen Farben. Grau, schwarz, braun, als trage sie Trauer. Und heute dann ein weißes Hemd, das unter der Brust geschnürt ist. Darunter der Bauch.

Georg sagt, was habt ihr euch bloß dabei gedacht. Er schüttelt den Kopf. Enttäuscht sei er von ihnen. Von dir, Simon, sagt er. Und von dir, Dorothee. Ganz einfach zu jung seien sie dafür. Wofür?, fragt Dorothee und sieht ihn von unten herauf an. Für die Liebe. Georgs Stimme ist ruhig und schneidend. Dorothee fasst nach Simons Hand. Und für ein Kind allemal! Nun schreit Georg. Sieht dann mich herausfordernd an. Hast du davon gewusst? Nein, sage ich.

Aber geahnt habe ich es. Wenn Dorothee morgens länger als üblich im Badezimmer verschwand und die ganze Zeit das Wasser laufen ließ. Wenn sie mit blassem Gesicht und ohne Appetit beim Frühstück saß. Und fragte man sie, verzog sie das Gesicht. Sagte: Kreislauf. Magenschmerzen. Monatsbeschwerden.

Das Kind, sagt sie, behalte ich. Auf ihrem Gesicht erscheint ein Lächeln. Ohnehin sei es nun zu spät. Sie legt eine Hand auf ihren Bauch und sieht Georg herausfordernd an. Dann wirst du, sagt sie, Opa. Sie sagt, das ist doch was. Und Georg zuckt zusammen, geht zwei Schritte rückwärts und sieht sich ängstlich um, bevor er sich in den Sessel sinken lässt.

Was haben wir eigentlich erwartet?, frage ich Georg, als wir im Bett liegen. Er sieht mich verständnislos an. Sie hat bei ihm übernachten dürfen, erinnere ich ihn. Das ist doch heute normal, sagt Georg. Wenn ich ihm zu lange in die Augen schaue, beginnt seine Iris zu hüpfen. Opa, flüstere ich. Oma, sagt er wütend und dreht sich auf den Rücken. Die Hände legt er ums Gesicht wie Tulpenblätter. Er schüttelt den Kopf. Früher, sagt er, wäre das nicht möglich gewesen.

Früher.

Da sitze ich auf der Bank im Volksgarten. Und warte, dass sich das Glück verfängt, in meinem blauen Rock, den dunklen Augen. Evelyn fragt, wer von euch ist ein Kind der Liebe?, und dreht sich eine Strähne teebraunes Haar um den Finger. Niemand?, fragt sie, als wir die Köpfe schütteln und mit den Schultern zucken. Sie sei eines. Sie lacht. Wenn ihr wisst, was ich meine. Kein Halten sei gewesen, damals, als ihre Mutter dem Mann aus Delft begegnet sei, einem Handelsvertreter in Sachen Schuhpflege, der eines Nachmittags sein Köfferchen vor ihrer Haustür aufklappte und sie einen Blick auf die schwarze, braune, farblose Paste, die Bürsten und Lappen tun ließ. Einmal, zweimal, bald jeden Tag seien sie sich begegnet, wie zufällig habe er ihre Wege gekreuzt. Immer ein lachendes Gesicht, sagt sie. Und über der Oberlippe einen schmalen braunen Schnurrbart wie Erol Flynn. Von ihm habe sie die schönen Haare. Het mooie haar. Von ihrer Mutter hingegen die Romantik. Flittchen, Luder, elendes Weibsstück, habe deren Mutter sie beschimpft. Und sie durch die Küche gejagt, immer um den Tisch herum mit seinen gesplitterten Ecken, an denen man sich Späne in die Hand holte. Den Spazierstock des Vaters in der Hand. Nach ihr geschlagen. Striemen und Flecken am ganzen Körper, sagt Evelyn. Und dann die Tritte von innen. Als ob sie sich habe beschweren wollen, über das Geschaukel und Gepolter, habe ihre Mutter gemeint.

Trotzdem, sagt Evelyn, sei die Liebe das Beste überhaupt. Und die Erotik. Sie lacht. Zählt auf: Herzklopfen, die Atmung keuchend, als setze sie gleich aus. Ein Gefühl wie kreiseln und stürzen. Zuckungen. Alle Glieder erst hart wie Eisen, dann erschlafft. Und Bisse bis aufs Blut in die unvorsichtig dargebotene Schulter. Margot sagt mahnend, Evelyn. Ich frage, hast du etwa schon? Evelyn lacht. Natürlich, du Schaf, sagt sie, nicht nur einmal. Keuschheit vor der Ehe! Sie tippt sich an den Kopf. So ein Quatsch!

Zwei Männer gehen vorbei und sehen uns an. Den einen, flüstert Evelyn, würde ich schon nehmen. Die Männer lachen, schauen zurück und stoßen beim langsamen Gehen gegeneinander. Die rote Jacke des Größeren lodert in der Nachmittagssonne. Margot zieht sich den Rock über die Knie. Ich hebe mich auf, sagt sie. Für den Richtigen. Evelyn gähnt geziert. Und du?, fragt sie dann und sieht mich an. Hebst du dich auch auf? Ich weiß nicht, sage ich. Die rote Jacke verschwindet aus meinem Blickfeld. Wo denn auch, denke ich. Ob der wohl ein Auto hat.

Ich bekomme kaum Luft. Keuchen, kreiseln, die linke Hand vor dem Mund. Und Onan, sagte der Pfarrer im Konfirmationsunterricht, verderbte den Samen zur Erde. Gott aber strafte ihn. Judith! Von ferne höre ich meine Mutter nach mir rufen. Judith! Mit jedem Ruf wird ihre Stimme lauter. Für einen Moment die Kälte im Gesicht, als ich die Decke zurückschlage.

Ob ich glaube, dass er sie heiratet, fragt Georg. Ob ich es mir wünsche. Ich schüttele den Kopf. Sie sollte die Schule beenden, sage ich. Und das Kind?, fragt er. Ich bin erst vierzig, sagt er. Er stellt den Wecker auf sieben Uhr und legt sich mit dem Gesicht zum Nachttisch. Im Dunkeln leuchten die Ziffern. Zweiundvierzig, denke ich. Manchmal ist er mir so vertraut, dass er mich befremdet.

EINE LIEBE für et janze Leben, det is wie en Sechser im Lotto, meint Christa. Zwölf Jahre ist es her, dass sie aus Ostberlin geflohen ist. Versteckt zwischen zwei aufgeschnittenen Koffern. Stell dir det ma vor, sagt sie. Sie zeigt auf ein Foto in der Zeitung und lacht. Det jeschieht denen janz recht. Sie nickt grimmig. Legt die Zeitung auf den Tisch, setzt sich hin, packt ihre Butterbrote aus. Hält mir eines entgegen. Ich schüttele den Kopf. Sie sieht mich nachdenklich an, während sie kaut. Hinter ihr stehen die neuen Schuhe, die heute Morgen eingetroffen sind und noch etikettiert werden müssen. Ich komme früh und gehe spät. Ohne Arbeit gerate ich sofort ins Grübeln. Kopf hoch, Meechen, sagt Christa und legt mir ihre rechte Hand auf den Arm. Dann wendet sie sich wieder der Zeitung zu, streicht das Papier glatt und beißt in ihr Brot.

Die Wohnung wird mir langsam lieb und teuer. Einen neuen Couchtisch habe ich gekauft, ein Regal für Geschirr und Bücher, einen kleinen Teppich, den ich vor das Bett auf den immer kalten Fußboden lege. Nach der Arbeit gehe ich im Supermarkt am Zülpicher Platz einkaufen. Zum Abendessen setze ich mich an den kleinen Ausklapptisch in der Küche, öffne eine Flasche Wein und proste mir zu. Nicht doch, nicht doch, sage ich, wenn ich appetitlos die Arme neben dem Teller aufstütze. Aber die Tage sind doch sehr aufregend und anstrengend, entgegne ich. Na, gerade darum muss man ja essen!, sage ich ungeduldig und greife nach der Gabel.

Klara weint am Telefon, du fehlst, sagt sie und zieht die Nase hoch. Alles gehe seinen normalen Gang, ihre Arbeit mache ihr Spaß, und Falk und Robert, beide habe sie gern, mit Falk könne sie gut reden. Er bringt mich zum Lachen, sagt sie. Trotzdem, du fehlst mir, wiederholt sie. Was genau?, frage ich. Klara schweigt für einen Moment. Du warst einfach immer da, sagt sie dann. Wenn man nach Hause kam, warst du da. Aber eine Geschichte, denke ich, etwas Greifbares, etwas, das ich wie eine Henkeltasse hier vor mich auf den Tisch stellen und anschauen und über das ich sagen kann, das bin ich, habe ich nicht.

ICH BIN EINGELADEN. Zu einem Sommerfest. Wo doch schon der Herbst daherkommt, mit einem Licht, das an zu große Creolen erinnert. Rita hat gesagt, bring jemanden mit, wenn du magst. Alba hat bloß den Kopf geschüttelt, als ich sie fragte, und abgewinkt.

Auf einem Blatt Papier, das mit einer Reißzwecke an der Haustür befestigt ist, steht: Hier entlang. Darunter ist ein Pfeil gemalt, der erst nach links und dann nach oben zeigt. Vom Eingang weg führt ein schmaler Weg zwischen Hauswand und Büschen. Die Hauswand ist kalt an meinen Fingern. Wenn ich in die Fenster blicke, sehe ich nur mich selbst. Im Garten stehen drei alte Bäume, die ihre Äste einander zustrecken, als seien sie sich im Laufe der Jahrzehnte widerwillig lieb geworden. Unter einem der Bäume, dem breitesten, sitzen Männer und Frauen an einem langen Holztisch. Rechts von ihnen ist auf einem runden Tisch ein Buffet aufgebaut. Ein Mann steht daneben vor einem roten Grill und wendet gerade die Fleischstücke, als ich den Garten betrete.

Ein voller Teller, bunt wie eine Flagge, steht vor mir auf dem Tisch. Daneben ein Glas Bier mit einer Blume, die rasch in sich zusammenfällt. Richard wünscht guten Appetit und lehnt sich dabei weit zu mir hin. Als ich mich neben ihn setzte, hat er sich im Aufstehen die Serviette von der Brust gerissen und eine Verbeugung angedeutet. Er leite seit Jahren ein Reisebüro und es mache ihm Spaß, sagt er nun und fährt sich mit der Hand an den Haaransatz, um die schlohweißen Haare zu glätten. Wirklich, ein schöner Beruf, sagt er. Schmeckts? Ich nicke. Aber, fragt er, reise ich deswegen mehr als zuvor? Nein, sagt er, ohne meine Antwort abzuwarten. Am Abend sei er froh, nach Junkersdorf zu fahren und nicht nach Schanghai. Im Hintergrund läuft Musik. Schlager, Panflöten, Popmusik.

Und Sie sind also auch ganz alleine?, fragt Richard.

Mit einem langen Streichholz, das er hinter seiner Hand vor jedem Luftzug schützt, zündet Ritas Mann zwischen den Bäumen die Lampions an. Die werfen rotes, grünes, blaues und gelbes Licht auf Rasen und Büsche. Am Ende des Tisches sitzt der junge Engländer. Er hat schwarze Haare, die ihm über Ohren und Nacken hängen. Eine gerade Stirn. Augenbrauen wie Gebälk darin. Sie sehen nicht sehr englisch aus, habe ich zu ihm gesagt, als wir einander vorgestellt wurden. Und Andrew hat gefragt, ist das gut oder schlecht? Jetzt legt er den blättrigen Stiel einer Erdbeere vor sich auf den Teller, lacht mir zu und nickt mit dem Kopf in Richtung des Buffets.

Nicht ganz, sage ich und stehe auf.

Den Teller lädt er sich so voll, dass einige Maiskörner auf den Boden fallen und im Gras versinken. Macht nichts, sagt er, und es klingt wie: Makt nix. Dabei sei Mais sein Lieblingsgemüse. Ob ich wisse, was man alles aus Mais machen könne? Polenta, sage ich. Kuchen, Maispuffer, sogar Eis, sagt er, Maiseis. Er sehe jede Kochsendung an, auch Deutsches könne er mittlerweile gut kochen. Er stellt den Teller ab und sieht mich herausfordernd an. Dann zählt er auf: Sauerbraten. Himmel und Erde. Saumagen. Donauwelle. Käsesalat mit Kapuzinerkresse.

Er habe als Kind, erzählt er, seiner Großmutter beim Kochen zugeschaut. Und als diese gestorben sei, der Mutter. Aber die, sagt er, konnte nicht gut kochen. Er nickt in sein Glas. Könne sie immer noch nicht. Wohl darum werde sie immer dünner. Jedes

Mal, wenn er sie in England besuche, habe er den Eindruck, sie sei leichter geworden. Man spürt, wenn man sie umarmt, alle Knochen, sagt er. Die Schulterblätter stehen ab wie Flügel, die Haut wird heller, bald ist sie durchsichtig. Vielleicht wird sie allmählich ein Engel. Er hält mir seinen Teller hin, you want to try?, und freut sich, als ich vom Maissalat probiere und anerkennend die Lippen spitze. Rita geht vorbei und legt uns je eine Hand auf den Rücken, sodass wir wie die drei Teile eines Altars miteinander verbunden sind. Alles klar?, fragt sie und beugt sich vor. Andrew beteuert, es sei wunderbar. Er sagt, wonderba, und hebt sein Glas. Auf Rita! Rita lacht und geht weiter. Er arbeite als Lepidopterologe. Schmetterlingskundler, fügt er hinzu. Er macht ein belustigtes Gesicht. Das klingt nach einem, der mit dem Netz durch die Wälder läuft, sagt er. Eigentlich stimme das auch. Er könne über keine Wiese gehen, ohne nach Schmetterlingen zu schauen. Und manchmal habe er ein Netz dabei. Alles an Schmetterlingen sei schön. Ihr Aussehen. Ihre Bewegungen. Ihre Namen. Ich mag die Zitronenfalter, sage ich. The Brimstones, entgegnet er. Und die Aurorafalter. Orange Tip. Schwalbenschwanz. Swallow Tail. Schachbrettfalter. Marbled White. Er lacht, weil mir kein weiterer Name einfällt. Baumweißling, Apollofalter, Mädesüß-Perlmutterfalter. Er lässt die Namen fallen wie die Perlen einer Kette. Brauner Bär?, frage ich. Er überlegt einen Moment. Garden Tiger, sagt er dann und stößt sein Glas gegen meines.

Ich aber stehe wieder vor dem Foto des Schmetterlings, betrachte die gefleckten Flügel und lecke die Schokolade aus dem Stanniolpapier. Die Hände wische ich sorgsam an der Innenseite der Schürze ab. Ich vergesse auch nicht, die Kette der Klospülung zu ziehen. Das Papier stecke ich in die Rocktasche. Und mit verschmiertem Mund renne ich hoch in den Laden, direkt vor den gewaltigen Bauch meiner Mutter, die mich von sich weg hält, mich nachdenklich betrachtet und mir ins unsicher lächelnde Gesicht schlägt. Die Nachbarin steht hinter ihr und nickt zustimmend. Kumm bloß nit op die Idee ze kriesche, sagt meine Mutter und wendet sich der Kundschaft zu.

Wie wäre es mit einem letzten Glas, irgendwo in der Stadt?, fragt Andrew, als er mich zum Auto bringt. Ich lege den Kopf in den Nacken. Jetzt könnten Sternschnuppen wie ein Feuerschweif vom Himmel stürzen, ich würde mich nicht wundern. Aber keiner der lahmen Sterne fällt. Ich zeige Ihnen, wo ich aufgewachsen bin, sage ich. Am Haus vorbei, am Schreibwarenladen, an Kirche, Friedhof, Schule. Am Stadtpark. Wo, wenn nicht hier, hat Alba den Kinderwagen vor sich hergestoßen, missmutig, dass sie schon wieder einen Sonntagnachmittag opfern musste? Andrew legt seine Hand auf mein Bein und kurbelt mit der anderen Hand das Fenster runter.

MIT DREIZEHN JAHREN habe er plötzlich gewusst, dass er Schmetterlingsforscher werden wollte. Auf einem Ausflug mit seinen Eltern und der um drei Jahre älteren Schwester, die missgelaunt der Gruppe voranging und mit der flachen Hand nach den Gräsern am Wegrand schlug, war ein Pfauenauge an ihm vorbeigeflogen. Mit aufgeregtem Flügelschlag und doch so, als würde es mühelos von der Luft getragen. Er sei hinterhergelaufen. Habe den Schmetterling auf einer Blume sitzen sehen. Habe die Hände geöffnet, die Arme bereits ausgestreckt, als könnte er die Blume samt Pfauenauge einfach pflücken. Stattdessen aber sei er in eine mit Wasser gefüllte Senke getreten und eingesackt. Die Hose, die Schuhe, das Hemd, alles nass und braun. Die Eltern, die sich erschrocken umwenden. Und die Schwester, die das erste Mal an diesem Nachmittag lacht und die ganze Familie damit ansteckt.

Wenn mein Glas leer ist, winkt er den Kellner an unseren Tisch. Er dreht sich seine Zigaretten selbst, das Papier ist so dünn, dass man dahinter die Tabakfäden erkennen kann. Manchmal klebt das Papier an seiner Lippe fest, und er muss die Zigarette mit einem unmerklichen Ruck aus dem Mund nehmen. Vielleicht entsteht dabei ein winziges Geräusch. Aber ich kann es nicht hören, in der Bar rauscht es wie in einer Muschel. Ob ich schon einmal auf Heidekraut gelegen habe, das so dicht war, dass es nicht nachgab unter meinem Gewicht? Nein, sage ich. Er zieht an der Zigarette und schiebt sich die Haare aus dem Gesicht. Die nächsten Jahre, sagt er, sei er mindestens einmal die Woche auf die Suche nach Schmetterlingen gegangen. In der Bücherei des Städtchens habe er sich verschiedene Bücher besorgt, die Aussehen, Vorkommen und Wesen der Schmetterlinge erklärten. Der Bibliothekar habe ihn laut begrüßt, kaum dass er die Bücherei betreten habe. Der Forscher kommt!, habe er gerufen und seinem Assistenten zugezwinkert, der mit müden Bewegungen die Bücher sortierte.

Der Mann am Nachbartisch trinkt zu jedem Bier einen Schnaps. Seine Augen schwimmen über dickbauchigen Tränensäcken. Auf seinen Wangen ein dunkler Bartschatten, ein brauner Hut neben ihm auf dem Tisch. Die Ellbogen hat er aufgestützt. Woröm es et am Rhing esu schön?, fragt er, als ich in seine Richtung schaue. Na? Wegen der Liebe, sagt Andrew. Wegen der Erinnerung, sage ich. Der Mann korrigiert uns mit strenger Stimme: Nä! Wägen üch zwei Hübschen! Schon während er spricht, wendet er sich ab. Andrew lacht. Er schiebt sein Glas auf dem Bierdeckel herum und sieht mich manchmal lange an. Er hört mir zu. Wundert sich über die Vielfalt der Schuhe. Hebt mein linkes Bein auf seinen Schoß, um meine Sandalen anzusehen. Streichelt den Rist, spreizt seine Finger um die Fessel. Als wir die Bar verlassen, kann man den Morgen schon riechen. Nur die Zülpicher hinuntergehen, die Luxemburger überqueren, einmal links, dann geradeaus. Ich bin verheiratet, sage ich, als ich die Wohnungstür aufschließe. Von draußen hört man den an- und abschwellenden Alarm einer Sirene. Bist du denn *glücklich* verheiratet? Andrew flüstert und legt seine Hand auf meine, sodass wir gemeinsam die Klinke runterdrücken. Nein, sage ich. Dann denk nicht dran. Und du?, frage ich. Er schüttelt den Kopf.

It's not my cup of tea.

Er ist so blass und makellos wie eine Statue. Im hellen Licht des Vormittags kann ich endlich ein paar Leberflecken auf seiner Stirn entdecken. Einige Pockennarben. Und auch quer und hoch verlaufende Falten, die wie auf einer Bleistiftskizze vorläufig nur angedeutet sind. Wie jung du bist, sage ich. Er lacht über die Differenz, die nicht groß sei. Er sagt, vierundvierzig, sechsunddreißig, und macht eine wegwerfende Handbewegung. Acht Jahre! Was heißt das schon! Fast dreitausend Mal sich abfinden, langweilen, unterordnen, zurückstellen. Sich schicken, fügen, anpassen, nicht ernst nehmen. Sich zufrieden geben, ergeben, aufgeben, heißt das, denke ich. Sich alles, was danach noch kommt, verdient haben. Ja, sage ich, was heißt das schon.

KLARA STEHT vor einem Bild, das eine graue Fläche ist, die dunkler wird am unteren und am oberen Rand. Sie geht einen Schritt vor und einen zurück. Legt den Kopf in den Nacken, nimmt ihn ruckartig wieder nach vorne. Dann bleibt sie regungslos stehen und starrt die Farbfläche an. Mit hängenden Armen. Ihre Hände sind geöffnet, die Beine zu einem schmalen A gespreizt. Wenn ich solch ein Bild hätte, sagt sie, als sie sich wieder mir zuwendet, wäre ich bestimmt ein besserer Mensch. Sie kichert. Vor jeder wichtigen Entscheidung würde sie für ein paar Minuten ins Grau schauen und sich besinnen. Sie hängt sich in meinen linken Arm ein, als ich langsam weitergehe. Stehen denn wichtige Entscheidungen an?, frage ich. Klara verzieht den Mund und zuckt mit den Schultern. Ach, Mama, sagt sie.

Unter einem bunten Bild knien eine junge Frau und zehn, fünfzehn Kinder auf dem Boden. Die Kinder tragen Schirmmützen, auf die das Monogramm einer Schule gestickt ist. Ein kleines Mädchen sitzt neben der Lehrerin. Es hält seine Kappe in der Hand und streicht sorgsam die langen Haare hinter die Ohren. Ist Rot eine warme oder eine kalte Farbe?, fragt die Lehrerin. Warm!, rufen die Kinder. Eines sagt, kalt. Warum warm?, fragt die Lehrerin. Als keines der Kinder antwortet, fragt sie, was ist denn rot? Liebe!, schreien die Kinder. Blut! Feuer! Das Kind, das vorhin ›kalt‹ gesagt hat, ruft jetzt, heiß! Die Lehrerin nickt mehrmals und malt dem Mädchen neben sich mit einem Pinsel einen breiten, roten Strich auf die Stirn. Und blau?, fragt sie. Wasser!, rufen die Kinder. Himmel! Kalt! Das Mädchen bekommt eine blaue Nasenspitze. Es dreht die Augen nach innen, sodass es schielt. Die anderen Kinder lachen laut. Und gelb? Sonne! Heiß! Je einen gelben Punkt auf die Wangen des Mädchens. Und grün? Gras! Schlange!, rufen die Kinder. Feucht! Kalt! Ein grünes Kinn. Klara sagt, wichtige Entscheidungen? Vielleicht.

Robert, Falk. Zwei Namen, die sie sacht wie splittrige Kugeln vor sich herschiebt. Ich mag beide gern, sagt sie. Sie hat meinen Arm losgelassen. Ist stehengeblieben. Und legt mir nun, als wolle sie mich festhalten, eine Hand auf die Schulter. Was soll ich machen?, fragt sie. Kann man zwei Männer gleichzeitig lieben? Wie sie mich ansieht. Sie hofft auf eine Antwort, die ich nicht geben kann. Ich sage, vielleicht. Hinter ihr hängt das Porträt einer Frau. Ihr weißes Profil vor einem dunklen Hintergrund. Als einziger Farbfleck die rostroten Haare der Frau. Die einladend die Lippen schürzt. Den Zeigefinger krümmt. Rechts von ihr, für mich nicht sichtbar, gibt es offenbar Verlockendes. Klara sagt, es sei schrecklich. Schrecklich, wiederholt sie und verschränkt die Arme vor der Brust. Aber, fügt sie leise hinzu, auch schön. Entscheiden jedoch müsse sie sich. Eher heute als morgen. Um was geht es denn genau?, frage ich. Um Heirat? Familiengründung? Sie schnaubt. Gott bewahre, sagt sie. Übertreiben wolle sie es nicht. Sie steht da. Ist glücklich und ein bisschen verzweifelt. Hat die Wahl. Und sieht ausgerechnet mich bittend an.

Im Café des Museums liest Klara lange in der Karte. Weil sie sich auf die Innenseiten der Wangen beißt, macht sie abwechselnd einen Kussmund nach rechts und links. Als sie bestellt hat, dreht sie sich auf ihrem Stuhl weit herum. Betrachtet die sechs Frauen, die hinter ihr sitzen und laut einen geplanten Ausflug diskutieren. Das japanische Pärchen mit den brombeerschwarzen Haaren. Die zwei Männer, die sich weit in ihren Stühlen zurücklehnen und aneinander vorbeischauen. Das Mädchen, das ein hohes Glas mit Milchkaffee vor sich stehen hat. Dann sieht sie wieder mich an. Ist Falk nicht zu alt für dich?, frage ich. Sie schüttelt den Kopf. Sagt verwundert, er hat dir doch gefallen. Sie lächelt der Kellnerin zu, die die Getränke bringt. Bedankt sich artig. Nimmt einen großen Schluck Wasser, den sie im Mund in die rechte Wange presst und in vielen kleinen Schlucken trinkt. Du trinkst so, wie ein Hamster isst, sage ich. Klara stellt die Schneidezähne auf die Unterlippe. Ich bin einer, sagt sie mit Kinderstimme. Ich lache und mag mein Lachen nicht. Scheelsüchtig, nannte mich einmal eine Freundin, als ich über sie lachte. Neidisch, sage ich dazu. Klara sagt, es ist so schön, dich endlich mal wieder zu sehen.

Am Bahnhof sagt sie das noch einmal, aber diesmal ist es schon etwas Vergangenes: Es war schön, dich zu sehen. Und setzt dabei einen Fuß auf das Gittertreppchen, zieht sich am silbernen Griff in den Zug. Ich winke ihr, als der Zug anfährt. Sie lässt die Finger wie Fransen wehen und sieht abenteuerlustig aus.

ALBA SUCHT in der Schublade nach der Schere und findet stattdessen ein rotes Taschenmesser, das sie wie etwas lang Vergessenes einen Moment in der Hand wiegt und irritiert betrachtet. Tatsächlich, sage ich, bin ich wohl einfach neidisch auf Klaras Freiheit. Alba legt das Messer zurück. Schließt die Schublade und schüttelt ungeduldig den Kopf. Die hattest du doch auch, sagt sie. Nein, entgegne ich. Wie viele Vorstellungen von Glück haben wir denn schon gehabt? Alba seufzt und verdreht die Augen. Sie könne sich nicht erinnern, wo sie die Schere hingelegt habe, sagt sie und geht aus der Küche. Im Flur höre ich sie die Türen der Kommode aufklappen. Ich rufe, ich hatte doch keine Wahl! Bin einfach der Natur gefolgt. Oder vielmehr den Prinzipien. Der Moral. Alba flucht leise und wirft die Türen der Kommode zu. Und plötzlich, sage ich, als sie wieder in die Küche kommt, saß ich unter einer Glasglocke. Alba hat die hohe Holzschale von der Fensterbank genommen und auf den Tisch gelehrt. Gummibänder, Kleberollen, ein Topflappen, eine Kordel, Münzen, Stifte liegen durcheinander. Keine Schere. Glasglocke?, fragt sie. Ich nicke. Als ob du alles siehst, aber irgendwie nicht teilnimmst. Manchmal, sage ich, hatte ich den Eindruck zu ersticken. Alba sieht mich verwundert an. Und ich dachte immer, du seist glücklich. Sie schiebt die Sachen auf dem Tisch zusammen. Legt sie zurück in die Schale. Steht auf. Öffnet den schmalen Schrank, in dem die Putzsachen liegen. Hebt jede Flasche, jede Schachtel an, um zu sehen, ob dahinter die Schere liege. War ich aber nicht, sage ich. Alba zieht die Mundwinkel nach unten. Sie legt das Kinn in die rechte Hand, die sie auf dem linken Arm abstützt, und betrachtet mich unverwandt. Und jetzt?, fragt sie. Schon eher, sage ich. Alba öffnet die Spülmaschine und beugt sich über das Besteckfach. Vermisst du Georg denn nicht?, fragt sie. Schließe ich die Augen, sehe ich eine Zeit lang den Lichtkreis der Lampe als hellen Ring vor mir. Ich fürchte, darum geht es schon lange nicht mehr, sage ich. Na also, ruft Alba und hält triumphierend die Schere hoch. Außerdem, sage ich, habe ich jemanden kennen gelernt.

Mit dem Handtuch um den Kopf muss ich mich ins Bad setzen, auf einen Hocker, der mit seegrünem Plüsch bezogen ist. Im Spiegel sehe ich die obere Hälfte meines Kopfes. Und Alba, die das Tuch wegnimmt und mit den Fingern durch meine Haare fährt. So jung?, fragt sie. Acht Jahre Unterschied, sage ich. Ist doch so viel nicht. Alba hält die Schere in der Hand und kratzt sich mit dem Griff an der Stirn. Wenn du meinst. Sie beginnt, meine Haare zu kämmen. Wie viel soll ich abschneiden?, fragt sie. Fünf Zentimeter, schlage ich vor. Ich zeige ihr den Abstand mit Daumen und Zeigefinger. Ihr kritischer Blick im Spiegel. Sie setzt die Schere an und kappt die erste Strähne. Bis unters Ohr? Ich nicke. Nicht bewegen, sagt sie. Ihr konzentriertes Gesicht über meinem Haar. Wenn sie um mich herumgeht, stößt sie manchmal an meine Schulter. Alles an ihr ist weich. Sie sagt beiläufig, du tust das nicht aus Trotz, oder?

Und ich falle. Stürze durch die Zeit und bin wieder neunzehn. Sitze vor dem Spiegel im Elternhaus. Trage das Kleid mit den vielen Volants, die bei jedem Schritt ins Flattern geraten. In der Nacht habe ich geträumt: Zehn Schritte, sechs, noch vier. Mein Vater führt mich durchs Kirchenschiff. Georg dreht sich um. Ein fremder Mann. Der sich ein letztes Mal das hellgraue Plastron zwischen den spitzen Kragenecken zurechtrückt, sich mit zwei Fingern über die Mundwinkel fährt. Der seine Hand ausstreckt. Mein Vater führt mich ab. Ich stolpere. Dem Fremden entgegen. Und wache auf. Ich soll es besser machen als sie, sagt Alba am nächsten Morgen. Ihre Stimme zittert. Sie versucht, Perlen zwischen meinen Haarsträhnen zu befestigen. Gleich, das weiß ich, wird sie weinen. Ich spitze die Lippen zu einem Mündchen und klappe die bunten Augendeckel ein paar Mal auf und zu. Alba fragt, du tust das nicht aus Trotz, oder? Ich lache spöttisch. Schüttele unwillig den Kopf. Wie ungeschickt sie die Perlen ins Haar steckt. Sich vor Konzentration auf die Zungenspitze beißt. Eine nach der anderen fallen die Perlen hinunter und verstecken sich im Teppich. Sie hebt sie auf. Ahnt nichts von ihrem Zufallstreffer. Schwör es, sagt sie. Ich sehe sie mitleidig an. Ich bin jung und schön.

Pass doch auf!, ruft sie. Oder willst du Zacken in den Haaren haben? Im Spiegel kreuzen sich unsere Blicke. Wann verjährt Verrat? Hör endlich auf damit, denke ich. Ihre pummelige Hand mit der Schere, umklammert von meiner. Eine Umarmung. Eine komplizierte Tanzfigur. Ein Kampf, vielleicht. So sehe ich also aus. Nadelspitze Pupillen, zwei steile Falten neben dem Mund und den heiligen Schreck im Gesicht. Lass mich weiter schneiden!, fordert Alba. Den Pony bitte gleich lang wie die anderen Haare, sage ich. Sie nickt. Schneidet mir einen erdbraunen Helm. Nun, sagt sie, als ich mir die Haare über Kopf geföhnt habe und sie glattstreiche, bin ich wohl diejenige, die neidisch ist.

ES IST ALTWEIBERSOMMER. Die Tage sind zäh wie Harz und vergehen doch. Jetzt sind es genau neun Wochen, sagt Georg, dass wir uns nicht gesehen haben. Er unterrichtet wieder an seiner alten Schule. Man habe von einer Anzeige abgesehen, erzählt er, weil Luise die zwei verpassten Prüfungen nachholen konnte. Und bestanden hat. Sehr gut bestanden hat, sagt er. Er klingt enttäuscht, schweigt dann vorwurfsvoll, abwartend. Als ich nichts sage, spricht er weiter. Jeder hier sieht mich schief an, erzählt er. Hinter seinem Rücken werde getuschelt. Der Direktor habe ihm am ersten Tag nach den Sommerferien die Hand geschüttelt. Lange, meint er, zu lange. Er habe ihn prüfend angeschaut und dann – Georg holt tief Luft – habe er die Hand gehoben und den Zeigefinger mahnend hin- und herbewegt. Die klassische Drohfinger-Gebärde!, ruft Georg.

Ob er zu mir kommen könne. Ich muss doch mal sehen, wie du jetzt lebst, sagt er und versucht ein Lachen. Ich schüttele den Kopf. Weil er das nicht sehen kann, sage ich außerdem, nein.

Aber, füge ich hinzu, ich komme bald. Georg fragt, wirklich? Ein paar Sachen abholen, sage ich. In das anschließende Schweigen mischen sich Autogeräusche. Georg muss mit dem Telefon am geöffneten Fenster stehen.

Es ist entschieden. Ich gehe nicht zurück.

Als ich es Christa in der Mittagspause erzähle, sagt sie, jetzt brauchste wat fürs Herz, jetzt jehn wa konditorn. Sie zieht sich ihre Jacke an. Komm, Meechen, mach! Im Café am Neumarkt bestellt sie Torte. Die Heidelbeeren pickt sie aus dem Obstbelag heraus, um sie bis zum Schluss aufzuheben. Weil ick die am liebsten hab!, verrät sie und bekommt meine dazu. Am Nachbartisch sitzt ein Mann. Seine Augen liegen in nassbraunen Tälern. Das graue Haar kräuselt sich von den knotigen Schläfen weg. Wenn er von seinem Tee trinken will, beugt er sich nach vorne und hält mit der linken Hand seine Krawatte zurück. Manchmal fährt er sich nach dem Trinken mit der Zungenspitze kurz über die Lippen, als wolle er dem Aroma des Tees nachschmecken. Bevor er seine Zeitung entfaltet, nickt er mir zu. Christa stößt mit ihrem Knie an meines. Lang bleibste nich alleene, sagt sie. Aber ich rühre bloß in der Tasse, in der der Kaffee schon kalt ist, und nehme mit dem feuchten Zeigefinger einen Krümel auf. Christa nickt. Det wird schon wieder. Dann ruft sie die Kellnerin und bezahlt. Komm, sagt sie, die Mittagspause is um. Ich stehe auf, ziehe meine Jacke an. Und in diesem Moment sehe ich Georg am Café vorbeigehen. Im Rücken den Wind, der die oberen Haare ein wenig aufstellt. Um den Hals ein weiß flatterndes Tuch, wie ich noch nie eines an ihm gesehen habe. Sieh nur, sage ich zu Christa. Greife nach ihrer Hand. Ziehe sie aus dem Café heraus. Aber als wir an dem Mann vorbeilaufen und ihn anschauen, hat er nur die braunen Haare von Georg und seine Art, den Kopf auf gerecktem Hals und geraden Schultern zu tragen. Vielleicht will auch er ein wenig größer wirken. Das Tuch hat sich beruhigt. Hängt ihm vor der Brust wie ein kleines erschöpftes Gespenst. Im Schaufenster von Kämpgen stehen die Herbst- und Winterschuhe mit ihren festen Sohlen, den Gummiprofilen, dem imprägnierten Leder und erwarten geduldig den ersten Sturm.

HAST DU DENN alles vergessen?, fragt Georg. Fünfundzwanzig Jahre, sagt er. Es gab doch auch gute Zeiten. Erinnerst du dich nicht? Doch, sage ich.

Kaum hat der Hausbau begonnen, fahren wir jeden Tag zu unserem Grundstück, spähen in die ausgehobene Grube, laufen auf den niedrigen Quadern: Hier kommt das Schlafzimmer hin, hier die Küche, daneben die winzige Abstellkammer. Ich trete gegen einen Papiersack, der Zementstaub ausstößt wie weißen Atem. Wir laufen um den Rohbau herum. Betrachten die roten, längs geriffelten Steine. Der Mörtel, der zwischen ihnen hervorquillt, erinnert an gefrorene Sahne. Streich mit dem Finger darüber, sagt Georg. Ich spüre, wie der Putz die Fingerkuppen aufraut.

Am Timmendorfer Strand. Die Mädchen laufen in Gummistiefeln und gestreiften Jacken den Strand entlang, senken die Köpfe, legen die Hände wie Mützenschirme über ihre Stirn, wenn sie stehen bleiben und aufs Meer rausschauen. Georg jagt den Hund mit Stöcken über die blondschopfigen Dünen. Er lacht laut, ruft den Namen des Hundes, wedelt ihm mit einem Ast vor der Nase herum, wirft den Ast in die Brandung, rennt dem Hund hinterher. Dann bleibt er abrupt stehen, vor ihm ein gestrandeter Tümmler. Er berührt den rundlichen Kopf, den weißen Bauch. Versucht, das große Tier zurück ins Wasser zu schieben, beide Hände am langen braunen Rücken. Er schleift es einen halben Meter über den Sand. Will nicht glauben, dass nichts mehr zu machen, der Tümmler schon lange gestrandet ist. In diesem Moment liebe ich ihn so sehr, dass ich Angst bekomme. Das Gesicht des Tümmlers scheint zu lächeln. Dorothee möchte ihn streicheln, doch Georg hält ihre Hand zurück. Er verspricht ihr einen Delfin aus Stoff. Sie legt die Arme um seinen Hals und weint. Nichts kann sie trösten, jetzt, wo sie ahnt, dass alles endlich ist. Georg wischt sich die Hände an den Hosen ab. Er sieht mich fragend an. Ich schüttele den Kopf. Wir können nichts mehr tun. Ich werfe dem Hund einen Stock, damit er den Tümmler nicht ableckt.

Wie er auf Reisen in jeder Stadt, in die wir kommen, in eine Bäckerei geht. Sich die Namen des Gebäcks erklären lässt. Profiterolles, Haller Scheiben, Liebesfinger, Madeleines, Nusstaler, Saftprinten, Leipziger Lerchen, Pfaffenhüetli – und erinnert die Form nicht tatsächlich an den Hut eines Pfarrers, ruft er, außen hell, innen dunkel, mit drei abgerundeten Ecken. Ich denke an Don Camillo und stimme ihm zu. Das Gebäck verteilt er an uns und beißt mit Kennermiene überall einmal ab.

Erinnerst du dich nicht?, wiederholt Georg.

Wie er am Skilift mit der rothaarigen Schweizerin spricht und mich dabei vergisst. Sich Zentimeter um Zentimeter mit ihr nach vorne schiebt und erst als sie schon nach oben gezogen werden, plötzlich zurückschaut. Achselzuckend. Aber strahlend. Wie er sich, als ich ihn endlich, schon in der Dämmerung, vor einer der Skihütten antreffe, über das flammende Haar lustig macht. Die Bewegung vorführt, mit der sie es alle paar Minuten über die Schulter warf, ihren Akzent imitiert. Wie er mich mit meiner Eifersucht neckt. Mich am Abend zum Essen ausführt, mich auf dem Heimweg umarmt und in den Nacken küsst. Wie er plötzlich zärtlich sein konnte. Nie grundlos.

Das reicht einfach nicht, sage ich.

ANDREW LEBT in einer Wohnung in Ehrenfeld, Dachgeschoss. Quer durch die Zimmer verlaufen dunkle Balken, an denen er sich oft den Kopf stößt. Er hält mit einer Hand sein Haar zurück und lässt mich fühlen. Tatsächlich hat er eine kleine Beule über der Stirn. Diese Wohnung ist das Ende meiner Intelligenz, sagt er. Jeder Stoß ein Boxhieb. Wenn die Sonne tief steht, sieht man Schlieren auf den schrägen Fenstern. Die Fensteröffnungen sind breit genug, dass wir uns nebeneinander hinauslehnen können. Dann blicken wir auf die roten Ziegel, die dunkel angelaufene Dachrinne, manchmal auf zwei, drei nahe Tauben. Weit unter uns liegt die Straße, auf der alle paar Minuten eine Straßenbahn fährt. Für zwei, sagt Andrew, ist die Wohnung zu klein. Jeder Neubeginn, meint er, erfordere den ersten großen Schritt.

Auf einer Landkarte zeigt er mir seine Heimatstadt. Harrogate. Er führt meinen Finger über die Umrisse Yorkshires. Hier, sagt er, sind wir in den Dales. Pass auf, wenn du läufst, der Boden ist voller Morast. Hier, sagt er und fährt mit meinem Zeigefinger weiter nach oben, liegen einige Felsen, auf der Nordseite sind sie mit Moos bewachsen. Fühl mal. Er reibt meinen Finger am Sofabezug, und ich schließe die Augen und denke an Moos. Nun gehen wir durch die dunklen, mit violetten Blumen getüpfelten Hügel. Über uns Wolkentürme. Als der Regenguss losbricht, schauen wir bei dem Bauern herein, dessen bester Bulle einmal nach einem Augusttag keine Luft mehr bekam. Seine Augen traten hervor, erzählt Andrew, in seiner Brust rasselte es, dem starken Tier zitterten die Beine. Wäre nicht die Sonne in diesem Moment rot leuchtend untergegangen, und hätte nicht die Frau des Bauern den glühenden Sonnenball nachdenklich angeschaut und dann den Bullen zwanzig Minuten mit dem Wasserschlauch abgekühlt, wäre er wohl am Sonnenstich gestorben. In York führt er meinen Finger über eine breite Steinbrücke in die Innenstadt. In einem Restaurant am Ufer des Ouse rasten wir. Die mürrische Bedienung wird von den Stammgästen bei ihrem Vornamen gerufen. Sie selbst merkt sich keinen Namen. Durch schmale Gassen, vorbei an Barley Hall, gelangen wir zur Kirche aus schmutzig weißem Stein. Nur mit in den Nacken gelegtem Kopf sind die Turmspitzen zu sehen. Auf eines der Fenster weist mich Andrew hin: Die Bilder der Heiligen erinnern ihn an Comiczeichnungen. Wir haben, stellt Andrew im Ton eines Reiseführers fest, das große Glück, den Knabenchor proben zu hören, diese gläsernen Stimmen, kurz vorm Zerbrechen.

Er ist Anglikaner. Nur auf dem Papier, sagt er. Er räuspert sich. Und du? Glaubst du? Vier Gebote habe ich schon gebrochen, sage ich. Vielleicht mehr. Er sieht mich aufmerksam an. Welche?, fragt er. Ich zucke mit den Schultern. Das musst du selbst herausfinden. Er lacht. Er werde in Zukunft darauf achten. Zukunft. Auch daran muss man glauben, denke ich.

Wir sehen uns Wohnungen an. Keine gefällt mir. Zu klein, zu teuer, zu hellhörig, zu nah an der Straße, zu zentral, zu abgeschieden, zu viele Mietparteien, zu schmale Treppenstufen, zu wenig Platz im Kellerabteil, zu hoch, zu tief. Andrew entdeckt jeden Tag eine neue Wohnung, die wir besichtigen können. Abends nehmen wir den Stadtplan in die Hand. Fahren durch Köln. Finden jede Straße, jeden Weg. Zu wenig Bäume in der Straße, zu viele Cafés, zu große Geschäfte, laute Kneipen, böse Hunde in der Nachbarschaft, zu viele Kinder, alte Leute, zu breite Blumenkästen an den Fenstern, zu schmale Balkons, zu hohe Laternen.

Willst du das überhaupt alles?, fragt Andrew, als es so kalt geworden ist, dass wir Mützen tragen. Bald werden wir Handschuhe brauchen, dicke Mäntel. Zwei Tage Regen, drei, sind keine Seltenheit mehr. Andrew legt die Hände wie eine Schale vor den Mund und pustet hinein. Das Schlüsselbund in seiner Jackentasche gibt bei jedem Schritt ein leises Klirren von sich. Nein, sage ich. Er bleibt stehen. Im Licht der Laterne sieht er bleich aus. Er stellt den Kragen auf, steckt seine Haare unter die Jacke. Was dann? Ein Auto fährt langsam vorbei und blinkt nach einigen Metern, um rückwärts in eine Lücke zwischen zwei Autos einzuparken. Der Wagen stößt vor und zurück, die Lücke ist zu klein. Kuh war so einsam und schaut vor die Wand, sang Klara früher, ein halbes Leben ist das her, Kuh bleibt allein, verliert den Verstand. Ich glaube, sage ich, ich muss mal alleine sein.

DIE WIESE ist mein Bett. Ich zähle lautlos alle deutschen Flüsse auf, die mir einfallen. Ich ordne sie von Nord nach Süd. Wenn möglich nenne ich auch die Städte, die an den Flüssen liegen, wenigstens die großen. Über mir die Hundeblume, die ich vor mein Gesicht halte. Einmal pusten und ich sehe wieder den Himmel. Bis zum Nachmittag bin ich alleine. Wenn mich niemand finden könnte! Ich überlege, ob man Hundeblumen essen kann. Sauerampfer, Klee, Gänseblümchen, Gras, die fächelnden Blätter der Birken? Ich halte einen Fuß in die Luft und betrachte die rote Sandale. Eine Höhle in einem Baum, ein Loch in der Erde. Noch bin ich klein genug.

Fünf Kinder, vier Erwachsene. Ein richtiger Treck, sagt Georg. Schon auf der Hinfahrt weiß ich, dass ich das nicht will. Die Märchenkassette spielen wir zum dritten Mal hintereinander ab, als die Raststätte in Sicht kommt, der vereinbarte Treffpunkt. Georg sagt, auf in den Kampf, und parkt so nahe wie möglich am Eingang. Die Kinder haben sich im Fonds eingeschlossen und ziehen nun die Knöpfchen nach oben. Fallen aus dem Auto wie Orangen aus dem Netz. Stoßen sich gegenseitig einige Male. Prusten manchmal, immer nah am Weinen, los. Gustav und seine Frau haben Kaffeetassen vor sich stehen und sehen aneinander vorbei. Die Zwillinge trinken das gleiche grellgrüne Getränk. Sie betrachten die vor ihnen liegenden Tischsets, auf denen Werbung abgedruckt ist. Der kleine Gabriel stemmt sich auf der Tischplatte nach oben, um den Strohhalm seiner Milchpackung in den Mund zu bekommen. Dorothee und Klara lassen sich einen Schritt zurückfallen und betrachten die älteren Cousinen aus der Deckung heraus. Da wären wir, sagt Georg.

Kein Schlupfloch in Sicht. Kein Versteck, kein Refugium. Die Zwillinge liegen in der Sonne und drehen sich vom Rücken auf den Bauch und nach Ablauf einiger Sanduhreinheiten wieder zurück. Sie reiben sich gegenseitig mit Sonnencreme ein. Dorothee legt sich zu ihnen und imitiert ihre aufgeregten Gesichter, mit denen sie in Zeitschriften blättern und das Gelesene besprechen. Klara und Gabriel nehmen Anlauf und springen ins Schwimmbecken. Klettern aus dem Becken. Klara spreizt und krümmt ihre Finger. Zeichensprache. Gabriels Hörgerät darf nicht nass werden. Er nickt, sobald er verstanden hat. Sie springen wieder ins Wasser.

Wir liegen nebeneinander auf den gestreiften Liegen, die wir aus dem Schuppen neben dem Schwimmbecken geholt haben. Reden. Trinken mittags alkoholfreies Bier zum Essen. Und abends Sangria. Gustavs Haar ist grau geworden. Wenn er isst, beobachtet seine Frau ihn manchmal. Zieht die Augenbrauen in die Stirn und vergisst sie da. Wendet sich mit einem winzigen Kopfschütteln ab. Er sieht es nicht. Lächelt in die Runde. Neckt seine Töchter, die erröten, wenn ihnen die Kellner zuzwinkern. Jeden dritten Abend fährt er sie zu einer Diskothek am Rande des Städtchens. Um zwei Uhr morgens holt er sie dort wieder ab. Seid ihr nicht draußen, komme ich rein, droht er. Die Mädchen lachen und sagen, bloß nicht.

Nur in der Nacht bin ich für ein paar Stunden alleine. Auf der Dachterrasse lasse ich den Kopf in den Nacken sinken, betrachte den klaren Himmel, sehe die Umrisse der Pinien, in deren

Wipfeln poröse Nester von Würmern hängen, die einen roten Hautausschlag verursachen, wenn man sie berührt. In den Gärten habe ich die Anwohner Feuer machen und die Nester hineinwerfen sehen. Komme ich ins Bett, wacht Georg auf. Dreht sich zu mir hin. Kann nicht glauben, dass ich schon wieder nicht schlafen konnte. Kein Schlupfwinkel, kein ruhiger Hafen, keine Klause in Sicht. Bin ich ein Eremit?

Wir drei sind am Strand zurückgeblieben. Gustav lässt den Sand durch die Finger rieseln. Gabriel sitzt neben uns, malt Figuren in den Sand. Gustav ruft leise seinen Namen, er wendet nicht den Kopf. Das ist wohl, sagt Gustav, unser letzter gemeinsamer Urlaub. Er lacht spröde. Die Kinder bleiben bei ihr. Gabriel hat die Umrisse eines Tieres in den Sand gemalt. Pferd, Hund, Stier, Kamel? Er wischt mit der flachen Hand darüber, beginnt von vorne. Wenns so einfach wäre, denke ich. Versuche, nichts zu hören. Nicht die Brandung, nicht die Schmuckverkäufer, die Motoren der Boote, nicht die Rufe der Softballspieler, nicht Gustav, der sagt, du siehst auch nicht glücklich aus. Bin ich aber, widerspreche ich. Lache. Bin immer ansprechbar, gerüstet, parat, verfügbar, erreichbar, eingespannt, patent. Hast du Angst davor, alleine zu sein?, frage ich. Gustav zuckt mit den Schultern. Vielleicht, sagt er. Die zweite Silbe so sehr gedehnt, dass es nach Langeweile klingt. Wie früher im Laden: Wievü kost des, Fräulein? Und des? Und des? Diesmal ist es kein Spiel. Im weiß durchpflügten Himmel wird ein Paraglider sichtbar, der von einem Motorboot gezogen wird.

Am Abend vor der Abreise gehen wir noch einmal essen. Vor dem Eingang des Restaurants lässt Gustav uns an ihm vorbeigehen. Breitet die Arme aus. Schaufelt uns zur Tür hinein, die Kinder voran. Ein letztes Mal, denke ich. Die gedrückte Stimmung kippt ins Gegenteil. Unser Tisch ist der lauteste, wir lachen, necken einander, die Kinder haben fieberrote Wangen. Als die Rechnung kommt, will Gustav sich nicht nehmen lassen, für alle zu bezahlen. Er streitet scherzhaft mit Georg, der die Rechnung an sich nimmt. Sie an seine Brust drückt, das Portemonnaie zückt, den Kellner zu sich ruft. Gib sie her, sagt Gustav. Georg lacht und schüttelt energisch den Kopf. Komm schon. Georg wirft einen Blick auf den Zettel in seiner Hand, sagt, oioioi. Gib sie her. Gustav spricht inzwischen sehr laut. Georg schüttelt wieder den Kopf. Mit einer Hand packt Gustav ihn am Hemd, zieht ihn zu sich heran, flucht. Georg grinst unsicher. Hält die Rechnung weiterhin in seiner Hand. Gib mir sofort die Rechnung, verdammt noch mal! Die Zwillinge sehen verlegen zu Boden, versuchen die Blicke von den Nachbartischen zu ignorieren. Georg hält Gustav die zerknitterte Rechnung hin. Gustav zahlt. Wir sind die stillsten Gäste. Gabriel blickt durch uns hindurch an die gegenüberliegende Wand, vielleicht hat er seinen Vater nicht schreien hören. Gustav blinzelt gegen die Tränen an, ich sehe es und fühle nichts. Verlasse als Letzte das Lokal. Nicke verschämt den Kellnern zu, die uns mehrfach verabschieden. Nur wenn ich allein wäre, würde sich der Krampf lösen. Aber kein Zufluchtsort, kein Unterschlupf.

Die Wiese ist mein Bett. Ich liege auf dem Rücken. Belausche Wühlmäuse, Libellen, Bienen, Käfer, Grashüpfer, Hummeln, Fliegen, Mücken. Betrachte die blasse Unterseite der Falter, ihre schwarzen angewinkelten Beinchen. Lasse das Gras über mich hinauswachsen. Ich muss nur ausharren. Kein Weg führt zurück.

ES IST NOVEMBER. Noch liegt kein Schnee, aber es riecht bereits danach. Gegen Mittag fahre ich los. Viel Glück, hat Christa mir gewünscht, und Rita sagte, nur Mut. Glück und Mut. Was kann mir noch passieren?

Er öffnet die Tür nach dem ersten Klingeln und sieht aus wie immer. Gar nicht anders. Er tritt einen Schritt zurück, eine Hand an der Tür, die andere zu einer einladenden Geste geöffnet. Bitte, sagt er. Wir umarmen uns, wollen uns auf die Wangen küssen und stoßen unsere Köpfe leicht gegeneinander. Seinen Geruch würde ich überall erkennen. Im hinteren Teil des Wohnzimmers liegen Illustrierte in einer langen Reihe auf dem Boden. Ich räume ein wenig auf, sagt Georg. Ordne meine Archive neu. Er lacht. Im Garten steht der Rasen hoch. Zwischen den Steinplatten der Terrasse ist Unkraut gewachsen, kleine immergrüne Blättchen, lange blasse Halme. Gegen den vergitterten Schacht zu den Kellerfenstern hat der Wind die eiförmigen Blätter der Buche geweht.

Auf dem bemalten Holztablett trägt Georg die Tassen und die Kaffeekanne herein. Die Dose mit Kondensmilch. Die Schale mit Zuckerwürfeln. Eine getigerte Katze kommt auf die Terrasse, trabt zielstrebig auf uns zu, biegt aber im letzten Moment nach links ab und tänzelt vor der Terrassentür auf der Stelle. Sie will dich wohl kennen lernen, sagt Georg. Er steht auf. Lässt die Katze herein, die lautlos an ihm vorbei in Richtung Küche huscht. Er geht ihr nach. Bückt sich und holt eine Dose Katzenfutter aus einem der unteren Regale. Wir sehen der Katze beim Fressen zu. Plötzlich war sie da, sagt Georg. Er gibt ihr jeden Tag zu fressen. Immer nur wenig. So lasse sie die Vögel in Ruhe. Und werde doch nicht zu behäbig für die viel befahrene Straße vor unserem Haus. Ob sie jemandem gehört, weiß er nicht. Sie bleibt immer nur kurz, nie über Nacht. Die Katze hat das Fleisch gefressen. Leckt nun die kleine Schale aus. Ich habe sie Judy genannt, sagt Georg. Die Katze stößt ihren Kopf gegen sein linkes Bein. Er geht in die Knie. Streichelt ihren Rücken. Ja, sagt er, klingt fast wie Judith. Aber nicht ganz.

Drei Koffer holt er vom Speicher und stellt sie vor mich hin. Ich gehe durch die Räume. Suche zusammen, was mir gehört. Einige

Bücher, mein Briefpapier, vier Paar Schuhe. Aus dem Nachttisch hole ich den Ehering. Ich fühle mich wie ein Dieb. Georg bringt mir Fotoalben, Bücher, meine Sammeltassen. Das bunte Plaid. Die handgroße Skulptur aus Stein. Denk an deine Wintermäntel, sagt er. An die Handschuhe, Schals, Mützen. Den Muff. Er beißt sich auf die Oberlippe. Nimm einfach, was immer du haben möchtest, sagt er. Unter allem lauert die Nähe. Die Fremdheit wegkratzen wie einen lästigen Belag. Auf ihn zugehen. Ihn küssen. Nur ein Schritt wäre es. Doch unwiderruflich. Wie oft hast du es dir vorgestellt. In Hochhäusern. Auf Felsvorsprüngen. Was würdest du denken im Fallen? Täte es dir leid? Die Kinder kommen auch noch vorbei, sagt Georg.

Falk trägt die Koffer zum Auto. Ich kann vom Schlafzimmer aus sehen, wie sich sein Mund verzerrt, wenn er die Koffer anhebt und ins Auto hievt. Klara sitzt hinter mir auf dem Bett. Komisch ist das, flüstert sie. Sie lässt sich nach hinten fallen. Legt ein Bein über das andere. Ich bin ja nicht weit weg, sage ich. Sie lacht leise. Ich weiß, sagt sie. Zwei Stunden Fahrt und schon ist man da. Trotzdem. Ich setze mich zu ihr auf das Bett. Und sonst?, frage ich. Sie sieht mich von unten herauf an. Sie zuckt mit den Schultern. Ist das nicht furchtbar, diese Unentschlossenheit?, fragt sie. Ich nicke. Lache leise. Lasse die Zunge gegen den Gaumen schnalzen. Klara steckt sich einen Finger in den Mund und bläst die linke Wange auf. Mit einem ploppenden Geräusch zieht sie den Finger aus dem Mund.

Da stehen sie. Ich sitze im Wagen und schaue zurück.

Sie winken. Falk hat einen Arm um Klara gelegt, und Dorothee hält Thomas an den Schultern vor sich. Georg hat das Tor geöffnet. Stellt sich nun zu den anderen. Auch er winkt. Dahinter das Haus.

Unser Haus.

Der ganze Stolz. Ich bin am Ziel meiner Träume. Habe selbst die Tapeten ausgesucht. Die Teppiche und Möbel, die Bilder, das Geschirr. Habe die Vorhänge genäht. Die Beete bepflanzt. Das Wachstum der Bäume mit einem Metermaß überprüft. Wir führen das Haus meinen Eltern vor. Sie kommen ein einziges Mal zu uns. Als meine Mutter die helle Tapete anfasst, nehme ich ihre Hand in meine und führe sie zu einem Sessel.

Georg sucht sich eine Wohnung. Den Erlös vom Hausverkauf werden wir teilen. Ein paar Möbel wird er nehmen, ein paar ich. Dorothee bekommt den Sekretär, den sie schon lange haben will. Klara den Läufer aus der Diele.

Ich fahre aus dem Tor. Im Rückspiegel sehe ich sie in dunklen Grüppchen stehen. Treibgut. Vor einem sandfarbenen Kasten, in dem als Signalfeuer alle Lampen brennen. Ich blinke. Die junge Frau, die neben einem parkenden Wagen im kalkweißen Licht der Laterne kauert, schüttelt die Haare nach hinten und hebt dabei den Kopf so an, dass ich die Kerbe in ihrem Kinn sehen kann. Im Radio Jubel, der vielstimmige Ruf: Freiheit! Ich schalte ab. Retten wird uns niemand. Immer noch winken sie. Erst als ich losfahre, erkenne ich die Frau. Ich lächele ihr zu. Sylvie zögert kurz, dann lächelt auch sie. Ich biege ein in den Strom des Feierabendverkehrs.

Inhalt und Charaktere dieses Romans sind fiktiv. Jede Ähnlichkeit mit realen Personen ist zufällig und nicht beabsichtigt.

Mein Dank gilt der Kulturkommission des Kantons Zürich für den großzügigen Werkbeitrag. Ich danke allen, die meine Arbeit an diesem Buch unterstützten, insbesondere Werner Löcher-Lawrence, Jo Lendle und meiner Familie.

Neu im Frühjahr 2005:

SÜNJE LEWEJOHANN

AM SONNTAG WILL GOTT ZU ATEM KOMMEN

Roman. Etwa 180 Seiten, gebunden

Eine Frau im Spiel mit zwei Männern – ein Ort voller Rätsel: Sünje Lewejohanns Debütroman spielt auf Munk, einer imaginären Halbinsel in der Ostsee, die »weitab, im Blauen« liegt. Hierhin kehrt Asta zurück, nachdem sie aus der Enge des Dorfes in die Stadt geflüchtet ist. Sie hat einen Plan, der das stillstehende Leben auf Munk erschüttern soll. Dafür trifft sie Gregor wieder, den sie früher liebte, und verführt den wunderlichen Ben.

Unter der Weite des nördlichen Himmels entfächert sich ein bildgewaltiges Panorama: Sünje Lewejohann erschafft eine Welt, in der blinde Esel dem Meer entsteigen, Dorfbewohner blutige Jagd auf Hunderudel machen und Zwillingsschwestern einander das Leben stehlen. Auf Munk lebt eine Gemeinschaft aus wilden Geheimnissen und ängstlicher Liebe. Wie Meereswellen an der Küste, so nagt an den Bewohnern dieser Welt eine heimliche, schwebende Bedrohung.

»Aber was ist das schon, dieses Munk? Eine Landzunge? Eine Eisscholle, denkt er, während Munk sich ganz langsam unter ihm bewegt.« Sünje Lewejohann erzählt in hochaufgeladener Prosa von einem Ort, unter dessen Oberfläche ein archaisches Geschehen zu Tage tritt.

Deutschsprachige Literatur bei DuMont

JULIA FRANCK
LAGERFEUER
Roman. 302 Seiten, gebunden

Menschen am Ort des Übergangs. Das Notaufnahmelager Berlin-Marienfelde Ende der siebziger Jahre – Nadelöhr zwischen den beiden deutschen Staaten und zwischen den Blöcken des Kalten Krieges. Die Lebenswege von vier Menschen kreuzen sich hier: Nelly, die mit ihren Kindern aus der DDR ausreist, Krystyna aus Polen und der aus dem Ost-Gefängnis freigekaufte Schauspieler Hans. Ihnen gegenüber steht John Bird, der als amerikanischer Geheimdienstler die Verhöre mit den Flüchtlingen führt. Er interessiert sich nicht für ihre ungewisse Zukunft, sondern für die verborgenen Geschichten ihrer Vergangenheit. Bis er an Nelly gerät, die selbstbewusst sein Spiel durchschaut.

Lagerfeuer verknüpft vier Schicksale in einer spannungsreichen Situation. Julia Franck gelingt es meisterlich, die Figuren ihres Romans in ihrer Ausweglosigkeit darzustellen, mit höchster Einfühlung und verzweifeltem Witz. In der Enge des Lagerlebens spitzen sich die Beziehungen der Menschen dramatisch zu.

Julia Franck kennt Marienfelde aus eigener Erfahrung. Als Achtjährige lebte sie nach der Ausreise aus der DDR ein Dreivierteljahr lang dort. In ihrem neuen Roman führt sie Menschen an einen Ort, an dem sich Lebensgeschichten entschieden.

»Spannend wie ein Thriller, vor allem aber: ein Sprachkunstwerk«
Neue Zürcher Zeitung

MARIANA LEKY
ERSTE HILFE
Roman. 189 Seiten, gebunden

Von dreien, die auszogen, das Fürchten zu verlernen: Mariana Lekys erster Roman erzählt von Freundschaft und Angst – ein Erste-Hilfe-Kasten für die Tücken des ganz alltäglichen Lebens. Ihre zaghaften Helden halten zusammen, weil sie sich anders nicht zu helfen wissen. Das Leben stürzt auf sie ein – aufregend, unvorhersehbar, verwirrend. Die Erzählerin jobbt in einem Kleintierladen. Sie wohnt bei Sylvester, einem Frauenschwarm, der viel damit zu tun hat, sich vor seinen Verehrerinnen verleugnen zu lassen. Bei den beiden klopft eines Abends Matilda an, um zusammen mit dem größten Hund der Welt Unterschlupf zu suchen. Matilda hat ein Problem: Sie glaubt, den Verstand zu verlieren. Das durch Not und Zuneigung zusammengeschweißte Trio macht sich auf, ein unsichtbares Ungeheuer zu besiegen. Mariana Leky gelingt es, diesen Kampf gegen Schwindel erregende Windmühlenflügel klingen zu lassen wie eine Filmkomödie: Ein ebenso vergnüglicher wie bewegender Roman über Panik und andere Plagen. Die Angst überwindet nur, wer sie herausfordert.

»Leichtfüßig, souverän-unprätentiös ... ›Erste Hilfe‹ erzählt vom unmerklichen Übergang von einer noch unauffälligen Angstneurose in eine manifeste, schildert eine berührende Liebe und wählt dafür eine raffiniert-defizitäre Perspektive.«
Frankfurter Allgemeine Zeitung

ANNA KATHARINA FRÖHLICH
WILDE ORANGEN
Roman. 313 Seiten, gebunden

Wilde Orangen ist ein ungewöhnlicher Debütroman, der mit Lust an geistreicher Eleganz, opulent arrangierter Ausschweifung und magievoller Erotik die Geschichte vom Aufruhr der Gefühle neu erzählt.

Jung soll sie sein und das Glück mit ihr schwindelerregend, märchenhaft schön und klug wünscht sich der berühmte alternde Künstler Barna seine Geliebte, das Mädchen. Nach London, nach Rom oder Venedig führen ihre Reisen.

Wilde Orangen erzählt von der ›unheilbaren Wunde‹, die Liebe heißt – und in zauberhaften Bildern vom schützenden Haus der Herkunft, von Ordnung und Maß eines anderen Lebens. *Wilde Orangen* lebt von verschwenderischer Einbildungskraft und einer nuancenreichen Sprache jenseits allen modischen Glamours, durchdrungen von Flaubertscher Leidenschaft und Proustschem Salonblick. In *Wilde Orangen* ist eine junge Autorin auf der Suche nach »Metaphysik und Abenteuer« in der Literatur.

»Anna Katharina Fröhlich hat einen triumphalen Mut, Bilder zu wagen. ... Was diesen Roman auf seiner seiltänzerischen Höhe hält, ist Anna Katharina Fröhlichs Kunst, ihre Heldin als beides zugleich erscheinen zu lassen: als kokette Liebesposeuse und als Schmerzzerissene.« *Der Spiegel*